ज्ञान गरिमा के
68 वर्ष

भारतीय
ज्ञानपीठ

AF817711

णाणं
पयासयं
वीर नि.सं. 2470
ईसवी 1944
भारतीय ज्ञानपीठ

विश्वामित्र

(उपन्यास)

विश्वामित्र

ब्रजेश के. वर्मन

भारतीय ज्ञानपीठ

लोकोदय ग्रन्थमाला : ग्रन्थांक 1000
ग्रन्थमाला सम्पादक
रवीन्द्र कालिया
सह-सम्पादक
गुलाबचन्द्र जैन

ISBN 978-81-263-4056-9

विश्वामित्र (उपन्यास)
ब्रजेश के. वर्मन

तीसरा संस्करण : 2012
मूल्य : 220 रुपये

प्रकाशक : **भारतीय ज्ञानपीठ**
18, इन्स्टीट्यूशनल एरिया, लोदी रोड, नयी दिल्ली-110 003

मुद्रक : बालाजी ऑफसेट, दिल्ली-110032

आवरण : सतीश गुजराल
आवरण सज्जा : ज्ञानपीठ कला प्रभाग

VISHVAMITRA
(Hindi Novel)
by Brajesh K. Verman

Published by : **Bharatiya Jnanpith**
18, Institutional Area, Lodi Road, New Delhi-110 003

e-mail : jnanpith@satyam.net.in, sales@jnanpith.net
website : www.jnanpith.net

Third Edition : 2012
Price : Rs. 220

पूर्व राष्ट्रपति डॉ. कलाम के साथ
पाँच वर्षों के
गहन भारत-भ्रमण में जो कुछ देखा,
सोचा और समझा
उसी अन्तर्दृष्टि से विश्वामित्र
की प्रयोगधर्मिता को लेखनीबद्ध
करने का प्रयास है
मेरी प्रस्तुत पुस्तक

भूमिका

ऋग्वेद में दासराज युद्ध को एक दुर्भाग्यशाली घटना कहा गया है। इस युद्ध में इन्द्र और वशिष्ठ की संयुक्त सेना के हाथों विश्वामित्र पराजित हुए थे। यद्यपि ऋग्वेद इस पर मौन है कि विश्वामित्र कौन-से मुद्दे लेकर इस युद्ध में कूदे थे, पर अगर विश्वामित्र को लेकर किये गये कथा उल्लेखों को जोड़ें तो वे विषय स्पष्ट दिखने लगते हैं। विश्वामित्र का सिद्धाश्रम वहाँ था जहाँ से वर्तमान झारखंड-विन्ध्य क्षेत्र प्रारम्भ होता है। विन्ध्य क्षेत्र में वैदिक संस्कृति का प्रचार किया जाना निश्चय ही उन्हें नागवार लगा होगा, जो दलितों और आदिवासियों को वेद ग्रहण के अनुकूल नहीं समझते थे। ऐसे लोग जनक की कृषक-संस्कृति के भी पक्षधर नहीं थे। इसलिए विश्वामित्र के साथ जो भी ब्राह्मण वर्तमान बिहार, विन्ध्य-झारखंड, नेपाल के मधेसी क्षेत्र में कार्यरत थे उन्हें निम्न कोटि का ब्राह्मण घोषित किया गया था।

यह भी कहा गया है कि कौशिकी नदी (वर्तमान कोशी नदी) को हिमालय से गोविन्दपुर कोसली तक लाने का काम विश्वामित्र ने किया था और कौशिकी नदी के तट पर तपस्या की थी। जो श्रेय भगीरथ को दिया जाता है गंगा को धरती पर प्रवाहित कराने के लिए, वही श्रेय विश्वामित्र को मिला है कौशिकी नदी के विस्तार के लिए। उधर आन्ध्र का पूरा क्षेत्र आज भी विश्वामित्र को अपने प्रणेता के रूप में याद करता है। जिस अहल्या को पुनर्जीवन देने को विश्वामित्र ने राम को तैयार किया, निश्चय ही उसको लेकर भी तत्कालीन यथास्थितिवादियों से विश्वामित्र का घोर विरोध रहा होगा। ऐसे ही यथास्थितिवादियों और प्रगति-विरोधियों का नेतृत्व इन्द्र ने किया था। विन्ध्य और दाक्षिणात्य क्षेत्र को निम्न (ब्रात्य) घोषित कर, अहल्या के साथ छल कर, मेनका को अपना मोहरा बनाकर और अन्ततः दासराज युद्ध में विश्वामित्र को चुनौती देकर इन्द्र और उसके समर्थक उस विश्वामित्र का अन्त करना चाहते थे जो तत्कालीन प्रगतिशील प्रवृत्तियों का प्रतीक था। अथर्ववेद में विश्वामित्र के और उनके शिष्यों के नाम से राष्ट्र और मातृभूमि सम्बन्धी जो श्लोक है वह निश्चय ही इन्द्र जैसे प्रभुतावादी राज-व्यवस्था के विरुद्ध जाता था, यह भी विश्वामित्र-विरोध का एक प्रमुख कारण रहा होगा।

जहाँ तक इस पुस्तक का प्रश्न है, राम की दीक्षा और सीता स्वयंवर इस पुस्तक के कथानक का प्रमुख हिस्सा है, जिसके संकेत वाल्मीकीय रामायण से लिये गये हैं। वाल्मीकीय रामायण में वर्णित है कि राम-विवाह उत्सव के बाद, जनकपुर से ही विश्वामित्र ने राम से विदा ले ली थी। वे अयोध्या तक नहीं गये। यहाँ वर्णित एक और बात महत्त्वपूर्ण है। वह यह कि परशुराम विश्वामित्र के जाने के बाद ही जनकपुर पधारे थे। तब राम की बारात वापस अयोध्या के लिए जा रही थी। विश्वामित्र और परशुराम का एक-दूसरे को प्रत्यक्ष चुनौती नहीं दिये जाने की घटना को वाल्मीकीय रामायण का विशिष्ट संकेत मानकर मैंने लेखकीय स्वतन्त्रता ली जिसके अन्तर्गत धनुर्भंग से पहले ही मैंने विश्वामित्र और परशुराम की गुप्त भेंट करा दी। दो महान पुरोधाओं के प्रति समान श्रद्धा के कारण ही मैंने यह गुप्त भेंट करवाई है। उसी तरह शची और अहल्या की भेंट, दो महान स्त्री पात्रों की एक जैसी सच्चाई मेरे निजी विश्वास का परिणाम है।

सभी रामायणों में इसके संकेत हैं कि सीता-स्वयंवर के समय उपस्थित रावण समर्थक राजाओं के बीच एक षड्यन्त्र चला था। योजना यह थी कि धनुष न तोड़ पाने की स्थिति में या तो सीता का अपहरण कर लिया जाये अथवा जैसे भी हो स्वयंवर को असफल कर दिया जाये। विश्वामित्र और जनक की सम्मिलित सोच के अन्तर्गत ही राम को जनकपुर लाया गया था, इसलिए विश्वामित्र ने वह सब कुछ किया, जो एक आयोजन की सफलता के लिए किया जाना चाहिए था।

मर्यादा-भोज आज भी समूचे बिहार में विवाह का सबसे उत्कृष्ट आयोजन माना जाता है। उत्तम भोजन के अलावा उसके अन्तर्गत वर के सबसे प्रिय व्यक्ति को गालियों, झिड़कियों से सराबोर कर दिया जाता है। जनकपुर में दिये गये मर्यादा-भोज के ऐसे अवसर का सदुपयोग उन लोगों ने भी कर लिया, जो वर के सबसे प्रिय व्यक्ति, यानी विश्वामित्र के धुर विरोधी थे। ये वही लोग थे जो परशुराम को इस बात के लिए नहीं तैयार करा पाये कि वे सीता-स्वयंवर को बाधित करें।

मर्यादा-भोज मेरे उपन्यास का नाटकीय मोड़ है, जहाँ विश्वामित्र अपने भूतकाल का मूल्यांकन करने को बाध्य हो जाते हैं। इसी क्रम में मैंने विश्वामित्र के व्यक्तित्व को आकार देने का प्रयास किया है, जिसमें प्रचलित कथा-प्रधान जीवन की अपेक्षा उनकी उस सोच को सामने लाया गया है, जिसे किसी भी समय की प्रगतिशील विचारधारा के रूप में ग्रहण किया जा सकता है। इन्द्र-विरोध से लेकर राम-समर्थन तक की विश्वामित्र की यात्रा ही मुझे विश्वामित्र के जीवन का सार लगा और इसलिए अगर पुराणों में वर्णित गल्प या तथ्य पुस्तक से बाहर है तो वह इसी कारण से। विश्वामित्र की वैचारिक यात्रा को रेखांकित करना इस उपन्यास का मुख्य उद्देश्य है।

—ब्रजेश के. वर्मन

आज से हजारों वर्ष पूर्व विकल्पों को ढूँढ़ते, प्रयोगों को दोहराते एक ऋषि ने चुनौती दे डाली, इन्द्र के वर्णवादी कुशासन को, ललकारा उसके स्त्री मान-मर्दक चरित्र को, सेनाएँ सजायीं, युद्ध लड़ा और पराजित हुआ।

आज से हजारों वर्ष पूर्व उसी ऋषि ने फिर से कसी कमर। एक साथ चुनौती दी इन्द्र और रावण को। जन-गण का सपना सजाया। साथ लिया राम को और विजयी हुआ।

शाम का गहरा धुँधलका धरती पर पसरता चला आ रहा था। पर आकाश में एक-एक कर उगते तारे अपना-अपना स्थान लेते जा रहे थे। उनकी जगमगाहट तेज होकर नीचे धरती तक पहुँच रही थी। काँटेदार झाड़ियों और जंगली घासों के बीच से रास्ता बनाते हुए सधी हुई पर तेज चाल से तीन धनुर्धारी उस दिशा की ओर बढ़ रहे थे जहाँ से जलती लौ का टिमटिमाता दृश्य दीख रहा था। वहाँ टूटी-फूटी झोंपड़ियों की एक बस्ती थी, जहाँ कुछ दीपक जल रहे थे। वे जल्द ही बुझा दिये जानेवाले थे और उन झोंपड़ियों के निवासी अगले कुछ पलों में जंगल के अनबूझ कोने में शरण लेनेवाले थे, तब तक, जब तक अगली सुबह की आहट न मिले। हर शाम को धुँध अनिश्चय और आतंक की चादर लेकर आता था, जिसके कोने में दुबके ब्राह्मणों की टोलियाँ भय से लगातार क्षीण होती जातीं सीने की धड़कनें गिनने में पूरी रात बिता देतीं। पर उनके साथ ही कुछ और लोग थे, जो दिन उगते ही अपने अभियान में जुट जाते। योग, सूर्य-नमस्कार, शस्त्र-संचालन, राष्ट्र-अध्यात्म की गहन चर्चा से लेकर अपने शत्रुओं की गतिविधियों पर सूचनाएँ इकट्ठी करना इनकी मुख्य दिनचर्या थी। ये मुट्ठी भर राष्ट्रवादी वहाँ के मूल वाशिन्दे नहीं थे। वहाँ के रहनेवाले तो कब के या तो पलायन कर गये थे, अथवा दुष्ट आतंकियों के हाथों मारे जा चुके थे। पर जिस तरह समय-समय पर आतंकियों का नया तूफान तैयार होता रहता है उसी तरह तूफान से कुचली गयी मिट्टी से राष्ट्रवादियों की नयी पौध उग आया करती है। ये वे लोग थे, जिन्होंने लाभ-हानि का गणित पढ़ना छोड़ दिया था और हाथ आये सुखभोगों का त्याग कर प्राणों का सर्वोच्च त्याग करने को एकजुट हो गये थे। ऐसी एकजुटता जिसमें वर्णाश्रम और जाति-बन्धन के आत्मघाती नियम नहीं लागू होते। उनका उद्यम एक था और उनका ध्येय एक। जन्म पर तो उनका कोई अधिकार नहीं, पर उन्होंने तय किया था कि मुक्ति पर उनका अधिकार होगा और जिसने ऐसे अनूठे सपूतों का जमघट लगाया था, उसका नाम था चन्द्रवंशी गाधिपुत्र विश्वामित्र और उसके साथ जिन दो धनुर्धरों का आगमन हुआ था वे थे दशरथ-पुत्र राम और लक्ष्मण।

पिछले दो दिनों से वे तीनों ताड़का की टोह में निकलते और कुछ-न-कुछ महत्त्वपूर्ण सूचनाएँ इकट्ठी कर वापस आते थे। पर सबको पता था कि दशरथ का छोटा पुत्र लक्ष्मण राम की तरह एकाग्रचित्त नहीं था। उसके मन में असहमति की

बेल थी, जो लगातार बढ़ती जा रही थी।

"भैया, आपको याद है, गुरु वशिष्ठ के आश्रम में गायें चराने, जलावन की लकड़ियाँ लाने, सरयू नदी से जल लाने से लेकर फूल चुनने तक सारा शारीरिक काम करते कितना थक जाते थे; पर गुरु माँ अरुन्धति के सामवेद के संगीतमय पाठ से सारी थकान दूर हो जाती थी।" लक्ष्मण ने राम को सम्बोधित किया था पर राम को पता था, लक्ष्मण के अगले वक्तव्य में कोई टेढ़ी बात ही होगी। फिर भी राम ने हाँ में हाँ मिला दी।

"भैया, क्या आपको विश्वास है कि कोई क्षत्रिय से ब्राह्मण भी बन सकता है?" लक्ष्मण ने इधर-उधर देखकर प्रश्न किया। चलते हुए राम ने एक बार पीछे मुड़कर लक्ष्मण की ओर देखा।

"मेरे कहने का अर्थ यह है कि क्या नये गुरु हमें ऐसा कुछ दे देंगे जो हमारे कुलगुरुओं और अन्य ऋषियों ने नहीं दिया?"

पगडंडी पर फैल आयी कँटीली झाड़ी को हटाते हुए लक्ष्मण ने प्रश्न किया। हौले कदमों से चलते हुए राम किसी सोच में व्यस्त लग रहे थे। लक्ष्मण की बात सुनकर थोड़ा भाव बदला, पर फिर से सोचने लग गये।

"भरत और शत्रुघ्न तो आये नहीं। हमें भेज दिया। आनन्द में होंगे। राजभवन, सेवक, उद्यान और यहाँ कँटीली झाड़ियाँ।" कई और कँटीली झाड़ियाँ हटाते हुए लक्ष्मण कुछ बोले और इस क्रम में झाड़ियों से उलझते-उलझते बचे। राम चुप थे।

"भैया, आपको कँटीली झाड़ियों से डर नहीं लगता?"

"मैं थोड़ी जगह उसके और थोड़ी अपने लिए बनाकर निकल जाता हूँ।"

"अच्छा, ये बात है! पर आपके अन्दर भी प्रश्न नहीं उठ रहे?"

"उठ रहे हैं न!"

"क्या, क्या?" फुदककर आगे आते हुए लक्ष्मण ने कहा।

"यही कि राजभवन में..."

"सारी अच्छी चीजें तो राजभवन में ही रह गयीं।"

"और...और..." लक्ष्मण ने कुछ जोड़ना चाहा।

"और यही कि तुम्हारी बातूनी बातों के बिना राजमहल कितना सूना-सूना लग रहा होगा। याद करके वे कितने दुखी हो रहे होंगे।"

शाम के गहराते अँधेरे में राम और लक्ष्मण के संग विश्वामित्र खाली हाथ वापस लौटे थे; पर आज सुबह से ही वे बहुत खुश थे। उनका प्रिय शिष्य घालव काफी महत्त्वपूर्ण सूचनाएँ लेकर आया था। उसने काफी पास से ताड़का और शूर्पणखा की

बातचीत सुनी थी और उससे पता चलता था कि ताड़का अभी किसी युद्ध की तैयारी नहीं कर रही। उसके गुप्तचरों ने राम और लक्ष्मण की सूचना ताड़का को अवश्य दी थी, पर इस सूचना के पीछे की छिपी गम्भीरता से वह अनजान थी। अच्छा ही था और स्वाभाविक भी। राम और लक्ष्मण में ऐसा कुछ भी नहीं था जिसे देख भय या आतंक फैले। सुकुमार राजकुमार की सूचना पर ताड़का क्योंकर सावधान होती। पर राम और लक्ष्मण को लेकर पूरी सावधानी बरत रहे थे विश्वामित्र। आम शिष्यों के रूप में ही उनका परिचय दिया गया था। अपने अन्दर के विश्वास को सार्वजनिक कर विश्वामित्र अपनी रणनीति में कोई भी खोट पैदा करने से बच रहे थे। राम में उन्हें पूरा विश्वास था, पर लक्ष्मण? विश्वामित्र ने गौर किया था कि दशरथ के यहाँ जब पहली बार लक्ष्मण से आमने-सामने हुए थे तो लक्ष्मण की आँखें विश्वामित्र पर गड़ी हुई थीं और जब विश्वामित्र ने उधर देखा तो लक्ष्मण ने अपनी दृष्टि घुमा ली थी। विश्वामित्र को जरूरत तो सिर्फ राम की थी, पर लक्ष्मण में न जाने कौन-सी प्रतिभा दिखी कि उन्होंने लक्ष्मण को राम का अभिन्न बनाने का निर्णय कर लिया।

सिर्फ चौबीस दिनों का समय माँगा था विश्वामित्र ने दशरथ से। इन्हीं चौबीस दिनों में विश्वामित्र को अपना काम पूरा करना था। हजार शंकाएँ रखी थीं दशरथ ने। परशुराम की दुहाई भी दी थी। पर तब दशरथ को विश्वास जताते हुए विश्वामित्र ने कहा था, "आज शस्त्र की जानकारी रखनेवाला कोई ब्राह्मण है तो वह हैं परशुराम। पर आपको तो मालूम है, भारतभूमि भी अद्‌भुत सपूतों से भरी पड़ी है। योग्य ब्राह्मणों का क्षत्रियों पर से विश्वास उठ गया है। क्षत्रिय ब्राह्मण को अपना प्रतियोगी समझने लगे हैं।

घोंघे बन गये हैं सबके सब। अपनी दुनिया में सिमट आये हैं। एक-दूसरे को छूने और मुस्कान भरने की सामाजिक बुद्धि को किनारे रख दिया है व सन्देह और आशंका को घेरा बनाकर उसमें बैठ गये हैं। सन्देह का यह घेरा राम ही तोड़ेंगे, महाराज दशरथ! इसलिए किसी प्रकार के सन्देह से मुक्त कीजिए आप भी अपने आपको।"

लक्ष्मण की उपेक्षा भरी दृष्टि पर बड़ी चतुराई से विश्वामित्र ने उसे अपनी बातों में उलझा लिया था। तब लक्ष्मण से उन्होंने पूछा था।

"क्यों, बहुत स्नेह करते हो राम से?"

"हाँ...बिल्कुल...जान दे सकता हूँ मैं उनके लिए।"

"बहुत अच्छा। आज ऐसे भाई की बहुत आवश्यकता है; पर एक बात बताता हूँ। आज तुम केवल जान देना जानते हो, पर जब मुझसे दीक्षा लोगे तो जान पाओगे कि भाई के लिए भाई के शत्रुओं की जान कैसे ली जाती है। आज भारत को ऐसे सपूत चाहिए जिन्हें सिर्फ शत्रुओं के प्राण हरने की इच्छा है। अपनी जान गँवाना भी

कर्तव्य है, पर शत्रुओं की जान लेना उससे भी बड़ा कर्तव्य है। पर उससे भी बड़ा काम है मर-मरकर भी जीवित रहना और शत्रुओं को ठिकाने लगाना।"

पिछले दो दिनों में लक्ष्मण की ओर से उठते प्रतिवाद पर विश्वामित्र ने जानबूझकर बड़ा ही व्यावसायिक रुख अपना रखा था। हर प्रश्न का सटीक उत्तर। एक युवा योद्धा के प्रश्नों का सटीक उत्तर एक योद्धा ऋषि के प्रौढ़ चेतन से। बिल्कुल बराबरी पर। किन्तु जब से विश्वामित्र ने अध्यात्म और राष्ट्र की चर्चा शुरू की, लक्ष्मण उलझकर रह गये। अयोध्या से आगे उसने कभी सोचा नहीं। राष्ट्र और राष्ट्र का अध्यात्म सम्बन्धी विश्वामित्र का नया मोर्चा उसे कतई प्रासंगिक नहीं लग रहा था। योग और प्रवचन के लिए जब तीनों तैयार हो रहे थे तो लक्ष्मण ने प्रश्न शुरू कर दिया। क्योंकि आज पहली बार लक्ष्मण को भी उसमें सम्मिलित होना पड़ रहा था। पहले की तरह लक्ष्मण ने अपने तूणीर से प्रश्न के तीर निकाले और विश्वामित्र पर निशाना साध दिया—

"पर अगर ओम् ही सर्वोपरि है तो बताएँ कि वह है क्या?"

"ओम् निराकार और निर्गुण है, इसलिए न तो बुद्धि द्वारा समझा जा सकता है और न ही वाणी द्वारा व्यक्त किया जा सकता है। शायद यही कारण है कि युगों-युगों से ऋषि उसे समझने और व्यक्त करने के लिए मन्त्र पर मन्त्र लिखते चले आ रहे हैं, पर इसका अन्त नहीं मिला, सिर्फ अनुभूति होती है।"

"सिर्फ अनुभूति! तो फिर कैसा लाभ?"

"लाभ ये कि यही अनुभूति ज्ञान और विवेक की समस्त गाँठें खोल देता है। तुम खुशी से उछलने लगते हो कि वह मुझे क्या हो गया। मुझे सारी बातें समझ क्यों आने लगी हैं?"

"फिर?"

"फिर क्या वत्स? तुम्हें ओम् छूकर चला गया है। तुम्हें सारी छटपटाहट और असमंजस के बीच रास्ता दिखा गया है।"

"रास्ता किसका?"

"क्रोध, मोह, लोभ की भूलभुलैया से निकलने का रास्ता।"

"उससे क्या होगा?"

"तुम स्वस्थ, सुखी और सन्तुष्ट रहोगे।"

"और राजभोग?"

"भोग देखकर तो भागोगे।"

"मुझे नहीं करानी कोई दीक्षा। आपने तो पेड़ की जड़ काटने की तैयारी कर

रखी है और मैं था कि आपसे फल और फूल की अपेक्षा किये बैठा था।''

''तुम जिस फल की आस कर रहे थे वह सड़ भी सकता है, तुम्हें बीमार कर सकता है। पर मैं तुम्हें वह फल दूँगा जिसमें कोई दुर्गुण नहीं।''

''तो आप ऐसा फल दो जिसे मैं छू सकूँ, चख सकूँ, देख सकूँ, सूँघ सकूँ।''

''फल को यदि चखने लगो तो देखने के लिए बचेगा?''

''नहीं। पर पहले देख लूँगा फिर चख लूँगा।''

''और जब खत्म हो गया तब?''

''तब क्या, अगले फल की तैयारी।''

''पर मैं जो तुम्हें दिखा रहा हूँ उस फल को एक साथ देखो, छुओ, सूँघो, खाओ पर वह खत्म नहीं होगा। यह अन्तहीन सुख की अनुभूति है। इसलिए अनन्त है। कभी खत्म नहीं होता।''

''अब मैं चलता हूँ आप मुझे उलझा देंगे।''

''अगर निराकार और निर्गुण से उलझ भी गये तो भी उस उलझन से तो बेहतर है जो लोभ, मोह, क्रोध, ईर्ष्या के रूप में हम सबको घेरे हुए है।''

''हम सबको? गुरुवर, आपको तो नहीं!''

''जब तक मेरे प्रियजन उलझे हुए हैं, मैं स्वयं को मुक्त कैसे मान लूँ।''

''अब आप मेरे मन को लक्ष्य बना रहे हैं।''

''मन धातु में सन् प्रत्यय लगने से मीमांसा की उत्पत्ति हुई तो तुम्हारा मन भी तो जिज्ञासा का उद्गम स्थल हुआ न!''

''यही जिज्ञासा तो फाँस बन गया है और फाँस की रस्सी आपके हाथ लग गयी है।''

''मन के भाव को फाँस नहीं कहते।''

''गले का फाँस तो फिर भी निकालकर फेंक दो, पर भाव का फन्दा तो निकलता नहीं।''

''जिसे तुम भाव का फन्दा कह रहे हो वे इच्छाएँ हैं, तृष्णा है; जो सचमुच फन्दा हैं।''

''इच्छाएँ भी तो भाव ही हैं।''

''पर जो भाव गलत कर्म करने को बाध्य कर दे वह भाव नहीं मोह है।''

''इस संसार में बड़े-बड़े काम मोह से ही हुए हैं।''

''मोह से नहीं, मोह का त्याग करने से।''

यहाँ तक आकर लक्ष्मण ने अपने हथियार डाल दिये। तर्क तो वह कितनी भी देर तक कर सकता था। पर पास खड़े राम की रह-रहकर छूटती मुस्कुराहट देख उसने हथियार डाल देने का निर्णय किया।

लक्ष्मण के हथियार डालते ही विश्वामित्र भी सजग पर सहज हो गये। क्योंकि उन्हें पता था, अब राम की तरफ से कोई प्रश्न आएगा।

"गुरु के बिना ज्ञान नहीं मिलता...इसका क्या अर्थ है?"

"जितनी अनुभूतियाँ होती हैं उतने शब्द और वाक्य नहीं हैं, जो सब कुछ प्रकट कर सकें। गुरु के माध्यम से जो साधना की जाती है उनसे उन्हीं अनकही अनुभूतियों की प्राप्ति होती है, जिसे लिखित शास्त्र समेट नहीं पाता और जिसकी खोज में हम और तुम भटकते रहते हैं।

"यह सम्भव है कि एक ही गुरु से हमें वह राह, जिसकी खोज में हम निकले थे, दीख जाये। चलना तो स्वयं होता है। इसलिए एक बार सही रास्ता मिल जाये तो समझो, यात्रा सुगम हुई। पर आगे बात इस पर निर्भर होगी कि तुम्हें और क्या चाहिए। कुछ और नया पाने के लिए भी कुछ नयी समस्याओं को सुलझाने के लिए हो सकता है, तुम्हें कुछ और सन्त-ज्ञानियों की शरण में जाना पड़े। अब वे गुरु ही बनें, जरूरी नहीं। सिर्फ सत्संग से भी गाँठें खुल सकती हैं। यहाँ यह भी कह दूँ कि अधिकतर एक गुरु से ही वह गूढ़ उपाय मिल जाता है जो अकेला हर तरह की उलझनों से छुटकारा दिलाता रहता है। पर गुरु एक ही होना चाहिए, ऐसा कहना भी सही नहीं होगा।"

अब तक कुटिया का प्रांगण पार कर वे तीनों विशाल प्रांगण में आ चुके थे, जहाँ शिष्यों की एक बड़ी टोली योगासन में बैठकर विश्वामित्र की प्रतीक्षा कर रही थी।

बार-बार लक्ष्मण का असहमति एवं विरोध जताना और ऐसा करते हुए हर बार गरदन नीची कर लेना योग की दृष्टि से सही मुद्रा नहीं थी। अब तक विश्वामित्र को विश्वास हो गया था कि किसी इन्द्र-चाटुकार ने कुछ ऐसा वर्णन किया है कि लक्ष्मण जाने-अनजाने इन्द्र को भारतवर्ष के लिए अपरिहार्य मानने लगा है। इन्द्र की आलोचना पर उसका गुस्से में आ जाना लक्ष्मण के व्यक्तित्व के पूर्ण विकास पर ग्रहण लगा सकता है। सोचते-सोचते विश्वामित्र सभा की ओर उन्मुख हो गये, "जैसे सूरज के उगते ही सारे भूत और चुड़ैलें गायब हो जाती हैं वैसे ही अपने ऊपर हँसने से सिर से मूर्खता और घमंड का भूत उतर जाता है। मुस्कुराना, साँसें स्थिर करना, व्यायाम करना या नृत्य करना—ये सभी हमारी सहायता के लिए बने हैं : कुछ घंटों का मौन हमारी कई दिनों की उलझनों को सुलझा देता है। प्रकृति की शान्त गोद में विश्राम, मन्दिर में जलती धूप-बत्ती, शाम को अँधेरा हटाता दीपक—ये सब हमारी सहायता करते हैं। हरेक दिन नया होता है, जिसका अनुमान तो पहले से

लगा सकते हो, पर वह अनुमान पर खरा उतरेगा, ऐसा नहीं होता। तुम्हें हर सुबह अपने को बिल्कुल तरो-ताजा रखना होगा, ताकि उस दिन की नयी सम्भावनाओं का लाभ उठा सको और नयी चुनौतियों से निबट सको।''

थोड़ा विराम लेकर विश्वामित्र से फिर से बोलना शुरू किया, ''अधिकांश लोग यह सोचते हैं कि रात उत्सव मनाने और दिन की तकलीफों को भूलने के लिए बनी है, पर साथ में यह नहीं भूलना चाहिए कि आनेवाले दिन के लिए कई सूत्र उसी में छुपे होते हैं। नींद की गोद में जाने से पहले एक बार ओम् को याद कर लो। उगते सूरज से मुँह चुराना और ढलते सूरज को देख पछताना अच्छा सगुन तो नहीं है।''

आज मुख्यत: अनुलोम-विलोम और कपाल-भाति पर प्रशिक्षण दिया जाना था। पास खड़ा योगी शिष्य उस योग की विभिन्न मुद्राएँ बताता चल रहा था। विश्वामित्र भाषण-विराम के बीच एक बार उसकी ओर देखते और फिर से अगला विचार रखने लगते, ''शरीर के सभी अंगों के बीच अद्‌भुत एकता है। इन्होंने मिलकर श्रमिक संघ बना रखा है। इनमें से किसी पर भी गलत फैसला लादोगे तो दूसरे असहयोग शुरू कर देंगे। तुम्हारा मन एक उद्योगपति है, जिसे शरीर के सभी अंगों से काम लेने का पूरा अधिकार है। लेकिन मनचाहा श्रम-विधान बनाकर किसी एक अंग को निष्क्रिय और दूसरे पर काम का दुगुना भार नहीं डाल सकते। ऐसा करने पर वे काम-रोको की घोषणा कर सकते हैं या बीमारी का सामूहिक अवकाश ले सकते हैं। और यह भी मत सोचना कि इस बात को आधार बनाकर तुम उसे बीमार इकाई घोषित कर दोगे। ऐसा फैसला तुम पर उलटा पड़ जाएगा। पर उलटे फैसले भला तुम क्यों करो, जब सीधा फैसला करने में तुम्हें भी उतना ही आनन्द आता है जितना कि तुम्हारे अंग-प्रत्यंगों को।''

हमारे चारों ओर बदलाव होता है—हर पल, हर घड़ी। हमारे शरीर के अन्दर सैकड़ों कोशिकाएँ मरती हैं और जन्म लेती हैं। ये मिट्‌टी, मौसम, चर-अचर सब बदलते हैं और हर बदलाव भय का कारण इसलिए बन गया है, क्योंकि इसमें जो हिंसा छिपी है उसे कम करने के लिए हमने प्रयास करना छोड़ रखा है। अगर अकाल को आना ही है तो हम अनाज इकट्‌ठा करें, अगर बाढ़ को आना ही है तो वैकल्पिक जगह ढूँढ़कर रखें, अगर लालच ओर भोग का आक्रमण होना है तो योग और प्रार्थना का प्रावधान कर लें। बदलाव का भय धीरे-धीरे कम होता है जब हम लगातार इसका प्रयास करते हैं। इसे ही परिवर्तन कहते हैं अन्यथा समाज या तो क्रान्ति के भय से जिएगा या वास्तविक क्रान्ति की असहनीय पीड़ा झेलेगा और पीड़ा झेलने के बाद भी अगले बदलाव के भय से मुक्ति नहीं मिलेगी। इसलिए तब भी परिवर्तन और सुधारों के ही प्रयास करने होंगे।

"शुरुआत कहाँ से करें?" बुरी तरह चिढ़े लक्ष्मण ने अचानक प्रश्न किया। विश्वामित्र का निशाना सही जगह लगा था।

"स्वयं से। जिसे अपना ध्यान रखना आ जाएगा, वही दूसरों को प्रेरणा दे सकता है। आज लोग अपने घर, वस्त्र, आभूषण को सजाने-चमकाने में दिन का कीमती हिस्सा खर्च कर देते हैं और इसमें उन्हें यह भी नहीं मालूम कि वे स्वयं धुँधले हो चले हैं। बिगड़े स्वास्थ्य और बिगड़े स्वभाव पर ध्यान देने को कहो तो कहते हैं—'समय कहाँ है उनके पास।' थोड़ा-सा समय भी नहीं निकाल सकते और जब हालात ऐसे बिगड़ते हैं तो उन्हें अपने बारे में ही ओछी धारणा बनाते देर नहीं लगती। फिर अगर वे निर्धन हैं तो भाग्य को रोते हैं और अगर धनवान हुए तो दौलत पर अकड़ते हैं। क्यों लक्ष्मण, गलत तो नहीं कहा मैंने?"

"पता नहीं!"

"अच्छा छोड़ो इस व्याख्यान को। मैं तुम्हें एक आसन बताऊँगा, उसे करके देखो। चिन्ताएँ तुम्हारे मस्तिष्क से गायब हो जाएँगी।"

"इस पत्थर पर बैठो। पाँव नीचे जमीन पर। अब दोनों हाथों की कोहनी घुटने पर रखकर, हथेली में अपना चेहरा रखो। अब जमीन की ओर देखते हुए सोचो। अब तुम्हारे मस्तिष्क में वे सारी चिन्ताएँ नहीं हैं जो हमेशा तुम्हें सताती थीं। सब गायब हो चुकी हैं।"

थोड़ी देर चुप्पी रही।

"हद करते हैं आप!" वह सिर उठाकर चिल्लाया, "एक भी चिन्ता कम नहीं हुई है और आप कहते हैं, सब गायब हो गयीं।"

आसपास खड़े लोग हँसने लगे।

"कोई बात नहीं। अब तुम खड़े होकर सिर आसमान की ओर करो।"

"कुछ नहीं होगा।"

"कुछ नहीं होगा। तुम एक बार करो तो सही—सिर्फ इक्कीस की गिनती तक।"

उसने वैसा ही किया। आसमान की ओर देखने में उसे बहुत कठिनाई हो रही थी। गर्दन पर तो जोर पड़ ही रहा था आँखों में पड़ती रोशनी बार-बार पलकों को झपका रही थी।

"हो गया क्या? अब गर्दन नीचे कर लूँ?"

"अभी दस ही हुए हैं।"

थोड़ी देर में ही उसका धीरज टूट गया।

"बस, बहुत हुआ। अब और ऐसे उकड़ूँ नहीं खड़े होना।" कहकर उसने अपने को सीधा खड़ा कर लिया।

"कहा था मैंने।" वह चिल्लाया।

"कुछ नहीं होगा।"

"मैं भी तो यही कह रहा हूँ 'कुछ नहीं होगा', अर्थात् तुम्हारे मस्तिष्क में कुछ नहीं होगा।"

"क्या मतलब?"

"याद करो जब तक तुम्हारी गरदन ऊपर थी, कोई चिन्ता तुम्हारे दिमाग में थी?"

"सिर ऊपर उठा था तो चिन्ता कहाँ से आती?"

"बस इतनी-सी तो बात है। सिर उठाकर जिओगे तो कोई चिन्ता नहीं सताएगी। ऐसे जीनेवाले किसी से डरते नहीं। आसमान की ओर देखना अपने और ओंकार दोनों के प्रति सम्मान है और जब तक तुम्हारे अन्दर सम्मान का भाव है, चिन्ता के लिए कोई जगह नहीं बचती। सूर्य-नमस्कार का पूरा आसन तुझे बताऊँगा। तू सुबह-सुबह इसे कर लिया करना। कुछ दिनों बाद मैं तुमसे फिर बात करूँगा।"

"लेकिन..."

"सन्देह में मत उलझ। पूरा आश्रम इस आसन को यों ही नहीं किये जा रहा। चल, तू पहली पंक्ति के दाहिने किनारे बैठ। आसन का पूरा अभ्यास शुरू होनेवाला है।"

लक्ष्मण के क्रोध पर राम कभी भी रुष्ट नहीं होते। अनुज का उग्र क्षात्र-स्वभाव उन्हें स्वाभाविक ही लगता था। मन-ही-मन वे सराहना भी करते थे। राम ने इतना तो ध्यान किया था कि क्रोध करते समय लक्ष्मण की गरदन नीची हो जाया करती थी। पर इसके पीछे का कोई तर्क राम के मस्तिष्क में पहले कभी नहीं उठा। पर गुरु विश्वामित्र का आज का प्रयोग उन्हें हर्षित कर गया था। सिर ऊँचा रखकर जीना ही अनायास क्रोध का उपचार था। गुरु के प्रति उमड़ आयी श्रद्धा से राम पुलकित हो उठे।

"काल, पदार्थ और स्थान की अपनी-अपनी सत्ता है। एक राष्ट्र की अवधारणा में ये तीनों ही महत्त्वपूर्ण हैं। पर उससे भी महत्त्वपूर्ण हैं राष्ट्र के निवासी जो इन तीनों का समुचित उपयोग कर एक उन्नत जीवन के लक्ष्य की ओर बढ़ते हैं। राष्ट्रीय संसाधनों का समयानुकूल दोहन, उद्यम से उत्पाद का निर्माण और उनका न्यायसंगत वितरण ही राष्ट्र का उद्देश्य है और यही है राष्ट्र-धर्म। उत्पादन और वितरण ही दो पहिये हैं जिन पर सवार राष्ट्र-रथ आगे बढ़ता है। उत्पादन और वितरण में खोट होने से मानवाधिकारों का हनन प्रारम्भ होता है, शोषक और शोषित वर्ग का निर्माण होता है।

ऐसा प्रत्येक राष्ट्र जहाँ मानवाधिकारों का हनन होता है, वहाँ राष्ट्र-भक्ति का नारा एक छलावा है, एक धोखा है।

"घर-घर में मूर्तियाँ रखकर पूजने से राष्ट्र-धर्म नहीं बनता और न ही ऐसे आक्रमणकारी राजनेताओं से राष्ट्र-धर्म बनता है जो पड़ोसी राष्ट्र को हथियाने के चक्कर में पड़े रहते हैं। मैंने अथर्ववेद में धर्म द्वारा धारण की गयी जिस मातृभूमि की चर्चा की है वह यह नहीं है। सिर्फ राजनीति का ढोल पीटकर या अर्थनीति के मेले लगाकर राष्ट्र-धर्म नहीं निभाया जा सकता। अच्छा, अब तुमने जो परिभाषा लिखी थी उसका अर्थ लक्ष्मण को सुनाओ।" विश्वामित्र ने राम से कहा। परिभाषा बताने में राम ने भी पूरी तत्परता दिखायी।

"चरित्र की सुदृढ़ता से परिवार में समन्वय आता है। परिवार में समन्वय से राष्ट्र में प्रगति आती है और राष्ट्र की प्रगति से विश्व में शान्ति आती है।"

लक्ष्मण पूरी बात नहीं सुन पाये, क्योंकि अपने आपसे अभी तक उलझ रहे थे। अचानक हड़बड़ा उठे। "भैया, फिर से बताना।"

राम ने पुनः अर्थ कहा। पर लक्ष्मण चुप रहे। मात्र राम की ओर देख रहे थे। विश्वामित्र को समझते देर नहीं लगी कि मन-ही-मन रट्टा मारे जा रहे थे लक्ष्मण। राम के कहे को रट लेने में लक्ष्मण का कोई सानी नहीं था।

"अकेला मानव या तो उन्माद में जीता है या फिर निराशा में। इस अतिवाद से बचानेवाली संस्था है परिवार। परिवार का प्यार एक औषधि है, जो व्यक्तित्व की विघटक व्याधियों को ठीक रखता है। तुम सुन रहे हो न, लक्ष्मण?" लक्ष्मण के मौन में व्यवधान डालने के उद्देश्य से राम ने उसे सम्बोधित किया। स्वीकारोक्ति में लक्ष्मण ने अपना सिर हिलाया।

"जिसे हम उत्तरदायित्व या कर्तव्य कहते हैं वही हमें लगातार उद्यमरत रखता है। परिवार हमें कर्तव्य की राह पर चलाता है। परिवार ही ऊँचा उठकर राष्ट्र और अन्ततः विश्व बनता है।"

"राम!" बीच में ही अनुमोदन करते हुए विश्वामित्र बोल पड़े, "अद्‌भुत बात तो यह है कि परिवार की गरिमा और उसका आपसी प्यार ही मानवाधिकारों की भी नींव है।"

"सही नेतृत्व का प्रश्न भी इसी से जुड़ा है। पढ़ी-पढ़ाई सीख से आगे बढ़कर ऐसे नये रास्ते ढूँढ़ने वाला ही असली नेता है, जो समाधान ढूँढ़ने की प्रक्रिया तीव्र गति से करे। समाधान ढूँढ़ने में जरा-सी देर प्रजा, सैनिक और शिष्य तीनों का धैर्य तोड़ती है और ऐसे में वे आत्मघाती रास्ते पर चल पड़ते हैं।

कौन-सा चित्र, दृश्य या रूपक है जो बार-बार तुम्हारे अन्दर उमड़ता है। उसे समझो। वह जागते हुए आये या सोते में। हो सकता है, सपने में वह डरावना दीखता

हो, पर उससे डरना नहीं। कई बार कर्तव्य को अनदेखा करने से वह सपना बनकर रात को आता है। बार-बार वह तुम्हारे द्वार क्यों आता है? वह सचमुच कुछ कहना चाह रहा है। सुनो उसे।''

''पर सपने में कई ऐसे लोग आ जाते हैं जिन्हें ध्यान में लाना ब्रह्मचर्य में निषिद्ध है।'' लक्ष्मण ने मचलते हुए प्रश्न किया।

''सन्त, योद्धा, देवदूत, सुन्दरी—इनमें से कोई भी आता हो, वह प्रतीक अर्थ लेकर आता है। व्यक्तित्व को छोड़ो लक्ष्मण, प्रतीक को पकड़ो।''

राम के प्रश्न पर कितने भी गम्भीर क्यों न हों, पर लक्ष्मण के प्रश्न पर चुटकी लेने में विश्वामित्र को भी उतना ही आनन्द आता था जितना स्वयं लक्ष्मण को प्रश्न उठाने में।

''प्रतीक की तीव्रता जितनी अधिक होगी, तुम्हारे निर्णय की गति उतनी ही तीव्र होनी चाहिए। वेगवान, त्वरित निर्णय लेने की क्षमता का नाम है 'अतिबला'।''

''इसकी प्राप्ति की कोई नियत पद्धति है तो आदेश करें।'' राम ने अपनी आकुलता सामने रखी।

''शिक्षा प्राप्ति के तीन पहलू हैं—सीखना, याद रखना और व्यवहार में लाना। इन तीनों में से एक भी छूटा तो प्राप्ति अधूरी रह जाएगी। मस्तिष्क की चौदह सौ करोड़ कोशिकाओं में ज्ञान संचित भी कर लो और उसे अभ्यास में नहीं ढालो तो ऐसे कोने में जा बैठेगी कि समय आने पर उसे ढूँढ़ना कठिन हो जाएगा। निरन्तर अभ्यास और उसके प्रयोग से ही तीव्र गति की क्षमता प्राप्त होती है जो बला और अतिबला दोनों के सन्दर्भ में प्रासंगिक है।''

''जो रावण को समर्थन दे रहे हैं वे कौन हैं।'' लक्ष्मण ने बीच में ही व्यवधान डाला।

''वे लोग प्राचीन गोंड जाति के हैं। कुछ कोरुक जाति के लोग भी। पर वे ऐसे इसलिए हैं, क्योंकि उन्हें हमने गले नहीं लगाया।''

''भुइया जाति तो कुम्भकरण को ऋषि मानती है।''

''ठीक तो है, पूरे साल सोता रहता है। कई ऋषि हमारे धर्म की आड़ में भी वही करते हैं।'' कहकर विश्वामित्र हँस पड़े। ''बिरहोर जाति के लोग बड़ी संख्या में हैं और वे रावण का समर्थन नहीं करते। भील भी रावण या ताड़का के साथ नहीं खड़े होंगे। उसी तरह उन्नत मुंडा जनजाति के लोग इस क्षेत्र की प्रगति चाहते हैं और ताड़का की आतंककारी नीतियों की भर्त्सना करते हैं। कोल, उराँव, प्रधान आदि अनेक जातियाँ ताड़का की प्रगति-विरोधी नीतियों से असन्तुष्ट और उद्विग्न हैं।'' लक्ष्मण की आकुलता का समाधान कर विश्वामित्र फिर से उसी प्रश्न पर आ गये जिसे राम ने उठाया था।

''एक सौ सात मर्मस्थल, एक सौ नौ स्नायु, एक सौ अस्सी अस्थि-सन्धियाँ, पाँच सौ मज्जाएँ, सात सौ शिराएँ, तीन सौ साठ हड्डियाँ, साढ़े चार करोड़ रोम से बने शरीर में छोटे-छोटे अंग-प्रत्यंगों से होकर एक ओर भोजन और जल तथा दूसरी ओर वायु प्रवाहित होती है। मन अन्नमय है और प्राण जलमय। ये सभी उसी बल का हिस्सा हैं जिससे पृथ्वी से लेकर देवता, मनुष्य और वनस्पति तक टिकी हुई है। यह शक्ति है बला। पर ज्यों-ज्यों तुम पृथ्वी से ऊपर उठोगे, यह शक्ति कम होने लगती है। बला शक्ति पृथ्वी-सापेक्ष है। पर ताड़का के पास जो मायावी शक्ति है वह पृथ्वी पर बला शक्ति को कम करना जानती है। इसे विडम्बना ही कहो कि पृथ्वी पर अन्याय फैलानेवाली यह पूर्व यक्षिणी तुम्हें पृथ्वी से प्राप्त हो रही शक्ति से छिन्न कर सकती है। इसलिए हम ऋषियों ने उसे साधने के लिए अतिबला शक्ति की खोज की है।

''बला शक्ति का उपयोग हम पाँच इन्द्रियों की सहायता से करते हैं। पर इन्द्रियों से अलग होते हुए भी आत्मा के पास हर इन्द्रियाँ पाँच-पाँच की संख्या में हैं। इसलिए वह सर्वग्राही, सर्वज्ञ और सर्वाधिक वेगवान है। हृदय से सैकड़ों नाड़ियाँ निकलती हैं। इनमें समायी आत्मा के सर्वग्राही और वेगवान बल को अतिबला कहते हैं। बला अगर शक्ति है तो अतिबला वेग है। इस युग का युद्ध, बल के ऊपर वेग की विजय की अमर-गाथा के रूप में याद किया जाएगा।

''जैसा कि पहले भी बताया, मन अन्नमय है, प्राण जलमय और वाणी तेजोमय है। बला का साथ देती है 'परा विद्या', जिसे हम 'शब्द ब्रह्म' के नाम से जानते हैं और अतिबला का साथ देती है अपरा-विद्या, जिसे हम 'परब्रह्म' के नाम से जानते हैं।

''हाथी वे गुम ध्वनियाँ सुन सकता है या बोल सकता है जो मनुष्य के वश में नहीं। वे दस योजन की दूरी तक चारों दिशाओं में स्थित अपनों से बातें कर सकते हैं। यही क्षमता रात में पचास योजन तक बढ़ जाती है। संकटों से चेतावनी देने में यह एक कारगर उपाय है, क्योंकि इनकी गुम ध्वनियों को मानव सहित अन्य हिंसक जंगली जीव भी नहीं पकड़ सकते। उसी तरह दूसरे महादेशों से उड़कर आते पक्षियों में भी यह क्षमता होती है। धरती से उठती गर्मी को आधार बनाकर वे अपना रास्ता तय करते हैं। उन रास्तों पर हवा इस तरह लहरों में उठती है कि वे सिर्फ फैले पंख के सहारे सौ योजन तक उड़ सकते हैं। गर्मी की यह लहर एक गुम ध्वनि भी पैदा करती है जिसे वे सुन सकते हैं और वह भी पाँच योजन दूर से ही। इसलिए आगे का रास्ता भी उन्हें दीखने से पहले सुनाई दे जाता है। यह भी अनहद नाद का एक प्रकार है। वे अपनी बन्द आँखों से भी रास्ता ढूँढ़ लेते हैं, क्योंकि उन्होंने अनहद नाद सुनना सीख लिया है, पर अभागा मानव चाहता भी नहीं कि उसे अनहद नाद

सुनाई दे।

"अगर अनहद नाद सुनने की क्षमता कान से विकसित कर पाते हैं तो अँधेरे में देखने की क्षमता आँखों को विकसित करके। अँधेरे में एक गुम प्रकाश होता है जिसे पकड़ने की क्षमता कई पशुओं में होती है। पर उससे भी आगे आँखों में प्रकाश-पुंज इकट्ठा करने की क्षमता होती है। चीता या बिल्ली की आँखों से आँखें टकराते ही शिकार सदमे की हालत में चला जाता है। उसका मस्तिष्क काम करना बन्द कर देता है। इन राक्षसों ने भी यह सीख लिया है और आक्रमण के समय ब्राह्मण कुमारों को ऐसे ही मूर्च्छित कर देते हैं।

"राक्षसों द्वारा विसर्जित ऐसी बौछारों को खींच लेने के लिए अपने मस्तिष्क में ऐसी चुम्बकीय शक्ति का निर्माण करना अनिवार्य है।"

शाम होते ही आश्रम में जमघट लग गया। विश्वामित्र अभी आये नहीं थे—सभी युवकों को घेरकर शिष्य घालव चटखारे लेकर शूर्पणखा-ताड़का प्रसंग पर कथावाचन कर रहा था। ताड़का सम्बन्धी समाचार लाने के लिए गुरु ने उसकी प्रशंसा भी की थी।

"मैं चाहती हूँ कि मेरे आतंक की सूचना उस तक रुक-रुककर पहुँचती रहे जैसे समुद्र में फँसी नाव पर पड़ती लहरों की चोट। जितनी बार उसके मस्तिष्क पर भय की चोट पहुँचेगी उतनी बार मेरे प्रभुत्व की छाप उस पर गहरी पड़ती जाएगी।" ताड़का ने शूर्पणखा से कहा था।

"मैं समझ गयी, चुड़ैल कहीं की!" शूर्पणखा ने बीच में ही ताड़का की बात रोक दी। "तुझे युवा राजकुमार चाहिए। बस अब मैं और रुकनेवाली नहीं।"

"अरी मूर्ख, अभी तो आयी है, एक-दो सप्ताह तो रुककर जा। इतने ब्राह्मण कुमार लाकर खड़े कर दूँगी कि तुझे कोई शिकायत नहीं होगी।"

"तू जो अपहरण करके ले आती है, उससे तो कुछ होता ही नहीं। मारे डर के ठंडे पड़ जाते हैं..." कहकर शूर्पणखा हँसी और साथ में ताड़का ने भी ठहाका लगाया। "अच्छा तो तुझे ठंडे लोग नहीं चाहिए..."

"और क्या करते हैं?"

"तो तू क्या उसमें ज्वार नहीं पैदा कर पाती..."

"वो कैसे..."

"आते ही कोड़ों की बारिश कर दे फिर देख।"

"मेहनत का फल मीठा होता है।" कहकर ताड़का ने फिर ठहाका लगाया, "और साफ-सुथरा भी।"

"अच्छा इतने लाभ गिना रही है। पर उस राजकुमार से नहीं मिलवा सकती?...तू तो वैसे भी ब्याहता है।"

"अगर तू राजकुमार पर ही अटकी है तो वही सही...पर सच तो यह है कि अन्धों-कानों से भरी मेरी गुप्तचर टोली हर बार खाली हाथ लौटती है और पूछो तो बस उन राजकुमारों का सुना-सुनाया रूप-रंग बताना शुरू कर देती है। अब इन मूर्खों को मालूम नहीं कि बार-बार रूप-रंग का गुणगान सुनकर मुझे तो कुछ और ही सूझता है। मैं रणनीति पर सोचती हूँ तो राजकुमारों का यौवन भारी पड़ने लगता है। ये कौन हैं, कहाँ से आये, कुछ पता चले तो इस भारी यौवन प्रकोप की जगह युद्ध-कला के कुछ पाठ याद करूँ।"

"अब रहने भी दे। कुछ अपने बूढ़े यौवन पर भी तरस खा...कुछ आराम करने दे..."

"ऐसे भी मत बक छोकरी। आज भी जब अपने पर आ जाती हूँ चार-चार ब्राह्मणों को एक साथ उठाकर आग में झोंक देती हूँ।"

"देख देख, अभी भी तू आग में झोंकने की बात कर रही है मैं तो उन राजकुमारों को फूलों की नगरी ले जाना चाहती हूँ, जहाँ मैं, वो और समागम के अलावा कुछ नहीं हो..."

"तू राक्षसी है या गन्धर्व-पुत्री। स्त्रियों के यौवन का रहस्य भी तुझे समझाना पड़ेगा क्या..."

"अच्छा इसमें रहस्य क्या है? और तू मेरी तरह अक्षत युवती थोड़ी ही है?"

"सम्भोग अक्षत युवतियों का खेल नहीं। इसके लिए पूरा निपुण होना पड़ता है।"

हाँ, हाँ, अच्छे से समझती हूँ ये खेल। तू यही गिनाएगी कि कैसे एक से लेप लगवाती है, दूसरे से पंखा करवाती है, तीसरा बदन दबाता है...पर मुझे तो बस वही एक राजकुमार चाहिए।

"अरी गन्धर्व की भूतनी, मर्द के साथ दिल मत लगा। ये खेलने की चीज है और यही इसका रहस्य है..."

"ठीक है तू कहती है तो मैं भी सिर्फ उससे खेल खेलूँगी..."

"खेल खेलेगी...! तो फिर उसके तरीके तो सीख ले। यौवन का खेल बचपने से अलग है...मेरी मोम की गुड़िया...!"

"अच्छा तो फिर बता मेरी अम्मा, कि ये खेल है क्या...?"

"असल खेल तो ये है कि यौवन का खुमार बनाये रखना है तो किसी जवान मनुष्य की हत्या करनी होगी।"

"क्या...!"

"यही हमारी कुल देवी का हुक्म है।"

"कुल देवी का...?"

"जिसकी हत्या करती हो उसकी शक्ति तुम्हारे अन्दर समा जाती है। यही आशीर्वाद है कुल देवी का।"

"पर इसका स्त्री के यौवन से क्या वास्ता?"

"स्त्री का यौवन तभी तक है जब तक उसमें कामना का ज्वार है...तू जब खुद किसी का सिर धड़ से अलग करेगी तब पता चलेगा कि वेग के साथ निकलता खून का फव्वारा उस ज्वार को कितना ऊपर उठाए रखता है...मर्द तो मर्द है चाहे राक्षस हो या मानव...उसका आकर्षण बनाए रखने के लिए जरूरी है कि मिलन की तुम्हारी इच्छा में कभी कमी न आये..."

"बड़ी अनहोनी बात कर रही है तू।" विश्वास न करते हुए भी शूर्पणखा को ताड़का की इन बातों में नशा-सा लगने लगा था। उसकी आनुवांशिकी असर दिखा रही थी।

"मर्द एक औरत के शरीर को मनचाहे तोड़ता-मरोड़ता है और तब तक झिंझोड़ता है जब तक उसका ज्वार नहीं उतर जाता और इसमें उसे इतना भी होश नहीं होता है कि तोड़ी जानेवाली औरत की दर्द सहने की शक्ति जा चुकी है और वह बेहोश हो चुकी है। इसे जब वह यौवन का ज्वार कहता है तो मर्दों की हत्या करने का मेरा जुनून और बढ़ जाता है और सच पूछो तो उसके बाद सचमुच सहवास में मैं उतने ही हिचकोले लेती हूँ जितना आसमान में बल खाती पतंग।"

आश्रम में घालव द्वारा कथा बाँचे जाने के बीच ही व्यवधान हो गया। सभी इतने तन्मय होकर सुन रहे थे कि विश्वामित्र के वहाँ पहुँचने का किसी को पता ही नहीं चला।

"इस कथा वाचन का पुरोहित कौन था..."

विश्वामित्र की आवाज पर सारे चिंहुके और उछलकर खड़े हो गये—आड़े-तिरछे।

"सन्ध्या-पूजन के समय ताड़का-शूर्पणखा कांड का आयोजन किसने किया?"

"गुरुदेव, इसने..." अधिकांश ने एक शिष्य की ओर उँगली उठायी। रस पीते समय सभी अँजुली भर-भरकर पान कर रहे थे। अब मुसीबत आयी तो एक उँगली उसकी ओर उठा दिया।

"अच्छा! तो उठा दस सेर गेहूँ और उसकी पिसाई कर।"

"गुरुजी, ये उठ जाएगा।" किसी शिष्य ने सावधान किया। उनकी खिलखिलाहट

को पीछे छोड़ विश्वामित्र फिर से तारों भरे आकाश में आ खड़े हुए। "ये हिंदू धर्म भी तारों भरा आकाश है—जितना अथाह है उतना ही जटिल। जितना प्रकाश है, उतना ही अँधेरा...इसी अँधेरे में गुम हो जाएगा सब कुछ।" राम उनका प्रिय शिष्य है पर उनका पुत्र तो नहीं और पुत्र पर पिता का जितना अधिकार है वैसा दावा गुरु तो नहीं कर सकता...शास्त्र भी इस पर स्पष्ट है कि पितृ ऋण, गुरु ऋण से कहीं अधिक भारी है, पर शास्त्र इस बात पर क्यों मौन है कि कोई भी ऋण, जीवन पर भारी नहीं? ऋण तो ऋण है मृत्युदंड तो नहीं।...अगर राम के साथ अनहोनी हो गयी तो बड़ा अपयश होगा।

शिष्यों की खुसफुसाहट से विश्वामित्र का ध्यान टूटा और अपने आप उनके हाथ में पड़ा सोटा, जमीन पर चटाख की आवाज कर बैठा। बन्द पड़ी चक्की की आवाज फिर से तेज हो गयी। युवकों की खुसफुसाहट दबी हँसी में बदल गयी। उनके सोचने का क्रम फिर से चल पड़ा।

आसन्न मृत्यु को टालने के उद्देश्य से जीवन लेना या जीवन गँवा बैठना स्वाभाविक है, क्योंकि इस बिन्दु पर आकर तर्क और विवेक समाप्त हो जाता है। पर उन स्थितियों से, जहाँ तर्क की पूरी सम्भावना है, वाद-विवाद की सीमा खत्म नहीं हुई, वहाँ यूँ ही किसी के जीवन पर अन्तिम निर्णय ले लेना अन्याय नहीं तो और क्या है? कुशासन ने किसे अपनी चपेट में नहीं ले रखा है? आदमी, मवेशियों की तरह मर रहे हैं। पेट की भूख ने मस्तिष्क को बन्धक बना लिया है पर ऋषि की तप और योग-साधना का यही हश्र होना था और पेट की भूख से ही निर्णय होना था तो मानसिक शक्ति के इतने प्रयोग किसलिए किये थे? अगर भीड़ में ही गुम होना था तो नेतृत्व का पाठ क्यों पढ़ा था। धीरज, धर्म और मित्र की परीक्षा भी विपत्तिकाल में ही होती है और साधना की ऐसी गत हो जाए, ये कैसी तैयारी थी परीक्षा की? समाज सद्गति के लिए किसकी ओर देखे अगर सन्त ही दुर्गति का शिकार बन बैठें। रह-रहकर विश्वामित्र अहल्या प्रकरण पर गौतम सहित सभी ऋषियों के रवैये को याद कर क्षुब्ध हो उठते थे।

भारतवर्ष का कुशासन अपना रूप बदल रहा था। धन का संकट एक धर्मसंकट में बदल रहा था। सूखे पेट की ग्लानि धर्म की हानि का सूत्रपात कर रही थी। विश्वामित्र को ऐसा लगा जैसे आसमान से छिटके हुए तारों में से, एक-एक कर कई तारे अँधेरे में विलीन हो रहे हैं। अचानक अपने आसपास उन्होंने हाथ फैलाया। अब ठीक-ठीक था। बच्चे सो चुके थे। चक्की भी बन्द थी। वे हौले से उठकर चक्की की तरफ गये। पाट पर एक हाथ के ऊपर सिर टिकाये और दूसरा हाथ गेहूँ की टोकरी में डाल घालव सो रहा था। हौले से दोनों हाथ निकालकर, उसे अपनी गोद में उठा लिया और वापस अपनी जगह आ गये। उन्होंने देखा कि बच्चों ने उसके

लिए जगह नहीं छोड़ी थी। जगह बनाने का मतलब था फिर से ऊधम मचाना। उसे अपने लिए बनायी जगह पर लिटाकर पास ही पड़ी खाली जमीन पर जा बैठे। आसपास के कंकड़ और तिनके को साफ किया और धीरे-से लेट गये। रात का तीसरा पहर था। अगली सुबह की दिनचर्या शुरू करने से पहले एक झपकी ले लेना जरूरी था। पर विश्वामित्र के सोचने का क्रम बन्द नहीं हुआ था।

तुम यज्ञवेदी में निरन्तर सोम और घी की आहुति दे रहे हो ताकि प्रकृति-प्रसन्न हो और उमड़-घुमड़कर पानी बरसे। जितनी चिन्ता इस बात की तुम्हें है, उतनी ही उन निरीह वनवासियों को भी है। अमावस की अँधियारी रात के तीसरे पहर पुरुषों की आँखों से दूर एकान्त में उनकी कुवाँरी बेटियाँ निर्वस्त्र होकर नृत्य करती हैं। वे कहती हैं प्रकृति अगर तुम प्रसन्न न हुई तो छोटे भाइयों को मृत्यु से बचाने के लिए मुझे इसी निर्वस्त्र शरीर को बेचकर अन्न खरीदना पड़ेगा। वे प्रकृति को ताने देती हैं कि अगर तुम रात में अपनी बेटियों के नग्न शरीर को नहीं देख सकते तो उसे दिन में बिकते क्या देख पाओगे?

शासको! यह भी एक यज्ञ की आहुति ही है। एक कुवाँरी कन्या का नग्न नृत्य एक बड़ी आहुति है। प्रकृति अगर तुम पर प्रसन्न होगी तो कोई कारण नहीं कि वह उन पर प्रसन्न नहीं हो।

कहते हैं राज्य में राजस्व की कमी है। पर राजस्व वहाँ मिलता है जहाँ राज-धर्म का शासन हो। पालतू मवेशी कितनी संख्या में मरे, गिनती नहीं। गायों के दूध बन्द हो गये। कितने का गर्भ बिगड़ा है कहना कठिन है। ऊपर से घोषणा यह हुई कि मरे पशुओं की सभी खालें राजकर्मचारी ले जाएँगे। और तो और मरे मवेशियों के मांस, अस्थि, पित्त, आँत और सींगें तक उठा ले गये। कहते हैं अकाल पड़ा है इन्द्रपुरी को पैसों की सख्त जरूरत है। अब यह कहना कठिन है कि इन वसूले राजस्व में से कितना इन्द्रपुरी जाएगा और कितना रावण के हिस्से। प्रजा दो निरंकुश राजाओं के पाट के बीच फँसकर रह गयी थी।

हे शिव! आज पुनः तुम्हें यहाँ आना होगा। सूर्य के ज्वलित ताप को ग्रहण कर तीसरा नेत्र खोलो। आने दो उछाल सभी नदियों के जल में। जुड़ने दो नदियों को एक दूजे से। चढ़ने दो जलराशि को विन्ध्य के सभी पर्वत-शिखरों पर। बस इतना ही काम करना है तुझे जटाधारी। तुम्हारी उत्तुंग जटा से बहती भागीरथी अकेली पड़ गयी है। त्राहि-त्राहि करते तप्त जन-गण के लिए अकेली गंगा कहाँ-कहाँ भागती फिरेगी। नदी जल को लेकर राज्य-राज्य में वैमनस्य हो गया है। जागृत करो अपनी तपस-ऊर्जा को। जाने दो सभी नदियों को विन्ध्य शिखर पर। बस उसे वहाँ से अपने आप बहने दो दक्षिण और पश्चिम। दिशा-दिशान्तर होने दो तृप्त। फिर से यौवन आये माही, ताप्ती और नर्मदा में—गर्भ धारण करे पृथ्वी, उत्पन्न हो सुडौल

अन्नराशि। भाग जागें अकिंचन निरुपाय और मरणासन्न धरती-पुत्रों के।

बहुत दुखी रहता है इन्द्र इन दिनों। अन्त:पुर की दीवारें काटने को दौड़ती हैं, खुली हवा में साँसें फूलती हैं। चादर के अन्दर गर्मी फूँकता है बिना चादर के सर्दी लगती है। बार-बार पानी पीता है। बार-बार लघुशंका होती है। भूख तो वैसे भी कम हो गयी है। छत्तीस भोग पड़े-पड़े ठंडे हो जाते हैं।

''ये सखियाँ भी उस दढ़ियल की गुप्तचर हैं...मेरे ही पास चक्कर काटती हैं... स्वर्गलोक में और कोई जगह नहीं...और फिर ये यहाँ आयीं कैसे...पहले तो नहीं होती थीं...''

''यही तो बात है कि पहले वाली बात ही नहीं रही अब।'' प्रतिध्वनि सुनकर इन्द्र चौंक पड़ा। इन्द्र के अन्दर प्रश्नोत्तर का अखाड़ा जमा हुआ था जैसे उसी का मन उसे ही अपमानित करने पर तुला हो। कान बन्द करे या आँखें उसका अपना मन ही था जो कड़वी बातें सुनाये चला जाता था। हर पल एक ध्वनि कौंधती थी। बहुत दुखी रहता है इन्द्र इन दिनों। कहाँ तो अप्सराओं के उरोजों की विशेषताओं और विभिन्नताओं में डूबा रहता था, कहाँ डूबने-छुपने के लिए अब कोई भी जगह सही नहीं लगती।

अब जब भी मखमली केशराशि को याद करता है तो सामने अधपकी उलझी जटाएँ दीखती हैं। समन्दर जैसी गहरी आँखें याद करता है तो क्रोधमयी जलती आँखें सामने आ जाती हैं। रसीले होठों से निकलती रसभरी बातों को याद करता है तो आग उगलती ज्वालामुखी दीख जाती है। जो उसके प्रिय स्वप्न हैं वे नहीं होते, जो अप्रिय हैं वे दिवास्वप्न की तरह घेरे रहते हैं। बहुत दुखी रहता है इन्द्र इन दिनों।

पिछले पखवाड़े की बात थी। सुन्दरियों से रमण करने के बाद इन्द्र ने जब वस्त्र पहने तो सुन्दरियाँ खिलखिला पड़ीं। इतनी अच्छी हँसी। वह भी हँस पड़ा। वह तब तक हँसता रहा जब तक, सामने दर्पण पर उसकी दृष्टि नहीं पड़ी थी। वह तो घाघरा पहने हुए था और चोली उसके हाथों में झूले के मजे ले रही थी। चोली फेंकी, घाघरा उतार फेंका।

आनन-फानन में कपड़े उतार फेंके और फेंकी दो-चार गालियाँ। उसने देखा दर्पण अभी भी उसे ही देख रहा था। पहली बार दर्पण उसे निर्वस्त्र देख रहा था। रति-रमण में निर्वस्त्रता, उसे अपने पुरुषत्व का प्रदर्शन लगती थी। लेकिन आज तो वह बिल्कुल मोम लग रहा था। आज तक जिसे वह पौरुष समझता था वह मोम क्यों दीखा? उससे भी बुरी बात कि उसने अपने वस्त्रों की जगह घाघरा क्यों पहन लिया।

सोच-सोचकर बहुत दुखी हुआ इन्द्र।

जनता जिस भारत राष्ट्र की बात करती है क्या बला है? कहती है राष्ट्र बड़ा है राजा से। बहुत हास्यास्पद बातें लगती हैं। बहुत गुदगुदी होती है यह सुन-सुनकर। गुदगुदी मिटाने के लिए इन्द्र जब सोमरस-पान करता है, तो उसका फेनिल रस पेट में पहुँचने की बजाय मस्तिष्क में पहुँच जाता है। पूरे समय कान में सनसनाहट होती रहती है। स्मृति पर बुरा प्रभाव पड़ने लगा है। बहुत दुखी है इन्द्र इन दिनों।

अभी कल की बात थी। उर्वशी को, सम्बोधन करते हुए रम्भा शब्द का उच्चारण कर दिया। उर्वशी ने जब ध्यान दिलाया तो रेवती, पुष्पा, मुक्ता और न जाने कितने नाम, उसके होठों से फिसले तब जाकर उर्वशी नाम याद आया। वह बहुत कुपित हुई। बोली अब तुम्हारा राजयोग खत्म होनेवाला है। रम्भा को मुकुट बना लो, रेवती को हार और बाकियों को चटाई बनाकर नगर से दूर बसाव कर लो। तुम्हारे वानप्रस्थ के दिन आ चुके हैं।

वानप्रस्थ! इन्द्र ने बुरे-से-बुरे स्वप्न में भी ऐसा कभी नहीं देखा जैसा उर्वशी ने एक पल में उसे दिखा दिया। राजयोग खत्म, वानप्रस्थ शुरू।

बहुत दुखी रहता है इन्द्र इन दिनों।

क्या राजा के लिए वानप्रस्थ नहीं होता? आश्रम व्यवस्था सिर्फ जन-गण के लिए? राजा वृद्ध नहीं होता? जब वह शैशव, ब्रह्मचर्य और गार्हस्थ से होकर गया है तो वानप्रस्थ कहाँ गया? क्या कहा, कि वह ब्रह्मचर्य होकर भी नहीं गया? तो फिर उलटी गिनती शुरू करो। अब ये गार्हस्थ से वानप्रस्थ में जाने के बदले ब्रह्मचर्य में जाएगा।

फिर उर्वशी ने जो कहा उसका क्या? बात वही है, जाएगा वह नगर से दूर पर अकेला। रम्भा, रेवती, पुष्पा, मुक्ता कोई भी साथ नहीं।

तो फिर गुरुकुल की शिक्षा भी नहीं? नहीं, शिक्षा तो होगी पर दुर्वासा ऋषि के पास।

दुर्वासा ही क्यों?

वही एक है जो इसके धूल उतार सकता है।

जब से उसे खबर मिली कि दो दशरथ-पुत्रों को विश्वामित्र अपने साथ ले गये हैं तब से इन्द्र को बुरे सपने आने लगे हैं। उनके चाटुकारों ने याद दिलाया कि विश्वामित्र पहले भी उसका कुछ नहीं बिगाड़ सके तो अब क्या कर लेंगे। उनका संकेत दासराज-युद्ध की तरफ था जिसमें इन्द्र के विरुद्ध विश्वामित्र ने युद्ध किया था और पराजित हुए। विश्वामित्र की सेना का नब्बे प्रतिशत उस युद्ध में नष्ट हो गया। विन्ध्य के जंगलों में भागकर अपनी और अपने समर्थकों की जान बचाई थी। इन्द्र,

थोड़ी देर के लिए सही, उसे याद कर गद्गद हो उठा। कितनी महान विजय थी। इन्द्र को चुनौती देने चला था। ढूँढ़-ढूँढ़कर काट डाला था विद्रोहियों को। क्षत्रिय होकर क्षत्रिय के विरुद्ध! और क्या परिणाम होता? मारे गये सबके सब। पर इन्द्र के बुरे सपने का कारण कुछ और था। उसका सोचना था कि दशरथ जब उसका मित्र था तो उसे इन्द्र से पूछना चाहिए था, विश्वामित्र से हाथ मिलाने से पहले उसे अपनी मित्रता को याद करना चाहिए था।

वह आज भी देवों का सिरमौर है। देवराज इन्द्र है।

दशरथ ने तो अपने चारों पुत्रों को विश्वामित्र के चरणों पर रखा था फिर विश्वामित्र ने कौशल्या-पुत्र को ही क्यों चुना। सुमित्रा-पुत्र को साथ ले जाना तो एक बहाना भर था अन्यथा उँगली तभी न उठ जाती? कोशलराज से राजा गाधि की मित्रता छुपी तो नहीं। फिर गाधि-पुत्र तो कोशलराज के नाती का शुभ सोचेगा, स्वाभाविक ही है। राक्षसों का वध क्या सिर्फ कौशल्या-पुत्र ही कर सकता है। वीर्य तो दशरथ का है तो फिर उनके चारों पुत्र तो समान बली होंगे। वशिष्ठ से पूछ लो जिसने चारों भाइयों को दीक्षित किया है। विश्वामित्र के हठ के आगे अगर वशिष्ठ ने हाँ भी की तो यह सही निर्णय नहीं था। अगर वशिष्ठ को भयमुक्त करके पूछा जाता तो निष्कर्ष कुछ और होता। गणतन्त्रों के इस नवीन युग में जनमत एक अक्षुण्ण हथियार बन गया है। तेज बुद्धि विश्वामित्र अपनी योजना जनमत के भरोसे पूरा कर डालेगा, इसमें कोई सन्देह नहीं।

पर सच्चाई तो यही थी कि दशरथ के दो बेटों को विश्वामित्र साथ ले गये और दशरथ ने इन्द्र से परामर्श करना अनिवार्य नहीं समझा। वैसे तो अप्सरा की बातें श्राप नहीं होतीं। पर उर्वशी का यह कहना कि इन्द्र के वानप्रस्थ के दिन आ चुके हैं और उधर दशरथ का विश्वामित्र से मित्रता गाँठ लेना, इन्द्र के लिए बुरे सपने का कारण बन रहा था। यह दो बुरे नक्षत्रों के योगफल जैसा था। ऐसे में उसके धुँधलाते बुद्धि-कक्ष में राजा कैकय का नाम कौंधा। उसकी सहायता लेने से पूर्व एक समस्या सामने खड़ी थी कि इन्द्राणी ने इन्द्रपुरी छोड़ दिया था और सूचना थी कि विश्वामित्र इन्द्राणी से सम्पर्क साधने का प्रयास कर रहे थे। उसे वह क्षण याद आया जब अहल्या और विश्वामित्र के बीच खिचड़ी पकी थी। तब उन दोनों ने उसकी जगह इन्द्राणी को देवराज्ञी पद देने की योजना बनायी थी। उसे बड़ा अभिमान हुआ अपने ऊपर कि तब समय रहते ही अहल्या को सबक सिखाकर उसने ऐतिहासिक काम कर डाला था। पर इन्द्राणी को मनाने में उसके अथक प्रयास निष्फल जा रहे थे, क्योंकि इन्द्राणी द्वारा उठाये गये अनवरत प्रश्नों का कोई उत्तर नहीं था उसके पास। ऐसे में विश्वामित्र का अपने प्रयास में सफल होना तय जान पड़ रहा था। उसे आज भी यह एक भयावह सच जैसा जान पड़ता था कि विश्वामित्र के बहकावे में इन्द्राणी

देवराज के पद की माँग न कर बैठे।

पिछले कई दिनों से लक्ष्मण द्वारा छोड़े जा रहे प्रश्नबाणों की बौछार के पीछे एक मूल कारण भी था, जिसे वह सीधे-सीधे सम्बोधित तो नहीं कर रहा था पर उसके पाश से बाहर भी नहीं आ पा रहा था। अयोध्या से चलने से पहले मन्थरा ने चुटकी ली थी, 'देखो कुँवर ये ऋषि लोग अबूझ पहेली हैं। सँभलकर रहना कहीं कोई अप्सरा तुझे भी न चुरा ले जाये।''

''अप्सरा सामने तो आये। स्त्री जात है तो क्या। नाक काटकर वापस न भेजा तो मैं भी लक्ष्मण नहीं।'' अपने आप संग प्रतिक्रिया व्यक्त करते हुए लक्ष्मण ने मन्थरा द्वारा व्यक्त आशंका को परे धकेल दिया। पर मन्थरा ने जो दूसरी आशंका व्यक्त की थी उसे परे करना लक्ष्मण के वश में नहीं था। मन्थरा ने कहा था, ''देखो छोटे भैया, यह ऋषि तो क्षत्रिय रहा नहीं, ऊपर से क्षत्रिय सिरमौर देवों के देव इन्द्र का विरोधी है, कहीं तेरे हाथों कोई जाति-विरोधी काम न करवा दे।'' मन्थरा की यह बात लक्ष्मण के अवचेतन से चिपककर बैठ गयी थी।

पर गुरु विश्वामित्र तो गुरु ठहरे। ताड़का, रावण और इन्द्र के बीच घट रहे राजनीतिक समीकरण की ओर संकेत करने का सही समय था। ऐसा निश्चय कर विश्वामित्र ने बिना लाग लपेट के समकालीन राजनीतिक संकट का स्वरूप उद्घाटित कर दिया।

''वृत्रासुर का वध एक आवेगपूर्ण निर्णय था, जिसने इन्द्र को ब्रह्महत्या का दोषी बनाया। छोटा नागपुर के आदिवासियों के प्रयास से जब इन्द्र शापमुक्त हुआ तो उसने जनता का कृतार्थ होने के बदले रावण संग दोस्ती गाँठना सही समझा। आदिवासी पहचान की अतिवादी परिभाषा के तहत ताड़का जो आतंकवाद फैला रही थी उसकी अनदेखी करके इन्द्र छोटा नागपुर क्षेत्र की जनता का दूरगामी अहित कर रहा था। पर व्यक्ति जब स्वयं अतिवादी आवेगों से ग्रस्त हो जाता है तो आतंकवादी भी उन्हें सगे-सम्बन्धी दीखते हैं। इन्द्र के अतिरेकों से ताड़का को कोई कष्ट नहीं था, क्योंकि यह ताड़का की उस योजना के अनुकूल था जिसके तहत जन-जागरण के प्रयासों में लगे ब्राह्मणों को समर्थन देने से इन्द्र कन्नी काटता रहता था। ताड़का ब्राह्मण-हत्या में सुखी थी और इन्द्र आत्महत्या में मगन।''

इस ब्राह्मण-हत्या और आत्महत्या के बीच का सूत्र एक ही था— भोगवाद। धरती, जल, वायु, अग्नि, अन्तरिक्ष सभी को भोगवादी सभ्यता से बाँधकर रख देना। विकास की चरम अभिव्यक्ति—सिर्फ भोग। समृद्धि का अर्थ भोग। धर्म का अर्थ भोग। प्यार का अर्थ भोग। अपराध करना तो गलत है ही पर अपराध कर हेकड़ी

दिखलाना तो उससे भी बड़ा अपराध है। चोरी और सीनाजोरी साथ-साथ। भोग, उन्माद और आवेगों में शौर्य की परिभाषा ढूँढ़नेवाले आतंकवादी नहीं बनते तो और क्या?

भोगवाद से निकलकर जाती अन्धी गलियाँ आतंकवाद के उन दलानों पर जाकर खत्म हो रही थीं, जहाँ पंक्तिबद्ध बैठे धर्म-प्रचारक, समवेत स्वर में ऐसी पंक्तियों का पाठ करते जा रहे थे, जिसे सुनकर खाड़कुओं के खून का उबाल बना रहता था। ऐसे दलान इन्द्र के वहाँ भी थे और ताड़का के यहाँ भी। ऐसी ही अन्धी गलियाँ वहाँ भी थीं और यहाँ भी। ऐसा ही पाठ वहाँ भी होता था और यहाँ भी। खून में उबाल वहाँ भी आता था और यहाँ भी। भोग वहाँ भी फैल रहा था, यहाँ भी। भय वहाँ भी था, यहाँ भी। अन्याय वहाँ भी था, यहाँ भी। वहाँ आत्मा की हत्या हो रही थी यहाँ ब्राह्मण-आत्मा की। वहाँ आत्महत्या हो रही थी, यहाँ ब्रह्म-हत्या। ऐसे में क्या क्षत्रिय सिरमौर इन्द्र का पूर्ववर्ती विरोध व युद्ध कर उसने क्षत्रिय घात किया? विश्वामित्र ने अपने आपसे प्रश्न किया।

इन दिनों इन्द्र वशिष्ठ से खुश नहीं थे। दशरथ-पुत्रों को ले जाने में विश्वामित्र का सफल हो जाना इन्द्र की दृष्टि में वशिष्ठ की असफलता थी। हालाँकि वशिष्ठ ने समझाने की बहुत कोशिश की कि विश्वामित्र इस बार किसी इन्द्र-विरोधी अभियान पर नहीं निकले हैं पर इन्द्र ने एक नहीं मानी।

पर हताश हो रहे इन्द्र को उसके चाटुकारों ने जब दूसरे तरीके से बात समझायी तो उसे कुछ तसल्ली हुई। उन्होंने समझाया कि विश्वामित्र अपने ही जाल में उलझनेवाले हैं। ताड़का के संग युद्ध में विश्वामित्र की जीत असम्भव है। ऐसे में अगर दशरथ-पुत्रों को कोई हानि पहुँची तो समझो सोने पे सुहागा। दोनों ही स्थिति में विश्वामित्र या अयोध्या की ओर से उठनेवाली किसी सम्भाव्य चुनौती की आशंका हमेशा के लिए जाती रहेगी।

इन्द्र को इन बातों से सन्तोष अवश्य मिला था पर उसका भय गया नहीं था। इसलिए कुछ दिनों पहले ही उसने अपना दूत भेजा था जो ताड़का से मिलकर वस्तुस्थिति की जानकारी ले। दूत ताड़का से मिला। पर उसने अगर जानकारी ली तो कई जानकारियाँ प्रदान भी कीं। जिसे वह मात्र राजकुमार समझती थी उसका रहस्य खुलते ही ताड़का ने तत्काल आक्रमण की योजना बनायी।

सबसे पहले उसने शूर्पणखा को विदा किया और रावण के लिए सन्देश भिजवाया कि वह एक महत्त्वपूर्ण कार्य सम्पन्न करने के बाद ही रावण से मिलने आएगी।

इन्द्र के दूत ने जो सन्देश दिया था उससे ताड़का को त्वरित रणनीति बनाने में सहायता मिल गयी। यह निश्चित हो गया था कि विश्वामित्र के इस अभियान के पीछे कोई सैनिक समर्थन नहीं है पर उससे भी बड़ा सूत्र यह हाथ लगा था कि अगर ताड़का उन तीनों के सामने ब्राह्मण कुमारों को अगवा करने में भी सफल हो जाती है तो विश्वामित्र का मनोबल टूट जाएगा, क्योंकि इस बार विश्वामित्र ने सिर्फ अटूट मनोबल के सहारे नया मोर्चा खोला था।

आसमान में छिटके तारों के बीच घूमते हुए विश्वामित्र की पलकें कब झपक आयीं उसे पता ही नहीं चला। पर नींद की अवस्था में ही जब उसे अपने आसपास किसी दुस्साहसी शक्ति के होने का आभास हुआ तो आँखें खुलीं और देखा कि स्थिति विकट हो चुकी थी। घालव तथा एक अन्य ब्राह्मण कुमार को उठाकर कोई विशाल काया अँधेरे में विलीन होने को तैयार थी। वह ताड़का ही थी। अवाक् विश्वामित्र ने यह भी भाँप लिया था कि ताड़का भाग नहीं रही बल्कि ठिठककर खड़ी है। त्वरित गति से अपना शस्त्र उठाने विश्वामित्र जैसे पीछे मुड़े तो देखा कि उनका मनोबल और उनका विश्वास दोनों पीछे तैयार खड़े थे। राम और लक्ष्मण दोनों की प्रत्यंचाएँ तनी हुई थीं और लक्ष्य था—ताड़का।

राम ने ताड़का पर इसलिए भी बाण नहीं चलाया कि उस कोण से उसका कटा सिर यज्ञकुंड में जा गिरता और कोण बदलने के लिए जगह नहीं थी। ताड़का इस विडम्बना को जान ठहाके लगा रही थी। विश्वामित्र चिल्लाये, शत्रु का रक्त चाहिए अग्नि को... बाण चलाओ। ताड़का ने झट दो ब्राह्मणों को बाजू में समेटा, सामने ले आयी। अब ताड़का पूरी तरह उनके पीछे छिप गयी थी। बहुत बड़ा अनर्थ हो रहा था। विश्वामित्र, राम और लक्ष्मण की आँखों के सामने दो ब्राह्मण कुमार अगवा हो रहे थे। इस पल का हाथ से निकल जाना बहुत बड़ा अनर्थ था।

विश्वामित्र ने जीवा के पिता चांडाल गुरु का नमन किया जिसने कहा था तुम ऋषि लोग इसलिए हारते हो क्योंकि अग्नि में पड़ते रक्त से भयभीत होते हो। अपवित्रता का भय भी एक भय है। नियम जब भय बन जाये तो उस पर पुनर्विचार करो। उसने कहा था, 'आओ तुम्हें नरमुंड की आहुति देना सिखाता हूँ। मैं किसी भी लाश से सिद्धि नहीं करता। शत्रु का सिर लाये बिना सिद्धि नहीं होती...शत्रु मेरा नहीं, समाज का होना चाहिए।' यह यज्ञ ज्वाला रही नहीं, क्योंकि यज्ञ से ब्राह्मणों के अगवा होते ही यज्ञ ज्वाला अशुद्ध हो गयी थी।

राम की समस्त इन्द्रियाँ और चेतना गुरु की चेतना से जुड़ी हुई थी। दोनों ने अपने प्राणों को ऊपर ही रोक रखा था। लक्ष्मण का क्रोध उबलने ही वाला था कि

राम का तीर छूटा...सन्न। तीर ने अँधेरे को बेधा और चीत्कार से जंगल थर्रा उठा। यह प्राणांतक चीत्कार और किसी की नहीं—ताड़का की थी। विश्वामित्र ताड़का की ओर लपके। जैसे एक शिकारी, बिंधे शिकार की ओर लपकता है। ताड़का धरती पर गिरी हुई थी। राम के बाण ने उसके गले को बीचोंबीच फाड़ डाला था। यह दृश्य देख राम असहज हो उठे। एक योद्धा के रूप में उनका यह पहला वध था। वह भी एक स्त्री का! राम की धमनियों में शिथिलता बड़े वेग से दौड़ गयी। वह वहीं पड़ी शिला पर बैठ गये। कुछ पलों की निःशब्दता विश्वामित्र पर युगों के लिए भारी हो आयी।

''कात्यायन ने साफ कहा है कि ब्राह्मण भी अगर स्त्री-हत्या का अपराधी है तो मृत्युदंड का भागी है।'' विश्वामित्र ने असह्य निःशब्दता को तोड़ने का निर्णय किया।

''लेकिन कात्यायन ने ही यह भी लिखा है कि एक ही जैसा अपराध करने पर पुरुष की अपेक्षा स्त्री को आधा दंड देना चाहिए। इसलिए स्त्री को मृत्युदंड देना कहाँ तक उचित है।'' राम ने अपनी व्याकुलता गुरु के सम्मुख रख दी।

''ये तो अच्छा हुआ राम कि तुमने ताड़का-वध से पहले यह प्रश्न नहीं उठाया अन्यथा मैं साफ कह देता कि स्त्री-वध गलत नहीं। लेकिन काम हो जाने के बाद उठनेवाले संशय पर भली-भाँति चर्चा कर संशय दूर कर लेना अच्छा होता है।''

''तो आप मेरा संशय दूर करने में मेरी सहायता करेंगे ऐसा विश्वास है मुझे।''

थोड़ी देर चुप रह विश्वामित्र ने अपनी बात शुरू की, ''कोई भी नियम सार्वभौम या निरपेक्ष नहीं। नियम किसी व्यक्ति, वस्तु अथवा किसी दूसरे नियम के सापेक्ष होता है। स्त्रियों को मृत्युदंड से छूट देने के पीछे यह भाव है कि वह पुरुषों से कम आक्रामक, कम हिंसक और कम लोभी होती हैं। यहां पुरुषों के सापेक्ष स्त्री को श्रेष्ठ गुणसम्पन्न माना गया है। इसलिए माना जाता है कि स्त्रियाँ हथियार तभी उठाती हैं, जब बाकी सभी मार्ग बन्द हो गये हों। पुरुषों की तरह जीवन से खेलने में उनहें सुख नहीं मिलता। रक्त बहाने का खेल उनके स्वभाव में नहीं। लेकिन ताड़का इस कसौटी पर खरी नहीं उतरती। उसने आक्रामकता और हिंसा की वो सीमाएँ भी लाँघ दीं जिन्हें लाँघते ही पुरुष भी घोर अपराधी सिद्ध हो जाता है, फिर स्त्रियों के लिए तो वह और भी अक्षम्य है। जन-कल्याण में लगे अगर एक भी सन्त की हत्या हुई तो वह सामूहिक हत्या मानी जाएगी, फिर ताड़का ने तो कई ऋषियों की हत्या कर महा नरसंहार का अपराध किया। ऐसे में उसे कष्टहीन मृत्यु देकर राम

तुमने उस पर कृपा ही की है। कोई और योद्ध होता तो उसे पूरी यन्त्रणा देकर मारता। कई ऋषि-कुमारों ने मुझसे विनती भी की थी कि मैं तुम तक उनके उस अनुरोध को पहुँचाऊँ कि जितने कष्ट देकर ताड़का ने उनके पितरों को मारा है, तुम्हारे हाथों ताड़का की मृत्यु भी उतनी ही कष्टकर होनी चाहिए।''

''पर गुरुवर आपने मुझे कभी यह बात नहीं बतायी।''

''एक धर्मयोद्धा में क्रोध का भाव जगाना गलत दीक्षा देना है और यह पाप मैं अपने ऊपर नहीं लेना चाहता था। प्रतिशोध की उपस्थिति न्याय के भाव से मेल नहीं खाती। न्यायकर्ता में प्रतिशोध का भाव जगाना अनैतिक है।''

राम को यही बात सता रही थी कि न्याय का ध्येय पूरा करते हुए स्त्री-वध करके उसने प्रतिशोध का काम तो नहीं कर दिया। पर अब उसे पूरा विश्वास था कि उसने वही किया जो सही था।

''अगर माँ काली ने हथियार उठाया और हजारों मर्द पापियों का वध किया तो एक हत्यारिन के लिए राम तुमने हथियार उठाकर माँ काली का ही तो अनुसरण किया।'' राम को आश्वस्त देख विश्वामित्र ने कहना शुरू किया।

''स्त्री जाति के प्रति हमने दो तरह की कायरता ओढ़ रखी है। पहला है उसे बराबर का जीवन न देना। राम, मेरा मानना है कि स्त्री जाति से दूर-दूर रहने की बातें जो भी करते हैं, उससे हमारे समाज की आधी शक्ति क्षीण हो रही है। कई तो ऐसे भी विद्वान हैं जो कहते हैं,रजस्वला स्त्री को देखना भी पाप है। एक रजस्वला बहन, पत्नी या माँ को देखना पाप कैसे हो गया! स्त्री भी उसी मानवीय सम्बन्धों से हमसे जुड़ी है जिससे कि हम उनसे जुड़े हैं और अगर पुरुष-पुरुष के बीच के दैनिक व्यवहार में किसी भी क्षण पाप शब्द नहीं आता तो पुरुष और स्त्री के परस्पर दैनिक व्यवहार में पाप शब्द कैसे आ गया। जिस कष्ट भरे क्षण में, उसे सहानुभूति और सहयोग चाहिए, उसे 'पाप' बताना पीछा छुड़ानेवाली बात हुई। उत्तरदायित्व को मानने से मना करना तो कायरता हुई। स्त्री समूह को ऐसी अपमानजनक स्थिति में डालकर हम अपने समाज की आधी शक्ति खो रहे हैं, और जब शत्रुओं का आक्रमण होता है तो ईश्वर को दोष देते हैं। हम रोते हैं कि शत्रुओं के सम्मुख हमारी आधी शक्ति क्षीण क्यों हो जाती है। अगर शत्रु समाज अपनी स्त्रियों को बराबरी का स्थान देता है तो उसकी शक्ति तो हमसे दूनी हुई; यह बात तो प्राथमिक गणित पढ़नेवाला कोई छात्र भी बता सकता है।

स्त्री के प्रति हमारी दूसरी कायरता है स्त्री को बराबर की मृत्यु नहीं देना। आतंक की सोची-समझी रणनीति के तहत, अगर एक स्त्री से, राजनेताओं और सन्तों की जघन्य हत्या करायी जाती है, तो सिर्फ इसलिए कि वह हत्यारिन स्त्री है, वह क्षमा की अधिकारिणी नहीं बन जाती। एक वयस्क महिला का, आतंक का

मोहरा बनना, यह सोचना कि स्त्री होने के कारण सेना एवं सुरक्षाकर्मी उस पर सन्देह नहीं करेंगे और जिससे वह जघन्य कांड करने में सफल हो जाएगी; सम्पूर्ण स्त्री जाति के प्रति विश्वासघात हुआ न? स्त्री जाति ने अपनी जननीस्वरूपा होने के कारण जो सम्मान पाया, यह उस पर आघात पहुँचाता है। जननीस्वरूपा रूप की आड़ लेकर मृत्यु का व्यापार करना तो दोहरा अपराध हुआ। ऐसे स्त्री को मृत्युदंड न देना कायरता है, और स्त्री जाति का अपमान।''

अब राम के चेहरे पर सहजता का भाव आ रहा था। विश्वामित्र को ठंडक मिली। उन्होंने यह भी देखा, एक पल के लिए राम की आँखों में फिर से वह चमक आयी जो स्त्री जाति के सम्मान-सूचक बातें करते हुए उनके आँखों में आयी थी। उन्होंने देखा राम उठकर ताड़का की ओर जा रहे हैं।''

शरीर से जितना रक्त निकल चुका था, उससे संकेत मिल रहे थे कि ताड़का के प्राण-पखेरू उड़ने में अधिक देर नहीं। वह पलकें मूँदें ही पड़ी रही। पर पुतलियाँ स्थिर नहीं थीं। उसकी हलचल ताड़का के अन्दर की आखिरी उथल-पुथल का वर्णन कर रही थी। जब राम के हाथों जानलेवा वार खाकर गिरी थी, तब उसकी आँखें क्रोध में उसी तरह फैली थीं, जैसे अभी भी वह आदेश देने और विनाश करने की स्थिति में हो। पर अब विनीत राम अपने हाथ जोड़े उसके आगे खड़े थे। ताड़का ने अपनी आँखें फेर लीं। पर तब भी उसने पलकें बन्द नहीं कीं। राम ने कहा 'स्त्री, तुम सृष्टि की कल्याणकारी रचना हो' तब भी उसकी आँखों में भरी हिकारत कम नहीं हुई। राम ने अपनी बात कहकर ताड़का को चुनौती दी कि वह उनकी आँख से आँख मिलाये। कई चुनौतियों के बाद उसने झटके से अपनी आँखें राम की आँखों के सामने किया। तब भी सिर्फ चुनौती मानकर उसने ऐसा किया था, आँखें मिलाने का कोई इरादा नहीं था, लेकिन दुर्घटनावश ही सही, एक पल के लिए जब ऐसा हो गया तो, ताड़का के अन्दर एक विस्फोट हो गया। उसने ऐसा अविश्वसनीय दृश्य देखा, जिसने उसकी जमी-जमाई धारणा को ढहाकर रख दिया। विजयी आँखें भी इतनी विनीत और सरल हो सकती थीं! इतना कड़वा दृश्य देख ताड़का की आँखें किसी नंगे सच की चकाचौंध से अन्धी होने लगीं। उसने आँखें मूँद लीं। जैसे बहती नदी की एक छोटी-सी धार मजबूत किले की एक दीवार को अन्दर से काटकर गिरा लाये, ताड़का का अहंकार अचानक बेसहारा दीवार की तरह विनम्रता की धारा से लड़ रहा था।

रक्त की आखिरी बूँद निकलते हुए ताड़का को बता गयी अब उसके पास उतना ही समय है जितने से उसका पथराया दिल ज्यादा-से-ज्यादा तीन बार धड़क

ले...

एक...असमंजस का भार अचानक ढीला पड़ा।

दो...ताड़का ने पलकें उठा दीं। राम की आँखें अन्तरिक्ष की गहराई लिये, अब भी उसके सामने फैली थीं और ताड़का के सामने फैला था आनेवाली अनन्त यात्रा का विस्तार।

तीन...उसने पलकें झपकाई नहीं, पर उसकी पुतलियाँ स्थिर हो गयीं। स्तब्ध पर शान्त। राम ने अपनी हथेली धीरे-से उसके पलकों पर फिरायी। ताड़का की आँखों पर पलकों का आवरण गिरा और पटाक्षेप हुआ राह से भटकी एक स्त्री के जीवन का।

ताड़का के साथ आयी अन्य योद्धा स्त्रियों को बन्दी बनाकर उन्हें मृत्युदंड देने की माँग उठ खड़ी हुई। निर्णय लेना आवश्यक था। इतनी देर में विश्वामित्र के सेनानियों की तलवारें उनके गर्दन तक पहुँच जातीं अगर विश्वामित्र ने हस्तक्षेप नहीं किया होता।

''मृत्यु की अधिकारी सिर्फ ताड़का थी। ताड़का की जाति की सभी स्त्रियाँ दोषी नहीं हैं। सृष्टि की इस अद्‌भुत रचना, जो स्वयं सृष्टि कर सकती है, सम्मान और उपभोग योग्य है। माया के बिना सृष्टि सम्भव नहीं। ब्रह्म का माया संग मिलकर रचना करना ही एकमात्र रास्ता है। माया सृष्टिकारिणी है। इसलिए माया को युद्ध प्रिय नहीं। वह उस दैवी प्रेरणा से संचालित है जिसे हम कुटिलता या अज्ञानवश 'त्रिया-चरित्र' की संज्ञा देते हैं पर जिसके कारण ही वह जननी बनने को आतुर रहती है। यह आतुरता उसी दैवी प्रेरणा से आती है जिसके तहत वह बच्चे के पालन हेतु शरीर और प्राण की बाजी लगाती है। वह बिना माँ बने भी जीवित रह सकती है जिसे विज्ञान या संविधान पूरी मान्यता भी देता है। पर समस्त स्त्री जाति पूरी आतुरता से, उस एक पल की राह देखती है जब 'माँ' की ध्वनि उसके कानों तक पहुँचेगी। प्रजनन ही मानव-जाति का अमृत कोष है जिसे धारण करने का आशीर्वाद सिर्फ स्त्रियों को मिला है।

अवश्यम्भावी पराजय की घड़ी में वीर योद्धा कट मरना पसन्द करते हैं। यह भी एक दैवी-प्रेरणा है, पर पराजित योद्धाओं की स्त्रियाँ अगर कटने की बजाय विजेताओं के अधीन होना स्वीकार करती हैं तो इसके पीछे प्रजनन के दायित्व का निर्वाह करने की बाध्यकारी प्रेरणा है। युद्ध में कुचल दिये गये परिजनों की यादों का कचोट सीने में छुपाए, अगर वे विजयी शत्रु का गर्भ धारण करती हैं तो इसमें उन्हें एक अनजाने दायित्व का निर्वाह भर दीखता है। कोई गर्व नहीं, कोई प्यार नहीं। पर

जब बच्चा कोख से निकलता है तो न चाहते हुए भी उनकी छातियों में दूध भर आता है। ये दूध नहीं, प्रजनन-कर्तव्यनिर्वाह की प्रेरणा है। ताड़का जाति की ये स्त्रियाँ वैसे भी भय के कारण वैसा बर्ताव कर रही थीं। अब जब ताड़का नहीं रही, उनमें स्त्रियोचित गुण-धर्मों का संचार स्वाभाविक रूप से होगा। और अगर ब्राह्मण कुमार उन्हें उनके वैयक्तिक विकास में सहायक होंगे तो मानव-सन्तति के लिए सहायक ही होगा। विजेता सैनिक जिस घड़ी स्त्रियों में गर्भ स्थापित करता है तो वह एक अस्तित्ववादी क्षण होता है। उस घड़ी वह एक विजेता अवश्य होता है, पर आनेवाले किसी युद्ध में अपनी पराजय और मृत्यु की आशंका से भयभीत वह विजित स्त्रियों के गर्भ से एक ऐसे जीवन की माँग करता है जो स्वयं के मारे जाने के बाद उसका नया अस्तित्व बनकर जिये। उस घड़ी वह इतना भयभीत होता है कि घर की वापसी और पत्नी-सम्भोग से सन्तान-उत्पत्ति की सम्भावना उसे न्यूनतम लगती है और ऐसी घड़ी में बलात्कार के उस सुख से वह एक न्यूनतम सम्भावना की याचना करता है। यह एक अस्तित्ववादी क्षण होता है। एक विचित्र किन्तु सत्य क्षण।

घर-वापसी की स्थिति में, पत्नी की दृष्टि में, विजित स्त्रियाँ दासी से अधिक कुछ भी नहीं, पर दासी सन्तान के रूप में विजित क्षणों का मूर्त रूप, विजेता के लिए कोई और अर्थ रखता है, जिसे वह अपनी पत्नी से कभी खोलेगा इसकी सम्भावना कम ही होती है। पर मन-ही-मन उस उद्‌भुत क्षण में घटित गर्भधारण के लिए उस दासी-तुल्य स्त्री का सम्मान करता है और उस हर कदम का विरोध करता है जिसके तहत उस दासी-तुल्य स्त्री को घर से निकालने, बेचने या बाज़ार में बिठाने की योजना की बू आती है। हम इस अवैध सम्बन्ध को अलग-अलग नाम से एक पहचान देने का प्रयास करते ही रहते हैं पर ऐसा नहीं होने पर भी, इस स्थिति से मानव-जाति का वैसा बुरा नहीं होता है जैसा कि उस स्थिति में जब सारी-की-सारी विजित स्त्रियाँ मौत के घाट उतार दी जातीं। हर वैसी इयत्ता, जिससे रचना सम्भव हो, नष्ट करने योग्य नहीं। महान् पुस्तकालयों को जलानेवालों से, मेरा यही निवेदन होता कि बेशक उन्हें लूटकर अपने घर ले जाओ पर रचनात्मकता की अक्षय निधि को नष्ट मत करो। जिस तरह तुमने धन लूटे अपने उपयोग के लिए, उसी तरह स्त्री और साहित्य को लूटकर ले जाओ जो तुम्हारे लिए उतनी ही उपयोगी साबित होंगी, जितना कि लूटा हुआ धन, पर इन्हें पूर्णतः नष्ट मत करो। कभी नहीं। कभी भी नहीं।''

विश्वामित्र ने घोषणा की कि चाहें तो आश्रम के युवक इन बन्दी स्त्रियों के संग यथोचित विवाह कर गृहस्थ आश्रम में प्रवेश कर सकते हैं। मारीच-सुबाहु को कमजोर करने के उद्देश्य से विश्वामित्र ने सूझबूझ भरी चाल चली थी।

"आज्ञा हो तो एक प्रश्न करूँ।" राम ने प्रश्न किया।

"मुझे हर्ष होगा।"

"गुरुदेव जो कुछ सीखा आपसे ही सीखा और उसी के बल पर मैंने ताड़का-वध किया। मैं अपने उत्तरदायित्व को लेकर असमंजस में था ऐसा भी नहीं है। पर मुझे पूरा विश्वास है कि जिस तरह आपने इतने जीवन-संग्राम जीते, ताड़का-वध, आप स्वयं भी कर सकते थे।"

"पहली बात तो यह कि तुम्हें मुझ पर जितना विश्वास है, स्वयं मुझे नहीं, और वह इसलिए भी कि अब मैं अपने अन्दर ब्राह्मणत्व अधिक अनुभव करता हूँ क्षत्रियभाव कम। और दूसरी बात यह कि मैं विश्वामित्र हूँ, राम नहीं।

राम मैंने तुम्हें सिर्फ इतना बताया था कि अलग-अलग प्रकार का व्यक्ति अलग प्रकार की ऊष्मा छोड़ता है। पर उस अँधेरे में ताड़का द्वारा छोड़ी जानेवाली ऊष्मा और उसके चंगुल में मुनियों के शरीर की ऊष्मा में अन्तर कर पाना, सम्भवतः मेरे वश में नहीं था। तुमने जिस लगन से मेरे एक संकेत से पूरे सूत्र का निर्माण किया, एक शिक्षक होने के नाते ये मेरे लिए गर्व का विषय है। तुम्हारे लक्ष्य का गलत होना निर्दोष सन्तों के जीवन का अन्त कर देता और हमारा अभियान आलोचनाओं के बीहड़ में भटककर रह जाता।"

"पर मुझे तो ऐसा लगा कि आपने ही अपनी अँगुली उधर घुमायी जहाँ से ताड़का का रेखाचित्र मेरे मस्तिष्क में कौंध गया। बस मैंने इतना देखा कि मेरा बाण उस रेखाचित्र को बेधता चला गया।"

लक्ष्मण, निश्चय ही विश्वामित्र की क्षमा नीति से सहमत नहीं थे। इसलिए राम की बात समाप्त होते ही प्रश्न कर बैठे।

"सिर्फ ताड़का का ही क्यों हमें समस्त दानव-जाति का संहार कर देना चाहिए।"

पदार्थ नष्ट नहीं होता। वह ऊर्जा में बदल जाता है। जीव की आत्मा नष्ट नहीं होती वह परमात्मा के अंश में बदल जाती है। पर कुछ ऊर्जा नष्ट होकर विकिरण में बदल जाती है उसी तरह कुछ आत्माएँ नष्ट होकर संहारक शक्ति में बदल जाती हैं। पदार्थ का रूप होते हुए भी विकिरण, अपनी संहारक रूप की बदौलत दूर से ही नमस्कार करने योग्य है। विकिरण को तब तक प्यार और श्रद्धा नहीं मिल सकता जब तक कि रचनात्मकता की अपनी शक्ति पुनः न प्राप्त कर ले। व्योम का वह हिस्सा जहाँ हमेशा विकिरण का आतंक है वहाँ से हमें प्रेरणा नहीं मिलती है। प्रेरणा मिलती है उस हिस्से से जहाँ रचना हो रही है। जहाँ पर संहार हो भी रहा है तो

सिर्फ इसलिए ताकि नयी रचना हो सके। संहार की अनन्त अवस्था ब्रह्मांड का उद्देश्य नहीं है। रचनात्मकता ही ब्रह्मांड का अस्तित्व है और उसका अस्तित्व ही उसका उद्देश्य है। हम ऐसे उद्देश्यपूर्ण अस्तित्व से ही प्रेरणा ग्रहण करते हैं। प्रेरणा एक किरण है जो चर-अचर को चलायमान रखती है। यह करोड़ों मील दूर से चलकर आती है हमें जगाने, समझाने, चलायमान रखने। दूरगामी नक्षत्र, क्रियाशील तारे, रचनारत पिंड सभी हमसे प्यार करते हैं। इसलिए वे अपनी दृश्य और अदृश्य किरणों से हमें दुलारते हैं, सहलाते हैं। अपनी प्यार भरी ऊर्जा से हमें भी रचना करने को बाध्य करते हैं। वे ही हमारे माता-पिता और देव हैं। वे इन देवों की तरह नहीं जो भोग और लिप्सा से उत्पन्न होकर युद्धरत रहते हैं।

ये देव उन दानवों से सिर्फ इसलिए अलग दीखते हैं क्योंकि दानव सिर्फ भोग और लिप्सा के लिए नहीं बल्कि मृत्यु का व्यापार करने के लिए भी युद्ध में कूदते हैं। इन्हें सिर्फ युद्ध के लिए युद्ध करना भी अच्छा लगता है। जिस तरह शिकार के अकारण वध को देव खेल समझते हैं उसी तरह मानवों के अकारण वध को दानव एक खेल समझते हैं। ऐसा खेल जिसमें उन्हें उतना आनन्द आता है जितना उन्हें मांस, मदिरा और मदना तीनों एक साथ नहीं दे पाते हैं। इसलिए वे या तो युद्ध करते हैं या उस मादक धुएँ का सेवन करते हैं जिसमें अपराधों को भुला देने की क्षमता होती है। यह धुआँ उन्हें उनके मायावी राज्य में ले जाता है, जहाँ हर तरह के चमत्कार घटित होते रहते हैं। हालाँकि वह वास्तविक नहीं है पर उसका असर वास्तविक जगत से भी अधिक है। यह एक मायावी प्रभाव है जिसको प्राप्त कर वे आत्मघाती दल बनाते हैं और यज्ञ में ब्राह्मणों को लेकर कूद जाते हैं। खुद भी स्वाहा हो जाते हैं और यज्ञ के कल्याणकारी उद्देश्य को भी स्वाहा कर जाते हैं।

उन दूरगामी नक्षत्रों से प्राप्त होनेवाली प्रेरणा हमें इन दानवों तक पहुँचाती है कि वे मृत्यु के खेल खेलना छोड़ दें और कुछ ऐसा भी करना है ताकि देवों तक इन किरणों के न पहुँचने के कारण के रूप में जैसी भी रुकावटें आ खड़ी हुई हैं, वे भी दूर हो जाएँ। हमें दानवों को विकिरण की अवस्था में पहुँचने से रोकना है। उनमें जो रचनात्मक शक्ति है उसे फिर से जगाना है। उन्हें भी यही समझाना है कि जिस ब्रह्मांड का अस्तित्व रचना करने के लिए है, वे भी उसी का अभिन्न हिस्सा हैं।

आधे लोग विकास चाहते हैं और बाकी युद्ध। बिना कृषि के विकास नहीं और कृषि हल-धारण किये बिना सम्भव नहीं। बिना धनुष-बाण को आराम दिये हल-धारण कैसे हो, यही प्रश्न हर घड़ी विश्वामित्र की सोच पर छाया रहता था।

''पर क्षत्रिय जाति के लिए तो युद्ध ही धर्म है और युद्ध है तो हिंसा भी

होगी।'' लक्ष्मण ने तत्काल प्रश्न किया।

लक्ष्मण तुम जो कुछ भी करते हो और जो भी सोचते हो उसी में सुधार के लिए धर्म का आविष्कार हुआ। हिंसा की जगह अहिंसा। धन जुटाने के बदले अपरिग्रह। आलस्य की जगह नियम। कामातुरता की जगह ब्रह्मचर्य। व्यसनी क्रीड़ा की जगह प्राणायाम। ये सब के सब हमें अराजकता से व्यवस्था की ओर ले जाते हैं।

''फिर कर्मकांड का क्या करें।''

''मैं 'कर्म' शब्द को 'उद्यम' से विस्थापित करना चाहता हूँ। इसलिए मेरा कहना है कि हमें कर्मकांडी की जगह उद्यमी बनना है।''

''इससे धर्म की हानि नहीं होगी?''

'' 'उद्यम' ही वह क्रिया है जिससे जीव की ब्रह्म से एकता बनती है। इस दौरान माया का निर्माण, भोग और विसर्जन भी होता है। इसलिए 'माया' का निर्माण एक व्यवधान है और उसका विसर्जन मुक्ति। पर बिना इस व्यवधान के मुक्ति की कल्पना एक बुद्धिविलास है,पलायन है। धर्म में संघर्ष की मान्यता है पलायन की नहीं। सिर्फ युद्ध भी एक पलायन है।''

''यह अवधारणा तो स्वप्न जैसी रहस्यमयी है।'' राम ने अपनी प्रसन्नता व्यक्त की।

''ब्रह्म की सत्ता तो यथार्थ और स्वप्न दोनों में फलित होती है। यथार्थ और स्वप्न का अद्वैत ही ब्रह्म की अलौकिकता है जिसे हम अनुभूत तो कर सकते हैं पर निर्माण नहीं कर सकते।''

''तो माया को क्या कहेंगे।''

''माया सत्य भी है और असत्य भी। वह ब्रह्म का ऐसा अभिन्न हिस्सा है जिसके बिना, ब्रह्म भी निर्माण-कार्य नहीं कर सकते और बिना माया के ब्रह्म के पास विसर्जन के लिए कुछ नहीं होगा। हम को तो तीनों काम करने हैं—निर्माण, पालन और विसर्जन।''

''पर योग में भी तो 'पंचमकार' का प्रचलन है जो योद्धाओं के लिए भी बने हैं।'' लक्ष्मण ने कहा।

ज्ञान रहित योग से मोक्ष नहीं मिलता, हाँ हठयोगी अवश्य बन सकते हो। निर्धनता न तो तुम्हें मोक्ष से रोकती है और सम्पत्ति न तो तुम्हें मोक्ष दिला सकती है। ज्ञानी का आभूषण है क्षमा। ज्ञान का प्रमाण है तुम्हारा आचरण। ज्ञान रहित योग तुम्हें उन्मादी बना सकता है। उन्माद और ज्ञान में वही अन्तर है जो कामुकता और प्रीति में। एक क्षणिक है दूसरा स्थायी। अहंकार से जैसे और शक्तियों का क्षय होने लगता है, ज्ञान भी जाता रहता है, अगर उड़ान भरना चाहते हो तो तुम्हें दो पंख चाहिए ज्ञान और उद्यम का। ज्ञान को अहंकार घेरने लगे तो विवेक-बुद्धि की शरण में जाओ।

ज्ञान मस्तिष्क में होता है और बुद्धि-विवेक हृदय में। एक सूर्य है दूसरा चन्द्र। ज्ञान आत्मा को दी जानेवाली ललकार है और विवेक आत्मा की पुकार है। ज्ञान की सिद्धि विवेक से ही होती है। इसलिए ज्ञानी तो बहुत हो सकते हैं पर सिद्ध-पुरुष कम ही होते हैं और यह सिद्धाश्रम ऐसे ही सुलझे हुए व्यक्तियों का संगठन है, जो ज्ञान और विवेक के अनूठे गठबन्धन के साथ समाज-परिवर्तन का अभियान चला रहे हैं। ब्रह्मचर्य, गार्हस्थ, वानप्रस्थ, संन्यास या किसी भी वर्ण का कोई बन्धन नहीं।''

''संस्कृत जैसी देव-भाषा को छोड़ आप लोक-भाषा का समर्थन करते हैं। इससे समाज का अहित नहीं होगा? देव-जाति आर्यों की प्रतिष्ठा में आँच नहीं आएगी?'' दूसरे दिन की बौद्धिक गोष्ठी शुरू होते ही लक्ष्मण ने प्रश्न किया।

''समय को सबसे पहले हमने दिन और रात के रूप में पहचाना। फिर महीने और वर्ष फिर पहर में पल में क्षण में, पर हमने यह मान लिया कि समय नियत है। रात का मतलब रात है, उषा का मतलब उषाकाल। पर तुम्हें जानकर आश्चर्य होगा कि यहाँ अभी भी जब रात्रि है तो कहीं और स्थान पर उषाकाल हो रहा होगा, क्योंकि समय सापेक्ष होता है वह हर किसी के लिए एक-सा नहीं होता।

तुम जो चमकता तारा देख रहे हो वो आज का तारा नहीं वर्ष साल पहले का तारा है क्योंकि हमारे और उस तारे के बीच की दूरी इतने अरबों योजन की है कि जो प्रकाश वहाँ से हजारों वर्ष पहले निकला था, वह आज हमारी आँखों तक पहुँचा है।

'ओम्' के बाद सबसे बड़ी सत्ता है काल। पर योग और अक्षर का ज्ञान एक ऐसी शक्ति है जो काल से भी टक्कर ले सकता है। ब्रह्म और आत्मा के बीच काल बहुत बड़ी दीवार भी बन जाता है। चूँकि सौरमंडल आकाशगंगा की परिक्रमा कर रहा है इसलिए पृथ्वी सहित सभी सौरमंडलीय ग्रह अन्तरिक्ष के एक ही स्थान पर नहीं घूम रहे। वे अपने अक्ष पर घूम रहे हैं, वे सूर्य के चारों ओर घूम रहे हैं और फिर सूर्य के साथ आकाशगंगा के चारों ओर घूम रहे हैं। इसलिए न तो पृथ्वी का स्थान नियत है और न सूर्य का। दोनों ही चलायमान हैं। नियत है तो सिर्फ पृथ्वी और सूर्य के बीच का बन्धन। आपसी आकर्षण जिसके फलस्वरूप मानव समेत सभी जीव-जन्तु पैदा हुए।

इसलिए काल और स्थान एक-दूसरे के साथ बँधे हैं पर चलायमान हैं। प्रत्येक वर्ष सूर्य की परिक्रमा पूरी कर पृथ्वी जहाँ पहुँचती है वह वही स्थान नहीं है जहाँ से परिक्रमा शुरू की थी। पर उस नये स्थान की आपदा हम मानवों पर भारी न पड़े इसके लिए पृथ्वी अपने वायुमंडल, जल और तापमान को अनुकूलित करती

रहती है ताकि हम जैसे मूर्खों की जीवन की नैया चलती रहे। पुत्रः कुपुत्रो भवति, माता कुमाता न जायते। पर युग से जहाँ हम काल की सीमा निर्धारण करते हैं, योग से काल का विस्तार करते हैं। योग काल की सीमाहीन अनुभूति है, इसलिए योग के महान क्षणों में एक ऋषि कई युगों के सत्य की अनुभूति कर लेता है।

सत्य की अनुभूति के लिए सबसे पहले भाव चाहिए लेकिन उसे लोगों तक पहुँचाने के लिए नयी भाषा चाहिए। नयी भाषा और नयी वाक्य-रचना भी। इसलिए कि कोई शब्द विदेशज है, उसकी सहायता लेने से मना नहीं कर सकते। सत्य तो यह है कि अनुभूति और उसकी भाषा दोनों का अस्तित्व पहले से है। ऋषि और विद्वद्जन की भूमिका यह है कि वे उसके द्रष्टा और व्याख्याता बने। तर्क बहिर्मुखी है और विश्वास अन्तर्मुखी। इसलिए सत्य के लिए नयी भाषा की चिन्ता में घुले जा रहे सज्जनों से मेरा अनुरोध है कि ऐसी घड़ी में विश्वास का अमृत पीकर अपने स्वास्थ्य में सुधार लाएँ। तर्क के लट्ठ चलाकर नयी अनुभूति की भाषा को आतंकित नहीं करें।

यहीं पर मैं यह कहता हूँ कि अक्षर अविनाशी होते हैं क्योंकि उनमें न केवल समय को नियन्त्रित करने की क्षमता होती है वरन नये शब्दों का निर्माण करके वे समय का विस्तार भी कर सकते हैं। शब्द बनाने की कोई सीमा नहीं होती। अगर कुछ विद्वान, शब्द-निर्माण की इस अनन्त प्रक्रिया में लोक और संस्कृत की दीवार बनाना चाहते हैं तो मैं उन्हें सावधान करता हूँ कि प्रकृति के नियम ऐसे हैं कि यह अभियान कभी सफल नहीं हो सकता।

मानव के विकास का प्रयत्न भौतिक अनुभव है। मनुष्य में देवत्व की कल्पना तात्विक एवं वैचारिक अनुभव है और परमब्रह्म की सत्ता में विश्वास अलौकिक अनुभव है। भौतिक, तात्विक एवं अलौकिक अनुभवों का अनूठा वैदिक प्रयोग इतना बृहद है कि वह आकाश के उड़ान की अनुभूति देता है। अक्षर और योग का आविष्कार भी इसी अनुभूति की खोज के मध्य हुआ और इसकी सहायता से ही अनुभूति के उस स्तर तक पहुँचा जा सका जहाँ पहुँचने के बाद काल भी मनुष्य का सहायक बन जाता है।''

चुपचाप बैठे गुरु वचन सुन रहे राम बोलने को तैयार हुए।

''ऋषिश्रेष्ठ मैंने एक कविता लिखी है आप इसकी त्रुटियाँ दूर कर दें।'' राम ने कहा।

''राम तुमने कविता लिखी है तो अच्छी ही होगी।''

''जब तक आप नहीं देख लें तब तक कुछ कहना सही नहीं है। बस इतना

जानता हूँ।''

''मैं नहीं मानता पर तुम्हारी जैसी...'' विश्वामित्र की बात बीच में ही रह गयी क्योंकि लक्ष्मण ने भी अपनी कविता सामने रख दी। ''गुरुवर आप मेरी कविता देखिए।''

''अरे, राम ने भी लिखी है पहले उसे तो देख लूँ।''

''भैया की तो लम्बी है, वक्त लगेगा। मेरी कविता छोटी है।''

विश्वामित्र ने उसे देखा। यहाँ से वहाँ तक पढ़ा। अर्थ और रस भी ढूँढ़ने की कोशिश की। फिर लक्ष्मण की ओर मुड़कर बोल पड़े।

''लक्ष्मण जो कहना चाहते हो उसके अनुरूप शब्द और छन्द चुनो। दुबारा पढ़ो और तब सोचो कि तुम क्या और कैसे लिखना चाहते हो।''

''अच्छा, लाइये मैं दुबारा सोचता हूँ।''

राम की कविता पढ़-पढ़ मुस्कुराते विश्वामित्र को खलल तब पड़ा जब दुबारा लक्ष्मण आ खड़े हुए। विश्वामित्र फिर से लक्ष्मण की कविता देखने लगे। पहली पंक्ति पढ़ी और अटक गये।

''लक्ष्मण, कविता अनुभूति प्रधान विषयों पर लिखी जाती है। तर्कप्रधान विषय तो गद्य, शास्त्र अथवा व्याख्या का विषय बन जाता है।''

''ये क्या बात हुई! मैं तो तर्कपूर्ण विषयों पर ही अच्छी कविता लिखकर दिखाऊँगा।''

''मैं मानता हूँ कि अच्छी कविताएँ लिखना एक प्रमुख साहित्यिक दायित्व है, पर आज भारत में अच्छे आलोचकों की बहुत कमी है। तुम समझ रहे हो ना लक्ष्मण।''

''समझ गया गुरुदेव। यही सही। अगर मैं कविता नहीं लिख सका तो भैया को छोड़ दूसरों को लिखने भी नहीं दूँगा।''

''ऐसा नहीं सोचते लक्ष्मण।'' राम ने कहा।

''यानी इसने आलोचक बनने की ठान ही ली है।'' राम की ओर देखते हुए विश्वामित्र ने कहा, ''विकल्प से संकल्प की ओर बढ़ना बड़ी अच्छी बात है।''

''पता नहीं। पर आपको तो, मुझमें काव्य-प्रतिभा दिखती ही नहीं।''

''पर आलोचक की प्रतिभा सचमुच है तुममें।''

''अब ऋषि होकर भी आप जले पर नमक ही छिड़कना सीख रहे हैं।''

''देखो लक्ष्मण नाराज मत हो। मैं तुम्हें विस्तार से बताता हूँ। गद्य में एक ही अर्थ होते हैं जिसे वाच्यार्थ कहते हैं पर जहाँ तक काव्य की बात है वाच्यार्थ के साथ-साथ प्रतीयमान अर्थ जितना अधिक प्रकट होगा उतना उन्नत काव्य माना जाएगा। कविता का गूढ़ अर्थ ही पाठक को चमत्कृत करता है अन्यथा तो वह गद्य

की व्याख्यात्मक भाषा बन जाएगा चूँकि कविता तभी लिखी जाती है जब किसी गूढ़ बात की अनुभूति हो पर लिखने के लिए पर्याप्त शब्द नहीं बने हों। ऐसी स्थिति में शब्दों के नूतन प्रयोग से प्रतीयमान अर्थों में हम उस नयी अनुभूति को सामने रख देते हैं। इसलिए कविता में कभी तो बिजली-सी चमक उठती है कभी जल-सी पारदर्शिता, कभी वायु का घूर्ण बनता है और कभी अन्तरिक्ष का खालीपन। इसे हम कविता का मर्म भी कहते हैं। तुम्हें इसलिए तो मैं यक्षमन कहता हूँ। यक्ष की तरह इतने प्रश्न उठते रहते हैं तुम्हारे अन्दर। जिसके मन में प्रश्न ही नहीं उठता वो भला कैसी आलोचनाएँ लिखेंगे।''

प्रारम्भिक चन्द पंक्तियाँ पढ़ने के बाद विश्वामित्र गम्भीर हो गये। राम की कविता को फिर से पढ़ा। राम की ओर देखा। गुरु की गम्भीरता राजीवलोचन से प्रतिबिम्बित होकर वापस आ रही थी पर उस बिम्ब के साथ गुरु-भक्ति की गरिमा भी प्रतिबिम्बित होती थी।

लक्ष्मण अभी भी अपनी कविता पर जुटे हुए थे। कवि और आलोचक बनने का विकल्प, उन्हें किसी संकल्प तक पहुँचने नहीं दे रहा था।

''गम्भीर साहित्य-लेखन की समस्या यह है कि एक तरफ तो लेखन इतना सुरुचिकर और सरल हो कि लोग उसे ठीक-ठीक समझ सकें और दूसरी ओर कहीं लेखन इतना सरल न हो जाये कि गम्भीर सन्देश किसी कोने में पड़ा रह जाये और लोग अपने मनोरंजन के लिए धन्यवाद करते हुए उस रचना को पढ़कर वापस कर दें। रचना तो ऐसी हो कि जिसे वे अपने संकलन का स्थायी हिस्सा बना लें।

विचारों को अपने मानस-पटल पर उकेरना सिर्फ पहला चरण है। दूसरा महत्त्वपूर्ण पर कठिन चरण है उसे पृष्ठों पर उतारना। कठिन इसलिए क्योंकि तभी हमें अपने विचारों के पक्ष और विपक्ष दोनों साफ दिखाई देते हैं। कठिनाई तब और बढ़ जाती है जब लेखन के बीच में ही लगने लगता है कि जिस विषय के समर्थन में आपने लिखना शुरू किया वही निर्मल सिद्ध हो रहा है और आप कलम छोड़ अपना सिर पकड़कर बैठ जाते हैं। पर घबराना नहीं है, थोड़ा विश्राम लो, पाँच-दस गहरी साँस भरो, फिर से विचार करो कि क्या विषय की सार्थकता उसके पक्ष में ही लिखने से साबित होती है? क्या विपक्ष में लिखना उसका अस्तित्व मिटाना है? या ऐसे ही चन्द और विचारों को मस्तिष्क में कौंधने दो। लहरों का हलचल, जब थम जाएगा तो तथ्य, पारदर्शी जल की तरह गहरे तक दिखेगा। तब निर्णय लेना आसान हो जाएगा।

भरे कमरे में प्रतिध्वनि नहीं होती और न ही छोटे कमरे में इसलिए अपने हृदय को बड़ा बनाओ और उसमें इकट्ठी इच्छाओं, चतुराइयों को वहाँ से हटाओ। पर, इन्हें हटाने की विधि तुम्हें गुरु ही बताएँगे क्योंकि यह एक उलझा हुआ काम

है। गुरु, मन्त्र और ब्रह्म तीनों एक ही तो हैं इसलिए प्रार्थना तीनों को एक करती है। प्रार्थना, जप, कीर्तन, सब एकता पैदा करती हैं। फिर प्रारम्भ होती है व्यवहार में उसे उतारने की अवस्था। सत्य, अपरिग्रह, क्षमा, अहिंसा, ये सभी प्रार्थना को व्यवहार में उतारने के साधन हैं।

जब भावनाएँ घनीभूत होती हैं और उद्‌गार के लिए या तो शब्द नहीं मिलते या तो शब्द छोटे पड़ते हैं तो कंठ से स्वर या स्वर शृंखला निकलती है और गीतात्मक ध्वनि का रूप लेती है, हम अपनी भाषा में उसे 'स्तोभ' कहते हैं। विश्व के विद्वानों ने ऐसे शुद्ध स्वरों को निरर्थक बताया है पर आज भी विश्व के सभी लोकगीतों में ये स्वर आश्चर्यजनक रूप से समान हैं...आआ, एओ, इई, उऊ और ऐसे विशुद्ध स्वर को पशु-पक्षी भी, उन्हीं भावनात्मक पराकाष्ठा को व्यक्त करने के लिए प्रयोग करते हैं।

अनहत नाद बिना आघात के उत्पन्न होता है, इसलिए साधना में उपयोगी है परंतु संगीत के लिए कम पड़ता है। इसलिए संगीत में 'आहत' के आघात से उत्पन्न नियमित एवं निरन्तर ध्वनि का प्रयोग होता है जिसे हम नाद कहते हैं। लेकिन आहत ध्वनि के विवेकपूर्ण प्रयोग से लोगों का अनहत के निकट पहुँचा सकते हैं।''

''साहित्य और कला के विरुद्ध उठ रहे विरोध को लेकर आप क्या सोचते हैं?'' लक्ष्मण ने प्रश्न किया।

''ऐसे लोगों की कमी नहीं जो साहित्य को झूठ, प्रपंच, दिवास्वप्न और व्यसन की बात समझते हैं। इतिहास प्रमाण है कि जो समाज जितनी ही बड़ी और जटिल समस्याओं से घिरा रहा था, उसमें उतने ही बृहद और जटिल साहित्य की रचना हुई। मानव जब जंगलों में शिकार करके जीता था, उसे एक छोटे-से नृत्य और गीत से सन्तोष मिल जाता था। पर विज्ञान, व्यापार और प्रौद्योगिकी के निरन्तर युद्धरत युग में, बहुआयामी साहित्य रचे बिना, बेचैन मानवता को शान्ति पहुँचना बहुत कठिन है।''

''पर लोग यही तो कहते हैं कि साहित्य, सत्य से दुगुनी दूरी पर खड़ा है।''

''यह मानते हुए भी कि साहित्य के नाम पर झूठ परोसनेवालों की कमी नहीं, फिर भी यह कहने में मुझे संकोच नहीं कि हर युग का सत्य साहित्य के माध्यम से ही उद्‌घाटित हुआ। ऋषियों ने आख्यानों के द्वारा जिस सत्य को सामने रखा वे या तो कविता की दो पंक्तियाँ थीं, या कहानी के दो उद्धरण। कोई भी धर्म कहानी कहने की इस अद्‌भुत कला से अछूता नहीं रहा है और सभी धर्मों के ग्रन्थ इस बात के प्रत्यक्ष प्रमाण हैं। जहाँ तक साहित्य की व्यावहारिक उपयोगिता का प्रश्न है तो कोई यह बता दे कि क्या आज की राजनीति और प्रशासन, राजनीति और प्रशासन पर लिखी गयी किताबों के अनुसार चल रही है। क्या न्याय व्यवस्था विधान की

किताबों के अनुसार चल रही है; क्या धार्मिक संस्थाएँ धार्मिक ग्रन्थों के अनुसार चल रही हैं?''

''पर क्या वेद भी सत्य का उद्घाटन नहीं कर पाता है?'' लक्ष्मण का प्रश्न पूछना जारी रहा।

''अगर वेद रचनेवाले ऋषियों को यह पता होता कि उन्हें क्या चाहिए तो इतनी ऋचाएँ आराध्य का संधान करते हुए नहीं लिखी गयी होतीं। वेद के बाद इसे निश्चित करने के उद्देश्य से, जब भी किसी ने वैदिक विचार को प्रथा में बदलना चाहा, तो धर्म की प्रगतिशीलता और प्रामाणिकता में तरह-तरह के खोट पैदा हो गये।

''उपनिषद ने इसका विरोध किया। कुछ अच्छा चाहने की रहस्यमयता ही मानव को निरन्तर कुछ करने में लगाये रखती है। धर्म की व्याख्या समय सापेक्ष है और भविष्योन्मुखी है। यह प्रक्रिया अपने-आप में पूरी तरह रहस्यमयी है। पर रहस्य के लिए रहस्य नहीं। मिल-जुलकर कुछ भला करने का रहस्य। जो हम कर रहे हैं, उससे भला ही होगा क्योंकि हमने इतिहास से सबक लिया है, गुरुओं से दीक्षा ली है, लोगों की शुभकामनाएँ ली हैं और हमें ईश्वर के कल्याणकारी स्वभाव पर भरोसा है। धर्म के अन्दर तीन हिस्से बनेंगे। एक छोटा-सा हिस्सा जिसमें इतिहास और परम्परा से ली हुई सीख होगी, दूसरा हिस्सा होगा वर्तमान के लिए जिसमें सामने खड़ी समस्याओं का निदान ढूँढ़ना है। यहाँ कर्म महत्त्वपूर्ण है। सीख को उद्यम में उतारना इस हिस्से का प्रमुख काम होगा। यह धर्म का समय सापेक्ष रूप है। तीसरा हिस्सा होगा भविष्यद्रष्टा धर्म का। निरन्तर बदल रहे समय और प्रकृति के साथ चलते हुए धर्म को अनुमान लगाना होगा कि आनेवाले समय में कौन-सी समस्याएँ उठेंगी और उनका हल करने के लिए मानव-जाति को कैसे तैयार किया जाये। भूत से सीख, वर्तमान का उद्यम और भविष्य का अनुमान, तीनों मिलकर धर्म का वो ढाँचा तैयार करेंगे जिसमें विज्ञान भी होगा और ध्यान भी, उद्यम भी होगा और भविष्य-दर्शन भी। साहस भी होगा और करुणा भी। अभिमान भी होगा और सहानुभूति भी। जहाँ लोग आदर स्वेच्छा से करेंगे आदेश से नहीं,...राजा का काम अभिमान करना नहीं लोगों में स्वाभिमान जगाना होगा।

''ईश्वर हर प्राणी को एक-सा नहीं बनाता। भोगी तो हर प्राणी होता है पर भोग के लिए उत्पादन करना सिर्फ मनुष्य को आता है। उत्पादकता, मानव-जाति का महान गुण है। पर उससे भी महान गुण है उत्पादन को मिल-बाँटकर भोगना।

''कोई नियम-अधिनियम इसलिए बनते हैं जब उच्छृंखलता को रोकना होता है अथवा किसी अतिवाद को सन्तुलित करना होता है। पुराने नियमों से उत्पन्न विसंगति को दूर करना होता है। यानी नियम मूलतः एक शिक्षक की तरह है। क्या

करना है और क्या नहीं करना है वह इसी की सीख देता है। संसार भोग के लिए बना इसलिए अपने को जीवित रखने के लिए आदि मानवों ने वह सब कुछ किया जो पृथ्वी पर कोई भी प्राणी करता है। भूखजनित हिंसा, कामजनित आक्रमण, रोगजनित आत्मघात इत्यादि-इत्यादि। लेकिन ईश्वरीय प्रेरणा से जिन दो आविष्कारों ने आदि मानव को पशुओं से अलग किया और मनुष्य बनाया वे थे—आग और प्रीति की खोज। प्यार, प्रीति, प्रेम, स्नेह और जाने कितने ही नाम से जाना जानेवाला यह मानवीय गुण, ईश्वर की प्रेरणा से ही प्राप्त हो सका। जिस तरह इतने ग्रहों में सिर्फ पृथ्वी को जीव धारण करने का सौभाग्य मिला उसी तरह पृथ्वी पर व्याप्त इतने जीवों में से सिर्फ मनुष्य को स्नेह करने की निपुणता प्राप्त हुई। प्यार के आविष्कार ने प्यार से मनुष्य को परिवार बनाना सिखाया।

"जो दूसरा बड़ा आविष्कार हुआ उसने मनुष्य को परिवार से आगे जाकर समाज बनाना सिखाया वे हैं—उत्पादन और वितरण की अवधारणा। जब तक हमारे पूर्वज सिर्फ शिकार पर या कंद-मूल और फल पर आश्रित थे, हमारी स्थिति पशु-पक्षियों से बेहतर नहीं थी, क्योंकि वे भी शिकार और फल पर ही अपना जीवन बसर करते हैं। पर खेती करना सीखकर हम ईश्वर द्वारा ली जानेवाली उस परीक्षा में उत्तीर्ण हो गये जिसके तहत यह निर्णय होना था कि सभी प्राणियों में उत्पादक कौन है। अन्य सभी प्राणी जो उत्तीर्ण नहीं हो पाये वे सिर्फ भोगी कहलाये और मानव ही भोगी के साथ-साथ उत्पादक घोषित किया गया। जो उत्पादक है, रचना करता है, नयी वस्तुओं का निर्माण करता है और ये सभी वस्तुएँ जब सभी के काम आती हैं तो वितरण व्यवस्था का निर्माण होता है। यहाँ तक कि मानव के अलावा अन्य प्राणियों की भी सोचो तो समझो कि मानव ईश्वर द्वारा दिये गये 'मानव पद' की गरिमा का भली-भाँति निर्वाह कर रहा है। उत्पादन और वितरण के द्वारा मानव ईश्वर द्वारा दिये गये अधिकारों और दायित्वों का निर्वाह कर रहा है। यहाँ आकर वह उन आधारभूत पाठों को पूरा कर रहा है, जब वह एक और पदोन्नति पाएगा और तब वह मनुष्य से देवत्व की ओर प्रस्थान करेगा।

"उत्पादन करते हुए मानव-जाति को स्वस्थ एवं बुद्धिमान बनाना। इस क्रम में उत्पादकता के भोग में लिप्त होने से बचाने के लिए ही वेद का निर्माण हुआ। वेद ईश्वर द्वारा प्रेरित नियम है, जिसे ऋषियों द्वारा अनुभूत किया गया इसलिए हम ऋषियों को मन्त्रद्रष्टा कहते हैं। इसलिए वेद ने उत्पादन करने के लिए कर्म की महत्ता पर बल दिया, पर भोगवादी बनने से रोकने के लिए त्याग पर बल दिया। यानी उत्पादन शक्ति तो वह प्राप्त कर ही चुका था पर त्याग की शक्ति प्राप्त कराने के लिए वेद अस्तित्व में आया। त्याग पर टिकी न्यायपूर्ण वितरण व्यवस्था ही वेद का मूल है। एक हाथ कमाओ तो दूसरे हाथ बाँटो यही वेद की मूल शिक्षा है। वेद

एकाधिकार विरोधी है। वेद भोग विरोधी है, अनाचार, लोभ, लिप्सा, जैसी कोई बात जो अन्याय को जन्म देती है, वह उसका विरोधी है। इसलिए उत्पादन कर्म का मूल है और वितरण धर्म का मूल है। उत्पादनहीन धर्म और धर्महीन उत्पादन, दोनों ही अधार्मिक हैं। इन दोनों अवस्थाओं की अधार्मिकता से बचने का उपाय वेद में नियत है और वह है त्याग। भोग के साथ कई प्रक्षेप उत्पन्न होते हैं। जैसे लोभ, मोह, अतिवाद, हिंसा इत्यादि-इत्यादि। त्याग का गुण इन्हीं अग्राह्य प्रक्षेपों की काट है। उत्पादों का सम्यक् वितरण ही त्याग का सर्वाधिक ग्राह्य रूप है। धनी को धन में लोटता छोड़ और भूखे को भूख में तड़पता छोड़कर धर्मग्रन्थ नहीं लिखे जा सकते। इसलिए जिसने भी राज्य-सत्ता को अपने हाथ में ले रखा है उसका पहला और सर्वोपरि दायित्व है उत्पादन के न्यायोचित वितरण का संविधान सम्मत उपाय करना।''

मारीच और सुबाहु का पीछा करते हुए वे तीनों अंगदेश को पार कर चुके थे, जहाँ उन दोनों दानवों का वध सम्पन्न हुआ। पर अब समय था लक्ष्मण के मन में इन्द्र के प्रति बसे सम्मान को सीधा सम्बोधित करने का।

''इन्द्र हमेशा ऐसे पराक्रमी योद्धाओं व ऋषियों की ताक में रहता है जिनका रूप थोड़ा बहुत उनसे मिलता हो और उनको आगे कर कई युद्धों में उसने असुरों को दिग्भ्रमित किया और पराजित करने में भी सफल हुआ। ऐसे ही एक बार उन्होंने महर्षि गृत्समद का प्रयोग धुनि और चुमुरि नामक दो दुर्दांत असुरों के विरुद्ध किया। कुछ का कहना है कि इन्द्र असुरों से भयभीत होकर समान रूपी ऋषि का रूप धारण कर छिप जाते थे ताकि कोई भेदी उनका अता-पता असुरों को नहीं बता सके। अपने अभियान में सफल होने की खुशी में वे अपने समान रूपी को अन्त:पुर ले जाते। उत्सव मनाते और इन्द्राणी के साथ मसखरी भी करने से बाज नहीं आते। जहाँ तक इन्द्राणी से मसखरी करने की बात थी इन्द्र को, पता नहीं क्यों, इसमें लज्जा नहीं आती थी। आखिर इन्द्राणी उसकी पत्नी थी। जाने कौन बात से खार खाये बैठा था कि बार-बार समरूपी को भेज उसे झेंपने पर बाध्य करता था। कहीं मानसिक रूप से रुग्ण तो नहीं था? पर राजनीति के जानकार कहते हैं कि यह उसकी दुधारी तलवार थी। एक तरफ वह इन्द्राणी को पीड़ा पहुँचाता था और दूसरी तरफ आगन्तुक को झेंपने पर बाध्य करता था। और राजा नहुष को तो उसने इसी उपाय से परास्त किया। न वह इन्द्राणी से आसक्ति दिखाता न ही अपने पराक्रम से प्राप्त इन्द्र-पद से च्युत होता। पर, इन्द्र तो इन्द्र ही ठहरा। कितने तरह के तीर उसके तूणीर में हैं, बताना कठिन था। कूटनीति में उसका पाठ कमजोर हो सकता था पर वह कुटिल नीति से

उसकी कमी पूरी कर लेता था। एक राजा की दिव्यता से भले ही वह अनजान हो पर बहुरूपिये की कला से वह जनता को चकित किये रहता था। और जनता तो है जनता। ताली बजायी और गये घर। किसे पड़ी है कि राजा की दिव्यता की खोज करे। बहुरूपिये का चमत्कार सबके बस की बात है क्या? सिर्फ इन्द्र ही ऐसा कर सकता है। इसलिए तो वह राजा है। बहुरूपिया है तो राजा है। राजा है तो बहुरूपिया है। जानते हो क्यों करता है इन्द्राणी के साथ ऐसा बर्ताव?

"क्योंकि एक बार ऋषि समाज ने इन्द्राणी को सिंहासन पर बैठाने पर प्रस्ताव रख दिया था। उसे अपनी पत्नी ही उत्तराधिकारी दीखने लगी। चुनौती से घबरानेवाले इन्द्र को हर चुनौती का काट ढूँढ़ना है चाहे वो चुनौती उसे भ्रम और दिवास्वप्न में ही क्यों नहीं दीखती हो।"

"पर इन्द्र से बड़ा योद्धा देव आर्य जाति में उपलब्ध है क्या?" लक्ष्मण ने प्रतिवाद किया।

इन्द्र निन्दा के विश्वामित्र के वक्तव्य पर वे अपनी भड़ास निकाल बैठे।

"सुनो लक्ष्मण, बृहस्पति के समान गुरु, वज्र जैसा हथियार, देवताओं जैसा योद्धा, ऐरावत जैसा वाहन, स्वर्ग जैसा दुर्ग होते हुए भी अगर इन्द्र रावण से पराजित हो रहा है तो हमें सोचना पड़ेगा।"

"आप ही बताओ क्यों हुआ ऐसा?"

"क्योंकि सेनाएँ युद्ध लड़ाती हैं और जनता युद्ध जिताती है। बिना जनता को साथ लिये लड़नेवाले राजा पर सेना जान दे सकती है पर दुश्मन के जबड़े से विजय का शिकार छीनकर नहीं ला सकती।"

"पर आप जैसे योद्धा को तो उसने पराजित कर दिया था।"

"मेरी नवगठित सेना को भले ही उसने रौंद डाला था पर तुम्हारे नवोदित विचारों से उसके सारे किले ध्वस्त हो जाएँगे। बस तुम राष्ट्र शक्ति की नवीन कल्पना करो क्योंकि उसी में छिपा है प्रगति का नया मन्त्र।" लक्ष्मण द्वारा किये गये सीधे प्रहार को मोड़कर जब विश्वामित्र ने उसी की ओर कर दिया तो लक्ष्मण को भागने की जगह नहीं दिखी।

"शबर जाति में एक स्त्री है शबरी। उसके बारे में जितना कुछ कहूँ कम होगा। पिछले कई वर्षों से सुबह अँधेरे आती है और सभी ऋषियों के आश्रम की साफ-सफाई कर जाती है। ऋषियों ने शुरू में बहुत विरोध किया कि वह तो अछूत है पर उसके मन में ऋषि की सेवा का अनन्य प्रण जगा हुआ है। ऋषियों के भारी विरोध के बीच मतंग ऋषि ने लड़-झगड़कर ऋषियों को मनाया कि वे उससे कुटिया साफ

करने का अधिकार न छीनें। मतंग ऋषि ने मुझसे बात की थी कि शबर जाति में सेवा-भावना बहुत प्रबल है। उसे मुख्य धारा में मिलाने का काम जितना शीघ्र हो उतना शुभ। यहाँ आने से पहले मैं शबरी से मिला था। मेरे बोलने से पहले उसने कहा कि तुम अगर राम के पास जा रहे हो तो उनसे कहना मैं उसकी राह देख रही हूँ।'' विश्वामित्र ने पहली बार किसी से अपने जीवन, वंश परम्परा का वर्णन किया। क्योंकि राम के अद्वितीय व्यक्तित्व ने उन्हें अपने मनोवेग बाँटने पर बाध्य कर दिया।

''वह बेसुध-सी तुम्हारी प्रतीक्षा कर रही है। बच्चे उसे छेड़ते हैं कि शबरी तुम्हारे राम आ गये और बेसुध शबरी यहाँ-वहाँ दौड़ने लगती है। कभी घड़े से पानी निकालती है, कभी टोकरी में रखे बेर गिनने लगती है। शबर जाति के लोग पराक्रमी और सेवाभाव वाले हैं। तुम इन्हें अपने राज्य में उचित स्थान देना। शबरी की निष्काम सेवा और अनन्य भक्ति को जब तुम्हारा सम्मान मिलेगा, पूरे दक्षिण क्षेत्र में भक्ति भाव जागेंगे। आनेवाले कई युगों तक भक्ति लोगों के दुख दूर करेगी। यही बनेगी भारतभूमि की शक्ति। यवन भूमि से लोग खिंचे आ जाएँगे। इसका गूढ़ समझने हर युग में उनके सन्त-मसीहा आएँगे और ज्ञान एवं शक्ति का यह गूढ़ मन्त्र लेकर यहाँ से जाएँगे।

''दक्षिणार्त ऋषि कर्म में विश्वास रखे थे। परिश्रमी विचारों को कार्य में बदलनेवाले ज्ञानी थे। अगर कोई आन्दोलन खड़ा करना है और दक्षिणार्तों को आकृष्ट करना है तो मिट्टी से जुड़ी बातें करो। श्रम ही समाज को जोड़ने का सबसे बड़ा उपाय है। श्रम देता है एक शाश्वत पुण्य जिसमें किसी को सामाजिक भेद का आभास नहीं रहता। यह एक नूतन समाज की रचना करता है। श्रम सृष्टि का लौकिक रूप है मत-मतान्तरों के मतभेद अहंकार है। इसको धरती की गोद में होने दो पवित्र। निश्चय ही अपनी नकारात्मकता को मिटाने में उसे सहायता मिलेगी। सभी तत्त्व मिट्टी में मुक्ति पाते हैं। श्रम इन्हें मुक्त कर रहा है, उसे अपना काम करने दो।''

क्षत्रिय सुलभ युद्ध का विकल्प अहिंसा, क्षमा, अपरिग्रह नहीं हो सकता। शाक्य मुनि द्वारा प्रकट जिस सत्य का समर्थन विश्वामित्र ने किया था वह लक्ष्मण को स्वीकार्य नहीं था। इसलिए आज उसने पुन: उसी प्रश्न को किसी और प्रकार से सामने रख दिया।

''कल आप जिस शाक्य मुनि के चिन्तन की चर्चा कर रहे थे उसी से सम्बन्धित एक स्वप्न कल रात मैंने देखा। मैंने देखा कि शाक्य मुनि के अनुयायी पूरे

भारत में घूम-घूमकर कह रहे हैं कि 'ईश्वर मर चुका है।' वे किसी भी श्रुति को अप्रमाण्य ठहराकर ईश्वर के बारे में हुए अब तक के चिन्तन को अप्रासंगिक ठहरा रहे हैं। उन्होंने कर्मकांड को शोषण का साधन बताया और ब्राह्मणों के विरुद्ध खुले विद्रोह की घोषणा कर दी है।'' शाक्य मुनि और ऋषभदेव के दर्शन पर दिये गये विश्वामित्र के वचन की प्रतिक्रिया में लक्ष्मण ने आज अपना वक्तव्य रखा था।

''पहली बात तो यह कि शाक्य मुनि के उपदेश को ईश्वर और मनुष्य की लड़ाई बनाने की उनके शिष्यों की भावी योजना, आनेवाली सदी में अगर चलाई भी जाती है, तो वह कुछ दूर सफल होकर अन्ततः मोहभंग ही पैदा करेगी। क्योंकि ईश्वर के अस्तित्व को नकारना न तो दार्शनिक स्तर पर और न ही व्यावहारिक स्तर पर बहुत देर टिक सकता है। पर हमारे काम की बात यह है कि शाक्य मुनि जिन दार्शनिक तत्त्वों की ओर संकेत कर रहे हैं वे नूतन अनुभूत सत्य हैं, और वे हमें वेद और उपनिषद् को इस नये सत्य के प्रकाश में पुनर्भाषित करने की प्रेरणा दे रहे हैं, जिसमें त्याग का गुण सर्वोपरि है।''

''वेद का मूल त्याग ही क्यों हुआ।'' लक्ष्मण ने पूछा।

''क्योंकि जिन लोगों ने वेद को भोग के मोहरों से घेर रखा है उन्हें मात देने के लिए त्याग से कारगर मोहरा कोई नहीं।''

कहकर विश्वामित्र हँसे। साथ में राम भी। लक्ष्मण से भी झेंपभरी हँसी छूट गयी। पर उसने बातों का सूत्र नहीं छोड़ा। ''नहीं, मेरा मतलब इस बात से था कि अगर त्याग को एक गुण के रूप में लिया जाये तो वेद के मूल में इसके समान कोई दूसरा गुण नहीं होगा, क्या इसे हम निश्चित मान लें?''

''उलझे हुए धागों में जो भी सिरा हाथ आ जाये प्रारम्भ वहीं से होना चाहिए। भोगमय उलझी हुई राज व्यवस्था में त्याग के रूप में मुझे जो एक सिरा मिला है, मैं वहीं से प्रारम्भ कर रहा हूँ। मैं वेद के मूल में अन्य गुणों की उपस्थिति से इनकार नहीं कर रहा हूँ। बहुत-से आधुनिक विद्वान वेद का मूल ढूँढ़ते हुए बौद्धिकता का दिखावा करते हैं। मूल तो सत्य है और सत्य की खोज कभी समाप्त नहीं होती। यह कोई पेड़ की जड़ नहीं कि खोदकर निकाला और घोषणा कर दी। वह ईश्वर की तरह निरन्तर सन्धान योग्य है। इसलिए कई सन्तों ने सत्य को ईश्वर के समकक्ष रखा है। वेद, सत्य के अनुसन्धान का रास्ता दिखाता है और इसी अर्थ में त्याग, अनुसन्धान का एक प्रमुख रास्ता है।

''शिकार और मांस-भक्षण क्षत्रिय सुलभ गुण हैं। आप इसका विरोध क्यों करते हैं।'' लक्ष्मण ने प्रश्न किया।

''मांस-भक्षण भी ऊर्जा देती है लेकिन अन्न जैसी नहीं। आखेट करना पौरुष का निखार है किन्तु मांस-भक्षण की संस्कृति को अपनाना पुरुषत्व का ह्रास है। अन्न

लोक-कल्याणकारी आहार है। मांस भक्षण अधोगामी है। यह नाभि से उठनेवाली ऊर्जा को मस्तिष्क में भेजने की बजाय शिश्न की ओर भेजता है। इसकी ऊर्जा नूतन विचार जगाने के बदले निरन्तर कामेक्षा को जगाती है। यह कामेक्षा असंयमित भोग को जन्म देती है जो नारी-जगत के लिए अस्वास्थ्यकर, अहितकर है। ईश्वर ने मानव को पशुओं से अलग बनाया, ताकि वह सृष्टि का नेतृत्व कर सके। यही उसकी उत्पत्ति का उद्देश्य है। मानव-जन्म फिर से पशु बनने के लिए नहीं। मांस-भक्षण की संस्कृति पूरे मानव समुदाय को, शनैः-शनैः पशु बना रही है—भूख, काम, संघर्ष और मृत्यु इन चार पाँवोंवाला एक चौपाया।

"लेकिन अन्न ही क्यों...वन में उपस्थित कन्दमूल और फल क्यों नहीं?"

"क्योंकि उसमें श्रम का पुण्य न्यून है। वृक्ष के फल उन पशु-पक्षियों के लिए हैं, जिन्हें ईश्वर ने अन्न उपजाने की क्षमता नहीं दी।

"इसलिए अन्न उत्पादन मनुष्य का उत्तरदायित्व है, विकल्प मात्र नहीं। मनुष्य द्वारा उत्पादन के अन्य सभी कर्म, अन्न उत्पादन के लिए हैं। मानव-जाति के समस्त पुण्य कर्मों से प्रसन्न होकर ईश्वर ने जो सबसे बड़ा वरदान दिया वह था उसकी अन्न उत्पादक क्षमता। यह ईश्वर द्वारा मनुष्य को दी गई महानतम भेंट है।

"इस भूमि को प्रकृति ने अन्नपूर्णा बनाया है। यहाँ की मिट्टी, वर्षा, तापमान सभी दोनों हाथ उठाकर पुकार रही हैं—आओ मुझे धारण करो। करो अपने पुरुषत्व को सफल। भर दो आँगन को सुनहले अन्न से।"

अंग देश के पास गंगा पार कर वे तीनों कौशिकी नदी के किनारे पहुँचे थे, जिसका नाम था गोविन्दपुर कौशकी। विश्वामित्र का प्रवचन जारी था।

"गंगा-किनारे अहल्या स्थान जयमंगला भगवती एक बड़े सरोवर पर स्थित है जहाँ विश्व के सभी पक्षी आकर निवास करते हैं और उनका आना-जाना लगा रहता है। सोनपुर में जहाँ गंगा बूढ़ी गंडक से मिलती है वहीं पर गज और ग्राह का युद्ध हुआ था और भगवान हरिहर ने गज की रक्षा की थी अपने सुदर्शन चक्र से।

"इसी क्षेत्र में एक महीषि ग्राम है जिसमें मुनि वशिष्ठ द्वारा आराधित उग्रतारा भगवती प्रतिष्ठित हैं। उधर दूर राजगृह है जो युगों-युगों तक आनेवाले सन्तों और अवतारों का प्रिय स्थल बनेगा।

"इस पूरे क्षेत्र में सबसे प्रभावशाली तीर्थ है वैद्यनाथ धाम। यह पावन स्थल इसलिए अद्वितीय है क्योंकि यह एक साथ सिद्ध पीठ, शक्तिपीठ है और बारह ज्योतिर्लिंगों में से एक है।

"अहोम राज्य में एक जगह है कामरूप जहाँ कामदेव शिवशाप से भस्म

हुए। बेचारे सती की सहायता में बिना वजह मारे गये। फिर उनकी पत्नी रति के अनुरोध पर शिव ने उन्हें पुनः जीवित किया। नरकासुर ने देवी कामाख्या को पत्नी बनाना चाहा। बाद में भगवान विष्णु के हाथों मारा गया। कामाख्या कुल इक्यावन में से एक शक्तिपीठ भी इसलिए है क्योंकि सती के खंडित होने के बाद उनकी योनि यहीं गिरी थी।

"समुद्र-मन्थन से निकले आहत कुम्भ को लेकर देवों और दैत्यों में जो छीन-झपट मची तो उससे कुछ बूँदें निकलकर, हरिद्वार, प्रयाग, उज्जैन और नासिक में जा गिरीं। उस कुम्भ को बचाने में सूर्य, चन्द्रमा, बृहस्पति और शनि ने अपना योगदान दिया। प्रत्येक बारह वर्षों में जब इन चारों राशियों का योग होता है तो महाकुम्भ मनाया जाता है।

"कैलास और बद्रीनाथ जाने में जो प्रथम द्वार है उसे हरिद्वार के रूप में जानते हैं। यहाँ मनसा देवी का मन्दिर है जो इक्यावन सिद्ध पीठों में से एक है। आगे चलकर जब लोग इस भारतभूमि को माँ के रूप में पूजेंगे तो यहाँ एक भारतमाता का मन्दिर भी बनेगा।

"गंगोत्री, यमुनोत्री, केदारनाथ तथा बद्रीनाथ के चलते उत्तरांचल चार पवित्र तीर्थों की महान भूमि है।"

"पर तीर्थाटन तो वानप्रस्थ आश्रम की चीज है। हम अभी क्यों जाएँ।" लक्ष्मण ने टोका।

"जिसे भारत-भूमि का प्यारा सपूत बनना है उस पर आयु का बन्धन नहीं। वह तो जितना जल्द इनसे परिचित हो उतने सौभाग्य की बात है।"

"गुरुवर आपने पुष्कर के बारे में नहीं बताया।" लक्ष्मण ने पूछा।

"पुष्कर के बारे में क्या बताना वो तो तीर्थों में गुरु कहा जाता है। बहुत ही चमत्कारिक स्थल है।"

"चमत्कारिक क्यों..." लक्ष्मण की आँखों में नटखटपना आ चुका था।

राम थोड़े सतर्क हुए।

"चमत्कारिक इसलिए कि यहीं पर ब्रह्मा ने सबसे बड़ा यज्ञ किया।"

"और यहीं आपने गायत्री मन्त्र लिखा था।" राम ने अपनी ओर से उत्तर दिया।

बिल्कुल सही कहा राम तुमने और यहीं पर वशिष्ठ मुनि से पुनः मेरी मित्रता हुई और एक बड़ी दुर्घटना होते-होते बची।

"फिर तो आपके जीवन का बहुत महत्त्वपूर्ण स्थल है पुष्कर।" लक्ष्मण ने अपनी चंचल आँखों से गुरुवर की ओर देखा।

"हाँ, कहा तो कि तीर्थों का गुरु है पुष्कर। तुम भी लक्ष्मण..." राम ने

लक्ष्मण को डाँट लगायी।

"और मेरी पुत्री शकुन्तला का जन्म भी यहीं हुआ था।" कहकर विश्वामित्र थोड़े गम्भीर और भावप्रवण हो आये।

"गुरुवर शकुन्तला आप जैसी ही मेधावी बालिका होगी। आपको बहुत याद आती होगी..." राम ने स्थिति सँभाली।

"हाँ, उसने माँ का रूप और मेरी कुशाग्रता दोनों ही पायी है। जब तक कण्व है मुझे कोई चिन्ता नहीं। और तुम दोनों के साथ रहकर मुझे और कुछ याद भी नहीं आता।" उत्तर देकर विश्वामित्र चुप हो गये। उत्तर कुछ ऐसा था कि राम भी कुछ और कहने की स्थिति में नहीं थे।

लक्ष्मण को विश्वामित्र की बात बहुत गहरे जाकर लगी। उन्होंने शपथ ली अब वह गुरु से कभी भी ठिठोली की सोचेंगे भी नहीं। उनका अचानक रोने का मन हुआ। सिर्फ क्रोध की भाषा जाननेवाले लक्ष्मण को रुलाई का सहारा लेना पड़ेगा। पर वे यहाँ बिल्कुल नहीं रोएँगे। उन्होंने मन-ही-मन ठान ली।

"भैया मैं थोड़ा जल पी आऊँ कौशिकी नदी से?" आदेश की प्रतीक्षा किये बिना वह सरोवर की तरफ बढ़े। रुलाई छूटने में ज्यादा वक्त बचा नहीं था।

"बिल्कुल। जलन बुझाने का काम युगों से करती आ रही है कौशिकी की जलधारा। जाओ और समय लगाकर आना।" राम ने धीमे-से कहा। उन्हें मालूम था कि लक्ष्मण को एक नयी अनुभूति हुई है पर कुछ उचित शब्द कहते हुए आज राम को अपने बड़े होने का रौब दिखाने में कोई संकोच नहीं था। उन्हें मालूम था कि ये शब्द लक्ष्मण के व्यक्तित्व को प्रौढ़ बनाने में सहायक होंगे।

विश्वामित्र ने आज पहली बार गौर किया कि वास्तव में राम और लक्ष्मण के संग उन्हें और किसी की भी याद नहीं आती। क्या यह मोह की निवृत्ति है? "पर मोह तो तुम्हें राम-लक्ष्मण से हो चला है।" अन्तर्मुखी विचारों ने पुनः विश्वामित्र को सोचने पर मजबूर किया। क्या राम और लक्ष्मण से उन्हें मोह हो चला है? क्या इसलिए उनके संग रहते और कोई याद नहीं आता। अचानक विश्वामित्र ठहाका मारकर हँस पड़े। यह भावुकता भी बड़ी मसखरी करती है। भला राम और लक्ष्मण के आसपास रहनेवाले को मोह जैसी कोई कमजोरी छू भी सकती है!

गुरु के अन्दर की भावप्रवणता राम के अन्दर भी प्रतिध्वनित हो रही थी।

पर विश्वामित्र के हँसने की आवाज से लक्ष्मण ठिठक गये। "मुझ पर तो नहीं हँस रहे...और मैं भी तो अद्‌भुत प्राणी हूँ।" पर वह न रुके और न ही पलटकर देखा। "भैया साथ नहीं हँसे हैं...इसका मतलब मुझ पर नहीं हँसे हैं गुरुवर..." "पर भैया मुझ पर क्यों नहीं हँस रहे?" लक्ष्मण को पहली बार इच्छा हो रही थी उसका उपहास उड़ता तो अच्छा होता। कम-से-कम वह उमड़ती-घुमड़ती रुलाई

तो रुक जाती। सरोवर से थोड़ा पहले ही ठिठककर रुक गये लक्ष्मण। आँखों की झड़ी को बाँहों से पोंछा, जिसके कारण आगे का रास्ता दीखना बन्द हो गया था।

राम यह देख असहज होने लगे कि गुरुवर विश्वामित्र लगातार अन्तर्मुखी हो रहे हैं। 'अगर लक्ष्मण की बात उनमें घर कर गयी तो यह बात मुझे और लक्ष्मण दोनों को अपयश का भागीदार बना देगा।' राम ने सोचा और थोड़ा दूर जाकर सिंहासन मुद्रा में ऐसे बैठे जैसे गुरु कोई आदेश दें और उसी क्षण वे उसका पालन कर अपने को कृतार्थ कर लें। अन्तर्मुखी विश्वामित्र का सोचना जारी था।

"इस कहानी में न तो चरित्र है ना ही समापन। जो कुछ गढ़ते हैं वह एक तदर्थ चरित्र है, जो अस्थायी अवधि के लिए उपस्थित है। मैं अन्तर्विरोधों को सुलझाने नहीं बैठा हूँ। उसका प्रदर्शन प्रिय है मुझे। निष्कर्षहीनता ही इस प्रदर्शन का उद्देश्य है। मेरे पास उत्तर नहीं है पर प्रश्नों का ज्वार है। एक आशाहीन उत्सुकता से उत्साहित रहता हूँ। इसलिए मेरा चरित्र एक ही साँस में जुड़ता और बिखरता दीखता है। अन्तरिक्ष के ग्रहों-नक्षत्रों की तरह कुछ भी इतना स्थिर और स्थायी नहीं है। एक बार रचना की ओर बढ़ता हूँ और फिर उसे विघटन से सन्तुलित करता हूँ। यह कभी स्थिर नहीं होता और मैं इसमें कुछ इच्छुक भी नहीं। गढ़ने की इच्छा और अनगढ़पना दोनों समानान्तर चलते हैं। कभी ये आपस में आराम से बैठते हैं पर अगले ही पल, द्वन्द्व। जैसे नयी अनुभूति को कहने के लिए तुरन्त नये शब्द नहीं बन सकते वैसे नये चरित्र को बताने नये पात्र का निर्माण नहीं हो पाता है। नायक और खलनायक के दो ध्रुवों के बीच इतनी दूरी है और उनके बीच इतने तरह के चरित्र कि किसे, किस खेमे में भेजें, यही उत्तेजना मची रहती है और अगर उन्हें किसी एक खेमे में भेज भी दो तो वे चिल्लाते हैं कि उन्हें विपक्ष में क्यों भेज दिया गया है।"

"इसका मतलब है तुम एक लाचार व्यक्ति हो।" विश्वामित्र ने विश्वामित्र से कहा।

"बिल्कुल सही कहा। मैं अगर ऐसा नहीं करूँ तो लगता है कि मैं स्वयं बिखर जाऊँगा। रचना और विघटन की इस कहानी का लेखक होते हुए भी मैं एक पात्र बन गया हूँ।"

विश्वामित्र ने आत्मस्वीकृति में जो बात कही वह स्वयं विश्वामित्र को और भी उद्वेलित करने लगा। "क्या हम दिशाहीन हो जाएँगे?..."

सब कुछ कितना गड्डमड्ड था जैसे तेज तूफान का दौर रहा हो। आज भोगे हुए यथार्थ से दूर होकर विश्वामित्र के विचार कुछ और थे। इसलिए उन दिनों को याद करके उन्हें यही लगता है कि कितने तूफानी दिन थे वे। कुछ नहीं सोचना बस समय के साथ बहना भी कितना झंझावाती था। आज सोचकर अचम्भा होता है पर तब नहीं होता था। तब शायद सोचने के लिए सिर्फ वर्तमान था। न भूत था और न

ही भविष्य। जो पल वह जी रहा था बस उतना ही सोच रहा था। बल्कि उस समय, वह सोच भी रहा था या सिर्फ जी रहा था? यहाँ तक कि जगने और सोने का फर्क भी स्पष्ट नहीं था क्योंकि वह जो कुछ कर रहा था वह कब जगी हालत होती और कब सपनों की दुनिया; ठीक-ठीक याद नहीं उसे। और सपनों की वह दुनिया मेनका की थी या स्वयं उसकी यह भी बहुत स्पष्ट नहीं था। सब कुछ गड्डमड्ड और एक-दूसरे में समाया, उलझा हुआ।

''यक्ष, राक्षस, दैत्य की कोई सत्ता नहीं है ये तो पथभ्रष्ट मानव ही हैं। देव, सुर, महर्षि ये क्या हैं ये भी उच्च पथ पर चलनेवाले मानव-मात्र हैं। क्योंकि जीव तो परमात्मा का हिस्सा है और अन्ततः सद्‌गुरु की कृपा से सभी जीवों को परमात्मा में ही मिलना है—चाहे वह कितना भी पथभ्रष्ट क्यों न हो। रावण को भी सद्‌गति देनी है और उसकी प्रजा को भी नयी राह दिखानी है। करोड़ों लोग उसके राज्य में भी हैं। हम उन सभी की हत्या नहीं कर सकते। हम उन्हें दास भी नहीं बना सकते। दासों से भरा समाज आत्मविश्वासहीन और षड्‌यन्त्रों से भरा होता है। हमें स्वस्थ समाज बनाना है। हमें और अँधेरा नहीं चाहिए। रावण के प्रभाव में कुछ वैसे लोग भी आए हुए हैं जिन्हें समाज ने ही चोट पहुँचाई है। अपनों से चोट खाकर कोई तटस्थ नहीं रहता फिर वह विरोधियों में जा बैठता है। जब उन सभी को पता चलेगा कि उसे गले लगानेवाला राम आ चुका है तो सज्जनों की संख्या बढ़ती चली जाएगी। जिस दिन रावण यह देख लेगा कि भारत की जनता तुम्हारे साथ है। वह स्वयं तुम्हारी शरण में आएगा। तुमसे ही उसकी सद्‌गति लिखी है।''

''इन्द्र का क्या करेंगे?'' लक्ष्मण ने पूछा।

''रावण में जितना साहस है, इन्द्र में उतना भी नहीं बचा है। जिस रावण की चौखट पर सिर टेकने से भी वह लज्जित नहीं हुआ, उस रावण के अस्त होने पर जब तुम प्रगति निरोधी शक्तियों को परास्त कर विकसित भारत-राष्ट्र की नींव रखोगे तो इन्द्र अपनी समस्त विनम्रता के साथ तुम्हारे शरण आएगा। जो व्यक्ति हृदय से कुटिल होता है, वह विजयी व्यक्ति के चरण को छूनेवाला सबसे पहला प्राणी होता है। उसे उतना ही प्रश्रय देना जो उसकी लघु-योग्यता के अनुरूप है। उसे देवराज का पद देने की आवश्यकता नहीं। तुम्हारे बाद भारत राष्ट्र को देवराज नहीं चाहिए। स्वतन्त्र और जन-गण अधिनायक का भाग्यविधाता वह स्वयं होगा और उसकी आत्मा का प्रकाश तुम होगे। अलावा इसके किसी के आधिपत्य की न तो कोई आवश्यकता है और न ही कोई सम्भावना है।''

इन्द्र को कोई पूछनेवाला नहीं मिलेगा। तो फिर मन्त्रों से भी हमें इन्द्र को

बाहर निकालना चाहिए।'' विश्वामित्र इस गूढ़ प्रतिक्रिया के लिए तैयार नहीं थे। उन्होंने दुविधापूर्ण दृष्टि से राम की ओर देखा। गुरु की सहमति जानकर इस प्रश्न का उत्तर देने का उत्तरदायित्व स्वयं राम ने ले लिया।

''मन्त्रों में इन्द्र की उपस्थिति उस महान इन्द्र वंश परम्परा के कारण है जिन्होंने अनेक महान कार्य सम्पन्न किये। पर यह भी विडम्बना है कि वर्तमान इन्द्र उसी परम्परा के पतन का कारण बन गये हैं। पर लक्ष्मण मूल प्रश्न यह है कि यदि हम इन्द्र के कुशासन के विकल्पस्वरूप कुछ ढूँढ़ पाये तो तुम्हारे प्रश्नों का उत्तर भी मिल जाएगा।''

''मैं दोषी नहीं हूँ। कुछ तो विधान की बात करो...भला एक देव, दोषी कैसे हो सकता है? तुम्हें याद नहीं कि देव का कर्तव्य सिर्फ निर्णय सुनाने का है। मुझ पर आरोप लगाकर, तुम विधि के विधान को चुनौती नहीं दे रहे। क्या तुम्हें यह भी याद नहीं कि औरतें अपराधी होती हैं, जब तक कि वह स्वयं को निर्दोष नहीं सिद्ध कर दें। जरा-सी असमंजस क्या हुई, तुम शास्त्र ही भुला बैठे, गौतम।''

इन्द्र की बात सुनकर गौतम ग्लानि से भर उठे थे। तब अहल्या से उसका सम्बन्ध, क्रोध के उस नये धागे में बुन रहा था, जो इन्द्र की वाक्पटुता के चरखे से निकला था। प्रीति का जो धागा इतने दिनों तक गौतम ने जतन से बाँध रखा था ऐसे विलीन हुआ जैसे कभी था ही नहीं। ''कैसी प्रीति?...मकड़ी का जाला था। पर मैं अहल्या को ऐसे मजबूत पाश में बाँधूँगा कि युगों तक छूट नहीं पाएगी...'' और गौतम ग्लानि और क्रोध की ज्वाला में घिर आये थे।

''उत्तरदायित्व मेरा भी है, मैं मानती हूँ, पर दोष मेरा नहीं है।'' अहल्या बुदबुदाती रही पर गौतम ने उसे श्राप दे डाला। कोई सुनवाई, कोई बचाव नहीं। सिर्फ दंड।

इस एकान्त कुटिया में पड़ी अहल्या को भी या तो सिर्फ भूत का यह दृश्य याद आता था या फिर भविष्य को लेकर आशंका। अहल्या का वर्तमान छिन चुका था और उस रिक्तता की भरपाई हुई थी अकेलेपन की लांछन भरी अन्तहीन प्रतीक्षा से।

''इन्द्र ने कहा था वह प्रेम लुटाने और वर्षों की आस मिटाने आया है। 'वर्षों की आस' कितना आग्रह और कितना मद भरा था शब्दों में। उसने कहा था 'तुम स्वयंवरा हो। ब्रह्मा की शर्त से मुक्त हो।' मेनका ने सच ही कहा था कि वह चतुर है और पल में लोक-लाज से तुम्हें अलग कर देगा। चुम्बन लेने तक उसे याद है वह अपने दायरे में थी। पर इन्द्र ने जब उसे पूरी तरह पा लिया था तब वह इस

मन:स्थिति में नहीं थी कि उसे कुछ साफ-साफ याद हो।

"विश्वा आज भी नहीं आया। गौतम आज भी नहीं पिघले। चाहे तो स्नेह रखे चाहे तो छोड़ दे। क्या अर्पण ही मेरी नियति है। पूर्ण समर्पण। इससे पहले कुछ नहीं। इसके बाद कुछ नहीं। मेरा ध्यान, मेरी भक्ति, मेरी सेवा, इन सब पर मेरा रूप-यौवन इतना भारी था। गौतम के लिए सिर्फ यही मायने रखता है कि मेरा यौवन अक्षत है या नहीं। पन्द्रह वर्षों की मेरी तमाम साधना इस एक पल पर भारी पड़ गया। तो क्या गौतम स्वयं को मेरा आश्रयदाता मानता है? वह चाहे तो बना दे चाहे तो मिटा दे। क्या मैं उससे आजीवन विनती करती रहूँ कि वह मुझे अपना ले। उसकी शरण का एक कोना माँगकर जीवन बिता दूँ। वह मिलन दे, तपन दे, जीवन दे या मरण दे? ये कैसी प्रीति थी!

क्या गौतम को याद है कि कितनी रातें मैं उसकी 'हाँ' की प्रतीक्षा में बिताती रही। जिस लोक-लाज की गाज आज मुझ पर गिरी है, वह अनुभव उससे अलग नहीं था, जब हर बार गौतम को आमन्त्रित करने का मेरा प्रयत्न विफल होता था। तब अपनी नजरों में मैं कितनी लज्जित हुई, वह कहानी कोई सुनेगा क्या? अंगों में फूलों की कोमलता लिये, चाँदनी में लिपटी गौतम की बाट जोहती रही। कितनी बार! हर बार अपने अहं को समझाती, पुचकारती, गौतम की थपकी की प्रतीक्षा में रात में सुबह करती रही। कितनी बार। जब सुध-बुध बिसराते, मेरे उन अनगिनत पलों का उसे आभास ही नहीं तो वह मेरे लोक-लाज त्यागने के एक पल के असमंजस को क्या समझेगा?

कहता था तन मिट्टी का है। पर आज तो तन का खोट ही भारी पड़ रहा है। दाँव पर हारे हुए जुआरी जैसा बना बैठा है। कहते थे प्रीति तो जनम-जनम की है। तो अगर एक जनम की बाजी अगर हारे भी तो क्या हुआ? जनम भी क्या, एक पल की बाजी थी।

जिस स्थिति तक इन्द्र मुझे लेकर आया। इन्द्र माफी माँगे, तब मैं भी अपना उत्तरदायित्व स्वीकार करूँगी।

विश्वा आज भी नहीं आया। गौतम आज भी नहीं पिघले।

अब तो पाने खोने की आस छोड़ दें। अब तो वापस जाने की आस छोड़ दें। बियाबान का भटकाव दूर तक फैला है। पता नहीं हवा आगे क्या रुख करेगी। सभी सखा भी बिछुड़ चले हैं। इतने गुणी मिलकर भी नक्षत्रों के विकार की काट नहीं ढूँढ़ पाये। स्त्री की गति को जानने की मेरी इच्छा अधूरी रह जाएगी। पुरुष को उसकी ऐन्द्रिकता पर धिक्कारने की मेरी इच्छा अधूरी रह जाएगी। उसके सर्वग्राही अहंकार को सन्तुलित करने का मेरा सपना अधूरा रह जाएगा।

विश्वा आज भी नहीं आया। गौतम आज भी नहीं पिघले।"

वर्षों तक न्याय की बाट जोहती अहल्या को आभास नहीं था कि उसका दुख-दर्द बाँटने की योजना रची जा चुकी थी।

जब भी युद्ध का तूफान उठता है तो सबसे पहले दो लक्ष्यों पर बिजली गिरती है—स्त्री और साहित्य। पुरुष तो दुश्मनों से दो हाथ करेंगे यह बाद की बात है पर स्त्री और साहित्य अपनों के ही हाथ कैद कर लिये जाते हैं। जब वे युद्ध जीतकर दासों को लेकर वापस आते हैं तो दासों को इस बात का बड़ा ढाढ़स होता है कि यहाँ पहले से ही उन जैसे लोग रहा करते हैं—स्त्री और साहित्य। ऐसी तूफानी हवाएँ बड़े-बड़े ऋषियों और दार्शनिकों को भी बहा ले जाती है। वे आगे बढ़-बढ़कर घोषणाएँ करते हैं कि स्त्रियों को राजनीति और धर्म से अलग रखो। वे कहते हैं कि साहित्य और कला झूठ गढ़ते हैं। वर्षों तक ऐसे ही चिल्ला-चिल्लाकर वे अपना गला बैठा लेते हैं। जब तूफान छँटता है और सब कुछ साफ दीखने लगता है तो वो कोई सफाई भी देने की हालत में नहीं होते क्योंकि तब तक उनकी आवाज जा चुकी होती है और विजयी राजा को अचानक लगता है कि स्थिति सुखद है। अधीनस्थ स्त्री और साहित्य के संग-संग मौन दार्शनिक समाज उसके एकाधिकार के सर्वथा अनुकूल है।

अगर अहल्या अकेलेपन का जीवन बिताने को अभिशप्त थी तो इन्द्राणी की भी मनोदशा ठीक नहीं थी। योगिनी बनने का निर्णय सिर्फ समाज की लज्जा रखने हेतु था पर सच यही था कि इन्द्र की पत्नी होने के बदले जो अपमान, एकाकीपन और क्षोभ उसे अपने ही पति के हाथों मिला था, उसे बीन-बीनकर हटाने के लिए ही उसने उजाड़-बीहड़ का रास्ता चुना था। वहाँ एकान्त में और इन्द्र की अनुपस्थिति में ही सही, पर इन्द्र से अपने निष्फल जीवन का एक-एक उत्तर माँग रही थी। प्रतिदिन की तरह आज भी वह एकालाप में डूबी हुई थी जब विश्वामित्र का आगमन होनेवाला था।

''ऐसा नहीं कि मुझे दूसरों की बड़ी चिन्ता है। खासकर उन सबकी, जिनके खुशबूदार उरोजों के नीचे, नमक के ढेर जैसा हृदय है। न ही उनको जो रिझाते हैं अपनी बड़ी-बड़ी पनीली आँखों से और चूसते हैं उनके यश और सम्मान की नमी। बल्कि मुझे चिन्ता है उस रूखेपन की जो सिर्फ मेरे हिस्से आती है, जिसका स्पर्श चुभता है और मिलन घाव करता है। मेरे चेहरे पर लटकते उसके चेहरे के बंजर में ढूँढ़ती रहती हूँ प्रेम की मृगमरीचिका और आक्रामक किन्तु भावशून्य आँखों में

ढूँढ़ती हूँ मुझे निरन्तर रौंदे जाने का कारण।

तुम बातें करते हो राजवैभव की, दास-दासियों की, कीमती उपहारों की। बताते हो कि तुम मुझे कितना कुछ दे सकते हो। तुम्हें इतना भी नहीं पता कि मैं तुम्हारे हाथों को नहीं, आँखों की तरफ देखती रहती हूँ। देखती रहती हूँ कि कब तुम प्यार को प्यार और दिखावे को दिखावा समझोगे और कब तुम ऐश्वर्य के सिंहासन से उतरकर प्रेम की कुटिया में बैठना सीखोगे।

तुम्हारा स्पर्श राह बदलती नदी-सा तेज कटाव करती है। मेरे अन्दर एक भूखंड जड़ से कटकर गिरता है। क्षत-विक्षत बहते उखड़े पेड़ों की धुलती और विलीन होती मिट्टी को देखती हूँ और सहम जाती हूँ। फिर रक्त शिराओं में जमता खून बुनता है एक अनन्त सन्नाटा तुम्हारे और हमारे बीच। मैं कभी बहना चाहती थी। डोलना चाहती थी तुम्हारी लहरों पर—अन्तहीन, उद्देश्यहीन। पर अब मैं उड़ना चाहती हूँ। दिशाएँ ढूँढ़ना चाहती हूँ। तुम्हारी बाँहें कैद करती हैं मुझे। मैं बोलना चाहती हूँ ध्वनिहीन नहीं होना चाहती। तुम्हारा चुम्बन मुझे जड़वत् करता है, मेरी गति चूस लेता है। उसमें शाश्वतता नहीं, वैधता नहीं। तुम क्यों नहीं समझते कि तुम्हारा चुम्बन मुझे गौरवान्वित नहीं करता है।

ऐसा मत सोचो कि मुझे मालूम नहीं कि जब मैं तुमसे बातें करती हूँ तो तुम्हारी सोच किसी हाथ की तरह बस जंघाओं तक पहुँचना चाहती है। ऐसा मत सोचो कि मैं नहीं जानती कि तुम हमारी बातों को, अनचाहे वस्त्रों की तरह, उतार फेंकना चाहते हो और देखना चाहते हो हमें वस्त्रहीन। पर तुम्हें बताना चाहती हूँ कि मेरी बातें ही मेरे वस्त्र हैं, मेरी सुरक्षा। मैं मौन समर्पण नहीं करूँगी। मुझे घृणा है चुप्पी से। क्या होता है समर्पण से। मुझे याद है मैंने निर्णय किया था कि मैं नैया बनकर तुम्हारी लहरों पर डोलूँगी और तुम्हारी धड़कनों के साथ धड़कूँगी। शर्तहीन, उद्देश्यहीन क्योंकि मैंने तैरने का विचार छोड़ दिया था। पर मुझे क्या मिला। चुभन, घाव, अकेलापन और असुरक्षा।

नहीं दूँगी तुम्हें अपना अस्तित्व पूरा का पूरा। बचा रखा है और और बचाऊँगी कुछ सपने अपने लिए। कुछ छिपाकर रखूँगी, जिसे ढूँढ़ते तुम तब मेरे ही पास आओगे जब औरों के दिखावे से थक जाओगे। पूरा का पूरा एक महल दे दूँगी पर एक टुकड़ा खालीपन का रखूँगी अपने पास। जब तुम सारे द्वार बन्द कर दोगे, एक किरण साँस की मँगाऊँगी उससे होकर। बिल्कुल! चाहे कितने भी प्यारे बनोगे तुम, नहीं सौंपूँगी तुम्हें स्वयं को पूरा का पूरा।''

''देवी आपके एकान्त के पलों में व्यवधान डालने के लिए क्षमा चाहता हूँ पर मैं इन्द्र

को आप तक लाने का रास्ता बताने आया हूँ।'' विश्वामित्र ने इन्द्राणी से सम्भाषण प्रारम्भ किया।

''उसने मुझे त्याग दिया है। वह मेरे पास कभी नहीं आएगा और मुझे इसकी चिन्ता भी नहीं।''

''उसने आपको नहीं अपने सौभाग्य को खोया है...पर जब तक आप एक पत्नी की तरह सोचोगी वह नहीं आएगा...''

''मैं उसकी पत्नी ही तो हूँ...''

''सर्वप्रथम आप एक स्त्री हो...आपको एक स्त्री की तरह सोचना पड़ेगा...''

विश्वामित्र की सलाह सुनकर शची कुछ देर शान्त रही पर विश्वामित्र की तरफ ही देख रही थी।

''नहीं...बिल्कुल नहीं...आपके प्रस्ताव में अराजकता की गन्ध आती है...उससे तो अच्छी है मेरी पीड़ा की दुनिया।''

''अगर अराजकता हुई भी तो उसके बाद एक न्यायमूलक समाज ही बनेगा। आपको पीड़ा के शरण में वापस जाना नहीं पड़ेगा।''

''मैं जिस संसार में हूँ वह पीड़ा से आगे का है।''

''मैं भी यही चाहता हूँ कि आप पीड़ा की दुनिया से आगे जाएँ।''

''तुमने शायद सुनी नहीं मेरी बात।''

''जो सुना वो तो 'मौन' है।''

''हाँ, यही सुना।''

''पर मौन तो शब्द से पहले है।''

''शब्द से आगे मौन ही है। तुम इसे उलझाने का प्रयास कर रहे हो...''

''मौन से आगे है शब्द। शब्द से आगे है अनहद नाद।''

''ये सब मुझे क्यों सुना रहे हो...''

''ताकि आपके उन विचारों को जान सकूँ जो आपके गहन में चल रहे हैं।''

''क्यों जानना चाहते हो?''

''आप जानती हैं...?''

''सुनना क्यों चाहते हो...?''

''ताकि 'हम' पर आपका उपकार हो सके।''

''जीवन का पूरा पूर्वार्द्ध शिष्टाचार की शब्दावली संग ही बीता है। पर आज उस अवस्था में नहीं हूँ कि शिष्टाचार के तुम्हारे शब्दों पर धन्यवाद कर पाऊँ।''

''आपके निजी क्षणों की मर्यादा का पूरा ध्यान है पर भारत की जनता आप संग दो बातें करना चाहती है।''

''जनता! जब मेरी मर्यादा का निजी क्षण मुझ पर ही अभिशाप बन रहा था

तब तो किसी ने मुझ संग बात नहीं की। बाज के हमले से बचते पक्षी की तरह, एक अन्तरिक्ष से दूसरे अन्तरिक्ष तक भागती फिरी, तब किसी ने मुझ संग बात नहीं की। बल्कि हुआ तो यह था कि इन्द्र ने मुझे साधन बनाकर अपना अहंकार साधा और नहुष ने पुरुष अहंकार का निशाना मुझ पर साध लिया। जाओ विश्वामित्र मुझे किसी से कोई बात नहीं करनी।'' अपने आँसुओं को सँभालती शची उठ खड़ी हुई और कुटिया के अन्दर चली गयी। विश्वामित्र ने दोनों हाथ जोड़ लिये। उन्होंने अपनी आँखों में भी नमी का अनुभव किया, जब वह जाती हुई शची को देख रहे थे। उठते हुए उन्हें लगा कि शची से मिलकर श्रद्धा के भाव और बढ़ आये हैं। कुटिया से बाहर जाते विश्वामित्र के डग निराश नहीं थे। वे धीमे पर सधी हुई चाल में वापस जा रहे थे। बातचीत अधूरी थी पर खत्म नहीं हुई थी।

अगले दिन फिर विश्वामित्र शची के सम्मुख खड़े थे। आज वह निश्चय कर आये थे कि वह शची की परोपकारी वृत्ति को अवश्य सम्बोधित करेंगे।

''अच्छा है कि शची, आप अकेली गाती हैं। कोई साथ नहीं होता। आपने उन्हीं दुखों को गूँथकर गीत बनाये हैं, जिसे बाँटना सीखा ही नहीं है। पीड़ा की शुद्धता बनी रहे, इस चिन्तन में आपको यह भी पता नहीं कि आपके गीत मौन आँसुओं में बदल गये हैं—पनीला और नमकीन रंग है, स्वाद है, पर ध्वनि गायब। गीत आँसुओं से उत्पन्न अवश्य होते हैं पर शब्द उन्हें पालता है। शब्द से डरें नहीं आप...''

''शब्द तो घाव बढ़ाता है।''

''अगर स्थूल हैं तो...''

''अन्यथा।''

''अन्यथा प्राण-शक्ति है—मृतप्राय में जान फूँकता है यह शब्द।''

''और कुल-परम्परा के नियम।''

''नये नियम बनते रहें, इसलिए नये शब्द उपजते हैं।''

''और स्त्री का पत्नी धर्म।''

''शब्द ब्रह्म है और पति ब्रह्म से छोटा है।''

''कौन-सा शब्द?''

''ओम्।''

''कहीं यह अराजकता तो नहीं उत्पन्न करेगा?''

''अनहद नाद के आगे तो जो होगा श्रेयष्कर ही होगा। ओम् शब्द मुक्तिदाता है ओम् सबसे ऊपर है।''

"नहीं विश्वामित्र। मुझे मुक्ति नहीं चाहिए पीड़ा ही मेरी साधना है। पीड़ा से ही मैं अपनी आत्मा को पवित्र करती रहती हूँ पीड़ा के बिना मैं कुछ भी नहीं कर पाऊँगी।" इन्द्र की जगह ओम् मन्त्र का जाप करने के विश्वामित्र के प्रस्ताव पर शची ने अपना निर्णय सुनाया।

"देवी, आज इतना-सा निवेदन करने आया हूँ कि अगर आपके एक आशीर्वाद से पूरे स्त्री-समाज का सम्मान नहीं बढ़ता होता तो विश्वामित्र पुनः आपको कष्ट देने की धृष्टता नहीं करता।"

बातचीत की सम्भावना की खोज करते हुए विश्वामित्र ने एक बार फिर प्रयास किया था। विश्वामित्र की बात में कोई ऐसी संवेदनशीलता छुपी थी जो इन्द्राणी को कहीं-न-कहीं छू गयी। एक पल के लिए सोचने के बाद फिर बोल पड़ी।

"आशीर्वाद देकर कृतार्थ करने की शक्ति देवराज इन्द्र की पत्नी को थी...इस योगिनी को नहीं..."

"योगिनी बनकर आपकी शक्ति और प्रतिष्ठा में ऐसा विस्तार आया है, जिसमें इन्द्र का कोई योगदान नहीं है।"

"विश्वामित्र, मैं हूँ तो इन्द्र की पत्नी ही, अन्यथा तुम मेरे पास क्यों आते..."

वास्तव में इन्द्राणी स्थिति को नहीं समझ पा रही थी। विश्वामित्र का इन्द्र से वैर था। क्या वह इन्द्र के संग वैर साधने, इन्द्राणी के पास आये थे। पत्नी को अपने संग मिलाकर निश्चय ही इन्द्र को नीचा दिखा सकते थे, विश्वामित्र। पर यह तो गलत बात थी। "भला वह मुझसे ऐसी अपेक्षा क्यों कर रहे हैं?" इन्द्राणी मन-ही-मन इस स्थिति पर झल्ला उठी।

"आप पत्नी बनी थीं उस इन्द्र की जिसके पीछे महान इन्द्र वंशावली की शक्ति थी...उस इन्द्र की नहीं जिसने एक-एक कर सब कुछ गँवा दिया...यहाँ तक कि आपको भी..."

इन्द्र ने सचमुच इन्द्राणी को खोया था। अनेक वर्षों तक इन्द्र को सही रास्ता दिखाने का प्रयास आजीवन दुःस्वप्न बनकर रह गया था। योगिनी की राह चुनने से पहले इन्द्राणी वर्षों उस दुःस्वप्न से गुथी कँटीली-पथरीली रास्तों पर लहूलुहान होती रही थी।

शची विश्वामित्र की तरफ एकटक देखने लगी। उसकी तीक्ष्ण संवेदना हर शब्द की छवि परख रही थी, जो विश्वामित्र की आँखों में दृढ़ता के साथ उभर आयी थी।

"अगर इन्द्र का पतन हुआ तो उसे दंड कौन देगा।"

"शची का पहला ठोस शब्द था पर था ऐतिहासिक। अब तक यह भी विश्वास हो चला था कि विश्वामित्र के पास इसका उत्तर भी है।"

"हम प्रतिकार की राजनीति से दूर रहने के लिए कृतसंकल्प हैं।"

"युद्ध की विभीषिका?"

"उसे कम करने की चाह में आपके पास आये हैं। आपको अहल्या से मिलना होगा।"

विश्वामित्र ने अपना सोचा-समझा प्रस्ताव सामने रख दिया।

"क्यों आये तुम अपनी दीप्त एवं प्रज्वलित आँखें लिये? क्यों महान बनकर खड़े हुए अहल्या के जीवन की पगडंडियों पर मेरे भूत से अपमान बीनकर हटाने, उठाने, प्रशस्त पथ दिखाने? सपने पहले भी देखती थी, पर जब से एक देवतुल्य मुझे छूकर गया है, अहल्या मन्दिर-मन्दिर भटक रही है—सपने बुनने के लिए।

मेरी प्रीति मेरी छाया की तरह मुझसे अभिन्न है। तपती धूप में साथ रहती है। आज जब मैंने अपने प्यार के सम्मुख होना चाहा तो हँस पड़ी। कहने लगी, 'साथ चलूँगी तुम्हारे पर सामने आने को मत कहना। ऐसा हठ तुम्हें प्रेम योगिनी बना देगा।'

मैं तुम्हें छूना चाहती हूँ, क्यों नहीं समझते तुम। तुम्हें समझने के लिए शब्द काफी नहीं। तुम्हारे बाल, होंठ ओर मजबूत हड्डियाँ जो नर्म शरीर के अन्दर छिपी हैं। मैं तुम्हें हानि नहीं पहुँचाऊँगी। नहीं चाहिए मुझे काममयी इच्छा। विश्वास करो मैं तुम्हें छुऊँगी और छोड़ दूँगी, बिल्कुल अनछुआ।"

उस अचरज-भरी रात में मैंने लोक-लाज सब खो दिया। कुछ बन्धन छूटे कुछ सपने टूटे। जिस पल मैंने दुनिया को भूलने का सोचा उसके बीतते ही पर यह जग बेगाना-सा क्यों लगा? मन में कम्पन और तन में सिहरन क्यों उठी थी। इस मोड़ पर आकर रीति के अशुद्ध और शुद्ध होने का द्वन्द्व क्यों उठ रहा है। अब ऐसा क्यों लग रहा है कि इन्द्र के साथ बीता वह पल, जीवन की नयी राह नहीं थी—सिर्फ पल भर का ही अनुभव था। सच ही कहा था मेनका ने, इन्द्र का सामीप्य क्षण-भंगुर है। वह ऐसा अनुभव है, जैसे बीच नदी का कौतूहल। पर जब आर-पार नहीं दिखता, तो एक रिक्तता भर आती है।

"पर तब क्या हुआ था जब वह गौतम संग तन-मन की बाजी लगाने चली थी। एक नयी दुनिया बसाने, किसी को अपना बनाने का निर्णय इतना बड़ा ज्वार खड़ा करेगा, उसे पता नहीं था। वह चाह रही थी कि वह घोर घटा बनकर बरसे और उसके अस्तित्व का हर ताल और क्यारी भर जाये। अंग-से-अंग मिलाने की ऐसी उत्कट चाह शरीर के किस कोने छुपी बैठी थी? किस बाँध से बँधी बैठी थी, यह बरसाती तूफानी नदी। यौवन को रंगभरी कहानियों के बीच काम-भावना की

यह कौन-सी मुक्तामणि थी जो पलभर में उसे चकाचौंध कर बैठी? हर रोज की तरह गौतम आये थे। लेटने से पहले अहल्या को स्निग्ध आँखों से देखा और अपने विचारों की चादर ओढ़कर सो गये थे। न तो उन्हें सजी हुई अहल्या दिखी थी और न ही अहल्या के आँखों में सजे सपने ही।''

अपने उद्‌गार समेट अचानक अहल्या चुप हो गयी और पास बैठी इन्द्राणी की ओर ऐसे देखा जैसे वह न हो बल्कि उसका खाली और एकाकी वर्तमान।

मैं स्त्री हूँ। इसलिए हूँ रहस्यमयी। क्योंकि मेरा मासिक धर्म, मेरा गर्भ, छाती से निकलता दूध, सब कुछ रहस्यमय है। पुरुष को सिर्फ एक काम आता है। उसके अलावा कुछ नहीं। पर मुझे बहुत कुछ आता है क्योंकि मैं हूँ एक स्त्री। सिर्फ स्त्री को पता है सृष्टि का रहस्य। तू मुझे अपवित्र समझ, पर मैं हूँ पवित्र जननी। धरती की तरह। वह अन्न उगाती है और मैं जननी हूँ मानव जाति की। मैं प्रेमिका हूँ, पत्नी हूँ, वेश्या हूँ, देवदासी हूँ। मैं जो भी हूँ पर हूँ मैं रहस्यमयी, प्रकृति और उर्वरा धरती का साकार रूप।

अपने ऊपर टँगी अहल्या का सूना सच इन्द्राणी को बेचैन कर गया।

''देखा अहल्या, शास्त्रों में लिखा है कि पत्नी के द्वारा लिया गया ऋण उतारने को पति बाध्य है पर इसके विपरीत नहीं। पर उल्टी रीत चलाकर मैं आयी तो थी पति का ऋण उतारने पर मुझे नहीं पता अब मुझे ये क्या हो गया। मैं स्वयं पर से स्वयं का ऋण कैसे उतारूँ। अहल्या तू मेरा ही सच है। एक स्त्री का सच।''

''सारी खुशियाँ समय के साथ बढ़ीं—जब बचपन से किशोरावस्था में पहुँची तो आनेवाली बातों—ब्याह और समागम के बारे में सोच-सोचकर वे सारी खुशियाँ जो बढ़ती ही चली गयीं, ब्याह के चन्द दिनों बाद चन्द मिलन की रात्रि के साथ ही खत्म हो गईं। तब सोचना पड़ा कि क्या यही वो सपना था जिसके लिए कितने रतजगे किये। क्या यही था जिसके लिए जाने कितने पल संयम और संयम की खुशी में बिताये। क्या यही था जिसकी उम्मीद पर कितने आमन्त्रण को ठुकराया। तब तो आमन्त्रण का पूरा अर्थ भी समझ नहीं आता था। यह वो मिलन तो नहीं था, जिसे हम धरती और गगन, चन्दा और चाँदनी, नदी और सागर की आँखों से देखा करते थे। ब्याह की चन्द रात्रि ने सब कुछ तोड़कर रख दिया। सारे सपने, सारी उम्मीदें, सारा विश्वास।'' शची बोलती चली गयी।

तू ही बता कि मैं, उससे मन की कौन-सी बात करूँ। हवा मुझे गुदगुदाती थी। पक्षियों से मैं लड़ती-झगड़ती थी। फूलों को कविताएँ सुनती थी। मेघों के संग दौड़ती थी। जब उसे यह सब बताया तो उसने कहा, तुझे पूरी दुनिया की पड़ी है बस पति की सुध नहीं है। आज तक मैं यह नहीं समझ पायी कि नग्निका बनकर पलँग पर लेटे रहना और बाट देखना कि कब पति आएँगे, आते ही प्रेम की वर्षा

करेंगे और फिर एक पहर बीतने से पहले वापस चले जाएँगे, प्रेम कैसे कहला सकता है। पत्नी का बाट जोहते रहना और पति का स्वार्थ साधकर चले जाना पत्नी-धर्म कैसे हो गया।''

भाव विह्वल होकर शची, अहल्या की सूनी आँखों में इस नये सच को भरने का यत्न कर रही थी। विश्वामित्र निरस्त्र खड़े सोच रहे थे, इन्द्र अगर क्षमा भी माँग लेता तो इतने बड़े सच का उद्घाटन नहीं होता। यही सही समय था राम को लेकर आने का। शची भी थी और अहल्या भी। विश्वामित्र बड़ी तेजी से राम को ढूँढ़ने निकल पड़े।

राम को संग लिये जब विश्वामित्र अहल्या से मिलने पहुँचे तो शची जा चुकी थी। विश्वामित्र बाहर ही खड़े रहे। राम ने कुटिया की ओर कदम बढ़ाया।

''अच्छा ये तुम उदास होते हो।''

''क्यों?''

''पहले बताओ।''

''नहीं।''

''छुपाते हो?''

''नहीं, कुछ नहीं छुपाता, इसलिए उदास ही नहीं होता।''

''तो तुम्हारी हँसी चुरा लेता हूँ।''

''पर मुझसे तो आप अभी मिले हो।''

''पर तुम्हारी हँसी और जगहों पर भी मिलती है।''

''हाँ, कहाँ...कहाँ...''

''फूलों में...''

अहाते का द्वार खोलने छोटा बालक दौड़कर आया था। वह बच्चा खुले दरवाजे को पकड़े, आगन्तुक की ओर देखता रहा और बातें करता रहा। उसे तैरते बादल दिखे। उड़ते पक्षी दिखे। मचलते फूल दिखे। आगन्तुक ने हौले से उसका नन्हा-सा हाथ पकड़ा और द्वार से अलग करते हुए अपने पास लाया। ''क्या तुम बादलों और पक्षियों की तरह उड़ना चाहते हो। फूलों की तरह मचलना चाहते हो...''

''आ...हाँ...पर तुम्हें कैसे मालूम।'' उसने अकचकाकर उत्तर दिया।

''सब कुछ तुम्हारी आँखों में दीख रहा है अपना नाम बताओ।'' मैं ही मनु हूँ, सविता देव हूँ। कक्षीवान ऋषि भी मैं हूँ और अर्जुनी पुत्र कुत्स भी मैं हूँ। मैं हूँ क्रान्तिकारी ऋषि और विश्वामित्र का असली शिष्य।''

"अरे तुम तो मुझसे भी आगे हो। लेकिन मैं तो तुम्हें वामदेव कहकर बुलाऊँगा। अब बताओ, तुम क्या बनना चाहते हो।"

"लोगों का दुख बाँटना।"

"तो आओ मैं तुम्हें कुछ सूत्र दूँगा।"

"उससे क्या होगा?"

"तुम जो कुछ बनना चाहोगे बन जाओगे।"

"विश्वामित्र से मिल सकता हूँ?"

"बिल्कुल। बस तुम्हें सिर्फ तीन चीजें करनी हैं..."

"सिर्फ तीन...फिर तो मैं अवश्य करूँगा।"

"पहला यह कि पूरा अध्ययन करो और दूसरा कि दिन-रात श्रम करो।"

"और तीसरा?"

"कभी तुम्हारे अपने ही, तुम्हारे विरुद्ध हो जाएँ तो साहस नहीं छोड़ना।"

"अच्छा, फिर मेरा हाथ छोड़ो।"

"क्यों?"

"मैं यह सब माँ को बताकर आता हूँ।"

"माँ को क्या?" राम ने हाथ नहीं छोड़ा।

"भूल जाऊँगा न...अब छोड़ो भी..." वह अपना हाथ छुड़ाकर कुटिया की तरफ भागा ताकि वह माँ को बता सके कि इस आगन्तुक की हँसी कितनी सुन्दर, आवाज कितनी मीठी और स्पर्श कितना उमंग भरा है, नहीं तो उसे तैरते बादल, उड़ते पक्षी और मचलते फूल क्यों दिखायी पड़ते।

"माँ...माँ...मैं तुम्हें कहता था न तुम धैर्य मत छोड़ो...तुम नहीं मानती थी...देखो यही बताने एक देवदूत आया है...माँ...कहाँ हो..."

तब तक यह आगन्तुक उस माँ के पास आ चुका था जो पत्थर बनी बैठी थी। आखिरकार उन लोगों ने शबरी को आश्रम से निकाल बाहर किया था। अहल्या का एकमात्र आसरा थी वह। कुटिया में त्यक्त जीवन को ढोती अहल्या का हाथ बँटाती थी। उन लोगों को स्वीकार्य नहीं था। और शबरी क्या करती थी। चार चावल पकाती थी। दो खुद खाती दो अहल्या के मुँह में डालती। मुँह अँधेरे उठकर नदी से पानी लाना। खेत जाकर अन्न के दाने चुनना। आश्रम की सफाई। लीपा-पोती। शाम का सान्ध्य-पूजन और एक जून का आहार। रात को खुले आकाश में आशाओं के असंख्य सितारों को निहारती शबरी को कभी इतना समय नहीं मिला कि इन दुःख भरे दिनों की गिनती रखती। जिस ईश्वर ने इस अँधियारी रात को सितारों से जगमगाया है वही आएगा एक दिन हमारी राहों का अँधियारा हटाने। गर अहल्या को उसके अपराध की सजा मिली थी तो क्या शबरी को इसलिए सजा मिली कि

उसे ईश्वर की कृपा में अनन्य आस्था थी। क्या अहल्या के उद्धार की उम्मीद रखकर शबरी ने अपराध कर दिया। 'वाह रे, दंड देनेवाले, बिना दंड की अवधि तय किये, सजा सुना दी। 'आजीवन सजा' सुनाते समय भी 'आजीवन' शब्द बोलना पड़ता है और यहाँ बिना बोले ही अहल्या आजीवन अभिशप्त हो गयी।' शबरी को यकीन था कि समाज ने अन्धेर किया है पर प्रभु के घर अन्धेर नहीं है।

लेकिन शबरी तो असहमति और विरोध की कोई परिभाषा नहीं जानती थी। क्या अपने मन की बात सुनना भी अपराध है? न्यायाधीशों के निर्णय के विरुद्ध बोलना मानहानि है पर क्या उस पर सोचना भर भी मानहानि है। असहमति और विरोध को प्रकट करना अपराध है, पर क्या अप्रकट चिन्तन भी अपराध है? न्याय की उम्मीद करना एक षड्यन्त्र है? क्या अब राज्य का दंडविधान लोगों के मन और उनकी आत्मा पर निगरानी करेगा? आशा और आस्था रखनेवाला हर मन, अपराधी घोषित किया जाएगा? क्या अब व्यक्ति के अलावा आत्माओं को भी सजा सुनायी जाएगी।

बस। यहीं आकर वर्तमान दंड विधान मुँह की खाएगा। आत्मा को दोषी ठहराने का, मन की निगरानी का, आशा पर बेड़ियाँ डालने का और आस्था को बहिष्कृत करने का देवों का हठी प्रयास, प्रकृति के दंडविधान की बलि चढ़ जाएगा। उसका यह क्षुद्र प्रयास, प्रकृति सफल होने देगी; ऐसा ना पहले कभी हुआ और ना आगे कभी होगा। पर शबरी को इन तर्कों से क्या लेना था। उसे तो ईश्वर की कृपा का सहारा था। बस।

''तुम कौन हो...'' अपनी सूनी आँखें राम पर टिकाये अहल्या ने प्रश्न किया। अपनी विनीत आँखों से अहल्या के सूनेपन को निरखते हुए राम ने कहना शुरू किया,

''मैं हूँ तुम्हारे आश्रम का छात्र। तुम्हारे लिए लकड़ियाँ चुनकर लानेवाला। बारिश से पहले कुटिया की छत की छौनी करनेवाला। तुम्हारे मृगशावकों को तंग करनेवाला। और मैं ही हूँ सामगान के द्वारा दिनभर की क्लान्ति को दूर करनेवाला। माँ तू रो। इस विरोधाभासी आदिमानव के लिए। तू रो, कि मैंने बार-बार तुम जैसी माँ को खोया है। माँ रो क्योंकि मैं ही हूँ तुम्हारा सम्मान, अभिमान, प्रेम, ममता और तुम्हारा जघन्य अपराधी।'' राम ने अपना सम्बोधन नहीं समाप्त किया।

यह भारत भूमि, महान् पृथ्वी, जगत जननी किसी की मुखापेक्षी नहीं सिवाय सूर्य के। और पूरा जगत, चर-अचर, कृतज्ञ है इस धरती का। अपने शरीर में गड्ढे बनाये ताकि नदियों और सागरों को स्थान मिले। अपने सिर पर हिमाच्छादित पर्वत का बोझ उठाया ताकि बादल टकराकर वर्षा लाएँ। अगर वर्षा के साथ बिजली गिरी तो उसे अपने शरीर में समा लिया। समस्त विषैली वायु को अपने अन्दर समेट लिया

ताकि सतह के ऊपर जीवनदायिनी वायु बहे। सारे ज्वलनशील पदार्थ अपने भूगर्भ में समेट रखा ताकि खेत और जंगलों की उर्वरा शक्ति विषाक्त न हो जाए। बदले में क्या दिया हमने? विध्वंस, उपेक्षा और अपमान! जिसकी कोख से हमें जीवन मिलता है उसी कोख पर प्रश्नचिह्न खड़े किये। जिसने ऐसा किया, बजाय उसे धिक्कारने के, उसे सजा देने के, पृथ्वी को ही शापित घोषित कर दिया। जो पृथ्वी हमारे लिए दुख-दर्द का पिघलता लावा सीने में छुपाए जीती रही, उसे मृत पाषाण बनाने में हमें एक पल नहीं लगा। उससे आँसू बहाने का अधिकार भी छीन लिया और उसे अछूत बनाकर इस सुनसान कुटिया के हवाले कर दिया। ऐ जगतजननी धरती, तुम्हारे जिन अपनों ने, जो कि तुम्हारे अपने कहलाने का अधिकार खो बैठे हैं, तुम्हारे पवित्र शरीर को अपमान और लांछन की सदियों की पीड़ा के मायाजाल से भर दिया, मैं सूर्यवंशी राम तुमसे निवेदन करता हूँ और इस विश्वास के साथ कि मुझे तुम्हारा आदेश प्राप्त है; मैं तुम्हें छूकर उस समस्त अन्याय को, जो अब तक तुम्हारे ऊपर ढाये गये; अपने ऊपर ले रहा हूँ और अब देखता हूँ कि पीड़ा का यह मायाजाल कितनी देर तक इस पवित्र आश्रम में टिक जाता है।"

अहल्या की सूखी आँखों से नदी बह चली। उसी संग बहती जाती थी सदियों से छिपी घनीभूत पीड़ा। हलका हो रहा था राम का हृदय और गर्व से छाती चौड़ी हो रही थी विश्वामित्र की। विश्वामित्र का हाथ पकड़े, अहल्या की आँखों से बहते आँसू इस आह्लाद में गंगा-किनारे के साथ देख रहा था वामदेव जैसे वह कुटिया में नहीं, ऋषिकेश में गंगा-किनारे खड़ा हो। दूसरों का दुख कैसे बाँटा जाता है, इस गूढ़ और रहस्य भरी बात का अनुभव उसने भले ही नहीं किया हो पर उसे इतना पता चल गया था कि जब सदियों से सूनी आँखों के इतने सारे आँसू एक साथ बहते हैं तो गंगा हिमालय से निकलकर ऋषिकेश तक आ जाती है।

अहल्या उद्धार के बाद विश्वामित्र और राम जनकपुर की ओर निकले हैं, यह बात पलक झपकते ही इन्द्रपुरी तक पहुँच गयी। बहुत ही गोपनीयता निभाते रहे थे विश्वामित्र अब तक। अभियान की सफलता के लिए सही भी था। पर उनके अभियान की अप्रत्याशित सफलता ने लोकप्रियता का नया आयाम शुरू कर दिया। पूरा-का-पूरा क्षेत्र उत्सुक हो उठा था कि विश्वामित्र अगला कदम कौन-सा उठाएँगे। पुराने युद्ध की विफलता से विश्वामित्र ने जो कुछ सीखा था, उसी से राम संग मिलकर एक नयी सफल-गाथा लिख चुके थे। विश्वामित्र की चिन्ता थी कि कैसे जन-भागीदारी करवाकर अभियान को व्यापक किया जाये। विश्वामित्र अपने अभियान को जहाँ बहिर्मुखी कर रहे थे, इन्द्र अभी भी अन्तर्मुखी होता जा रहा था।

रावण के यहाँ चाकरी की खबर कपोल-कल्पित कथा नहीं थी। इन्द्र की चिन्ता थी कि कैसे इन्द्रपुरी को सुरक्षित करें। जन-सहयोग की जगह उसे रावण से हाथ मिलाना श्रेयष्कर लगा। जन-अभियान की अभेद्य दीवार का सहारा लेने की बजाय कूटनीतिक पैंतरेबाजी का सहारा ले बैठा इन्द्र। दक्षिण भारत उसके लिए अछूत और राक्षसकुल शिरोमणि रावण सगा कैसे हो गया। इन्द्रपुरी से लेकर भारत-भूमि तक इतनी बार विदेशी आक्रमण हुए और हर पराजय के बाद इतना रक्त मिश्रण हुआ कि शुद्ध आर्य रक्त ढूँढ़ना असम्भव था। उससे भी ऊपर वर्णाश्रम व्यवस्था का शोषण। जाति-बहिष्कार की धमकी देकर समाज को तोड़ा जा सकता है। पर प्रश्न है जो धर्म में वापस जाना चाहते हैं उनका क्या? धर्म में वापसी की कोई व्यवस्था है ही नहीं। जो व्यवस्था है भी वह अत्यन्त अपमानजनक। धर्म से बाहर आकर भारत को एक करने का कोई अभियान, इतनी व्यापक अवधारणा थी कि वह इन्द्र के समझ के बाहर की बात थी। मानवता, मार्गदर्शन के अभाव में पतन की ओर जाने लगे तो धर्म का बन्धन ढीला कर विनाश से बचने की तैयारी करनी चाहिए। वैसे भी ऋग्वेद तो समरस चेतना का संस्थापक है। जहाँ भेद कम, एकता की बात अधिक है। लोभ कम, सन्तोष अधिक है। अहंकार कम, न्याय अधिक है। चतुर्वर्ण तो सामाजिक व्यवस्था थी जो उत्पादन की सुविधा के लिए बनायी गयी थी। वह मानव-निर्मित है इसलिए उसे बदला जाना चाहिए था।

पर इन्द्र चूँकि अहंकारी था इसलिए उसे लगा कि विश्वामित्र का अभियान उसी के अहंकार को निशाना बनाकर चला है। इसलिए भी उसे रावण से मित्रता करने में औचित्य की कमी नहीं दिखी। पर सच तो यही था कि विश्वामित्र के प्रति उसका व्यवहार अहंकार का था पर रावण संग उसका व्यवहार एक कायरता थी।

इसी पृष्ठभूमि में जयन्त त्वरित गति से जनकपुर पहुँचा जहाँ सीता-स्वयंवर के लिए दिक्‌दिगन्त से राजा पधारे थे। जनकपुर के आसपास की नैसर्गिक सुन्दरता कहीं खो गयी थी शिविरों के लाव-लश्कर में। और उसी में खो रही थी सीता-स्वयंवर की निश्छल गरिमा। जनकपुर पहुँचते ही विश्वामित्र को आघात लगा कि शिविरों में षड्यन्त्रों की खिचड़ी पक रही है। सीता-स्वयंवर को असफल करने से लेकर, सीता का अपहरण करने की योजना तक बन रही थी। राम और लक्ष्मण के होते सीता का अपहरण तो असम्भव था। पर किसी अन्य षड्यन्त्र से पार पाना बहुत दुष्कर लक्ष्य था। यह विश्वामित्र के अलावा कौन समझ सकता था। राजा जनक से प्रारम्भिक परामर्श करने के बाद विश्वामित्र टोह लेने के उद्देश्य से जो शिविरों की ओर निकले तो सामने जयन्त आकर खड़ा हो गया। उसके साथ सामन्तों का एक समूह भी था।

"क्यों विश्वामित्र जी, किस टोह में निकले हैं..."

"क्यों इधर टोह लगानेवाली बात है क्या..."

"मुझे तो नहीं मालूम, आप बताएँ..."

"तुम्हें भी नहीं पता और मुझे भी नहीं..."

"पर कुछ तो ढूँढ़ रहे हैं...आपकी आँखें कह रही हैं।"

"भई समझो ओंकार को ढूँढ़ने निकला हूँ।"

अब तक सभी लोग चारों ओर से घेरकर खड़े हो गये थे। विश्वामित्र को लगा अब बिना इनसे उलझे नहीं निकला जा सकता।

"ओंकार कैसे मिले हैं," उसने पूछा।

"ओंकार को पुकारो," विश्वामित्र सबके सामने उसे डाँटना नहीं चाहते थे।

"कैसे पुकारूँ?" जयन्त ने फिर प्रश्न किया।

"मन से, प्राण से।"

"पर ओम् तो अन्तर्यामी हैं, उन्हें तो पता होना चाहिए।"

"पर तुम अन्तर्यामी नहीं हो, इसलिए तुम्हें पता ही नहीं है।"

"कौन-सी बात?"

"यही कि ओंकार को पुकारोगे तो वो मिलेंगे।"

"और यदि पुकारना न चाहूँ तो?"

"तो चुप होकर मन में झाँको, अन्तर्मुखी होकर देखो।"

"अन्तर्मुखी क्यों बनूँ?"

"क्योंकि ओम् तो अन्तर्यामी है, इसलिए वह जीव को देख सकता है। तुम जीव हो इसलिए अन्तर्मुखी होकर ब्रह्म को देख सकते हो।"

"पुकारूँ, तब भी ओम् मिले और चुप रहूँ तब भी, क्या कोई ऐसी भी अवस्था है, जब भगवान नहीं मिलते?"

"हाँ, है।"

"कामचोरी की, कामचोरों से तो सभी दूर भागते हैं.." कहते हुए विश्वामित्र आगे चल पड़े। लेकिन जयन्त तो किसी और मिट्टी का बना था। उसने पैंतरा बदला। विश्वामित्र के जीवन के किसी अन्तरंग क्षण को निशाना बनाते बोल पड़ा।

"जादू और रहस्य से जूझते हुए किसी कामिनी को अपने संग लपेटकर जब उसके रसभरे होंठों पर सारी इच्छाएँ रखता हूँ तो बिल्कुल नहीं लगता कि भगवान को ढूँढ़ने की कोई आवश्यकता है।"

"उसके रसभरे होंठों पर सिर्फ अपनी इच्छाएँ नहीं, बल्कि अपना पूरा व्यक्तित्व समर्पित कर देते हो, तुम्हें कोई अनुमान इसलिए नहीं होता क्योंकि अपने स्वाभिमान को भी समर्पित कर रखा है।"

"प्रेम समर्पण ही तो है। शरीर का शरीर संग,पूर्ण समर्पग।"

"व्यक्तित्व का समर्पण व्यक्तित्व के लिए है, सिर्फ शरीर के लिए नहीं। रसभरे होंठ तुम्हें प्रेम के समर्पण तक नहीं पहुँचा पाएँगे। अगर तुमने मिलन की आग को ही लक्ष्य मान रखा है तो वही सही, पर उसे 'प्रेम का समर्पण' जैसा नाम मत दो। किसी दिन योगिनी मन्दिर आना फिर तुम्हें दिखाऊँगा कि मिलन का चरमोत्कर्ष कैसा होता है। कबूतर जैसा मिलन करते हो और दावा है शेरों जैसे मिलन का, तुम्हें सिखाऊँगा कि दोनों की मिलन क्रिया में कौन श्रेष्ठ है।"

दिन भर की कड़वाहट को पीकर विश्वामित्र संयत हो चुके थे। सन्ध्या-पूजन के बाद उन्होंने राज-धर्म पर अपने विचार विस्तार से राम और लक्ष्मण के सामने रखे।

"राजा को, शास्त्र, जिसमें, धर्म, संगीत, कला, योग सभी शामिल हैं और जिसमें युद्ध-नीति, व्यूह-रचना भी शामिल है, इन सभी में प्रवीण उत्तम नागरिकों में से चुना जाना चाहिए और यह निश्चय करके कि चुना हुआ व्यक्ति सर्वोत्तम है। राजा बनने के बाद बाकी सभी बचे उत्तम नागरिक उसके सहयोगी बनें जो मिलकर प्रजा-पालन करें।

"प्रजा-पालन क्या है?" लक्ष्मण ने कहा।

"प्रजा-पालन है प्रजा के आर्थिक, शारीरिक एवं मानसिक कष्टों को दूर करने में जुटे रहना।"

"और अगर राजा को कोई कष्ट हो तो?"

"राजा को कोई कष्ट नहीं होता।"

"क्यों?"

"क्योंकि एक मनुष्य से 'सर्वोत्तम मनुष्य' बनने तक उन इन्द्रियों को वश में कर चुका होता है जो दुख देते हैं।"

"और इन्द्र को भी।" लक्ष्मण ने चुटकी ली।

"बड़ा नटखट है तू।...इच्छाएँ ही दुख की जननी हैं जो प्रजा को दुःख पहुँचाती है, लेकिन राजा उनसे मुक्त हो चुका होता है। वह प्रबुद्ध है, विज्ञ है और मुक्त है।"

"फिर प्रजा स्वयं क्यों नहीं ऐसा कर लेती?" लक्ष्मण ने फिर प्रश्न किया।

"राजा का दायित्व प्रजा को इसी दिशा में ले जाना है। जिस ऊँचाई पर राजा पहुँचा है वह मार्ग कठिन, दुरूह, अदृश्य है। प्रजा को उस पर चलाने के लिए उतना ही धैर्य चाहिए जितना एक माँ अपने बच्चे के साथ रखती है और ऐसे व्यक्ति-समूहों की पहचान करना और उनका नाम सार्वजनिक करना अनिवार्य है जो राजा के धैर्य और प्रेम को उसकी कायरता समझते हों। चाहे वो सम्बन्धी हों या असम्बन्धित

लोग। ये लोग कुटिल हैं इनको उनका पूर्ण सन्तुलित आहार मिलना चाहिए और वह है—राजदंड।''

''देश निष्कासन क्यों नहीं?'' राम ने पूछा।

''ततैया अपने घर में हो या पड़ोसी के, खतरा तो बना ही रहता है।''

''और अगर उसके डंक निकाल दें तो।'' लक्ष्मण ने सुझाव दिया। राम और विश्वामित्र एक साथ हँस पड़े।

''तू सचमुच यक्षमन है। सूझ-बूझ की बातें करने में तुम्हारा कोई सानी नहीं है।'' विश्वामित्र ने प्यार भरी पुचकार लगायी।

''लक्ष्मण तुम क्षत्रिय धर्म छोड़ रहे हो क्या?'' पास से निकलते हुए जयन्त ने कटाक्ष किया। लक्ष्मण भी जानबूझकर आज जयन्त के शिविर की ओर गये थे।

''क्यों तुझे कोई सपना आया?''

''नहीं। पर अकिंचन, निरुपाय विश्वामित्र के साथ इतना खुश देखकर ऐसा ही लगा मुझे...''

''देखो जाकर इन आश्रमवासियों को जिसे तुम्हारे आततायियों ने लूट लिया। उनके द्वारा उपजाऊ बनाये खेतों पर अधिकार कर लिया, पर वे ऋषिगण आज भी उतने ही ऊर्जस्वित, आशान्वित और आह्लादित हैं।''

''आश्रम तो रावण की सेना ने लूटा था।''

''तो तब तुम किसके आँचल में सो रहे थे महाप्रतापी इन्द्र पुत्र।'' लक्ष्मण की प्रतिक्रिया पर जयन्त सहम गया पर उसने ढीठपना नहीं छोड़ा।

''अगर मेनका वापस आयी तो उसे गुरु-माता बनाओगे?''

''हाँ-हाँ और तुझे भी माता का आशीर्वाद लेने बुलाऊँगा...'' थोड़ा रुककर लक्ष्मण ने फिर से कहना शुरू किया।

''तू क्या सोचता है। मेनका-विश्वामित्र प्रकरण एक हँसी-ठिठोली थी? ऋषि के सम्मुख कामिनी का तपभंग नृत्य। नृत्य तो रोज होते हैं। पूरा इन्द्रपुरी प्रांगण नृत्यांगनाओं में भरा पड़ा है। किस-किस नृत्यांगना ने इतिहास रचा है। फिर मेनका ने इतिहास कैसे रच डाला? उसका नृत्य सिर्फ नृत्य नहीं था।''

''तुम बातें करते हो या मसखरी?''

''क्यों तुमने सुना नहीं कि हर सफल नायक के पीछे किसी-न-किसी स्त्री का हाथ होता है।''

''हर सफल नायक के पीछे स्त्री का हाथ हो अनिवार्य नहीं है।''

''अनिवार्य है...और हर असफल देव के पीछे भी स्त्री का हाथ होता

है...स्त्री नहीं स्त्रियों का हाथ...कभी समय मिले तो अपना इतिहास पलटकर देख लेना।''

''मेरा इतिहास तो मैं देख लूँगा पर तुम जिस महानायक का पल्लू पकड़कर घूम रहे हो वह कोई इतिहास नहीं लिखनेवाला।''

''इन्द्र निश्चय ही आज एक भटका हुआ महानायक हो, पर था महानायक वंश का, उसके वंश में तुम्हारे जैसा मन्दबुद्धि पैदा होगा, किसी ने नहीं सोचा था। जयन्त तुम धन्य हो, तुम्हें धिक्कार है...''

''क्यों तुम्हारे पास कोई उत्तर नहीं रहा...''

''उत्तर तो है पर तुम्हें यह बताकर क्या लाभ होगा कि जो विषम परिस्थितियों में अपने अस्तित्व को बचा जाये वही नायक है। तुम्हें यह भी बताने का कोई लाभ नहीं कि ऐसा नायक जब अभियान पर निकलता है तो इतिहास अपने आप लिखा चला जाता है।'' जयन्त एक पल के लिए चुप रहा और फिर बोल पड़ा।

''सुना तुम अंगदेश गये थे और 'काली' नामक किसी देवी का पूजन कर आये...''

''देवराज नहीं रहा तो कोई और तो आराध्य बनेगा न?''

'' 'काली' बनेगी आराध्य...वस्त्रहीन...'' जयन्त अपनी बात पूरी नहीं कर पाया। क्योंकि लक्ष्मण की आवाज तीखी हो चुकी थी...

''तुम काली माँ की हँसी किस मुँह से उड़ाते हो...

जिस बात से तुम्हें चौंकना चाहिए, जिसे देख तुम्हें अपने किये कुकृत्यों को याद करना चाहिए, जिसे देख तुम्हारी आत्मा को काँपना चाहिए और पूछना चाहिए कि ऐसा क्यों है; तुम उस पर हँसने का प्रयास कर रहे हो। मैंने पहले भी कहा था कि या तो तुम सच से आँख चुराते हो या फिर सच की हँसी उड़ाते हो। इसलिए हे पलायनवादी सुनो कि माँ काली नग्न, खड्गधारिणी और रक्तपिपासिनी क्यों है। तुम्हारे राज में लाखों ऐसी अबलाएँ हैं जिन्हें पूरे वर्ष तन ढकने के लिए एक जोड़ी वस्त्र नहीं मिलता। उनकी सन्तानें जवान होने तक वस्त्रहीन घूमती हैं। जवान बेटी की लाज ढकने माँ अपने फटे वस्त्र को फाड़कर बेटी को दे देती है। क्या तुम कोई जतन करोगे ताकि माँ को अपना एकमात्र आवरण बेटी से बाँटकर न पहनना पड़े। और जब तक तुम ऐसा नहीं करते काली वस्त्र नहीं पहनेंगी।

उन अर्द्धनग्न बेटियों को ढँकने की बजाय जब तुम्हारे सामन्त और सिपाही उसे उघाड़ने को उन्मत्त हो जाते हैं तो बताओ कि कौन माँ होगी जिसके हाथ खड्ग तक नहीं पहुँच जाएँगे? वो खड्ग नहीं न्याय दंड है। जिस न्याय का उत्तरदायित्व तुम्हारे ऊपर है वह जब निर्वाह होता नहीं दिखता तो खड्ग अपने आप उठ जाते हैं—फिर अपराधी को हाथोंहाथ दंड मिल जाता है। कोई न्यायालय नहीं, कोई

अधिवक्ता नहीं। अभियोजन नहीं, बचाव नहीं। सिर्फ निर्णय। सिर्फ दंड...मृत्युदंड।''

अगले दिन गुरु आदेश लेकर राम और लक्ष्मण जनकपुर के गौरी मन्दिर की ओर घूमने निकले थे। वातावरण मनोरम दृश्यों और आह्लादित युवतियों से भरा पड़ा था।

''चुन्नी आगे-पीछे कमर में खोंसकर क्यों नहीं रखती।''

''मुझे खुले रखने में अच्छा लगता है।''

''हाँ, बहुत अच्छा लगता है जब दोनों छोर दो पताका पतंग की तरह लहराते हैं।''

''अच्छा तो है।''

''दौड़ते घोड़े जैसी लगती है...

कोई घोड़े की लगाम पकड़ रास्ते में रोक लेगा।''

''वही तो। किसी में इतना दम होता तो ऐसा करता। पर क्या तुझे विश्वास है कि ऐसा होनेवाला है...बहुत आनन्द आएगा।''

''कोई डाकू पीछे पड़ गया न तो जान पर बन आएगी।''

''डाकू...हूँ। देख लूँगी...पर किसी बाँका जवान ने कलाई पकड़ ली तो मैं वास्तव में मर जाऊँगी।''

फूल चुनती, पत्तियाँ तोड़ती, फूलों की वेदी बनाती, जूड़े में फूल खोंसती, डाल पर लगे फूलों को सूँघती, चक्कर काटती तितलियों का पीछा करती दृष्टि के साथ घूमती-मचलती जब थक गयीं तो झूलों पर जा बैठीं।

कुछ अनगढ़ युवतियाँ जोश में इनके संग आ तो गयी हैं पर झूले की पेंग मारते समय उनके पाँव तो ज्यादा झूले जा रहे पर झूला टस-से-मस नहीं होता। झूले के ऊपर लगी घंटियाँ इनके अनाड़ीपन से खींजकर टुन-टुन किये जा रही हैं।

खींजकर वे उतर जाती हैं और गेंद से खेलते हुए उसे दूर-दूर फेंकती हैं। झूला ऊँचा नहीं गया तो क्या गेंद तो ऊँची जा रही है। अब इस जोर आजमाईश में अगर गेंद पास से गुजरती, फल लेकर जाती, किन्नरी को जा लगे तो अपने पोपले मुँह से दो-चार तो सुना ही देगी न? और जब ये उनसे गेंद माँगेगीं तो किन्नरी को अपनी जवानी के दिनों में तब की किसी फल ले जाती बुढ़िया से सुनी फब्तियाँ याद आ जाएँगी और वह स्वयं उसे इन युवतियों पर छोड़ने से नहीं चूकेंगी—

''जवानी की दो-दो नयी गेंदें प्रेमियों के लिए और सूखी गेंद बुढ़िया के लिए।''

किन्नरी के प्रहार से सुन्दरियों का रस-प्रवाह रुक गया। उनकी खिलखिलाहट को सहसा विराम लग गया। उन मचलती सुन्दरियों में एक ने देखा कि किन्नरी

उपहारों से लदी-फदी थी और टोकरे में से लम्बे-लम्बे केले बाहर झाँक रहे थे। जनकपुर में खबर फैल चुकी थी कि खुले हाथों में जयन्त भाटों और किन्नरों को उपहार बाँट रहा है। उपहारों से लदी ऐसी कई किन्नरियाँ उधर से जा चुकी थीं। इस व्यवधान से खिन्न हो चुका था युवतियों का यह समूह।

"क्यों औरों को खिलाने के लिए केले ले जाती है कुछ अपने लिए भी क्यों नहीं रख लेतीं।"

"धत् कलमुही, बड़ी खेली-खाई लगती है, करमजली।"

वाक्युद्ध में सहसा पराजित होकर किन्नरी गेंद वापस फेंक देती है विजय भाव से उन्मत्त होकर वे सभी सरोवर में कूद पड़ती हैं।

मनोविनोद, राग-रंग, विलास-विभ्रम, आमोद-प्रमोद की कोई शास्त्र-सम्मत विधि तो होती नहीं। जब जहाँ मौका मिला हँस-खेल लिये। पुरुष तो आखेट, मदिरा-पान, चौपड़-पासा में समय बिता लेते हैं, आखिर स्त्रियाँ कहाँ जाएँ।

सहेलियों संग आँख-मिचौली जैसे बच्चों के खेल से लेकर, आपस में स्त्री-पुरुषों का विवाह-स्वाँगवाले मदमाते खेल खेलते...सरोवर में सहेलियों की पूरी सेना। बेचारे कमल के फूलों को बचने के लिए इधर-उधर भागना पड़ता है। वैसे इनके खिलखिलाते मुखड़े भी सरोवर की शोभा कितना बढ़ा देते हैं यह बात किसी बाँके बिहारी से पूछना चाहिए जो कदम्ब पेड़ की ओट से उन्हें झाँका करते हैं। उन बाँके बिहारी की तीखी दृष्टि से ये सुन्दरियाँ तो अनजान थीं पर कमल के फूलों ने उन्हें देख लिया और इसलिए बगलें झाँकते पानी में इधर-उधर औंधे पड़े थे।

गौरी मन्दिर घूमने आये राम और लक्ष्मण भी जब उधर से जाने लगे तो इस दृश्य को देख लक्ष्मण काफी उत्सुक हो उठे। सरोवर में पड़ी इतनी सारी कुमुदिनियाँ, इससे पहले लक्ष्मण ने कभी देखा नहीं था। पर भैया राम थे जिसने लक्ष्मण को जी भरकर देखने भी नहीं दिया।

आज विश्वामित्र को कैकय ने अपने शिविर में बिठा लिया। पर शीघ्र ही पहली आवभगत तीखी नोक-झोंक में बदल गयी।

"कैकेय मुझे मालूम है आप टोह लगा रहे हैं पर भारत को अपने राज्य में मिलाने की कोई योजना पूरी नहीं हो सकती।"

"अच्छा अब हँसी-ठिठोली नहीं कर रहा, पर बताओ तुम भारत का भावी राजा किसे मानते हो?"

"ठिठोली ही नहीं अब गुप्तचरी पर उतर आये हैं आप।"

"नहीं-नहीं...मैं तो एक मित्र के नाते पूछता हूँ।"

"इन्द्र और वरुण तो बिल्कुल नहीं।" कहकर हँसे।

विश्वामित्र और साथ में कैकेय भी...

"हमारे यहाँ गणतन्त्र की जो परम्परा रही है, जिसे हम पुनः लागू कर रहे हैं, उसमें भावी राजा का चुनाव होगा। चुने जन-प्रतिनिधियों का निर्णय ही अन्तिम निर्णय होगा। चूँकि यह सिर्फ अयोध्या जैसे किसी एक राज्य का नहीं, प्रश्न पूरे भारत का है।"

"तो तुम्हारे यहाँ क्या वेद विरुद्ध राज्य होगा?" कैकेय को मालूम था कि वेद-विरुद्ध शब्द सुनते ही विश्वामित्र क्रोधित हो जाएँगे।

"महान से महान तर्क, जितना बड़ा सत्य छीन सकता है, उतना बड़ा सत्य वापस करने या उत्पन्न करने की क्षमता नहीं है उसमें।"

"तर्क क्या है? किसी गलत बात को पूरे आत्मविश्वास से ही साबित कर देना।"

"सत्य को तर्क से तभी साबित कर पाओगे जब पहले से तुम्हें सत्य का आभास है, अन्यथा नहीं।"

"सत्य ही है कि वेद के अनुसार राजा तय है और वह राजा है स्वयं इन्द्र।"

"तुम कहते हो धर्म को तुम ईश्वर की नगरी से पृथ्वी तक उतार लाये हो। पर अगर उसे महलों तक ही रख लिया। उसे गाँवों-गलियारों तक नहीं ले जा पाये तो काम तो अधूरा हुआ ना। अगर भगीरथ बस अपने नगर तक लाकर गंगा को रोक लेते तो क्या वह भारत की महान नदी कहलाती?"

"ये बार-बार भारत शब्द क्यों लाते हो बीच में।"

"गंगा भारत में ही तो बहती है।"

"आर्यावर्त्त कहने से कोई रोकता है तुम्हें।"

"नहीं पर मैं आर्यावर्त्त को रोककर रखने के बदले पूरे भारत तक उसे ले जाना चहाता हूँ।"

"बहुत दुर्दान्त तरीका है तुम्हारे तर्कों का।"

"तर्क, विश्वास से अलग नहीं होता है।"

"अब ये विश्वास कहाँ से आया?"

"क्योंकि मुझे विश्वास है कि आर्यावर्त्त के विस्तार का लोक रूप ही, भारत है, इसलिए मेरे तर्कों में बार-बार यह उमड़ता है।"

"वेद-विरोधी बातें करने के तुमने अनेक तरीके सीख रखे हैं।"

"मैं तो एक खोज पर निकला हूँ। मैं ऐसा कहने की धृष्टता नहीं कर सकता कि यही ध्रुव सत्य है।"

"एक बात बताऊँ, तुम्हारी खोज वैसी है जैसे कि कोई एक अँधेरे कमरे में,

एक ऐसे काले व्यक्ति को ढूँढ़ रहा हो, जो वहाँ कभी लाया ही नहीं गया था।"

"भारत व्यक्ति नहीं है श्रीमन्। यह एक विचार है, जिसकी उपस्थिति इस बात से बिल्कुल प्रभावित नहीं है कि उसका रंग काला है और वह किसी अँधेरे कमरे में, किसी के द्वारा लाया गया है। क्योंकि वह स्वयंभू है। स्वयंसिद्ध है।"

"तुम जो कह रहे हो, वह ऐसा बकवास है जिसे, तुमसे पहले भी कई लोग कह चुके हैं। पर ये बातें उस घोड़े की तरह हैं जो अस्तबल में तो खूब जँचता है, पर अश्वमेध युद्ध में काम नहीं आता।"

"अगर मेरे विचार को उस अश्वमेध घोड़े से तुलना ही कर रहे हैं तो मैं बता दूँ कि यह घोड़ा अलख जगाने तो घूमेगा, पर भूखंड या राज्य जीतने की इच्छा नहीं रखता है। युद्ध हमारी प्राथमिकता नहीं है।"

"तो क्या भारत के रूप में आर्यावर्त्त की खोज कायरों और संन्यासियों के लिए है।"

"अहिंसा के वीरत्व के लिए है।"

"अहिंसा का वीरत्व। नया चुटकुला है। हँसो भाइयो हँसो। आज का दिन मनांरजन के नाम जा रहा है। रोज युद्ध और विजय की चर्चा ही हो यह भी आवश्यक तो नहीं चाहे मनोरंजन की भाषा कायरों की हो।"

"अगर हिंसा ही वीरत्व होता तो, श्रीमन्, जंगली कुत्ते और लकड़बग्घे वीरों की सबसे ऊँची जाति में गिने जाते।"

विश्वामित्र को मालूम था कि कैकय राज्य, कोई वेद-सम्मत राज्य नहीं है। विवाह और अन्तिम संस्कार सम्बन्धी असुरसम्मत प्रथाएँ कैकय-प्रदेश का हिस्सा बन चुकी थीं। वैदिक रीति से प्रस्थान करने का कोई भी कारण रहा हो—दबाव या प्रलोभन, पर था तो अवैदिक ही। ऐसे में कैकय राज द्वारा वेदसम्मत बातों का उदाहरण देकर विश्वामित्र को नीचे दिखाने का प्रयास निश्चय ही हास्यास्पद था। कैकय और इन्द्र की गाढ़ी दोस्ती किसी से छुपी नहीं थी और इन्द्र का रावण के सम्मुख नतमस्तक होना भी कोई कपोल-कल्पना मात्र नहीं थी।

कैकय जैसे ही चुप हुए जयन्त ने राग अलापना शुरू कर दिया।

"श्रीमन् आप प्रशासन को गाँव-गलियारों में क्यों धकेलना चाहते हो?...हर बार यही प्रश्न उठाते हो आप?"

"क्योंकि अकिंचन-असहाय जनता की देखभाल राज्य-प्रशासन का अहम उत्तरदायित्व है।"

"पुत्र, पिता, बहन, भाई; इन सबों की देखभाल का दायित्व उसके परिवार का है।"

"और उन लोगों का जो अनाथ, बूढ़े और अपाहिज हैं, और उनका जो बाँझ,

विधवा या बेसहारा हैं और उन किसानों का जो बंजर भूमि को हरा-भरा करने में जर्जर हो गये और उन किसान-पुत्रों का जिनकी लहलहाती फसल, आपदाओं ने चट कर डालीं। इनमें से हर एक के क्लेश की चिन्ता राजा नहीं करे तो कहाँ जाएँ ये लोग? सदियों से उनका भार राजा ने उठाया है और राजा का आदेश प्रजा के सिर-माथे रहा है। वे एक-दूसरे का जीवन हैं और ध्यान से सुनो एक-दूसरे की मृत्यु भी। बस दो ही विकल्प हैं। इसके पहले कुछ नहीं। इसके बाद कुछ नहीं।''

''आश्रम-व्यवस्था क्या मैंने बनाई है। शास्त्र-सम्मत परम्परा है, निभाना उनका उत्तरदायित्व है।''

''जो बूढ़े, अशक्त हो गये हैं, उन्हें वानप्रस्थ की सलाह देना शास्त्र सम्मत है, पर शास्त्र-सम्मत बातों का व्यय उठाने का उत्तरदायित्व राज्य का है। आश्रम-व्यवस्था को राज-संरक्षण चाहिए।''

''अरे उन्हें भिक्षाटन कर पुण्य बटोरने दो।''

''जब तक उनकी मांसपेशियों में बिजलियाँ फड़कती थीं, राज्य ने जमकर लाभ कमाया। आज जब वे सब हाथ इतने शिथिल हो गये हैं कि भिक्षा के लिए देर तक फैलाए भी नहीं जा सकते तो हम उन्हें उनके हाल पर छोड़ दें। एक सम्मानित बुढ़ापे के उनके अधिकार के दायित्व को निभाने के कर्तव्य से बचकर भाग नहीं सकता, राज्य।''

''तो क्या स्वर्ग दे दूँ उसे...''

''राजा तो विष्णु का अंश है। भरण-पोषण उसका स्वभाव है। जन्म से लेकर चिता चढ़ने तक हर मनुष्य राज्य-परिवार का हिस्सा है। अपना-अपना कर्म है, इसलिए प्रश्न स्वर्ग का नहीं बल्कि सामाजिक सुरक्षा का है। स्वर्ग नहीं पर सामाजिक सुरक्षा तो उपलब्ध करा सकते हैं।''

''बस खत्म करो बात। हर बार तुम राजनीतिक पैंतरेबाजी प्रारम्भ कर देते हो।''

''वह लोकमत है, निर्धनों की पुकार है।''

''तो निर्धनों का निर्णय करने हम बैठे थे यहाँ...और ये 'लोकमत' क्या है ये लोकमत... ?''

''जनता का मत, समस्त भारत-भाग्य-विधाता का मत।''

इन्द्र-वंश के होते हुए समस्त भारत के नेतृत्व का प्रश्न खड़ा करने का दुःसाहस कैसे किया विश्वामित्र ने। विश्वामित्र अपनी बात कहकर चुप हो चुके थे। जयन्त ने यह अवसर हाथ से नहीं जाने दिया। ''इन्द्र-वंश महान है, अनन्त है। उसका ऐश्वर्य बताने को अगर मुझे बाध्य किया है तो सुनो विश्वामित्र जी, हमारे प्रासादों पर फहराती पताकाओं से पैदा होती लहर ही हवाओं को गति देती है। वहाँ

से जाती मेघ राशि प्रासाद-शिखर पर लगे कलश को छूकर निकलती है ताकि उन्हें वर्षा ऋतु में जल की कमी न पड़े। स्वर्ण जड़ित झरोखों से झाँककर ही सूर्य की किरणें आगे बढ़ती हैं ताकि उनकी चमक कभी मन्द न पड़े।

"तुम प्रासाद से बाहर निकलोगे तो तुम्हें सब कुछ दिखाई देगा। फिर देखना कि सभा के बाहर, दालान में अनगिनत व्यापारी, प्रमुख नागरिक कीमती उपहारों के साथ चुपचाप खड़े हैं, सिर्फ इसलिए कि मैं उन पर कृपादृष्टि करूँ।

"वहीं पर अनगिनत संगीतज्ञ, कवि और लेखक खड़े मिलेंगे जो सिर्फ इतना चाहते हैं कि मैं कुछ बोलूँ जिससे वे अप्रतिम काव्य, संगीत और साहित्य की रचना कर सकें। लिपिकों की कतार भी तुम्हें दिखेगी जो पल भर में मेरी इच्छा को विधि और न्याय का रूप दे देंगे और प्रजा उसे ईश्वर की आज्ञा मानकर धन्य हो जाएगी।

"फिर मिलेंगे चारों ओर निगाह रखते हमारे सेनानायक, जिनकी तलवारें हर समय मचलती रहती हैं कि विद्रोह का सिर उठे और वे अपने काम का प्रारम्भ करें..."

"किसी शापग्रस्त मन्दिर के पंडों जैसे..." विश्वामित्र ने कहना शुरू किया, "हाथ फैलाये तुम्हारे लिपिक और सेनानी जो हर आदमी से चौथ वसूलने की ताक में शिकारी कुत्ता बन बैठे हैं कि मौका मिले तो उसका गला तक दबोच लें। किले से बाहर कतारें लम्बी होती जा रही हैं। खेतों का वही झगड़ा जो निबटने का नाम नहीं लेता। एक पीढ़ी जा चुकी है, दूसरी पीढ़ी अभी भी कतारों में खड़ी है। उधर बहुत दूर नयी कतारों में खड़ी होती तीसरी पीढ़ी। हाथों से गिल्ली-डंडा छूट नहीं रहा पर कतार में लग चुके हैं। आखिर न्याय की भीख चाहिए तो भिखारियों की अक्षुण्ण परम्परा में सम्मिलित होना ही पड़ेगा और न्यायालय के बाहर कटोरों की कतारों में अपना कटोरा रखना ही पड़ेगा। बच्चों को असमय वृद्ध की भूमिका ढोनी ही पड़ेगी।

"पतझड़ झेलने को तैयार किसलय, किंकर्तव्यविमूढ़ युवा, दीमक खाये वृद्ध सबके सब उजाड़ खेतों में खड़े न्याय की पहली वर्षा की प्रतीक्षा करते हैं। बाँझ धरती पर खड़ी नव ब्याहता भी बाँझ हुई जाती हैं क्योंकि अन्याय और आतंक के चौतरफा मार ने छीन लिया है उनके पति का वीर्य। शक्तिहीन युवा, वृद्ध संन्यासियों की ओर देख रहे हैं वीर्य धारण के लिए।"

अपनी बात को इससे आगे ले जाना व्यर्थ समझकर विश्वामित्र नीम से भी कड़वा घूँट पीकर बाहर आ गये। वह स्वयंवर के उत्सव में अपनी कड़वाहट बाहर लाकर एक नया विवाद खड़ा करना नहीं चाहते थे। रात के अँधेरे में रावण के शिविर में चाकरी करनेवाले जयन्त की सच्चाई बताकर गोष्ठी की मर्यादा भी भंग करना नहीं चाहते थे। विश्वामित्र को विश्वास था कि धनुर्यज्ञ के सम्पन्न होते ही दूध का

दूध और पानी का पानी हो जाएगा।

अन्य दिनों की तरह मुँह अँधेरे उठकर विश्वामित्र ने शिव की आराधना की।

"पहले की तरह आज भी, शिव तुम्हारे लावण्य का वर्णन, मैं भवानी की नजरों से करता हूँ और भवानी तेरी सुन्दरता नीलकंठ की आँखों से। तुम्हारा सौन्दर्य मनोहारी, ललित, भव्य, उदात्त और सुन्दर है। देखो शिव जो सर्प तुम्हारे गले में लिपटा रहता है, उसकी जगह अगर भवानी की बाँहें होतीं तो तुम्हारा पौरुष और निखरता। क्या हाल कर रखी है जटाओं की? गंगा को अब बहने दो पूरे भारत में। उधर, जिधर सालों भर पर्याप्त वर्षा नहीं होती। खोलो अपनी जटाओं को कि भवानी उसकी देखभाल करें। सौंदर्य-माधुर्य को निहारा भी जाता है। इन वनस्पतियों और जड़ी-बूटियों को भी अपना जीवन सँवारने दो। सिर्फ राख और भभूत ने तुम्हें आरक्षित कर रखा है। शृंगार-भक्ति में युगल-सौन्दर्य का सगुण तत्त्व अभिन्न है। भवानी तो सुन्दरता का अप्रतिम उदाहरण हैं पर तुम्हारा भी कुछ दायित्व है। ये मत कहो कि तुम अर्द्धनारीश्वर हो। सब कुछ अकेले कर लोगे। जब तक भवानी हैं तब तक तुम शिव हो और दोनों हो युगल-सौन्दर्य। सुन्दरेश्वर बनो। फैलने दो अपने सौन्दर्य की सुगन्धि दिक्-दिगन्त। उसी तरह जैसे तुम्हारा शौर्य फैल रहा है। अगर भक्त तुम्हें एकटक देखता रहता है तो उसकी लाचारी का फायदा उठाने लगे हो। घबराओ नहीं, अगर तुम सुन्दर दिखोगे तब भी भक्त तुम्हें एकटक ही देखेंगे, जैसे आज मैं तुम्हें देख रहा हूँ।

ऐ धरती माँ, तू सुबह सवेरे ओस की बूँदों से नहाकर जब निकलती है तो तेरा पति गहरी काली केश राशि से भरी तेरी माँग में सिन्दूर की सुनहरी रेखाएँ खींचता है और पल भर बाद ही तू सुनहली आभा से जगमगा उठती है। नीले पर्वत, पनीली नदियाँ, हरे-भरे जंगल, पीली बालियोंवाली फसलें, जैसे तेरा अंग-अंग खिल उठता हो। पति का प्यार पाकर इस तरह खिलनेवाली कितनी सौभाग्यवती हैं इस जगत में। मां, तू सचमुच पति की प्यारी है। प्रीति से सँवरकर जब अपनी ममता अपने बच्चों पर लुटाती है तो मेरा मन यही पुकारता है कि माँ पृथ्वी, अपने पति सूर्य से अनन्तकाल की तुम्हारी प्रीति बनी रहे ताकि तुम्हारी सन्तान, हम मानव, उसी के सहारे स्वास्थ्य, अध्यात्म और उन्नति की ओर बढ़ें।" शिव के सम्मुख शृंगार-सज्जा सम्बन्धित असम्भव आग्रह रखकर विश्वामित्र जैसे ही शिविर पहुँचे, लक्ष्मण ने प्रश्न कर दिया।

"विवाह क्या है?" आज सुबह से ही लक्ष्मण विवाह को लेकर काफी उत्सुक हो रहे थे।

"अन्योन्यता है। एक-दूसरे के लिए पूरक होना ही विवाह है। जब वर-वधू पहली बार एक-दूसरे को देखते हैं तो पहला भाव ऐसा आता है जैसे 'स्व' का अस्तित्व शुरू हो रहा हो। कुछ ही पल पहले उन्हें अपने बारे में सौ अच्छी बातें याद होती हैं और आँखें मिलते ही सब हवा हो जाती हैं।"

"गुरुदेव क्या कहते हैं आप। ऐसा भला क्यों होगा?" लक्ष्मण और भी उत्सुक दिखे।

"क्यों तुम्हें क्या लगता है, तुम्हारे साथ ऐसा नहीं होगा?"

"और आप जिसे आँखों से आँखें मिलाने की बात करते हैं वह तो मेरे लिए बायें हाथ का खेल है।"

"पहली बात तो यह कि आँखों से आँखें मिलाना हाथों का नहीं, आँखों का खेल है और दूसरी बात कि मैं बच्चों के खेल की बात नहीं कर रहा।"

"अच्छा, अगर यह बच्चों का खेल नहीं है तो फिर ये बताइए कि ऐसा क्यों होता है?"

विश्वामित्र समझ गये थे कि लक्ष्मण गुरु को ही पगड़ी पहनाने निकला है। पर किशोरवय जिज्ञासा करने की अवस्था ही होती है।

"हम अपने बारे में मन-ही-मन सौ अच्छी राय इसलिए बनाते हैं क्योंकि अपनी कल्पना में लोगों के हाथों होनेवाली मीन-मेख का सटीक उत्तर देना चाहते हैं। और यही सोचकर जब हम अपनी आँखें उठाते हैं तो देखते हैं कि सामने वाले की आँखों में ऐसी कोई बात नहीं। कोई मीन-मेख नहीं। हमें आश्चर्य होता है कि ये क्या है? और जैसे ही आश्चर्य का भाव आता है वैसे ही संसार सुन्दर हो जाता है।"

"आप तो चमत्कारिक बातें कर रहे हैं।" लक्ष्मण की प्रसन्नता छलक रही थी, यह स्पष्ट दीख रहा था।

"तुमने सही कहा। पहली बार इस तरह आँखों का मिलना एक चमत्कार ही है, पर चूँकि उसका वर्णन करना मानव का कर्तव्य है इसलिए मैं भी कर्तव्य का धर्म निभा रहा था।

गीत, नृत्य, अभिनय सिर्फ मनोरंजन नहीं हैं। मनोविकारों एवं ज्ञात तथा अज्ञात बाधाओं को हरने के सत्यापित उपाय भी हैं इसलिए ये मांगल्यमयी हैं। ये उद्विग्न को राहत, उच्छृंखल को मनोविनोद, विरही को सान्त्वना, प्रेमी को उत्साह और भक्तों को समर्पण की ओर ले जाते हैं। पर लक्ष्मण तुम्हें जो सावधानी बरतनी है उसका भी ध्यान रखना। शरीर लेपन, अधर-नख रंगाई, भोजनोपरान्त हँसी-ठट्ठा, ताम्बूल-सेवन से लेकर प्रहसन, पहेली, उक्ति वैचित्र्य और अन्त्याक्षरी प्रतियोगिता तक ध्यान में कमी मत लाना।

लाग में उत्कंठा, नेह में ललित, प्रीति में अधीन, आसक्ति में निर्निमेष, प्रेम में विह्वल और प्रणय में सौम्य दृष्टि मुद्रा ही ग्राह्य एवं नैसर्गिक माने गये हैं।

देखने, बातें करने से लेकर हास-परिहास और स्पर्श तक हर प्रक्रिया, स्त्री-पुरुष के सामीप्य को गहरा बनाती हैं। पर यही सामीप्य तब चोट पहुँचाती है जब सम्बन्ध ऐसा हो जिसमें ऐसे सामीप्य की सम्भावना कमतर हो। सम्भावनाएँ कम करनेवाले कारक कई हैं। लोक-लज्जा, सम्बन्ध की मर्यादा, समाज का पहरा, नैतिक बन्धन, षड्यन्त्र का भय इत्यादि-इत्यादि। विशेषकर अन्तिम दो कारक तो समझो मारक ही हैं।

अनुभव और अनुभूति में अन्तर समझ लो। किसी सुन्दरी का शरीर भोगना एक अनुभव है। अगर उससे तुम्हारे अन्दर प्रेम जगता है, तो वह अनुभूति है। अनुभव अच्छा हो या बुरा पर अनुभूति का बीज उसमें छिपा होता है। अनुभव से अनुभूति की ओर बढ़ना है तमसो मा ज्योतिर्गमय। अनुभूति है ईश्वरीय गुणों का साक्षात्कार। अनुभव है माया, और अनुभूति है मोक्ष। एक के बिना दूसरे की चर्चा करना बातों को उलझाना है। हमें उलझाव नहीं सही सुलझन चाहिए।''

अपनी बात समाप्त कर विश्वामित्र फिर से अन्तर्मुखी हो गये। गहरी सोच में डूबते गुरु को देख राम ने अनुज को संकेत दिया कि 'अब और प्रश्न न पूछे।' गहरी सोच में डूबे विश्वामित्र का मस्तिष्क उन सूचनाओं का विश्लेषण कर रहा था, जो उन्होंने स्वयंवर शिविर में घूम-घूमकर इकट्ठा किया था।

यद्यपि सूचना शत-प्रतिशत सच थी कि रावण और जयन्त ने कैकयकुमार को भी विश्वामित्र-विरोधी मोर्चे का सदस्य बना लिया था पर षड्यन्त्रों का भवसागर तैरते हुए विश्वामित्र इतने आदी हो गये थे जितने कि नित्य कर्म के। वे चौकन्ने थे पर आतंकित नहीं। पर आपातकालीन पहलू यह था कि ये तीनों मिलकर परशुराम को घसीटने की तैयारी कर रहे थे। परशुराम का रावण के प्रति स्नेह था और निश्चय था कि यह बात उनके उद्देश्य में सहायक साबित होता। परशुराम का विश्वामित्र से भी स्नेह था पर साथ ही यह भी विदित था कि क्षत्रिय-धर्म की परिभाषा को लेकर इन दोनों में मतभेद था और यही एक मुद्दा था जो परशुराम को विश्वामित्र के विरुद्ध कर सकता था। रावण को यद्यपि सन्देह था कि परशुराम सीधे तौर पर विश्वामित्र के विरुद्ध खड़े होंगे पर उसे तत्काल उद्देश्य की बजाय उस दूरगामी उद्देश्य को प्राप्त करने पर विश्वास था, जिसमें सीता-स्वयंवर को बाधिक करना और परशुराम को राम के विरुद्ध खड़ा कर देना सम्मिलित था। सीता-स्वयंवर का सम्पन्न होना विश्वामित्र की एक बृहत् योजना का हिस्सा था जिसे रावण जैसा पारंगत नीतिज्ञ ही

सूँघ सकता था। राजनीति और कूटनीति की विलक्षण प्रतिभा ईश्वर सबको नहीं देता। यह विडम्बना ही सही, पर रावण को दिया गया था, वरना अगर ईश्वर की इच्छा नहीं होती तो देवता रावण के सम्मुख नतमस्तक नहीं होते।

अगर परशुराम, राम को चुनौती देंगे तो यह एक धर्मसंकट की घड़ी होगी। विश्वामित्र ऐसे किसी धर्मसंकट के लिए भी तैयार नहीं थे। यद्यपि उन्हें यह भी विश्वास था कि राम स्वयं समर्थ हैं ऐसी-ऐसी किसी भी चुनौती के लिए और इसलिए इसमें विश्वामित्र को कूदने की नौबत नहीं आएगी। पर तब क्या होगा जब स्वयंवर से पहले ही आकर परशुराम जनक से युद्ध कर बैठें या मारे भय के, जनकपुरवासी स्वयंवर सम्पन्न ही नहीं होने दें। ऐसे में स्वयं राम भी दुविधाग्रस्त हो जाएँ और अयोध्या वापसी का आग्रह कर बैठें। यह स्थिति विश्वामित्र के लिए दुस्सह्य थी। उन्होंने परशुराम से मिलने का निश्चय कर लिया।

"ऋषिवर, आप यह कैसे सुनिश्चित करेंगे कि इन्द्र की व्यवस्था को तोड़ने के बाद जो व्यवस्था बनेगी, उसमें वह पतनशील प्रवृत्तियाँ नहीं होंगी। जिस समतामूल समाज और बहुजन हिताय की हम बात करते हैं, वह आलस्य, भ्रष्टाचार और अकर्मण्यता में नहीं बदल जाएगा।" लक्ष्मण का आज का प्रश्न बड़ा ही संवेदनशील था। विश्वामित्र उस पर सोचते हुए चले जा रहे थे।

आगामी धनुर्भंग अनुष्ठान के प्रसंग में उठनेवाले इस प्रश्न का मर्म विश्वामित्र अच्छी तरह समझ रहे थे। शिव-धनुष के तोड़े जाने को लेकर एक योद्धा के मन का असमंजस समझा जा सकता था। अन्ततः लक्ष्मण ने अपनी आशंका व्यक्त ही कर दी थी।

"शिव-धनुष पराक्रम का प्रतीक था। उसे तोड़ने से जो सन्देश जाएगा वह क्षत्रिय धर्म के अनुरूप होगा क्या?" लक्ष्मण ने पूछा था, जिसका उत्तर भी विश्वामित्र ने बता दिया था।

आधे लोग विकास चाहते हैं और बाकी युद्ध। बिना कृषि के विकास नहीं और कृषि हल-धारण किये बिना सम्भव नहीं, बिना धनुष-बाण को आराम दिये हल-धारण कैसे हो, यही प्रश्न हर घड़ी विश्वामित्र की सोच पर छाया रहता था।

"एक सभ्यता को बनाने में अनेक संग्राम लड़े गये। आर्य कभी हारे तो कभी जीते। पर उनका एकमात्र ध्येय था उन्नत मानवता। पर जिस लड़ाकू संस्कृति से तप कर मानव सभ्यता पैनी हुई, उसकी चमक सिर्फ युद्ध के सहारे बनाये रखना कठिन हो चला है। आज मानव सभ्यता उस दहलीज पर खड़ी है जहाँ से युद्ध का एक और कदम उन्माद की उस दिशा की ओर जाता था जहाँ से नीतिविहीन, असंगत

और बर्बर समाज की सीमा दूर नहीं है। सहस्रबाहु और परशुराम का युद्ध ऐसी ही भयावहता का संकेत करती है। मैं सहस्रबाहु का पक्षधर नहीं। पर परशुराम इस मुद्दे पर कोई बातचीत ही नहीं चाहते विकास का विकल्प, सुशासन, न्याय-संविधान की स्थापना, इन सभी बातों को वे हवाई किले कहते हैं। इन्द्र का ओछापन दैव-संस्कृति को पहले ही गिरा चुका है, उस पर रावण से उसकी साँठ-गाँठ से उम्मीद की आखिरी किरण भी डूबती दीख रही है। असमंजस के इस चौराहे से किधर जाएगा भारतवर्ष। उत्पादन और उद्यम ही वह दायित्व है जिसे निभाकर मानव-जाति श्रेष्ठ बनेगी। शिव-धनुष का तोड़ा जाना कोई शैव बनाम वैष्णव का मामला नहीं है। जो लोग उसे ऐसा मुद्दा समझते हैं वे असली मुद्दे की भले ही अनदेखी करें पर असली मुद्दा है भारतवर्ष को उद्यम और उत्पादन की विकास-यात्रा से जोड़ना।''

लक्ष्मण के क्षत्रिय स्वभाव से उठे ऐसे ही कुछ प्रश्नों पर पुनर्विचार करते हुए और परशुराम के द्वारा उठाये जानेवाले सम्भावित प्रश्नों के बारे में सोचते हुए विश्वामित्र परशुराम की कुटिया तक पहुँचे। पर वहाँ उपस्थित लोगों को देखकर वे विस्मय में पड़ गये। वहाँ न केवल जयन्त और कैकय कुमार उपस्थित थे वरन् रावण के सहयोगी भी विराजमान थे।

विश्वामित्र और परशुराम मिले। कितने वर्षों के बाद कहना कठिन था। दोनों का जीवन संघर्ष को समर्पित था। दुःसाध्य, अनवरत, अथक, अनन्त संघर्ष। संघर्षों की असाधारणता ही वह सूत्र था, जिसे एक-दूसरे की आँखों में देखकर दोनों ने एक-दूसरे का अभिवादन किया। पर परशुराम के अधखुले होंठ वैसे ही थे जैसे एक परीक्षक का होता है। विश्वामित्र से मिलने की उनकी स्वीकारोक्ति में बराबरी का भाव नहीं था। विश्वामित्र को इस पर कोई आपत्ति नहीं थी। इसलिए विश्वामित्र के मुखड़े पर उतनी ही एकाग्रता थी जितनी परीक्षार्थी के मुखड़े पर होती है। परशुराम के अभियान को लेकर उनके मन में पूरी श्रद्धा थी, इसलिए वे उन्हें अवतार का सम्मान भी दे रहे थे। परशुराम आश्वस्त थे कि विश्वामित्र की आँखों में तप का तेज उनकी जाग्रत कुंडलिनी के प्रमाण स्वरूप उपस्थित था। एक तपस्वी ही दूसरे के तप का मर्म समझ सकता है। सिर्फ बाप-दादा का पुण्य और पण को भोगनेवाला इस मर्म को नहीं समझ सकता। जो पुण्य और पण स्वयं कमाता है, वही पुरुषार्थी है। पर एक-दूसरे के प्रति इस प्रारम्भिक सम्मान के आगे प्रश्नों की अन्तहीन सूची थी जिसका न तो उत्तर पता था और न ही यह पता था कि उत्तर-प्रश्नोत्तर के समापन तक, इन दो ऋषियों का आपसी सम्बन्ध कैसा रह जाएगा। बातचीत का श्रीगणेश विश्वामित्र ने ही किया।

''ब्रह्म सत्य है। ज्ञान-विज्ञान की सभी शक्तियाँ उन्हीं से आती रही हैं, जिन्हें हम कभी व्यावहारिक जीवन के लिए और कभी आध्यात्मिक जीवन के लिए प्रयोग

में लाते हैं। जिसने जीवन रहते ब्रह्म की अनुभूति कर ली वह ब्रह्म के ज्ञान और उनकी शक्ति का हिस्सा बन गये। जिन्होंने ऐसा नहीं किया चूँकि उन्होंने ब्रह्म से ऋण लिया था तो उसे वापस लौटाना पड़ा।''

''तो क्या हम लोग मिथ्या हैं?'' जयन्त ने स्वभाव अनुरूप आपत्ति जतायी।

''मिथ्या इसलिए हैं क्योंकि स्वयं के होने को अन्तिम सत्य मानते हैं। आज को सत्य मानते हैं। आज उस महासमय का हिस्सा है, उस काल का हिस्सा है, जिसे आज और कल में हमने व्यावहारिक सुविधा के लिए बाँटा है और इसे तो छोड़ों, मानव ने अपनी बुद्धि से काल की जितनी दूर तक की गणना कर ली है, और जो तुम्हें अच्छी तरह पता है कि अनन्त से अभी भी कम है, उसका अस्तित्व तो हो ही गया ना?

''मैं तो सिर्फ आज को सच मानता हूँ। आनेवाले कल की वैज्ञानिक गणना से मुझे कोई सरोकार नहीं क्योंकि हम देवों के देव हैं।''

''देव होने के कारण तुम्हें वैज्ञानिक खोजों से दूर रहकर कल्पना करने का अधिकार तो है पर उन खोजों से प्राप्त हो रहे ज्ञान के अस्तित्व को नकार नहीं सकते।''

''क्योंकि गणना तो अबोध है पर आज का बोध है मुझे।''

''तुमने मानसिक तौर पर अशक्त व्यक्ति को देखा है। उसमें कमी क्या है? यही ना कि उसे आज का बोध भी नहीं है। समय के छोटे हिस्से का बोध करने की भी शक्ति खो चुका है। तो क्या उस अशक्त व्यक्ति का अस्तित्व नहीं है और उसकी दृष्टि से शायद तुम्हारा भी अस्तित्व नहीं हो।

''तुम्हारी बोध-शक्ति भी ब्रह्म द्वारा दी गयी है। वह इसे वापस नहीं लेगा हालाँकि मृत्यु के बाद वह शक्ति वापस उन तक चली जाएगी। पर यह कैसी विडम्बना है कि तुम अपनी बोध-शक्ति को तो सत्य मानते हो और जिसने तुम्हें यह सब दिया, उसे मिथ्या।

''अगर तुम उस ज्ञान को मिथ्या मानने की गलती करोगे तो इस तरह स्वयं को मिथ्या साबित होने से कैसे बचाओगे? मैं तो फिर भी तुम्हें व्यावहारिक तौर पर सत्य मानने को तैयार हूँ।''

सहसा जयन्त निरुत्तर हो गया। सहायता के लिए उसने कैकय नरेश की ओर देखा।

''ताड़का-वध करके तुमने अधर्म और अन्याय का सूत्रपात नहीं किया है?'' कैकय नरेश ने विश्वामित्र को उलझाना चाहा।

''जो किसी निर्दोष की जान लेता है वह स्वयं जीने का अधिकार खो बैठता है। अब यह न्याय-प्रक्रिया का काम है कि वह जीवन के बदले जीवन ले या वह

विधान निर्धारित करे, जिसके तहत यह सुनिश्चित हो कि अगर ऐसे अपराधी को मृत्युदंड नहीं दिया जाता तो उसके जीवित रहने से मानव-जाति का कौन-सा आर्थिक, नैतिक और भावनात्मक भला होनेवाला है। सिर्फ इस डर से उसे जीवित छोड़ना कि हमें किसी का जीवन लेने का अधिकार नहीं है, न्याय की गलत व्याख्या है। 'न्याय करना' अगर इतना आसान होता तो इतने प्रबुद्ध न्यायाधीशों की जगह किसी तोतारटंत को बैठा देते जो विधान-पुस्तकों को पढ़कर हत्यारों को इसलिए मृत्युदंड देने से मना करता रहता कि मनुष्य का जीवन लेने का अधिकार किसी मनुष्य को है ही नहीं।''

''जाति-प्रथा को लेकर अपने विचार रखें विश्वामित्र।'' कैकय नरेश ने फिर से प्रश्नों की शुरुआत की।

''मैं नहीं कहता कि सभी ब्राह्मण को सेवक बना दो, सभी वैश्य को ब्राह्मण और सभी सेवक को क्षत्रिय। वैसे तो प्रभु ने शुरू में एक ही जाति बनायी थी जिसे भक्त कहा जाता था। एक तरफ भगवान, दूसरी तरफ भक्त। एक तरफ ब्रह्म और दूसरी तरफ जीव। भक्त मानव को छूट थी कि वे प्रेम से भगवान को किसी भी नाम से पुकारें। मानव अपनी-अपनी भावना और कल्पना से उन्हें कई नाम दे डालते थे...

फिर रचनात्मकता से कल्पना का साथ छूटने लगा। क्योंकि दिन ढलने के बाद रात के अँधेरे में अहंकार उसके अन्दर समाने लगा। अन्धकार जब मानव के अन्दर समा जाता है तो कल्पना अहंकार में बदल जाती है। जिसे अहंकार हो जाता है, दीखना बन्द हो जाता है। अच्छी भवनाएँ बुराई में बदल जाती हैं और परोपकार, स्वार्थ में। रचनात्मक कल्पना को घर के बाहर छोड़ दिया। लोभ ने जब अपना घर बनाया तो सभी, जो पहले मिलजुलकर रहते थे, अलग-अलग, लोभ के बनाये घरों में रहने लगे। जो जिस काम में लगे थे उसी पर आधिपत्य कर लिया। कहा मेरी सन्तान ही तो काम करेगी, कोई दूसरा हाथ न लगाये। लोभ ने फिर कहा कि अपने स्वार्थ के साथ प्रभु का नाम भी जोड़ लो तो सबने अलग-अलग अपने-अपने प्रभु की घोषणा कर दी। अपने-अपने आधिपत्य को मन्दिर का नाम दे डाला।

ईश्वर ने मानवों को पूरी स्वतन्त्रता दी और कितनी हास्यास्पद बात है कि वे गले में लोभ का फाँस, पाँवों में स्वार्थ की बेड़ी, हाथों में हिंसा की हथकड़ी और कमर में पाप का रस्सा लगाये घूम रहे हैं। ऊपर से हेंकड़ी तो देखो, कहता है ये फन्दा नहीं पुरुषार्थ है। अँधेरे में पड़े साँप की चमकती खाल देख कोई कीमती हार समझ उठा ले तो उसे क्या कहा जाये। अरे, मूर्ख अन्तर्मन तेरे चारों तरफ अँधेरा है। अपनी आँखों को अभ्यस्त कर। अँधेरे में वस्तुओं को पहचानना सीख। वरना दिन के उजाले में सीखा ज्ञान साथ छोड़ जाएगा और तू अँधेरे में उलझकर अपना जीवन दुर्गुणों से ढँक लेगा। दुर्गुणों को पुरुषार्थ समझता है। दुर्गुणों की अलग जातियां

बनाकर मानव-समाज को तुमने कई जातियों में बाँट डाला। साथ ही बाँट डाला प्रभु के नाम को। भावना दूषित हुई तो कल्पना भी खंडित हो गयी। खंडित कल्पना के टुकड़ों में झाँकते हो और कहते हो भगवान के तो रूप ही अलग-अलग हैं—टुकड़े अलग-अलग, रूप अलग-अलग। किसी सन्त ने तंग आकर कहा प्रभु की कल्पना ही छोड़ो, न रहेगी बाँस न बजेगी बाँसुरी। उन्होंने घोषणा कर डाली कि ईश्वर मर चुका है। अरे भई, दोष तो तुम्हारी बदली हुई भावना का है, कल्पना का नहीं। जड़ में पहुँचो। बीमारी की जड़ है लोभ। इसलिए मानव कुछ भी तिकड़म भिड़ा ले सत्य यही है कि संसार में पूरी मानव की एक ही जाति है—भक्त मानव की। एक तरफ भगवान है और दूसरी तरफ उनके भक्त और इन दो के बीच एक ही सम्बन्ध है, वह है त्याग का। लोभ के लिए कभी कोई जगह न रही थी और न ही रहेगी।''

अपनी बात पूरी करने के बाद परशुराम पर छायी चुप्पी बहुत उत्साहवर्धक नहीं थी। पर विश्वामित्र को विश्वास था कि जाति-व्यवस्था सम्बन्धी प्रयोगों को लेकर परशुराम अब इतने आन्दोलित भी नहीं थे कि विश्वामित्र के ऊपर वह विश्वास न करें। पर चिन्ता इस बात की थी कि स्वयंवर के लिए आये राजाओं में रावण के आने की सम्भावना तय हो चुकी थी। उधर इन्द्र ने कैकय नरेश को पाठ पढ़ा रखा था कि सीता-स्वयंवर से उसकी बहन कैकेयी और भाँजे भरत का भविष्य जुड़ा हुआ था। कुटिल इन्द्र की कूटनीति फिर असर करनेवाली थी। विश्वामित्र ने निश्चय किया कि कैकय नरेश और परशुराम के समीकरण को पढ़ने के लिए उसे नीति-चर्चा में उलझना ही होगा।

''समस्याओं को एक समुदाय या जाति के रूप में परिभाषित करने की प्रणाली पर मैं प्रश्न नहीं खड़े करता पर मुझे उस आग्रह के ध्रुव-सत्य होने पर सन्देह है कि एक ही समुदाय या जाति हमेशा संहार का पात्र है। कोई भी समुदाय अपने निरंकुश शासक के कारण अपयश का भागी बनता है। जैसा कि सहस्रबाहु के कारण क्षत्रिय समाज का हुआ। पर न तो हर समय क्षत्रिय जाति का शासन रहा है और न ही क्षत्रियों में हमेशा सहस्रबाहु ही पैदा होते रहेंगे। इसलिए ध्रुव-सत्य है समय का परिवर्तन और हम ऋषियों को जो दिव्य दृष्टि मिली है वह परिवर्तन का अनुमान करने के लिए मिली है।

''परिवर्तन के अनुमान में ही समाधान के बीज छुपे हैं जिन्हें हम सुधारों के नाम से जानते हैं। क्रांति का उद्घोष अन्तिम अस्त्र है और आपको ज्ञात है कि युद्ध सिर्फ अन्तिम अस्त्र से नहीं जीते जाते हैं।

''समाज का विकास एक अनवरत युद्ध है जिसमें साम, दाम, दंड, भेद सभी का प्रयोग व्यावहारिक है। क्रान्ति भी सामाजिक विकास का एक चरण है पर दो क्रान्तियों के बीच समाज, विकास के संवैधानिक नियमों के आधार पर चलता है

और किसी भी संविधान की आत्मा, अनवरत सुधारों एवं विकास को चलाये रखने में उसकी आस्था और उसके सामर्थ्य की संयुक्त शक्ति से संवर्धित और सम्पुष्ट होनेवाली चिरन्तन प्रक्रिया है और निश्चय ही ऐसे संविधान से जो भी खिलवाड़ करे, उसके विरुद्ध क्रान्ति का प्रयोग उचित, प्रासंगिक और अपरिहार्य है।''

''जातियों के जन्म को लेकर, आपकी अवधारणा को मैं अपराध की श्रेणी में रखता हूँ।'' जयन्त ने मूल प्रश्न से हटकर विश्वामित्र को उलझाने का प्रयास किया।

''ब्रह्म को बाँटकर अवैध आधिपत्य की तुम्हारी कोई भी योजना असंवैधानिक है। मस्तिष्क में शिव और अग्नि, दृष्टि में दिति, कान में कश्यप और अदिति, मुख में वायु, छाती में आर्यमन और शेषनाग, दाहिना हाथ धर्म और काम, बायाँ हाथ चन्द्र, हृदय में ब्रह्मा, उदर में मित्र और विवस्वान, शिश्न में इन्द्र, दाहिने जाँघ में यम, बायीं जाँघ में वरुण। ब्रह्म के शरीर में सिर्फ दिव्य गुण ही बसते हैं। मनुष्य के लिए सिर्फ एक स्थान है। वह है चरण कमल। सभी वर्ण चरण-कमल में, सभी जाति चरण-कमल में, यहीं भक्ति है और यहीं मुक्ति है। मनुष्य योनि में जन्मे हो तो कोई उपाय नहीं चरण-कमल के अलावा सारे दावे अनर्गल प्रलाप, समाज विरोधी पाखंड तथा आपराधिक और आत्महन्ता गतिविधियों के अलग-अलग ऐसे उदाहरण हैं, जो भारत राष्ट्र को तोड़ने और विश्व-प्रेरणा बनने से निरन्तर रोक रहा है।

अगर एक मनुष्य ने सत्कर्मों से ऐसी महान् अवस्था पा ली जब उसके भी अंगों में देवों का ऐसा ही क्रमिक निवास हो जाये फिर भी एक मनुष्य के रूप में उसके अपने चरण ही आश्रय स्थल हैं। तब भक्ति थी और अब सेवा है। अपने पाँव से ऊपर जाकर वह किसी देवता को ही बेघर करेगा जो न तो उसके और न ही सार्वभौम नियमों के अनुकूल है। अतिथि देवो भव। निवास कर रहे देवता को पूरा घर दे दो अपने लिए केवल अपने पाँव का आसरा कर लो। भक्ति और सेवा में सहोदर का सम्बन्ध है। एक ही मनुष्य दोनों का जनक बनता है। जब प्रभु के चरणों में विश्वास पैदा होता है तो भक्ति जन्म लेती है और भक्त जब विनम्रतारूपी अपने चरण में विश्वास करता है तो सेवा-भाव का जन्म होता है। प्रभु के चरण हैं भक्ति और अपने पाँव हैं सेवा। भक्ति और सेवा ही वे दो शक्तियाँ हैं जो हिन्दू समाज सहित किसी भी अन्य धर्म के लिए प्रासंगिक और प्रेरक रहेंगी। समय बदलता है, धर्म के नाम भी बदल जाते हैं जो नहीं बदलता है वह यह कि भक्ति और सेवा मानव-धर्म के दो ध्रुव सत्य हैं।''

अभी भी परशुराम पर छायी चुप्पी विश्वामित्र को चुभ रही थी। जिस उद्देश्य से वे आये थे, उसके लिए परशुराम का खुलकर बोलना अनिवार्य था।

''भारत-भूमि पर धर्मोत्थान हेतु आये अवतार-स्वरूप, हे जमदग्नि-पुत्र परशुराम, मेरे लिए जो भी यथोचित है, आदेश करें।'' चुप्पी को तोड़ते हुए विश्वामित्र ने पहल की।

''आज की परिस्थिति में धर्म के मूल दिशा-निर्देशक तत्त्व क्या हैं, विश्वामित्र?''

''आज की उलझी हुई, अन्तर्मुखी, जाति और सम्प्रदाय में बँटी इस धार्मिक व्यवस्था के लिए सर्वाधिक महत्त्वपूर्ण दिशा-निर्देशक तत्त्व दो हैं। एक चिन्तन और संवाद और दूसरा त्वरित सम्यक् संवैधानिक उपचार।''

अहल्या प्रकरण की पृष्ठभूमि में महासंग्राम में न्याय की अवधारणा को लेकर कूद पड़नेवाले विश्वामित्र, पराजय के बाद सीधा अध्यवसाय पर चले गये थे। जीव और ब्रह्म की एकता को साधते हुए जैसे-जैसे ब्रह्म से उनका संवाद होता गया, विश्वामित्र का विश्वास भी अन्तर्मुखी से बहिर्मुखी होता चला गया। कृषकों संग न्याय, विन्ध्य के दलितों-आदिवासियों के अधिकार इत्यादि सभी प्रश्नों में न्याय का प्रबल आग्रह रखनेवाले विश्वामित्र अब इस निष्कर्ष पर पहुँच चुके थे कि भारतीय समाज में चिन्तनहीनता और संवादहीनता घर कर चुकी थी। असहिष्णुता की दीवार को तोड़ने के लिए संवाद स्थापित करना अपरिहार्य था। राष्ट्र-निर्माण की नूतन कल्पना में जीव और ब्रह्म की एकता की मौलिक धारणा जातिगत और सम्प्रदायगत भेदों को मिटाने का आह्वान कर रही थी।

''अन्यायी जातियों को समाप्त किये बिना तुम्हारे संवाद का कोई परिणाम निकलेगा, क्या इस पर तुम्हें विश्वास है?'' अपने स्वभाव के अनुरूप परशुराम ने सीधा प्रहार किया। एक पल के लिए स्तब्ध हो गये विश्वामित्र ने निर्णय लिया कि प्रश्न की चुनौती से सीधी टक्कर ली जाए।

''क्षत्रिय मान मर्दक, आपका ध्यान उस ऋषि-परम्परा की ओर ले जाना चाहता हूँ, जिसके तहत वे युगों से शासन का मार्गदर्शक बने रहे हैं। वे दार्शनिक और नीतिगत बातों के न केवल द्रष्टा रहे हैं वरन् उचित समय पर उसे लागू करने की कला भी जानते रहे हैं। शासन को सावधान करने का साहस कितनों में होता है। कई बार निरंकुश राजाओं ने कइयों को मृत्युदंड भी दे दिया। पर जिनकी कुंडली जागृत होती है वे लाभ-हानि का गणित पढ़ना छोड़ देते हैं। उनके लिए सम्मान और अपमान; दोनों का मान एक ही है, क्योंकि आप भलीभाँति जानते हैं कि गणित जब ऊँचा उठता है तो दर्शनशास्त्र में बदल जाता है और तब वह सांसारिकता से निकलकर व्योम में फैल जाता है।''

''पर तुम्हें राम में ऐसा क्या दिख गया कि तुमने अपना नाम उसके साथ जोड़ने का सोच लिया?''

"यह सच है कि मैंने राम के साथ अपना नाम जोड़ा है और यह भी सही है कि इस कारण, राम के प्रति लोगों की जिज्ञासाएँ बढ़ गयी हैं। पर मेरे इस निर्णय के पीछे भी एक बड़ा कारण था। एक महामानव की खोज में भटकता मेरा जीवन इससे पहले ऐसा कोई व्यक्तित्व को नहीं ढूँढ़ पाया, जिसके आदेश का पालन मनुष्य स्वभावत: करे। एक ऐसा आदेश जो हरेक मनुष्य को उसके शारीरिक, बौद्धिक और मानवीय गुणों के विकास में सहायक हो। एक ऐसा विकास जो यह बताये कि मानवाधिकार और उससे जुड़े कर्तव्य ही सभी धर्मों की नींव हैं। राम के व्यक्तित्व में मुझे वे पूर्वाभास मिले हैं जिनका सूत्र पकड़कर मैं उस मर्यादा पुरुषोत्तम तक पहुँच पाऊँगा जहाँ आकर धर्म सम्बन्धी ज्वलन्त प्रश्नों का समाधान मिल सकेगा।"

"पृथ्वी की रचना होने से लेकर, प्रथम मनुष्य के निर्माण में सौ करोड़ वर्ष लग गये। मानव से महमानव को बनने में और कितने करोड़ वर्ष लगेंगे, इसकी अनदेखी कर तुमने उतावलापन नहीं दिखाया क्या? यह महान काम औरों के लिए छोड़ देते।"

"औरों के महान काम तो और ही करेंगे पर मैं तो आपका ध्यान सिर्फ उस ओर ले जा रहा हूँ, जिसके अन्तर्गत हर युग के ऋषि को उसकी नियत भूमिका निभानी होती है।"

"सम्भवत: तुम अपना नाम अमर कर लेना चाहते हो?"

"मैंने अपने सीने में अगर राम का आदर्श पाला है तो इसलिए नहीं कि मैं अमर हो जाऊँ। बल्कि इसलिए कि मरकर भी अगर इस आदर्श को अमर कर सकूँ तो अपना जन्म सफल समझूँगा।"

"क्या तुम्हें नहीं लगता कि 'सम्भाव्य असम्भव' के लिए काम करना अच्छा नहीं।"

"जी नहीं। मुझे लगता है, सम्भाव्य असम्भव का विकल्प कहीं अच्छा है असम्भव सम्भाव्य से।"

"असम्भव सम्भाव्य क्या है?"

"यही है कि समाज-परिवर्तन हेतु धरती को क्षत्रियविहीन कर दिया जाये।"

अब तक विश्वामित्र को विश्वास हो चला था कि परशुराम प्रश्नोत्तर को एक मनोरंजक प्रक्रिया समझकर अपनी प्रतिक्रिया प्रस्तुत कर रहे हैं। इसलिए विश्वामित्र ने निर्णय किया कि वह परशुराम की मौलिक चिन्तन-प्रक्रिया को ही सम्बोधित करेंगे, भले ही इसके लिए क्रोध का भाजन बनना पड़े।

अनुमान के अनुरूप,परशुराम अपने उस रूप में आ गये, जिसके लिए वे जगत प्रसिद्ध थे। उबल पड़े। कोई और होता तो परशु हाथ में आ गया होता।

"आ गया अपनी जात पर...क्षत्रिय का खून और बातें ब्राह्मणों जैसी...अरे

काठ की हाँड़ी है तू, मुझे तो पहले से ही पता था...ढोंग रचाकर, परशुराम को क्षत्रिय-पाठ सिखा रहा था...या तो तू मुझे पढ़ने में भूलकर बैठा या तुझे अपने व्यक्तित्व का पता ही नहीं। समाज-परिवर्तन और जन-जागरण तुम्हारे वश नहीं है।''

''इतने वर्षों से तो जन-जागरण ही कर रहा था। पर आप कहते हैं तो मुझे सचमुच सोचना पड़ेगा कि जन-जागरण का मूल-तत्त्व मेरी पकड़ में नहीं आ पाया।''

परशुराम को क्रोधित देख विश्वामित्र ने रुआँसा-सा मुँह बनाया। परशुराम की आँखें विश्वामित्र को ही घूर रही थीं। एक पूर्व क्षत्रिय को रुआँसा देख उन्हें तसल्ली हुई।

''जन-जागरण का मूल सत्व, सचमुच, तुम्हारी पकड़ से बाहर है।''

''जी...'' कहते हुए विश्वामित्र की हँसी छूट गयी।

''बड़ी हँसी छूट रही है विश्वामित्र?''

''जी नहीं...ऐसा नहीं है...''

''तो क्या है ये...''

''मेरा निवेदन है कि अपनी असफलता पर यौवन में रोये नहीं तो वह पाषाण हृदय है और बुढ़ापे में हँसे नहीं तो वह मूर्ख है...''

''अब सही जा रहे हो...'' विश्वामित्र की आत्मस्वीकृति पर परशुराम हँस पड़े...विश्वामित्र की योजना भी सम्भवतः यही थी।

''मैं तो आपसे जिज्ञासा ही कर सकता हूँ।''

''तो करो पर अपने को ज्ञानी मत समझो...''

''क्यों नहीं हम जीव से ऐसी बातें करें जैसे ब्रह्म सुन रहा हो और ब्रह्म से ऐसे बोलें जैसे जीव सुन रहा हो।'' जीव और ब्रह्म की भूमिका में, विश्वामित्र के द्वारा प्रस्तावित त्वरित परिवर्तन ने परशुराम को निरस्त्र कर दिया। कौन बड़ा और कौन छोटा यह प्रश्न अब अप्रासंगिक हो गया था।

''मुझे पता है तुम मेरी क्षत्रिय-संहार की नीति पर बोलने आये हो तो वही पूछो...''

विश्वामित्र की वाक्पटुता में उलझे परशुराम ने भी विश्वामित्र के मूल उद्देश्य को सम्बोधित कर दिया। दोनों महान योद्धा। दोनों महान ऋषि। वार पर पलटवार तो होना ही था।

''ऋषियों को प्राप्त दिव्य-दृष्टि सबको नहीं मिलती। मुझे मिली थी। तुम्हारे कहने से ऐसा लगता है अब मेरी दिव्य-दृष्टि में कमी हो गयी है। पर ब्रह्मर्षि के रूप में तुम्हें मिली दिव्य-दृष्टि अभी हाल की घटना है। निश्चय ही मुझसे श्रेष्ठ

होगी।'' परशुराम ने अपनी बात पूरी की।

''आपके मूल्य पर मैं ब्रह्मर्षि पद लेना कभी स्वीकार नहीं कर सकता। आप सदैव मेरे श्रद्धेय रहे हैं।''

''तो बताओ कि तुम्हारे प्रयासों का अन्तिम निष्कर्ष क्या होनेवाला है?''

''एक संविधान-सम्मत भारत-राष्ट्र का निर्माण।''

''उसमें जातिगत अत्याचार नहीं होंगे...''

''मेरा यही तो निवेदन है कि जब तक हम समाज को जातियों से परिभाषित करेंगे तब तक अत्याचार से भी मुक्ति नहीं मिलेगी।''

''तो क्या मनु को ऋषि मानना छोड़ दें...''

''मनु भूतकाल की सच्चाई के ऋषि थे। हमें भविष्य को देखना होगा और फिर मेरा यह भी निवेदन है कि स्वयं मनु-परम्परा में अलग-अलग मनु ऋषि, समय और स्थानुकूल नियम परिवर्तन करते रहे थे। जाति-व्यवस्था सार्वभौम सत्य नहीं है।''

''तो आनेवाले सत्य की व्याख्या क्या तुम कर सकते हो?''

''आनेवाला सत्य तो संविधान-सम्मत भारत-राष्ट्र ही है।''

''क्या होगा उसका मूलभूत उद्देश्य।''

''भारत राष्ट्र का उद्देश्य है विश्व को ज्ञान बाँटना। अन्न, विज्ञान तकनीकी आदि औरों के पास हैं पर ज्ञान बाँटने का दायित्व भारत राष्ट्र का है। जीव और ब्रह्म की एकता समस्त ज्ञान का सिरमौर है। यह एक ध्रुव सत्य है। आगे आनेवाला समय भी इसी सत्य की व्याख्या एवं पुनर्व्याख्या करेगा। यही सत्य मानव-जाति को लोभजनित शोषण और युद्ध से सावधान करेगा। भारत राष्ट्र का उद्देश्य इसी सत्य से जुड़े रहना और विश्व में इसका प्रचार-प्रसार करना है। भौतिक सुख, ऐश्वर्य प्राप्ति और साम्राज्य-विस्तार, भारत-राष्ट्र का उद्देश्य नहीं हो सकता।

हाँ ज्ञान-विस्तार हमारा पहला और अन्तिम लक्ष्य है।''

''धर्म बड़ा है या राष्ट्र, यह एक ज्वलन्त प्रश्न है...तुम्हारी क्या राय है...''

''आज धर्म, आत्मा की एक सुखमयी पुकार बनकर रह गयी है। एक ऐसी पुकार, जो शोषण, असमानता और न्याय शून्यता के विरुद्ध उठी है। वास्तविक सुख तो राष्ट्र के संसाधनों के समुचित वितरण से ही आएगा। आज की स्थिति में धर्म का सुख परोसनेवाले यह नहीं देखते कि प्रगति और विकास के अभाव में धर्म एक भ्रम बनकर रह गया है।''

''तुमने प्रश्न का पूरा उत्तर नहीं दिया...अपनी प्रतिक्रिया को उत्तर में बदलो...''

''राष्ट्र-निर्माण धर्म की तरह एक सतत-यात्रा है...मात्र धार्मिक पुनरोत्थानवाद, राष्ट्रीय उत्थान का सही विकल्प नहीं बन सकता।''

"मेरे शस्त्र धारण पर तुम्हारी क्या राय है।"

"एक अवतार-स्वरूप अभियान पर मैं राय देने की धृष्टता नहीं करूँगा पर इतना कहने की आज्ञा अवश्य चाहता हूँ कि धर्म-संकट की घड़ी में ब्राह्मण अगर शस्त्र धारण न करे और शासन न करे तो घर छोड़कर भागे संन्यासी और एक ब्राह्मण में क्या अन्तर रह जाएगा?"

"तो क्या तुम भविष्य को लेकर पूर्णतः आशान्वित हो..."

"जब मैंने एक गरीब चांडाल से पूछा तो बोला, 'जो दुख भोग चुके उसका क्या? जैसे भी बीता वो तो बीत गया। जो दुख के दिन अभी भोग रहे हैं इस आशा में काट रहे हैं कि आगे तो दिन फिरेंगे। ईश्वर हमें भी तो देख रहा है। जो करेगा, अच्छा ही करेगा।'

भविष्य अच्छा ही होगा; इसकी आशा करना, मानव-धर्म है, जिसे हम स्वभाव भी कहते हैं। भविष्य के लिए आशा का भाव उत्तम है। यह मनुष्य को जीने का सहारा देता है। जीने की आशा मानवता को कर्मशील रखती है अन्यथा उसे निराशा, रोग और आत्महत्या की ओर जाने में देर नहीं लगेगी।

शोक, मोह और भय। शोक, जो बीत गया, मोह, जो कर रहे हैं और भय, जो होनेवाला है, इन सबमें, सबसे जानलेवा है भय, जो शोक और मोह से अधिक घातक है। ज्यों-ज्यों न्याय मिलने की उम्मीद कम होती जाती है, भय की मात्रा बढ़ती जाती है...एक समय ऐसा आता है जब व्यक्ति न्याय की उम्मीद छोड़ देता है। तब वह या तो अपना अन्त करने की सोचता है या फिर एक जानवर की तरह सामनेवाले को चीर कर रख देना चाहता है..."

"ऐसे भय को दूर करने का तुम्हारा अभियान कितना सफल हुआ है..."

"इससे पहले कि हम किसी को शोक और मोह छोड़ने को कहें, उसे भय-मुक्त करना होगा। एक डरे हुए आदमी से धर्माचार की आशा करना, उल्टी परम्परा है। पहले न्याय की स्थापना करें। भावी का भय दूर करें। ऐसी आशा उत्पन्न करें कि आनेवाले दिन अच्छे होंगे। राज्य में अन्याय व्याप्त हो और प्रजा से कहें वह शोक और मोह छोड़ दे, तो वो कहेगी हम कपटी हैं, झूठे हैं; क्योंकि अन्याय की जड़ है लोभ। राजा, अधिकारी और सामन्त लोभग्रस्त हैं इसलिए न्याय नहीं कर पाते। शासक तो लोभग्रस्त रहें और शोषित से कहें कि लोभ मत करो; यह न तो तर्क की दृष्टि और न ही व्यावहारिकता की नीति से मानने योग्य है। हम चाहे कितना भी धर्मदंड चलाएँ लोगों पर प्रभाव नहीं होगा।

न्याय-स्थापना के बिना मोह से मुक्ति असम्भव है। जो ज्ञानी न्याय की स्थापना किये बिना लोगों से मोह का त्याग करने के लिए कह रहे हैं, वे व्यावहारिक नहीं हैं। न्याय की स्थापना के बिना मोह का त्याग कुछ लोगों को तो संन्यासी बना

देगा पर आम जनता को अकर्मण्यता के अन्धे कुँए में धकेल देगा। न्याय श्रमिकों के शरीर से निकलनेवाला श्रमस्वेद है। हर कोई जो श्रम करता है वह न्याय को जन्म देता है। जैसे शरीर से निकला स्वेद श्रमिक को और अधिक श्रम करने का उत्साह देता है, वैसे ही राज्य के श्रम से उत्पन्न न्याय प्रजा को और अधिक आश्वस्त और कर्मठ बनाता है। आशावान और कर्मठ लोग लोभी नहीं होते उनका मोह न्याय के प्रति अधिक होता है लोभ के प्रति कम। और यह एक ऐसा स्वभाव है जिसकी वृद्धि जितनी अधिक हो उतना अच्छा। व्यक्ति के लिए भी, समाज के लिए भी और इसलिए धर्म के लिए भी। प्रजा का मोह जब न्याय के लिए अधिक और लोभ के लिए कम होता जाता है तो वह कर्मयोगी बनता चला जाता है। कर्मयोग ही मोक्ष का असली रूप है। कर्मयोग ही मोक्ष का व्यावहारिक अवतार है। मोक्ष अगर सिद्धान्त है तो कर्मयोग उसका सत्यापन—कर्मभूमि की प्रयोगशाला में सिद्ध व सत्यापित।''

''कुछ चिन्तकों ने यह कहा कि जो मोक्ष प्राप्त कर लेता है वह कर्म से मुक्त हो जाता है।'' परशुराम ने पुनः प्रश्न किया।

''यह भी एक स्थिति है और सच है। लेकिन इस स्थिति का विस्तार करके देखें तो कुछ नयी बातें सामने आती हैं। जिसने मोक्ष पा लिया क्या उसका दायित्व यह नहीं कि वह दूसरों को उस स्थिति तक लाने में सहायता करे। कहते हैं संन्यासी समाज-ऋण से मुक्त होता है, किन्तु यह मुक्ति इसलिए मिली है कि संन्यासी रहते हुए वह बहुतों का भला करे। अपने परिवार से भागकर, उसने जो अनुचित किया था, समाज की भलाई कर, उसे सही कर देगा।

हमारे अन्दर एक अहंकार भाव है कि हमसे ही घर-परिवार चलता है। राजा सोचता है वह है तभी राज्य चलता है। जबकि यह सच नहीं है। अहंकार के कारण वह अपने को कर्त्ता समझता है। कर्त्ता होने के अहंकार की तुष्टि के लिए अधिक-से-अधिक भोग करता है।''

''अहं का क्या करें।'' परशुराम ने पूछा।

''अहं रहने दें पर उसका स्वरूप बदल दें। एक संन्यासी जब अहंकार त्यागने लगता है तो नये गुण एक-एक कर उसके अन्दर समाने लगते हैं। भोक्ता भाव की जगह त्याग, दान और अहिंसा घर बना लेती है। कर्त्ता भाव की जगह भक्ति एवं सेवा-भाव घर कर लेती है। जिस अहंकार के चलते वह भोगी बना बैठा था उसी अहंकार से अब वह सेवक बना बैठा है। आनन्द उसे तब भी आता था आनन्द उसे अब भी आता है। संसार उसे तब भी प्रिय लगता था संसार उसे अब भी प्रिय लगता है। अन्तर इतना है कि जिस आनन्द की पुष्टि के लिए वह बार-बार दर्पण देखा करता था, अब वही पुष्टि उसे लोगों की आँखों में दीख जाती है। तब अपने ही उनका संसार थे अब पूरा संसार उसका अपना है।

इसलिए मोक्ष का स्वरूप भी यहाँ बदल जाता है। मोक्ष की दशा में आत्मा ब्रह्म में लीन होकर कहीं विलीन नहीं होती, बल्कि सेवा-भाव से भ्रमण को निकल पड़ती है, यहीं आसपास, इसी जगत में। अगर आत्मा ब्रह्मलीन होकर विलीन हो गयी तो ब्रह्म को तो उलटा पड़ जाएगा। ब्रह्म का उददेश्य ही अधूरा रह जाएगा। उसने मानव को, इसलिए तो नहीं सुधारा कि वो भागकर, गुफा में छुप जाए। भागनेवालों को ब्रह्म की क्या आवश्यकता। रात का अँधेरा चाहिए। मुँह छुपाया और निकल भागे। ब्रह्म को तो सेवक चाहिए, जो बुराइयों से लड़ता, अच्छाई का प्रचार करता रहे। आखिर बिना कार्यकर्ता के कोई संगठन चलता है? मोक्ष-प्राप्त मानव, ब्रह्म के लिए तो कार्यकर्ता है और मानव-जाति के लिए सेवक। मानव-जाति का सुधार, अन्य जीवों और प्रकृति के लिए भी सुखदायी है। अहिंसक मानव पशु-पक्षियों का, वृक्षों का संहार नहीं करते। अहंकारी मानव को अहिंसक बनाना समस्त पृथ्वी के लिए लाभकारी है और मोक्ष पाये सन्तों का यही मुख्य दायित्व भी है और आनन्द का स्रोत भी।''

दुग्ध-धवल, चौकोर सैकत-शय्या पर रोपी गयी दूब और सज्जित फूलों के बीच स्थित हवन-कुंड के पास जनक ने सीता का हाथ राम के हाथों में सौंपा। ब्याहता स्त्रियों ने मंगल गीत गाये। राजाओं ने प्रशस्ति-पाठ किए। ऋषियों ने कहे आशीर्वचन। राम ने सीता संग हवन के सात फेरे लिये, जैसे ज्ञान और भक्ति एक-दूसरे संग फेरे लेते हैं।

विश्वामित्र का चरण छूने जब वे दोनों आगे आये तो विश्वामित्र ने आग्रह किया कि पहले वे वशिष्ठ के पाँव छुएँ। ऐसा क्यों कहा उन्होंने, यह प्रश्न राम के अतिरिक्त किसी के मन में नहीं उठा। विश्वामित्र के आदेश का उन्होंने पालन किया। विश्वामित्र ने यह भी कहा था कि पहले कैकेयी के पाँव छूना फिर अपनी माता का। राम को इसमें कोई असहजता नहीं लगी। उन्होंने क्रमशः कैकेयी, कौशल्या और सुमित्रा से आशीर्वाद लिये। अपने यश और नाम के अलावा वह सभी धन जो दशरथ ने अर्जित किये थे, मारे खुशी लुटाने लगे। उन्होंने राम को आशीर्वाद देते हुए कुछ माँगने को कहा। राम ने उन राजाओं के लिए अभयदान माँगा जो अयोध्या में कैद थे। दशरथ ने कहा 'तथास्तु'। ये सभी ऐसे राजा थे जो कर्म से वीर होते हुए भी जातिवादी षड्यन्त्र के तहत निम्न जाति के ठहराये गये थे और धर्म-विरुद्ध काम करने के आरोप में दंडित होकर अयोध्या के राज कारागार में अभिशप्त जीवन बिता रहे थे। वे एक ऐसे साहस की सजा पा रहे थे जिसे दुःस्साहस घोषित किया गया था। जाति के नाम पर उनकी बलि दे दी गयी थी। गुरु-विश्वामित्र ने

सिद्धाश्रम में एक आग्रह सामने रखा था, राम ने उसकी पूर्ति का श्रीगणेश कर दिया था और वह भी बिना गुरु को बताये। दशरथ भी किसी अलौकिक खुशी में मगन थे, वरना उन्हें यह याद नहीं आता कि बिना राज-सभा-परामर्श के अभयदान की घोषणा नहीं की जानी चाहिए। पर जिस सभा में अलौकिक आनन्द उतर आया हो वहाँ राज-सभा की याद भी आती तो कैसे? अगर दशरथ के मन में एक पल के लिए दुविधा आयी भी हो तो सोचा होगा कि जब राम राजा बनेंगे तो उस आग्रह का औचित्य स्वयं वही साबित करेंगे।

तरह-तरह की नायिकाओं का अभिनय करती सहेलियों से घिरे, राम आगे और पीछे-पीछे सीता, सुहाग घर के निकट ज्यों ही पहुँचे सहेलियों ने सीता को झट आगे कर दिया।

सुहाग-घर, जिसे मिथिला में कोहबर कहा जाता था, शायद जानबूझकर ऐसा बनाया था कि उसका दरवाजा सीता के बराबर का हो। इसलिए सीता तो बिना झुके अन्दर चली गयीं पर राम वहीं ठिठक गये। उनकी लम्बाई के अनुपात में वह काफी छोटा था। घुसने के लिए झुकना पड़ता। समझते देर नहीं लगी कि उन्हें झुकाने की यह दूसरी चाल थी वह भी सीता के सामने। इसलिए सीता को पहले अन्दर भेजा गया था। पहली चाल वरमाला के समय चली गयी थी। अकड़ू, अक्खड़, उज्जड़, ढीठ और न जाने कैसे-कैसे विशेषण सहेलियों के मुँह से निकले थे पर राम को कहा गया था कि वे न झुकें तो, मारे असमंजस के वह खड़े रह गये। फिर किसी सहेली ने चाल चली थी। उसने झटके से सीता का आँचल कन्धे से सरका दिया। हीरे-जवाहरातों से बुना पल्ला बड़ी तेजी से नीचे खिसक रहा था। सीता ने दोनों हाथ में वरमाला थाम रखी थी। अचानक राम गिरते पल्ले को थामने नीचे झुके। सीता ने वरमाला डाल दी। राम सीधे खड़े हो गये। पल्ले को तो गिरना ही नहीं था। सहलियों ने पीठ पीछे से पकड़ रखा था। पर राम की अकड़ ढीली होनी थी तो हो गयी। राम ने भी वरमाला उठाकर सीता को पहनाया।

''यूँ ही अपने को सूरमा मत समझो दशरथ-नन्दन...अभी तक प्रीति की बात स्वीकार नहीं की आपने।'' किसी सहेली की टिप्पणी से राम चौंक पड़े। पर कुछ कहा नहीं।

''धनुष उठाकर बहुत अकड़ रहे हो पर आपको पता ही नहीं वह धनुष पहले भी उठाया जा चुका है...''

राम हँस पड़े। अब ऐसी ठिठोली पर और किया भी क्या जाये।

''हँसो मत। यह गुप्त बात है इसलिए दुनिया को पता नहीं...पर अगर

आपको जानना है तो बता सकती हूँ..." वह सहेली मचलती हुई राम के बिल्कुल करीब आ गयी। राम दो कदम पीछे हट गये।

"अरे, आपको आगे जाना था...आप तो पीछे खिसक गये। क्षत्रिय कुमार हो या संन्यासी..." किसी के ताने पर सभी हँसने लगे।

अब राम को लगने लगा कि उनसे संवाद करना अनिवार्य हो गया था।

"दो कदम आगे...एक कदम पीछे वह तो युद्ध की मान्य रीति है।"

"पर श्रीमन्त यह तो युद्ध नहीं है...प्रीति है..."

"मेरी मानिये तो, युद्ध और प्रीति के नियम एक से हैं..."

"अरी सीता बाहर निकल। ये तो तुमसे युद्ध की रीति निभाएँगे। पूरा वरमाल-प्रसंग बेकार गया..." राम को निरस्त्र करने के उद्देश्य से सहेली ने अपनी आवाज ऊँची कर दी और सभी ने साथ दिया। "हाँ-हाँ...बाहर निकल...बाहर निकल।"

"मैंने ऐसा तो नहीं कहा था..." बात न सुनाई दे जाये, राम ने अपनी तर्क-प्रक्रिया वापस ले ली।

"सुनो...सबने सुना था या नहीं...इन्होंने कहा था...युद्ध और प्रीति के नियम एक हैं?"

सबने हामी में अपने सिर हिलाये। कुछ ने दाएँ-बाएँ। कुछ ने ऊपर-नीचे। "हाँ, हाँ, कहा था...कहा था..."

"जनकनंदिनी से तो प्रीति ही है। युद्ध तो आप सबों ने छेड़ रखा है।" राम ने जो कहा उससे अचानक भूचाल आ गया। सम्भवतः इतनी देर से सहेलियाँ किसी नियत योजना के तहत काम कर रही थीं। सभी उछलकर खुशियाँ जताने लगीं। "प्रीति की बात स्वीकार कर ली राम ने...स्वीकार कर लिया है..." कुछ मारे खुशी के इधर की ओर भागीं जहाँ से विवाहिताओं की टोली चली आ रही थी 'कोहबर-गान' के लिए क्वाँरियों की खुशी में सम्मिलित होकर विवाहिताएँ भी उछल-कूद मचाने लगीं। गान में व्यवधान पैदा होता देख सुनयना भागी हुई वहाँ तक पहुँचीं। पाया कि सभी एक आधुनिक रीति की रट लेकर नृत्य भंगिमाएँ बनाने में मगन हैं। "इन आधुनिकाओं को जाने कब परम्परा का गूढ़ समझ आएगा।"

"अरी ओ सुमेर और गान्धार की नायिकाओं, कुछ रीति-विधान भी होगा या उछल-कूद में ही मूहुर्त निकाल दोगी।"

"चाची...राम ने प्रीति की बात स्वीकार ली है..." उन्होंने उछलकर सुनयना को घेर लिया।

"लिख लोढ़ा पढ़ पत्थर...वरमाल भी हो गया और तुम प्रीति पर अटकी पड़ी हो।"

"चाची वरमाल अलग है और स्वीकारोक्ति अलग..."

"वरमाल ही स्वीकारोक्ति है...मूढ़मतियों..."

एक पल के लिए सभी क्वारियाँ चुप हो गयीं फिर एक साथ चिल्ला पड़ीं, "चाची, आप नहीं समझोगी..."

"हाँ हाँ...बिना समझे ही हमने तुम्हारे जैसों की सेना खड़ी कर दी..."

"वो तो 'वरमाला' का कमाल था...प्रीति का नहीं..."

"पत्थर पड़े तुम्हारी मतियों पर...जाने कैसी रट लगा रखी है..."

"चाची...आप नहीं समझोगी...कहा ना हमने..."

"मेरा शासन इतना बड़ा। चीन से मिस्र तक जानेवाला हर व्यापारी मुझे कर देता है। हमने अपनी प्रजा को सुख-सुविधा की हर वस्तु उपलब्ध करायी हैं। उनके व्यय करने की आदत पर मैंने कोई कर नहीं लगाया है। जो जैसा चाहे, वैसे जी रहा है। इतनी स्वतन्त्रता, इतना खुलापन। पर इतना सब कुछ होते हुए भी वे बहुत जल्द निराशा के गर्त में पहुँच जाते हैं। जरा-सी प्रतिकूल परिस्थिति इनके मनोबल को तोड़ देती है, आत्महत्या पर उतर आते हैं। आपके शिष्य, सुना है ऐसे नहीं हैं। वे धन की कमी में भी टूटते नहीं। ऐसा राष्ट्रीय चरित्र कैसे बना। इस पर कुछ बता सकते हैं, अगर ये आपके अभियान के हित के विरुद्ध नहीं हों।"

"अपनी अच्छी बातों को आपसे बाँटना ही राष्ट्रीय हित है। इसलिए मुझे ऐसा करते हुए गर्व ही महसूस होगा। आपके नीति-निर्धारकों को भी पता नहीं कि अनेक विकल्प, एक सीमा के बाद विकल्प शून्यता पैदा करता है। जीवन कोई मेला नहीं। केवल उत्सव और राग-रंग नहीं। सुख-सुविधाओं के उत्पादों का अम्बार, मनुष्य जाति को अपनी ही दृष्टि में, लगातार छोटा बना रहा है। वह इस मेले में है,पर अकेला है। वह अनवरत उत्सव, आमोद-प्रमोद में भागीदार है,पर डरा हुआ है। उपभोक्तावाद के इतने बड़े आकार को देखकर भयभीत हुआ है। भय का यही बीज, प्रतिकूल वातावरण में, अंकुरित हो जाता है और हमें ऐसा लगता है कि भला पल भर में ऐसा क्या हो गया! लोग अभी खुश थे, उदास क्यों हो गये! धन्ना सेठों की विकल्प बहुलता और अकिंचनों की विकल्प शून्यता दोनों में जो समान तत्त्व उपस्थित है, वह है मानवता के प्रति उनकी घटती आस्था।

ऐसी ठाठ-बाट जो, मनुष्य को उसकी ही आँखों में बौना साबित करे, कभी भी सफल नहीं होगा। इसे एक-न-एक दिन चरमराना ही है। मनुष्य धनी हो या निर्धन, अपने को बौना देखने से घबराता है। मानवता से बड़ी आस्था, मानव-जाति के लिए और कोई नहीं है। पर उपभोक्तावाद इस आस्था में घुन की तरह लगा हुआ

है। इस घुन से न धनवान परे है और न ही धनहीन। राजनेता सिर्फ इस बात से खुश हैं कि उसने हर बात का मूल्य तय कर दिया है, और स्वार्थी आभिजात्य वर्ग को अमूल्य उत्पादों से भर दिया है। वे इनसे यह पूछने का साहस नहीं रखते कि उनके कर्तव्य क्या हैं और पूछें भी क्यों। आखिर समय की चतुराई भी तो ऐसा ही करने को कहती है। कल इन राजनेताओं और राजकर्मचारियों को सेवानिवृत्त होकर इसी अभिजात्य का हिस्सा बनना है। उत्तरदायित्व का प्रश्न उठाकर, भला, ये अपना भविष्य क्यों बिगाड़ेंगे? चतुर लोग हैं, भला पाँव पर कुल्हाड़ी क्यों चलाएँगे।

''प्रदर्शन शक्ति का हो, अंगों का हो या आभूषणों का; यह एक हिंसा है, क्योकि ये तीनों तीव्र प्रतिक्रिया पैदा करते हैं। इसलिए ऐसे प्रदर्शनों पर रोक लगनी चाहिए। सभ्यता के नाम पर थोपी जा रही असभ्य गतिविधियों पर लगाम कसी जानी चाहिए। यही वह प्रदर्शन है जो सर्वहारा की आशाओं को बौखलाहट में बदल रहा है। ऐसे में राजनेताओं की ओर से किसी पहल का नहीं होना, आग में घी का काम कर रहा है।'' पल भर की चुप्पी के बाद दशरथ ने उत्सुकता दिखायी जो बहुत ही आत्मीय लोगों से ही की जाती है।

''क्या इस चतुर्थवय में सम्भोग की इच्छा सही है।''

दशरथ ने सम्भोग की क्षमता और आनन्द सम्बन्धी कौतूहल दिखाया।

''इन्द्रियों को वश करने का अर्थ इन्द्रियों की हत्या करना नहीं है। हमारी चेतना के साथ इन्द्रियों का अभिन्न सम्बन्ध है। वे हमारे अपने हैं। पर ध्यान रखनेवाली बात यह है कि प्रत्येक इन्द्रिय अपनी धाक जमाने के चक्कर में रहती है और ऐसा होने से मनुष्य अतिवाद से ग्रस्त हो जाता है। सिर्फ एक इन्द्रिय के वश में होने से व्यक्तित्व कुंठित हो जाता है। कुंठाग्रस्त जीवन, एक के बाद एक, रोग और असामाजिकता को जन्म देता है।

हम अगर रोग और अपराध मुक्त रहना चाहते हैं तो सभी इन्द्रियों की भरपूर देखभाल करें। जब एक इन्द्रिय अतिरेक करता है तो अन्य उसका विरोध करते हैं, जिस पर ध्यान देने की आवश्यकता है। यों तो सभी इन्द्रियाँ एकजुट नहीं होना चाहतीं पर वातावरण देखकर अगर इकट्ठी बहकने लगें तो उन पर शिकंजा कसने की आवश्यकता है। यहाँ आकर हमें एक सतर्क मस्तिष्क और सधा हुआ मन चाहिए होता है। सैनिक बिगड़े नहीं, इसलिए एक कुशल सेनापति की नियुक्ति कर दो। सधा हुआ मन एक ऐसा ही कुशल सेनापति है जिसे पता होता है कि कब, किसे, और कैसे सीधा रखना है। और इसके लिए वह एक-दो दिन नहीं बल्कि पूरे तीन सौ पैंसठ दिन चौकन्ना रहता है। इसलिए, ऐसा जाग्रत मन तैयार करो जो पूरे तीन सौ पैंसठ दिन काम करे। पर कामेक्षा को प्रीति में बदलना अनिवार्य है।

यह स्नेह का बन्धन है जो घर को रणभूमि बनने से रोकता है, अन्यथा ऐसी

कौन-सी समस्या हर घर में नहीं होती जिसे महाकलह बनने में समय लग जाये। बाप का चाँटा खाकर बेटा पंचायत बुलाये, पत्नी की गाली खाकर पति छुरा उठा ले, पति के हाथों अपमान पाकर पत्नी खाने में विष मिला दे। कलह से जो असुरक्षा का माहौल बनता है उसे प्रीति का बन्धन फिर से सुरक्षा के भाव में बदल देता है। असुरक्षा को आसन्न जानकर ही मनुष्य हिंसक बनता है, और अधिकांश स्थितियों में यह भाव कल्पना की देन अधिक है और वास्तविकता की कम। कल्पना में भय का पैदा होना प्यार की कमी का संकेत है। प्रीति जहाँ कम होगी भय बढ़ेगा। ये दोनों एक-दूसरे के विलोमानुपाती हैं। जिस बच्चे को अभिभावक का स्नेह कम मिलता है, उसे न केवल अधिक डरावने सपने आते हैं बल्कि वह वास्तव में डरा-डरा-सा रहने लगता है। उसका यही स्वभाव जीवनपर्यन्त बना रह जाता है।

हमें भय-मुक्त समाज अभी बनाना है और तभी भय-मुक्त नागरिकों की नयी पौध तैयार होगी। किन्तु, वर्तमान पीढ़ी, जिसने अपने वय का आधा हिस्सा भय में बिताया है और भय का आतंक जिनकी मानसिकता का अंग बन चुका है, उन्हें उबारना हमारा वर्तमान कर्तव्य है। इसके लिए, सबसे पहले, व्यसन के आदी हो चुके उसके शरीर को स्वस्थ बनाना है। औषधि और व्यायाम उसके बाद। शारीरिक और बौद्धिक बैठकें चलेंगी एक वर्ष तक। फिर समाज उत्थान में उन्हें लगाएँगे वनवासी कल्याण संगठन के द्वारा।''

''क्या मेनका से अलग रहकर मिलने की इच्छा नहीं होती?'' दशरथ ने विश्वामित्र ने पूछा।

''पहले ऐसा था। पर अब जब भी ऐसा होता है तो उस रात सपने में हमारा मिलन हो जाता है। यह एक अद्‌भुत बात है पर इससे भी बड़ा आश्चर्य यह है कि अगले कुछ दिनों तक मैं उतना ही हल्का-फुल्का होकर समय बिताता हूँ।''

दशरथ उनकी बातों में उलझकर खुद भी आश्चर्य की दुनिया में आ पहुँचे। उन्होंने पूछा, ''क्या आप वास्तव में उतना ही खुश होते हैं जितना वास्तविक मिलन से होते थे?''

''शायद, उससे भी अधिक। क्योंकि वास्तविक मिलन के बाद जो उलझनें भी साथ मिलती थीं, जो सामाजिक तनाव झेलना पड़ता था, उनके न होने से अब जो खुशी मिलती है, वह निरापद है। पर सबसे बड़ी बात है कि मुझे जीवन में बड़ा आनन्द मिलने लगा है। जीवन की इस सन्ध्या वेला में कामेच्छा के दासत्व से पूर्णत: मुक्त हूँ। आज मैं सचमुच अपना स्वामी स्वयं हूँ।''

सीता स्वयंवर सम्पन्न हो चुका था। आमोद-प्रमोद और प्रीति-भोज का अनवरत दौर

चल रहा था। ऐसे में जब मर्यादा-भोज की घोषणा पूरे जनकपुर में फैली तो उत्साह और उत्सुकता बड़वानल की तरह फैल गयी। मर्यादा भोज की घोषणा एक नयी परम्परा का आरम्भ थी। उसमें तय यह हुआ था कि पूरी प्रजा के सम्मुख, प्रीति भोज में, वर और वधू-पक्ष के निकट-सम्बन्धी और वंश-परम्परा से जुड़े प्रश्न करेंगे। चूँकि अयोध्या सुदूर स्थित देश था और इससे पहले जनकपुर की बेटी कभी उधर ब्याही नहीं गयी थी, इसलिए जिज्ञासा स्वाभाविक ही थी। राम कौन हैं, दशरथ का प्रताप क्या है, उनकी परम्परा क्या है, उनका यश और ऐश्वर्य कैसा है, इत्यादि, इत्यादि। धनुर्भंग से राम की महिमा तो स्थापित हो गयी थी पर रघुकुल-महिमा का उद्‌घाटन तो होना चाहिए था। शतानन्द सहित जनक ने इसे अनावश्यक बताया पर मन्त्रिगण ने जनता की माँग बताकर उन्हें इस बात के लिए तैयार कर लिया कि मर्यादा-भोज की इस नयी जन-परम्परा की शुरुआत करने में कोई बुराई भी नहीं। जब विश्वामित्र से राय ली गयी थी तो उन्होंने यही कहा था, ''आपस में संवाद जितना हो, सम्बन्ध उतना सुदृढ़ होगा।'' रघुकुल के प्रति विश्वामित्र की आस्था, अयोध्यावासियों से भी बढ़कर थी, यह सिर्फ राम को मालूम था पर जनकपुर के लोगों की जिज्ञासा को आस्था तक पहुँचाने हेतु विश्वामित्र ने मर्यादा भोज को, संवाद-स्थापित करने का एक उचित अवसर माना और अनुरोध किया कि दशरथ इसके लिए शीघ्र ही अपनी सहमति प्रदान करें। उचित परामर्श के बाद दशरथ ने हामी भी भर दी। राम की आलौकिक क्षमता का सत्यापन जहाँ एक अलौकिक अनुभूति थी और जिसके प्रभाव से बाहर आने की इच्छा किसी भी जनकपुरवासी की नहीं थी। वहीं रघुकुल, दशरथ और अयोध्या को लेकर जो उत्सुकता जग रही थी वह एक लौकिक अनुभूति का आग्रह था, जिसके प्रभाव में आने का मानव सुलभ स्वभाव, जन्म-जन्मांतर से हावी रहा है। जनकपुरवासी एक अलौकिक अनुभूति से वापस लौकिक उत्सुकता की ओर लौट रहे थे और लौटने की इस प्रक्रिया की तीव्रता भी पहर बीतने ने साथ बढ़ती जा रही थी।

जैसी घोषणा की गयी थी उसी के अनुरूप मर्यादा-भोज आरम्भ हुआ। दोपहर का समय था। पुरवैया हवा धीरे-धीरे बह रही थी। राजा जनक का प्रांगण इत्र, सुगन्धी, धूप और अगरबत्तियों की महक से पुलकित हो उठा था। मधु, ठंडई, भाँग, मदिरा सभी उपलब्ध थे। अयोध्या से आये बारातियों से दूनी संख्या में जनकपुर और दूर-दूर के गणमान्य अतिथि पधारे थे। खान-पान में कोई कमी नहीं रहने दी गयी थी। बारातियों के बैठने से पहले इनका खान-पान पूरा कर दिया गया था। भोज की इस व्यवस्था में किन्नरों और भाटों ने जमकर आनन्द उठाया था। अच्छे भोजन के साथ

अच्छी-अच्छी मदिरा पर भी हाथ साफ किया था। राजा जनक तो बिल्कुल तैयार नहीं थे कि इन्हें मादक पदार्थ दिया जाये पर एक बार प्रीतिभोज शुरू हो जाये तो घरवालों के हाथ कुछ रहता नहीं। सब कुछ जनमत पर चलता जाता है और जनता की इच्छा थी कि किन्नर और भाटों को पूरा सन्तुष्ट किया जाये क्योंकि अयोध्यावासियों की खबर इनको ही लेनी थी।

मर्यादा-भोज का आरम्भ हुआ तो पहले अन्त:पुर की स्त्रियों की बारी आयी। उन्होंने झीने ओट के पीछे से, अपनी झीनी-झीनी-सी कंठध्वनि में अयोध्यावासियों को खूब फटकार लगायी। 'विवाह का नियम नहीं जानते। वधुओं के लिए कुछ नहीं लाये। नचैये-गवैये भी साथ नहीं लाये। जाने कैसे-कैसे अनाड़ी हमारे सम्बन्धी बन गये। राजा जनक तो बुद्धू ही बन गये। गोरी-गोरी सीता को साँवले राम के हाथों दे दिया। बुद्धू ऐसे बने कि बाकी तीनों लाड़लियों को भी अयोध्या के सुपुर्द कर दिया। राजा जनक को विश्वामित्र के झाँसे में नहीं आना चाहिए था। अरे धनुष का क्या था। इसे तो सीता कितनी बार इधर-उधर कर चुकी थी। राम ने उठा लिया तो कौन-सा चमत्कार हो गया।' जनकपुर की महिलाएँ अपनी मीठी गायन शैली में पानी पीकर विश्वामित्र को कोसने लगीं। उनकी मीठी झिड़कियाँ जब मद्धिम पड़ीं तब तक भोज के आधे व्यंजन परोसे जा चुके थे। भोज इतना लम्बा चलेगा उन्हें पता नहीं था। जैसे ही उनका गाना रुका जनसमूह ने भाँडों की ओर इशारा किया कि अब वे शुरू हो जाएँ। वे तो तैयार ही बैठे थे तो बस शुरू हो गये।

"अयोध्यावासियो,एक कहानी सुनो। जनकपुरवासियो, एक कहानी सुनो। कहानी सुनो एक रात की। रात, योग और भोग की। जैसा आज का उत्सव है वैसे किसी और उत्सव की कहानी। सुन्दर पोशाक, अच्छी सुरा, षड्रस व्यंजन की और एक सुन्दरी के शृंगारिक नृत्य की। टिमटिमाते प्रकाश को पी जाने को व्यग्र एक अन्धकार की कहानी।"

मर्यादा भोज में उपस्थित किन्नरों और भाटों ने समवेत स्वर में मुखड़ा ऐसे खोला कि अन्तरा सुनने को सभी अधीर हो उठे।

"कहानी है नशीले, रसीले, रगमगे, रसभरे नैन की। नैनों की नींद भरी पलकों के नीचे खिंच आयी लाली की..."

किन्नरों की कथावाचन शैली बहुत अनूठी थी। जैसे आगे रस का सागर बरसनेवाला था। श्रोताओं के मुँह अपने-आप खुलने लगे। अपने खुले मुँह से वे इस तरह प्रतीक्षारत हुए जैसे रस की धार अब बस टकपने ही वाली हो।

"कहानी है कोयल के कूक की, पपीहे के हूक की। चाँद और चकोरी की। हिरण और हिरिणिया की...कचनार, रात रानी, बेला और चमेली के मादक सुगन्ध की...बाजू बन्द और नीवी बन्द की।"

कथा-वाचन की शैली इसलिए भी अनूठी थी कि प्रारम्भ तो उन्होंने समवेत स्वर में किया पर अब वे संवाद के स्वर में एक-दूसरे से सम्भाषण कर रहे थे और समर्थन दे रहे थे।

"ऐसी ही एक रात एक योगी का योग छूटा। होठों के बिम्बफल, कुचों के कंचनकलश, नाभि के कूप और जघन की सघनता में ऐसे भटके कि पूछना मत..."

"क्यों नहीं पूछें...भला बताओ तो सही..."

"क्योंकि चेतन-विषयक अनुराग को भक्ति कहते हैं और जड़ विषयक राग को भोग..."

"तो क्या एक महर्षि को भोग नहीं करना चाहिए था..."

"नहीं...पर भी इसमें महर्षि का कोई कसूर नहीं था..."

"वो क्यों भला..."

"वो तो अप्सरा थी। चालाक कुट्टनी...अँगिया उतारती पलटकर देखती थी। दहलीज उतरते घाघरा ऊपर कर लेती थी। थिरकती, ठुमकती, बहकती, हिचकती केशराशि से काला रहस्य करती थी। चुनरी सजाते समय पहले अपने उरोजों को देखकर जब उसने महर्षि की ओर देखा तो निमन्त्रण के ऐसे पाश में आने से नहीं बच पाया बेचारा..."

"फिर आगे क्या-क्या हुआ..."

"गले से हार का सरकना और बाजूबन्द का खुल जाना...अँगिया उतारने की कसमसाहट को कमरबन्ध खोलने के असमंजस पर लाकर जब उसने रुकावट पैदा की तो योगी धैर्य की सारी रुकावट तोड़ गया..."

"भई कुछ संकेत तो करो...कौन है वो सौभाग्यशाली योगी..."

"है एक कुशिक वंश का लाड़ला...कभी राजकुमार था, राजभोग किया...योगी बना, योग किया...भोगी बना तो भोग भी कर लिया..."

"भई...ये तो अनर्थ हो गया...अनर्थ..."

"ब्रह्मा ने जब उस अप्सरा को बनाया तो उसके सुन्दर मुखड़े ने कठिनाई खड़ी कर दी। चाँद जैसे चेहरे को देख उस कमल की पंखुड़ियाँ बन्द होने लगीं, जिस पर स्वयं ब्रह्माजी आसीन थे। जैसे-तैसे उतरकर भागे। अगर पंखुड़ियों में बन्द हो जाते तो भँवरा कहलाते। ब्रह्माजी तो बच गये पर कौशिक वंशज उसमें बन्द हो गया..."

"वही तो...सिर मुँड़ाने से श्रवण...कर्मकांड करने से ब्राह्मण, जंगलवास करने से मुनि और कुश का चीवर पहनने से कोई भी तपस्वी नहीं बन जाता..."

"तपस्वी नहीं तो क्या अप्सरा का पति तो बन ही गया..."

"अप्सरा कभी प्रीति नहीं करती पर जब करती है तो बड़ी घातक होती

है...पति बनकर एक योगी को सबक मिला क्या?''

''सबक कैसा!...प्रचंड कुलटा को धर्मपत्नी बनाया। मिल-बाँटकर भिक्षा खाया। साथ-साथ कुटिया में सोया। आनन्द-ही-आनन्द है...आनन्द-ही-आनन्द है।''

सारे किन्नर वापस समेवत स्वर पर आ गये। साथ मिलकर ऐसी आवाज लगायी कि आनन्द की लहर ही उठने लगी। क्या जनकपुरी और क्या असुरपुरी; सबके सब चिल्लाने लगे, ''आनन्द-ही-आनन्द है...आनन्द-ही-आनन्द है।''

अयोध्यावासियों के सम्मान में दिया गया मर्यादा भोज, विश्वामित्र मर्यादा-हनन भोज में बदल चुका था, क्योंकि अवसर आज जयंत के अनुकूल था और विश्वामित्र के प्रतिकूल। जयन्त मन-ही-मन खुश था। मर्यादा-भोज में विश्वामित्र को खूब गालियाँ मिली थीं। अपने साथ लाये महँगे कपड़े और चाँदी के सिक्के बाँटने में कोई कृपणता नहीं दिखायी थी उसने। इसलिए जब मर्यादा-भोज के लिए गाली-गलौज करने दल इकट्ठे हुए तो तिल रखने की भी जगह नहीं थी और जब मिथिला की भाषा में गालियों की बौछार शुरू हुई तो विश्वामित्र अवाक् रह गये—विनम्रता और मीठेपन में अद्वितीय इस भाषा में कोई इतनी गालियाँ कैसे निकाल सकता है भला। अयोध्या से आये समस्त बाराती अपने सिर के ऊपर से जानेवाली गालियों का अर्थ पकड़ने की कोशिश में लगे रहे पर पल्ले कुछ पड़ा हो इसमें सन्देह था। हाँ, जनकपुरवासियों के ठहाके, किलकारियों और तालियों के प्रभाव का अनुमान वे लगा चुके थे और बुरा न मानने का शिष्टाचार निभाने के क्रम में अपनी मुस्कान को स्थित-प्रज्ञता में बदलने का प्रयास कर रहे थे। पर विश्वामित्र को इंगित कर छोड़े जा रहे बाण को सीधे लक्ष्य पर जाकर लगना ही था। जयन्त को मालूम था मिथिला और अंग की भाषा पर विश्वामित्र की पकड़ ही विश्वामित्र के विरुद्ध जाएगी। अनसुनी करने का उसका कोई भी प्रयास निरन्तर आघात के आगे निष्फल हो जाएगा।

राम-सीता विवाह के परम आनन्द में सराबोर जनकपुरवासी, मर्यादा-भोज की नूतन रीति का पूरा आनन्द उठाने आये थे। आनन्द पर आनन्द का ऐसा ज्वार फिर नहीं उठना था। जन्म-जन्मान्तर की इस अद्वितीय सुखानुभूति में विभोर नगरवासियों को अपने आसपास वे सभी किन्नर और भाट अवसर के अनुकूल लगे, जो गालियों के भद्दे आक्रमण की डोर सँभाले, मात्र अपनी आँखों के संकेत द्वारा, निरन्तर वार करते अपने योद्धाओं के व्यूह का कुशल संचालन कर रहे थे। वे कौन थे, कहाँ से आये थे, किसे जानना था। नगरवासी तो बस उनकी उस प्रतिभा से प्रभावित थे जो मर्यादा-भोज की इस विलक्षण परम्परा में चार चाँद लगा रही थी। उन्हें इससे भी

कोई आपत्ति नहीं थी कि उनके द्वारा सायास मिथिला की भाषा को तोड़ा-मरोड़ा जा रहा था। बस वे तो इतना समझते थे कि राम-सीता का ब्याह था और अलौकिक के साथ लौकिक आनन्द का ऐसा अवसर कई जन्मों बाद मिलता है।

सामाजिक कुरीतियों, जाति-व्यवस्था, निरंकुश राजतन्त्र, कर्मकांडी आडम्बर के विरुद्ध बृहत्तर सामाजिक संघर्ष से लेकर परमसुन्दरी, मेधावी मेनका के संग प्रेम-प्रसंग के व्यक्तिगत संघर्षों तक, इतने मुद्दे, विवाद और प्रसंग बनते थे कि लांछन के महाकाव्य के लिए सातों रसों की कोई कमी नहीं थी। पर एक सामाजिक परम्परा का निर्वाह करने की जगह जब विश्वामित्र को कोसने का काम प्रारम्भ हुआ और फिर जब शीघ्र ही उन्हें लांछित-अपमानित करने की प्रक्रिया शुरू हुई तो विश्वामित्र का ध्यान बरबस उस ओर गया जहाँ जयन्त अपना आसन छोड़ भीड़ में घुसा हुआ, स्वयंरचित नाट्य-रस का भरपूर पान कर रहा था। वैसे दिखाने के लिए मधुरस भी पी रहा था पर यह तो तय था कि रस कहीं और से ले रहा था। किसी को अपराधी साबित करने के लिए न्यायालय जाना अनिवार्य भी तो नहीं। ऐसे सामाजिक अवसर का चतुर उपयोग कर इस तरह किसी की पगड़ी उछालो कि उसे बचाव का कोई अवसर ही न मिले। मर्यादा-भोज के इस सामाजिक अवसर पर विश्वामित्र के साथ ऐसा ही हो रहा था। अपने विरुद्ध ओछे प्रहार को सुनते जाना और खून के घूँट पीते जाना, यह विश्वामित्र की आज की नियति थी। मिथिला की भाषा का उनका ज्ञान आज उन पर भारी पड़ रहा था। क्षोभ को टालने के लिए मिथिला-काव्य की समृद्ध परम्परा को याद करने का प्रयास किया पर याद नहीं। आया आखिर अवसर जयन्त के अनुकूल था और विश्वामित्र के प्रतिकूल।

शिष्टाचार निभाने के क्रम में राजीवलोचन ने अपनी आँखें नीची कर रखी थीं। विश्वामित्र का यही आदेश भी था। पर मर्यादा-भोज के आखिरी सिरे पर आकर उन्हें ऐसा लगा कि 'कौशिक' शब्द अनगिनत बार सुनाई दे रहा है तो बरबस उनकी गरिमामयी पलकें ऊपर उठीं और नयन श्रद्धावश गुरुवर की ओर मुड़े।

तेजोमय आभा से दीप्त रहनेवाला और श्रीराम के हृदय को हुलसानेवाला विश्वामित्र का चेहरा स्याह पड़ा था, जैसे किसी विष ने शीघ्र असर दिखलाया हो।

हाथ में रखा निवाला राम ने थाली में रखा और थाली को प्रणाम कर उसे आगे धकेल दिया। क्या मर्यादा-भोज खत्म होने का संकेत था। पर कई मिष्ठान अभी परोसा जाना बाकी था। जनक की दृष्टि राम पर टिकी थी। जनक ने देखा कि राम ने विश्वामित्र की ओर देखा और राम की थाली आगे सरककर ठहर गयी तो जनक ने अपने हाथ ऊपर किये। साथ ही सभी हाथ ऊपर उठ गये। उनका संकेत नगरवासियों की तरफ था। संकेत साफ था। गाली-गलौच का क्रम रोक दिया गया। राम का अव्यवस्थित दीखना जनक से छुपा नहीं था।

राजा दशरथ, जो अभी भी थाली पर हाथ चलाते हुए उसमें से मिथिला की भाषा की गाली का अर्थ ढूँढ़ने के अपने ही अथक-असफल प्रयासों का आनन्द ले रहे थे, जनकपुरवासियों द्वारा परोसे जा रहे गालियों के रुकते ही ठिठक गये। उन्होंने राजा जनक की ओर देखा। पूछना तो यह चाहा कि भई यह व्यवधान क्यों, पर जनक को हाथ ऊपर किये राम की ओर देखता पाकर प्रश्न उठाने का प्रश्न ही नहीं रहा। आगे की ओर सरका दी गयी थाली और हाथ समेटकर बैठे राम को देखते उनका माथा ठनका। कहीं राम ने दहेज की माँग तो नहीं कर डाली। हँसी ठट्ठा ही सही, पर राम ने अगर ऐसा किया तो अयोध्या की जग-हँसाई हो जाएगी। सीता के अलावा तीन पुत्र-वधुओं को माँग लेना और बात थी पर अयोध्या के द्वारा जनकपुर से दहेज की माँग घोर अनर्थ ही कहलाएगा। बुढ़ापे में समधी बने थे। मूँछें नीची होने का भय खाते उन्हें देर नहीं लगी। लक्ष्मण को वैसे ही भोजन कुछ जँच नहीं रहा था। "इतनी चीख-पुकार। भोजन कराने का यह कोई सही ढँग है?" भैया को थाली हटाते हुए देख अनुज ने अनुगामी धर्म का पालन किया। बल्कि इस अनुमान से कि भैया भी अब उठेंगे, हस्त-प्रक्षालन की सुविधा भाँपने के लिए लक्ष्मण इधर-उधर देखने लगे। अवसर-अवसर की बात थी वरना राम को कुछ बुरा लगे और लक्ष्मण को पता न चले, ऐसा पहले कभी नहीं हुआ।

पर जब दशरथ ने पूरी स्थिति को लेकर लक्ष्मण की ओर प्रश्नवाचक दृष्टि डाली तो लक्ष्मण को यह भाँपते एक पल नहीं लगा कि भैया असहज होकर बैठे थे। कोई बात उन्हें बुरी लगी थी। उधर राम को ध्यान आया कि लक्ष्मण की सुध ली जाये। 'तुम अभी वहीं बैठो' इस आदेश के भाव से राम ने लक्ष्मण की ओर देखा। बिल्कुल सही समय पर राम ने देखा था। क्योंकि मर्यादा-भोज के नियम को परे रख लक्ष्मण पंक्ति तोड़ने को उद्यत हो चुके थे। पिता दशरथ ने जो प्रश्न किया था लक्ष्मण उसे तो भूल गये और ऊपर से पंक्ति तोड़कर नये प्रश्न पैदा करने को तैयार हो गये। पर राम ने ऐसा करने से रोक दिया। अब तक दशरथ को भी आभास हो गया कि बात कुछ और है, जो उस बात से अलग थी, जिससे भय खा रहे थे। यानी राम ने दहेज की कोई माँग नहीं रखी थी।

रावण को दशरथ और दशरथ-पुत्रों की सम्मिलित शक्ति में चुनौती नहीं दीख रही थी पर दशरथ-पुत्र और विश्वामित्र के गठजोड़ में भावी राजनीतिक संकट दिखाई दे रहा था। विश्वामित्र का बृहत्तर सामाजिक सरोकार और प्रजातान्त्रिक मूल्यों के प्रति दशरथ-पुत्र की आस्था, ये दोनों मिलकर एक ऐसा बवंडर खड़ा कर सकते थे जो सोने की लंका में जमी रावण की निरंकुशता को जड़ समेत हिला सकती थी। राम, निस्सन्देह, विश्वामित्र को ही अपना राजगुरु बनाएंगे, ऐसा जनकपुर का बच्चा-बच्चा कह रहा था। रावण के कूटनीतिक जीवन में इतना महत्त्वपूर्ण क्षण

इतनी जल्द आ गया था कि उसे पहली बार अपनी सैन्य-क्षमता पर भरोसा नहीं हो रहा था। राम और विश्वामित्र का गठबन्धन रावण की अपराजेयता को स्वयं रावण की दृष्टि में डाँवाडोल कर रही थी।

इस विषय पर उसने वशिष्ठ से भी टोह लेने की कोशिश की थी। पर वशिष्ठ ने उसमें कोई रुचि न दिखाकर रावण की अगली किसी चाल की भ्रूण-हत्या ही कर डाली। विश्वामित्र राम के राजगुरु न बन पाये ऐसी किसी योजना में बिना वशिष्ठ के सहयोग के कुछ सम्भव नहीं था। रावण ने अयोध्यावासियों को साथ लेने की योजना भी छोड़ दी। कूटनीति से कुटिल नीति पर आना न केवल रावण का स्वभाव था पर बाध्यता भी, इसलिए जयन्त में उसे एक कारगर मोहरा दिख गया, जो कुटिलता की चौपड़ पर सटीक बैठता था। विश्वामित्र-अपमान-गाथा के प्रकाशन के लिए जयन्त यूँ ही उपयुक्त नहीं था। इन्द्र और विश्वामित्र की शत्रुता की कहानियाँ जयन्त के मन में जिस बीज के रूप में पड़ी थीं, उसे जयन्त के तमोगुण की सौंधी मिट्टी चाहिए थी। सीता-स्वयंवर को सफल करने का विश्वामित्र का प्रयास उसके उस अहंकार पर भी आघात करता था, जिसके तहत वह राम और उसके रघुवंश को, महान् इन्द्र वंशावली के समक्ष कुछ भी समझने को तैयार नहीं था। धनुर्भंग से राम का जो जयकारा उठा था, उसकी टीस से निकले विक्षोभ की अभिव्यक्ति को विश्वामित्र की ओर मोड़ने में उसे औचित्य का कोई संकट भी नहीं दिखा। जयन्त उपयुक्त था इसमें रावण को कोई संशय नहीं था। हालाँकि सीता को भाभी समान बोलकर जयन्त ने लक्ष्मण से मित्रता गाँठने का प्रयास भी किया था, जिस पर लक्ष्मण ने टका-सा उत्तर दे डाला कि उसके कुल-लक्षण हम रघुवंशियों से मेल नहीं खाते। पर लक्ष्मण के कटु वाक्य सुनने के पहले और बाद में भी जयन्त अपनी श्रेष्ठता का कायल बना रहा। हाँ, लक्ष्मण ने जब चेतावनी दी थी कि सीता मैया को भाभी बोलकर पास आने के किसी भी भावी प्रयास के कारण उसे प्रतिकूल परिणाम भी भुगतना पड़ सकता है, तो जयन्त, लक्ष्मण से थोड़ा कन्नी काटने लगा था।

वशिष्ठ से कोई प्रोत्साहन नहीं मिलने से रावण को आश्चर्य भी हुआ था। विश्वामित्र की आसन्न चुनौती की अनदेखी वशिष्ठ कैसे कर सकते हैं भला। क्या वशिष्ठ को सत्ता गँवाने का अर्थ नहीं मालूम? विश्वामित्र के सत्तासीन होने के बाद वशिष्ठ की जो पदावनति होगी, उसके बाद सारी सुविधाओं को वह यूँ ही जाता देखता रहेगा। क्या उसे यह भी नहीं मालूम कि सत्ता में बने रहने के लिए दाँव-पेच खेलने पड़ते हैं और ऐसा हर खेल उचित, उपयुक्त और प्रासंगिक है। शत्रु इतने पास खड़ा है, वशिष्ठ को दीखता भी नहीं। क्या करे बेचारा वशिष्ठ। आखिर दसमुख रावण की तरह बीस नेत्र भी तो नहीं हैं उसके पास। रावण को अपने होने पर बड़ा गर्व हुआ।

अचानक लक्ष्मण की दृष्टि भीड़ में घुसे जयन्त पर गयी। जो किसी व्यसनी की तरह अभी भी बत्तीसी निकाले इस प्रतीक्षा में था कि भीड़ दुबारा हँसे तो फिर से हँसी और ठहाके की उल्टी से भेज-प्रांगण को गन्दा कर दे। जयन्त से पहली भेंट के क्षोभ को याद कर लक्ष्मण ने जाने क्या जोड़-घटाव का गणित किया कि क्रोध से आग-बबूला हो उठा। "अरे ओ छिछोरे..." सन्नाटे को चीरती लक्ष्मण की आवाज थी, "तुम्हें पहले भी मना किया था न।"

राम पहले लक्ष्मण की ओर मुड़े फिर उस तरफ देखा जहाँ लक्ष्मण की निगाह टिकी थी। "किससे कुपित हो गया लक्ष्मण" लोगों को समझ नहीं आया पर उसे समझ आ गया था जिसके लिए लक्ष्मण की आवाज गूँजी थी। जयन्त वहीं-का-वहीं ठिठक गया।

लक्ष्मण ने भैया की ओर दृष्टि घुमायी। भरत और शत्रुघ्न अभी भी कई बातों से अनजान थे, इस नयी स्थिति पर मुड़कर राम की ओर देखने लगे।

"भैया, मैंने इसे पहले ही मना किया था..."

"मैंने भला कब ऐसा कुछ कहा," जयन्त ने अपना बचाव किया।

"भैया, मैंने तब इसे चेतावनी भी दी थी..."

"मैंने ऐसा कुछ किया ही नहीं। लक्ष्मण को तो बस चीखना आता है..." उसने समर्थन के लिए इधर-उधर देखा।

"मुझे धूर्तों को पहचानना भी आता है, जयन्त।"

"तो पहचानो। मुझे इससे कोई आपत्ति नहीं।"

"पर तुम्हारे भीड़ में घुसे होने पर मुझे आपत्ति है।"

"मर्यादा-भोज है। सभी आनन्द ले रहे हैं।"

"मर्यादा-भोज है इसलिए आपत्ति है।"

"पर औरों ने कोई आपत्ति नहीं की..."

"क्योंकि वे सज्जन हैं..."

"तो क्या तुम सज्जन नहीं हो..."

"यह सोचकर कि हर सज्जन, दुर्जनों से नहीं उलझता, चौड़े मत हो जाओ। न तो तुम बाराती हो और न ही घरवाले। आमन्त्रण पर आये हो चुपचाप अपनी नियत आसन पर जाकर बैठ जाओ..." लक्ष्मण की कठोर फटकार पर जयन्त अपनी जगह से खिसककर आसन की ओर बढ़ गया। जाते हुए जयन्त की चाल-ढाल को देख राम को समझते देर नहीं लगी कि लक्ष्मण का क्रोध करना सही था। लक्ष्मण का यही क्रोध, कई विकट स्थितियों में राम को एक नयी अन्तर्दृष्टि देता था और उन्हें अपने अनुज की यह विलक्षण प्रतिभा बहुत प्रिय थी। प्रिय तो भैया भी इतने थे कि जितना कोई नहीं पर अन्तरात्मा की पुकार पर उठते प्रतिकार को अभिव्यक्त करते

समय राम की डाँट खाकर भी लक्ष्मण डटे रहते थे।

अहल्या की वापसी हुई। इन्द्राणी की वापसी हुई। सभी घर को लौट चले। रावण की दोस्ती इन्द्र के लिए सही नहीं थी। एक सम्प्रभु देव का रावण का सभासद कहलाना इन्द्र के समस्त पूर्वजों की आत्मा को चोट पहुँचाता था। ये सारी बातें विश्वामित्र ने शची को सचेत करते हुए कही थी जब अहल्या की वापसी हुई थी। "क्या इतनी जल्द रावण ने अपना दूसरा हथियार ढूँढ़ लिया," इन्द्र-पुत्र जयन्त की आज की गतिविधि से विश्वामित्र की चिन्ता फिर से उभर आयी थी। क्या रावण को पता चल गया कि इन्द्र ने पश्चात्ताप की वह राह चुन ली है जिसे सन्तों ने पापनाशी मार्ग बताया है। कुशिक वंश का वंशधर इन्द्र कौशिक मुनि की बात रख लेता है तो रावण की महत्वाकांक्षा कुंठित होती, रावण ने इसे समझने में विलम्ब करने की बजाय जयन्त को अपनी तरफ करने में काफी तत्परता और कुटिल बुद्धि का परिचय दिया था। एक पूर्व निरंकुश राजा को रास्ते पर लानेवाला विश्वामित्र अब एक और निरंकुश राजा के लिए चुनौती बन रहा था। विश्वामित्र रावण के लिए निस्सन्देह बड़ी चुनौती था। रावण, सीता-स्वयंवर में आया जरूर था पर ताड़का और सुबाहु-वध का डरावना सच उसे किसी बड़ी भावी चुनौती की ओर सचेत कर चुका था। तय था कि एक बहुत ही सोची-समझी योजना के तहत, रावण ने, जयन्त को तैयार किया था। जिन खुले हाथों से, जयन्त ने उपहार लुटाये थे, इन्द्र के खजाने से उसे लाने की अनुमति नहीं मिलती। मसखरों, किन्नरों और नटों ने जिस तालमेल से गालियाँ निकाली थीं, वह विश्वामित्र के विरुद्ध एक सुलिखित पटकथा से कम नहीं थी। लेखक रावण था पर प्रकाशक जयन्त को ही बनाया गया था। जनकपुर प्रसंग का सुअवसर रावण के हाथों विश्वामित्र-अपमान-गाथा में परिवर्तित हो चुका था, जिसका आघात विश्वामित्र पर बड़ी शीघ्रता से असर करने लगा था।

ताड़का की उपद्रवकारी नीतियाँ, रावण की उस बृहत् योजना का एक हिस्सा मात्र थीं, जिसके तहत वह अपनी आतंकवादी निरंकुश सत्ता के विरुद्ध किसी भी सम्भाव्य चुनौती की भ्रूण-हत्या करने में लगा हुआ था। रावण की इस षड्यन्त्रकारी योजना के दूरगामी परिणाम से कोई अवगत नहीं था, ऐसा सम्भव नहीं था। देवताओं को इसका पता नहीं हो, सम्भव नहीं। ऋषि उसे देख नहीं पाएँ, सम्भव नहीं, राजागण उसे अनुभव न करें, ऐसा भी सम्भव नहीं, पर अगर कुछ सम्भव नहीं था, तो वह यह कि विरोध में उठते, आम ब्राह्मणों के स्वर में, कोई स्वर मिलता। उससे भी बढ़कर यह कि विरोध का स्वर उठा रहे ब्राह्मणों के समर्थन में कोई युद्ध की घोषणा करता। विश्वामित्र को ब्रह्मर्षि-पद दिये जाने का घोर विरोध करनेवालों के

पास ताड़का के द्वारा, ब्राह्मणों की दैनिक-हत्या-अभियान का विरोध करने का दम नहीं था। अगर किसी में दम था तो वह स्वयं विश्वामित्र में ही, जो सिर्फ दो दशरथ-कुमारों को साथ लिये और हृदय में ब्राह्मण-रक्षा का निर्भय अभियान जगाये, शाम के धुँधलके को चीरते उस अरण्य की भूमि नापते रहे, जहाँ पाँव रखने के नाम से देवताओं और राजाओं की स्त्रियों के गर्भपात हो जाया करते हैं।

छुआछूत, जातिगत स्वार्थ, क्षेत्रीय दुराग्रह, सम्प्रदायवाद, भाषाई विवादों में गले तक डूबकर, जीवन का मर्म और उद्देश्य ढूँढ़नेवाला भारतीय-समाज का नेतृत्व, आदिवासियों को नया धर्म क्या सिखाते बल्कि, इसके विपरीत हिन्दू धर्म में सम्मिलित, जो बृहत् दलित समाज धर्म छोड़ने पर मजबूर हो चले थे इसे भी भाँपने में असमर्थ थे। इस ज्वलन्त समस्या के सम्मुख, आग-उगलती ताड़का एक छोटी-सी समस्या थी, जिसे पहचानना और उसके आगे की योजना बनाना, विश्वामित्र के अलावा किसी के वश की बात नहीं थी, यह अब तय हो चुका था।

विश्वामित्र ने कई बार चाहा था कि ऋषियों से मिलकर इन प्रश्नों का हल पूछा जाये पर विश्वामित्र ने ऐसा किया नहीं। तब समय वाद-विवाद का नहीं था। हिन्दू-धर्म में वाद-विवाद की अधिकता ने अनेकों बार बिखराव के अलावा कुछ नहीं दिया। समय था रण-भूमि में उतरने का और विश्वामित्र ने वही किया। दशरथ से राम की याचना करने से लेकर ताड़का और फिर सुबाहु और मारीच के वध तक की सैन्य-यात्रा पूरी करने तक विश्वामित्र ने इस विषय पर न तो किसी से बात की और न ही किसी से सहायता माँगी। पर अगर उन्होंने सहायता माँगी नहीं तो किसी ने दी भी तो नहीं। हिन्दू-धर्म के प्रति क्या उनका भी उत्तरदायित्व नहीं था? धर्म की रक्षा क्या सिर्फ विश्वामित्र का बोझ था, ऐसा अभिमान वे नहीं करना चाहते थे पर 'संगच्छध्वं संवदध्वं' का महाजाप सिर्फ एक के बोलने से नहीं बनता है।

अगर विश्वामित्र क्रोध करते भी तो किस पर? इन्द्र से जन्मजात वैर था पर अब नहीं रहा। इन्द्र से अलग जयन्त क्या था। एक गँवार, उजड्ड और संस्कारहीन युवक। ऐसे युवक पर क्रोध करने का अर्थ था उसके माता-पिता पर उँगली उठाना। न चाहकर भी वंश पर आक्षेप उठ ही जाता। क्रोध तो क्रोध ही है। अभी चार दिन भी नहीं बीते थे जब फिर से इन्द्र और शची का सुन्दर मेल सम्पन्न हुआ। वह भी विश्वामित्र के सम्मुख। उस क्षण की अनुभूति विश्वामित्र के लिए कहीं अधिक बहुमूल्य थी। क्रोध उन भाँड़ों पर भी नहीं कर सकते जो एक योजना के तहत लाये गये थे। वे पैसे के लिए काम कर रहे थे। कभी इन्द्र भी भाँड़ों की सहायता लेते थे आज वैसी ही सहायता किसी और ने ली थी। समय-समय की बात थी। पर भाँड़ों की उपयोगिता वही थी। इसलिए विश्वामित्र ने निर्णय किया कि वह इस स्थिति पर न तो क्रोध करेंगे और न ही इसके लिए जिम्मेवार व्यक्ति की खोज करेंगे।

पर सच तो यही था कि दिक्-दिगन्त से आये धर्माधिकारी, मन्त्री, पुरोहित, युवराज, अमात्य, महापौर, नगर-प्रधान, सभा-संचालक, अधिवक्ता, पत्रकार, द्वारपाल सब-के-सब बैठे रहे। विश्वामित्र की मर्यादा छिन्न-भिन्न हो गयी। कहाँ तो विश्वामित्र निकले थे जन-गण के व्यक्तित्व को नूतन विचारों से सुसज्जित करने और कहाँ भाटों-किन्नरों ने विश्वामित्र के ही वस्त्र उतार लिये।

मस्तिष्क की विचारशून्यता से अलग उसकी आँखें एक-एक कर उन सभी दृश्यों को तेजी से देखती जा रही थीं जो विचार के नियन्त्रण में रहकर कभी नहीं देख पाती थीं। आमतौर पर आदमी वैसा ही देखता है जैसा वह देखना चाहता है। ऐसे किसी भी नियन्त्रण से मुक्त पहली बार, आँखें अपनी इच्छा से देख रही थीं। देखने की ऐसी स्वतन्त्रता को हम 'पथराई आँखें' कहते हैं। उन्हीं आँखों से वह एक ऐसा नाटक देख रहे थे जिसमें वही पात्र थे और वही दर्शक। एक दर्शक की तटस्थता के साथ अपने अभिनय को देखता जा रहा था। पर वह अपनी राय दे सकता है, ऐसा निश्चित तौर पर कहना मुश्किल था। उसकी आँखें बहिर्मुखी थीं और मन अन्तर्मुखी। दोनों को साधनेवाला मस्तिष्क शून्य था मर्यादा-भोज के आघात से।

विश्वामित्र ने दीक्षा ली और मौन धारण कर लिया। सायंकाल दशरथ-पुत्र गुरु आदेश की कामना से जब विश्वामित्र के सम्मुख हुए तो स्थिति भिन्न थी। मुनियों ने बताया कि अभी महातेजा कौशिक मौन ही रहेंगे। ताड़का-वध में विश्वामित्र की सौ फीसदी भागीदारी हुई थी। शस्त्र-संचालन से लेकर शंका-निवारण तक विश्वामित्र राम से ऐसे जुड़े रहे जैसे काया और छाया। विश्वामित्र तो राम की छाया बनकर रहे पर राम की काया को गुरु की स्नेहभरी छाया की तीव्र इच्छा वैसे ही हुई जैसे हर दिन हुआ करती थी और ऐसे में विश्वामित्र मौनव्रत पर चले गये। तो राम को मर्यादा-भोज के प्रकरण पर दुबारा सोचना पड़ गया।

उधर विश्वामित्र की दुविधा अलग थी। ताड़का-वध के बाद गुरु का शिष्य के साथ सम्बन्ध बदल रहा था। राम को लेकर, मन-ही-मन उन्होंने जो सम्भावना पाल रखी थी वह जब तक सम्भावना थी तब तक उसमें आशंका का भाव भी सम्मिलित था। यद्यपि विश्वामित्र ने उसे कभी पास फटकने नहीं दिया और जब कभी दूसरों ने आशंका जतायी तो उन्होंने मन-ही-मन आनन्द भी उठाया पर लोगों द्वारा पाले गये भ्रम के रूप में ही सही, आशंका ने अपना अस्तित्व तो बना ही रखा था और एक गुरु के रूप में उसके निवारण के लिए वे कटिबद्ध भी थे। पर ताड़का-वध की पूर्णाहुति के संग ऐसी कोई भी आशंका आहुति चढ़ गयी थी और इसके साथ ही गुरु का शिष्य के प्रति संबंध भी बदल गया था। दशरथ-पुत्र का महामानव

बनना अब तय था और इस ऐतिहासिक घड़ी में एक महामानव का गुरु बने रहना एक नयी सच्चाई का सामना करने जैसा था। राम अब सिर्फ दशरथ-पुत्र या कौशिक-शिष्य भर नहीं थे यह बात, विश्वामित्र की कुशाग्र बुद्धि में समा चुकी थी यद्यपि अन्य मुनियों को इस नयी सच्चाई की भनक भी नहीं लगी थी पर दशरथ-पुत्र राम दीनबन्धु दीनानाथ बन चुके थे।

रात्रि का दूसरा पहर बीत चुका था। आज का मौन विश्वामित्र को मनन की गहराइयों में ले जा रहा था। इन्द्र से उनकी शत्रुता अहल्या-प्रसंग को लेकर ही हुई थी। मेनका प्रसंग भी इन्द्र-रचित था पर विश्वामित्र उस पर एक वीतरागी दृष्टिकोण रखते थे। पर अहल्या को लेकर विश्वामित्र पहले तो गौतम से उलझे थे फिर इन्द्र से। अगर गौतम नरम पड़ गये होते तो सम्भव था विश्वामित्र, इन्द्र संग युद्ध करने और भीषण नरसंहार की अपूरणीय क्षति झेलने से बच जाते। भविष्य का सूत्र ढूँढ़ने विश्वामित्र अतीत की ओर प्रस्थान कर रहे थे। उनका चिन्तन उन्हें बीती-बातों की उजली-अँधेरी गलियों में वापस ले जा रहा था। उन गलियों में जहाँ कुछ ठिकाने इन्द्र के राजमहल के गलियारों में जाकर रुकते थे। वे गलियारे उस राजदरबार तक पहुँचते थे जहाँ विश्वामित्र अपनी अपमान-गाथा लिखा जाता देखते रहे थे। उसी राजदरबार के नक्काशीदार स्तम्भों की संगमरमरी ठंडक जिसने न्याय की उस अगियारी को बुझा रखा था जिसे वहाँ के राजपुरुषों के हृदय में जलते रहना चाहिए था। वहाँ सजाये गये सिंहासनों की कतारें होती थीं, जिस पर बैठे सभासदों ने सिंहों की भाषा छोड़ सियारों की तरह हूकना सीख लिया था। दरबारों की साज-सजावट, जिनकी कथाएँ कभी देशवासियों में अभिमान जगाती थीं, आज ग्लानि और क्षोभ का कारण बन चली थीं। दरबारों के स्तम्भ और मेहराबें जब इन ईंटों से खड़ी की जायें जिसे वैधानिक संस्थाओं को तोड़-तोड़कर निकाला गया हो तो वे जन-गण में जय-गाथा का भाव नहीं जगातीं। वे सिर्फ शिल्पकारों और ठेकेदारों से जय-जयकार करवाती हैं। देवों के मुकुट की चमक तभी हुलसाती है अगर उसकी चौंध प्रजा की आँखों का प्रकाश नहीं हरती हो। साज-सजावट प्रजा की प्रतिष्ठा और जीवन से ऊपर नहीं है। इन्हीं साज-सजावट का हिस्सा थीं वे अप्सराएँ जिन्हें कभी कला, नृत्य और मनोरंजन के लिए जाना जाता था; जो तब तक राजनीति का मोहरा बन चुकी थीं। आखिर ऐसा क्यों नहीं होता? जब राजनीति को शतरंज का खेल बना दिया तो उनहें मोहरा भी ढूँढ़ना ही था, बेशक वह मोहरा अप्सरा, किन्नर या कोई अपराधी ही क्यों न हो।

वैधानिक संस्थाओं द्वारा उठायी गयी चुनौतियाँ कम उलझी हुई नहीं होतीं पर उनकी अपरिहार्यता को अपनाने और सुलझाने की बजाय, उन्हें एकदम नकार देना और फिर उन्हें शतरंज की बाजी बताकर तिकड़मों से मात देना, प्रशासनिक दृष्टि

दोष नहीं, तो और क्या था। सभ्यता की उन्नति के साथ ही वैधानिक संस्थाएँ बनती हैं मानवीय सूझ-बूझ की इस बड़ी देन को निष्फल कर वे निश्चय ही प्रशासन को अराजकता के अँधेरे में धकेल रहे थे। दूर दृष्टि सुशासन का सहयोगी है। प्रशासिनक दृष्टि दोष, इसी का विलोम है। प्रशासन कोई सैन्य शिविर नहीं कि वह पूरी तरह सेनापति जैसे किसी एक व्यक्ति पर निर्भर हो। युद्ध और शान्ति दो अलग-अलग व्यवस्थाएँ हैं। शान्ति विकास के लिए है और बिना वैधानिक अनुशासन के न तो सुशासन चल सकता है और न ही प्रगति हो सकती है।

विधान, सुशासन और विकास की समझदारी की विश्वामित्र की अपनी एक संघर्ष यात्रा रही थी। आज फिर से उसका मूल्यांकन होनेवाला था। क्योंकि आज की अपमान-गाथा ने विश्वामित्र को अपनी संघर्ष-गाथा के पिछले पन्नों को पलटने पर बाध्य कर दिया था। विश्वामित्र वर्तमान में खड़े थे पर उनका चिन्तन, भूत की यात्रा पर निकल गया।

यह तो तपोवन है। प्रकृति का सरल और स्वाभाविक स्थान। यहाँ पक्षी कलरव करते हैं। शीतल हवा बहती है। पेड़ घनी छाया देते हैं। घोंसलों में नर-मादा उल्लासपूर्वक जीवन बिताते हैं।

यही उत्तम स्थान है मेरे नृत्य के लिए। उसने अपने गुरु को याद किया। ईश-वन्दना की और अपने बायें पाँव का थाप दिया। मद्धम झंकार...एक...दो...तीन मेनका पूरी लय में भंगिमामय नृत्यमय हो गयी—रोमांचकारी झंकार हवा में द्रुत गति से फैली और एक नूतन ऊर्जा तरंग ने पूरे वातावरण को घेर लिया। यह ऊर्जा तरंग उस ऊर्जा से अलग थी जो तपोमय ऋषियों की साधना से उत्सर्जित होती रहती थी।

शिष्यगण दौड़कर आये, कहा, ''देखते नहीं यह तपोवन है। यहाँ नृत्य करना मना है।''

''क्या तुम नहीं देखते कि नृत्य करना मना नहीं है।'' मेनका ने थोड़ा रुककर उत्तर दिया। शिष्य, असमंजस में आ गये लेकिन शीघ्र ही सतर्क हुए, ''तुमने गलत समझा, यहाँ सचमुच नृत्य नहीं कर सकते।''

''तुमने मोर को नहीं देखा, फूलों को नहीं देखा, पत्तों को नहीं देखा—सभी तो खुश हैं यहाँ सभी नाच रहे हैं...तो क्या मैं खुश नहीं हो सकती। क्या ऋषिगण जीवों में भेदभाव करते हैं यहाँ पर, बड़ी-बड़ी आँखों से प्रश्न करते शिष्य की आँखों में देखा और पलकें झपकायीं।''

''मित्र यह तो दार्शनिक एवं तात्विक प्रश्न हुआ...चलकर गुरुवर से पूछते हैं।'' शिष्यों की बात सुनकर। विश्वामित्र जैसे ही पहुँचे, मेनका ने पढ़ा-पढ़ाया

वक्तव्य सामने रख दिया।

"मुझे आपसे पहली दृष्टि की प्रीति हो गयी है।"

"किसा कारण से?" विश्वामित्र ने बिना मेनका पर दृष्टि डाले प्रश्न किया।

"पता नहीं पर मुझे तो बस हो गया है।"

"यह तो अनर्गल बात है..."

"अनर्गल नहीं...अद्‌भुत। लोग प्रीति में दुनिया बनाते हैं, दुनिया लुटाते हैं। यह अद्‌भुत बात है..."

"तुम बेशक अपना संसार लुटाओ पर यही आश्रम क्यों..."

"क्योंकि मैं आपके तत्त्वज्ञान से प्रभावित हूँ..."

"ज्ञान अन्तर्मुखी है...दिखावे की बात नहीं...और मैं तुमसे प्रभावित नहीं हूँ।"

इतनी देर में मेनका ने गौर किया कि विश्वामित्र उससे आँखें मिलाकर नहीं बोल रहे। जब तक वह उसे देखें नहीं तो मेनका का वार सफल कैसे होगा! तभी तो वह अब तक सफल नहीं हो पा रही थी।

"मेरी आँखों में आँखें तो डालो।" मेनका ने कहा।

"क्या करोगी मेरी आँखों में आँखें डालकर ऐसा कुछ भी विशेष तो नहीं है उसमें।" बिना उसकी ओर देखे विश्वामित्र ने उत्तर दिया।

"अपना बिम्ब देख लूँगी। आज सुबह से आईना नहीं देखा।"

"मन के दर्पण में देखना सीख लो, वह आठों पहर तुम्हारे साथ रहता है।" मेनका भन्नायी। दर्पण तो दर्पण है। मन का दर्पण? यह क्या बात हुई। आँख मिलाने से डरता है तो साफ बोले न? साहस नहीं है, बहाने बनाता है। जब तक मेनका का सोचना रुका तब तक विश्वामित्र दलान पाकर कर, ओझल हो चुके थे।

पर मेनका ने विश्वामित्र को पुनः घेर लिया।

"मन के दर्पण में देख लिया पर वहाँ रूप नहीं दिखता। मन ही दीखता है शरीर तो दिखा नहीं।" इस बार मेनका उत्तर तैयार करके लायी थी।

"शरीर में चमक लाओ तो दिखेगा। शायद धुँधला पड़ गया हो?"

"धुँधला? मेरा शरीर? किस आधार पर इसे धुँधला कहा आपने?"

वह कदम पटकती आगे आयी। चुनौती देती। ताकि विश्वामित्र दृष्टि उठाकर देखें।

"मिट्टी से बनी वस्तु तो धुँधली पड़ ही जाती है। अगर उससे प्रीति है तो चमकाना तो पड़ेगा।"

मिट्टी से बनी। ये कहाँ से बातें निकालकर लाता है। सचमुच झक्की है।

"प्यार है तभी तो मेरा शरीर चमकता रहता है।"

"सही कहा तुमने। अगर प्रीति है तो शरीर चमकता रहता है।"

"आप तो मेरी ही बात दुहरा रहे हैं।"

"अगर तुम सचमुच प्रीति की बात दुहराती ही तो तुम चमकती रहोगी।"

फिर से भन्नाती मेनका को कोई सूत्र मिला। ये प्रीति की बात नहीं कर रहा है। ये नयी चाल है इसकी।

"मुझे अपने शरीर से बहुत प्रीति है फिर भी आप वही दुहराये जा रहे हैं। बड़ी अजीब बात है।"

"चलो फिर यही तय हुआ कि तुम्हें प्रीति है और अगर यह सही है तो मन के दर्पण में अब से तुम इसे देखा करोगी?"

"पर आपमें मुझे देखने का साहस ही नहीं है।"

विश्वामित्र ने दृष्टि उठायी। आँखें क्या थीं रेगिस्तान था। मेनका को कुछ नहीं दिखा। ऐसा रिक्त स्थान तो उसने डरावने सपने में भी नहीं देखा था। और ऐसे ही किसी अनहोनी से घबराकर उसने आँखें हटा लीं। कहाँ तो अपना प्रतिबिम्ब देखने आयी थी और कहाँ यह भी याद नहीं रहा कि अपना प्रतिबिम्ब देख तो ले। विश्वामित्र की आँखें अभी भी वहीं स्थिर थीं। पर मेनका का चित्त अस्थिर हो गया और जहाँ उसका चित्त अस्थिर होता वहाँ,पल भर टिकना भी उसे कभी स्वीकार्य नहीं रहा। अगले पल मेनका वहाँ से जा चुकी थी। कुट्टनी का कहना था कि अपने ऊपर मेनका का यही नियन्त्रण पुरुषों को पागल कर देता है।

यह सुबह इतनी मदमाती नहीं होती अगर यह वसन्त की सुबह नहीं होती। चमेली के अधखिले फूलों से उड़ते केसर बसन्ती हवा में इतनी चुभन नहीं पैदा करतो। आम के मंजरों की सुगन्ध और उनके बीच से कोयल की कूक रह-रहकर नहीं आती।

विश्वामित्र इतने आकर्षक नहीं लगते अगर उनके श्यामल तन से चन्दन की सुगन्ध नहीं आ रही होती। मेनका ने ध्यान दिया कि अलकापुरी में, लगाया जानेवाला लेप मदिरा और नशीले धुएँ में मिलकर कितने अजीब लगते थे। उसने यह भी गौर किया कि वे लेप चन्दन के नहीं थे पर उनमें अद्भुत उन्मादक गन्ध होती है। अगर उनकी आँखों में इतना तेज नहीं होता। उनके लम्बे केश और दाढ़ी हवा में बिखरकर प्रणय के समय जैसा भाव नहीं जगाते। उसकी गर्व और आत्मविश्वास से भरी बाँहों में चमत्कार नहीं होता।

मेनका ने निश्चय किया कि वह सिर्फ विश्वामित्र को निहारती रहेगी। कामदेव के अनुसार इस तरह सिर्फ देखते रहने से सामनेवाले के हृदय में पहले तो

क्रोध उठता है जो अनजाने ही उत्तेजना में बदल जाता है। यहाँ से आगे क्या करना है, उसे अच्छी तरह पता है।

'जितना वह मेरी उपेक्षा करता है और अपने तप में जी लगाता है, मेरा मुझ पर से नियन्त्रण और भी कम होता जाता है। मैं उसके बारे में सोचती हूँ और उसे मेरे सिवा सभी काम याद आते हैं। ऐसे में ऐसा लगता है जैसे कोई रास्ता ढूँढ़ निकालना कठिन है। क्रोध में दिन में भी सपने देखने लगती है। ऐसा दीखता है कि चतुराई से बातों में उलझाकर कोमल पत्तों के ढेर पर लिटाकर वह मुझसे वे सारी बातें कर रहा है जो मैं सुनना चाहती हूँ। मैं चाहकर भी उसको नहीं चूमती ताकि बातों का क्रम न टूट जाये। बाँहों के कसाव से मेरा दिवास्वप्न टूटता है। अपने पर हँसी भी आती है और खीज भी। पर अगर यह दिवास्वप्न था तो फिर वह चन्दन की खुशबू अभी तक कैसे आ रही थी?'

'नाचते समय जो पाँवों में घुँघरू बजते हैं वे अच्छे नहीं लगते। बस यही सोचती हूँ कि अब इसकी झंकार तभी सुनूँ जब मिलन हो रहा हो। मुझे आजकल इसकी झंकार पर गर्व नहीं होता। पर उस समय होगा। अवश्य होगा।'

'काश! कोई जाकर उसके कानों तक ये बात पहुँचाए कि नृत्य और अभिनय कला से पूर्ण मैं मेनका, जो सुख दे सकती हूँ वह अन्य किसी स्त्री के वश में नहीं। रति-सुख का यह विस्तार, मुझे पूरा विश्वास है विश्वामित्र की कल्पना से बाहर की बात है। इन्द्रलोक में तो सन्देश भेजने का काम अभिसारिकाएँ करती थीं पर यहाँ किसे कहें। कहाँ आ फँसी तू मेनका। कुटिया, जंगल और ऋषि। सारी निपुणता धरी की धरी रह गयी। अप्रासंगिक होती जा रही है तेरी काम-कला।'

आत्मविश्वास की कमी से पाँव निढाल हो रहे हैं वरना मेनका स्वयं उठकर जाती और आँख मूँदे विश्वामित्र के कानों में जाकर ये सारी बातें कह देती और इसी बहाने अपने होठों का स्पर्श उसके गालों से करा देती। कामदेव ने तो साफ कहा था कि ऐसे अचानक स्त्री स्पर्श को पुरुष भूल नहीं सकता। ये स्पर्श ऐसी विद्युत-तरंगें फेंकती हैं जो सीधा कुंडलिनी के सबसे नीचे के चक्र से भी नीचे जाकर बैठ जाती हैं और वहीं बैठे-बैठे लहरें छोड़ती रहती हैं—चाहे दिन हो या रात हो।

'आप मुझे अपनी लौकिक-लीला का हिस्सा बना लीजिए। प्रकृति से पुरुष का जो खेल सदियों से चलता आ रहा है, उसमें मुझे शामिल होने से आप क्यों रोकते हैं। विरह विह्वलता से आप हमारी अनुरक्ति का अनुमान क्यों नहीं लगाते। मेरे भाव निश्छल नहीं ऐसा क्यों मानकर बैठे हैं आप। मेरे यहाँ से चले जाने पर क्या इसे अपराध-बोध नहीं होगा?' वह बुदबुदायी।

कभी-कभी मेनका को लगता कि बेकार ही इस सुनसान में बैठी वक्त के करवट लेने की प्रतीक्षा कर रही है। विश्वामित्र सुधरनेवाले नहीं। इसलिए वो उसे

बिगाड़ नहीं सकतीं। बैठी-बैठी एक मूर्ख अबला जैसी हो चुकी है वह ऐसा न हो कि इधर विश्वामित्र भी नहीं रीझें और उधर इन्द्रलोक में उसकी सत्ता भी गयी। वहाँ इन्द्र के कोई और काम तो कर सकेगी, यहाँ तो बैठे-बैठे मिट्टी का माधो बनकर रह जाएगी। समय तो कीमती है न! विश्वामित्र नहीं तो कोई और सही। इन्द्र से कहूँगी कोई और काम दे दें मुझे।

आपकी ही तरह मैं भी तप कर रही थी बेशक सुख भोगने के लिए। कहते हैं, बाग-उपवन में ठंडी हवा और फूलों से उड़ रहे सुगन्ध का सेवन करो। मन को शान्ति मिलेगी। अब जिसे ठंडी वायु नहीं अधरों की गर्मी चाहिए और फूलों की खुशबू नहीं बदन की सुगन्ध चाहिए उनके लिए ये सारे नुस्खे तो बेकार ही हैं।

ऐसे उदास क्षणों में मेनका को इन्द्रलोक की अभिसारिकाएँ याद आ रही थीं। कैसे वे चतुराई से झूठ को सच बना देती थीं। तब मेनका उनकी इस ढीठपने से चिढ़ती थी। पर अभी उसे एक अभिसारिका चाहिए थी। वह सिर्फ झूठी सान्त्वना दे, जो मेनका को सच-सी खुशी से भर दे। पल-भर को ही सही, झूठा सच भी कितना प्रिय हो जाता होगा, सोचा मेनका ने।

अपनी कंचुकी पर जरा-सा हवाई-गाँठ लगाती है ताकि जरा-सा घर्षण हो कि बस खुल जाये। कई तो कहते हैं कि मेनका के सिर्फ बदन के संकेत भर से यह गाँठ खुल जाती है, तभी तो इसे हवाई-गाँठ कहते हैं। मेनका ने फिर सपना देखा। इस बार भी मिलन का दृश्य नहीं आया। उसका सपना शुरू ही वहाँ से हुआ कि प्रणय खत्म हो चुका है और विश्वामित्र से अनुरोध कर वह अपने शरीर पर, चन्दन लेप से प्रेम-पत्र लिखवा रही है। फिर उसने सारे आभूषण पहनवाये। पूरा तैयार होकर मेनका ने जूड़ा बाँधा और विश्वामित्र से अनुरोध किया कि फूल, जूड़े में वहीं खोंसे जहाँ प्रेम शुरू होने से पहले वह लगा था। यहाँ, वहाँ, कई जगह पर उसने फूल खोंसा लेकिन सही जगह नहीं ढूँढ़ पाये। पुरुष तो आखिर पुरुष ही है!

हताश मेनका ने कुछ दिनों बाद जब अपने दोस्त शुकराज और अपनी प्रिय सहेली रम्भा को बुलाया था तब से उसका मनोबल ऊँचा हो गया था। पर तब तक मेनका भी बदल चुकी थी। इन्द्रपुरी से दूर इस विन्ध्य क्षेत्र का नैसर्गिक एकान्तवास उस पर असर दिखा चुका था। अब वह सजती अवश्य थी पर विश्वामित्र को मोहित करने के लिए नहीं बल्कि केवल इसलिए कि कहीं सजने-सँवरने की निपुणता न भूल जाये। इतने दिनों में वह शबरी और अहल्या से भी मिल चुकी थी। स्त्री जाति की एक और भूमिका में ढलती हुई मेनका अब विश्वामित्र के पास विनीत भाव से आती और उसी भाव से वापस चली जाती। पिछले कई दिनों से मेनका का यह व्यवहार रंग दिखाने लगा था। मेनका विश्वामित्र के करीब पहुँच रही थी।

सुबह से शाम तक वह कितनी बार दर्पण देख चुकी थी, इसकी कोई गिनती नहीं। हालाँकि वह अपने रूप को लेकर असन्तुष्ट नहीं थी फिर भी यह बात चुभती थी कि लोग उर्वशी को, इन्द्रपुरी की सर्वाधिक सुन्दरी अप्सरा मानते हैं। पर मेनका स्वयं अनभिज्ञ थी कि उसकी गतिमान ऊर्जा और उसकी कुशाग्र बुद्धि, उसे निश्चय ही उर्वशी से अधिक आकर्षक और देवप्रिय बनाती थी। पर आज तो वह सजी भी इस तरह थी कि उस जैसी कोई सुन्दर भी ना रही हो। रेशमी वस्त्र में लिपटी उसकी काया का लहराना, वस्त्रों के लहराने से विशेष युगलबन्दी कर रहे थे।

"आखिर कौन समझाए तुझे कि तू ही सबसे सुन्दर है।"

उसकी सहेली ने दबे पाँव आकर उसके हाथ से दर्पण खींच लिया। पीछे-पीछे शुकराज ने वही संवाद ठहरा दिया क्योंकि वह बहुत देर से मेनका को ही देख रहा था, पर अकेले में चुपचाप बैठा था।

"तुम्हें बोलने को कहा मैंने?" मेनका भन्नायी, "न तू रसिक है और न ही मेरा प्रेमी।"

"विश्वास करो, मेनका पिछले जन्म में राजकुमार था मैं और..."

"अनगिनत बार सुन चुकी हूँ कि तू शाप से तोता बन गया...कुछ नया है तो बता।" मेनका ने बात काट दी।

"बोलने तो दे बेचारे को। पहले राजकुमार तो था अभी तोता बन गया तो क्या हुआ।" सहेली ने सहानुभूति दिखायी।

"तो तोती ढूँढ़े ना...और तू कुछ मत बोल...अकेला मिलते ही पीछे लग जाता है।"

"मैं तो भला बिल्कुल चुप था...इतनी देर से..." शुकराज ने सहेली की ओर देखकर कहा, "तो आगे भी चुप ही बैठा रह वरना इन्द्र के बाज से शिकायत कर दूँगी और तू अगले जन्म की तैयारी करेगा।"

बाज का नाम सुनते ही शुकराज सहम गया। फिर खिसकता हुआ दूर जाकर बैठ गया। अगली बार वह मेनका से खुलकर बात करेगा। उससे साफ-साफ कह देगा कि बात पसन्द नहीं आती तो चुप करा दे लेकिन इन्द्र के बाज की बात न किया करे। उसकी याद आते ही वह अपने सारे पाठ भूल जाता है। खाने में रखी मिर्ची स्वादहीन हो जाती है। चुप ही तो रहता हूँ मैं। मेनका को तो यूँ ही लगता है कि मैं ज्यादा बक-बक करता हूँ। और ये क्या बोल देती है कि तोती ढूँढ़ ले। मैं क्या तोता हूँ जो तोती ढूँढ़ लूँ। मैं हूँ एक राजकुमार। अपने को विदुषी समझती है और इतना भी नहीं पता कि आत्मा ही महत्त्वपूर्ण है। शरीर तो नश्वर है। राजकुमार की आत्मा तो राजकुमार की ही रहेगी न, कोई तोता तो नहीं बन जाएगी। ठीक है अभी मैं

साबित नहीं कर सकता। पर समय आएगा मेरा भी। लेकिन तब तक क्या बोलना भी बन्द कर दूँ और मैं राजकुमार वाली बात तो छेड़ता ही नहीं। प्रसंगोचित बात थी तो कह दिया। अब इतना करना भी तोता छोड़ दे तो फिर तोता-धर्म का क्या?''

''और ये दर्पण भी टेढ़ी-मेढ़ी छवि दिखाता है।''

''अरी ओ मेनका जरा गुलाब जल से दर्पण साफ कर तो सही।''

''गुलाब जल इस पर व्यय कर दूँ तो अपना मुखड़ा किससे चमकाऊँगी।''

''धुँधले दर्पण में दमकता मुखड़ा भी धुँधला पड़ जाता है।''

''अच्छा।'' कहकर पल भर चुप रही। फिर बोल पड़ी, ''आज तू ही बता मैं कैसी लग रही हूँ।''

''इतनी देर से तू स्वयं को निहार ही तो रही थी।''

''पर आज तेरी आँखों से मुझे, मुझको देखना है।''

''बड़ा प्यार आ रहा है।''

''तंग मत कर बता तो सही।''

''आज प्रशंसा करूँगी तो मुझे क्या मिलेगा...''

''वही जो कई बार दे चुकी हूँ...''

मेनका की बात पर सहेली के संग मेनका भी खिलखिलाने लगी और पास आ चुके एक-दूसरे को हौले से अलग किया...

''रहने दे...आज उसे ही करने दे प्रशंसा जो तेरा रूप-रस पीएगा। पर देख आगे ध्यान रखना कि जब गहरे गले की चोली पहनो तो घाघरा थोड़ा लम्बा। अगर छोटा घाघरा घुटने से ऊपर का पहनो तो चोली गर्दन बन्द वाली पहनना। चोली पीठ पर खुली हो तो आगे से ढँका रखना। समझ भी रही है या बस हाँ में हाँ मिला रही है!''

मेनका सुन भी रही थी और कहीं उड़ान भी भर रही थी। सहेली ने आगे कहना आरम्भ किया।

''देख शरीर तो बस इतना-सा ही है। इतना छोटा-सा रहस्य है। जितना धीरे खोलेगी, उतना लम्बा चलेगा। एक साथ उसे खोला नहीं कि गया तेरे हाथ से।''

''अपने मुखड़े का जितनी देर तक प्रयोग करेगी, मिलन उतना लम्बा चलेगा। कर्णफूल, गले का हार, बिन्दिया, होठों की लाली, आँखों का काजल, नाक की नथ, ये सभी अपने आपमें जानलेवा हैं। इनमें से जब कभी किसी की चमक कम पड़े तो केश राशि का अँधेरा कर देना। और तब तक अँधेरा रखना जब तक कि वह चमक देखने की गुहार न मचाये।''

''उसकी चौड़ी छाती तुम्हें लुभाएगी। उस पर हाथ मत रख देना। उसका पेशीदार कन्धा तुम्हें ललचाएगा उस पर सिर मत रख देना। उसकी खुरदुरी चौड़ी

हथेली तुम्हें पिघलाएगी, पिघलना मत। उसके शरीर के किसी भी गठीले हिस्से को हाथ मत लगाना।''

''और अगर वही हाथ लगाये तो?''

''अरे बड़ी कुट्टनी है री तू।'' उसकी झुँझलाहट देख मेनका खिलखिलाने लगी। साथ में सहेली भी हँसी।

''चल अगर ऐसा हो भी तो बस हाथ लगा लेना।''

कलाई पर आगे मोती के दो कंगन, पीछे एक पतला कंगन ओर बीच में ढेर सारी हरी चूड़ियाँ। सोने के आभूषण के प्रति अपने पुराने लगाव को लेकर उसे आश्चर्य होता है। अब उसे बस चूड़ियाँ अच्छी लगती हैं। सोने-चाँदी नहीं। पहले नौ से कम लड़ीवाले हार नहीं पहनती थी अब एक लड़ीवाला हार ही उसे पसन्द है। अभी सबसे प्रिय आभूषण उसे चूड़ामणि बनाने को कहा है। जल्द बनकर आ जाता तो कितना आनन्द आता। जब से ऋषि की प्रेयसी बनी है, शिष्य राजकुमारों ने आभूषणों के ढेर लगा दिये हैं। कुमार वासुदेव ने आचार्य सुग्रीव की दोनों पुत्रियों को गायन में हराकर उसका वरण किया। कुमार गन्धर्व ने सुन्दरी गन्धर्व सेना को पराजित करके उससे विवाह किया। याज्ञवल्क्य ने सुलभा को संगीत में पराजित कर उसे अर्धांगिनी बनाया। प्रेम-युद्ध में मेनका विश्वामित्र के हाथों पराजित हुई थी।

''देखो पंछियों का समाज कर्मरत है। नीड़-निर्माण की कुशलता में मानव समाज भी इनकी बराबरी नहीं कर सकता। हमारे श्रेष्ठ राजकारीगर भी दंग हैं इनकी कुशलता पर। और एक-दो नहीं सबके सब एक जैसे—परिश्रमी, निपुण और सहयोगी।'' मुँह-अँधेरे आकर मेनका विश्वामित्र के पास बैठ गयी थी।

मेनका एकटक उस तरफ देखने लगी। बया का समवेत स्वर उसे अच्छा लग रहा था। विश्वामित्र ने अपना सम्भाषण जारी रखा।

''जब ये घोंसला बनाते हैं तो परस्पर संवाद करते रहते हैं ताकि बुनाई में कोई त्रुटि न हो। जिसका स्वर टूटता है उसे अन्य से अलग होना पड़ता है जब तक कि दुबारा उसी समवेत स्वर को प्राप्त नहीं कर लें। स्वर का टूटना ध्यान की कमी है। ध्यान की कमी यानी निपुणता में खोट। बया समाज को खोट स्वीकार नहीं। हमारा वेद मन्त्र भी स्वर और ध्यान की युगलबन्दी है। दोनों में से कोई कम हुआ तो खोट समझो। खोटे मन्त्रोच्चारण उपयोगी नहीं होते। तुम सुन रही हो न मेनका?'' मेनका को दूसरी ओर देखते पाकर विश्वामित्र ने कहा।

''पर कुछ बया अलग स्वर में गा रहे हैं...'' मेनका ने उत्सुकता जतायी।

''शृंगार का भाव तुम शीघ्र ही पहचान लेती हो।'' विश्वामित्र ने उस बया

की ओर देखा जो अलग स्वर में गा रहा था। "ये वे नर बया हैं जो अनुपयुक्त समय में शृंगार का आलाप ले रहे हैं...और उससे भी अधिक मनोरंजक बात है कि अभी इनकी प्रेमिकाएँ उड़कर दूर चली जाएँगी, क्योंकि रीति-विरुद्ध राग उन्हें स्वीकार्य नहीं और फिर देखना कि ये नर क्या पंचम से सप्तम स्वर में पहुँच जाएँगे। इनके ऐसा करते ही बाकी बया इन्हें धिक्कारना प्रारम्भ कर देंगे, तब तक, जब तक ये शृंगार आलाप की इति नहीं कर दें।"

विश्वामित्र इतनी गम्भीरता से कह रहे थे कि मेनका की हँसी छूट गयी। अपनी तरफ देखते ऋषि के गुस्से से बचने के लिए तुरन्त प्रश्न किया।

"तो इनके शृंगार आलाप का सही समय क्या है?"

"उषा काल से ठीक पूर्व का समय नियत है जब ये प्रणय और रति करते हैं। बाद में नहीं। प्रणय-निवेदन के इनके उच्च स्वरों से ही सुबह हमारी निन्द्रा भी खुलती है। रति के बाद इनके स्वर बिल्कुल मद्धम हो जाते हैं। प्रणयगीत का इनका उच्च स्वर, प्रेमिकाओं को अपनी पहचान कराने के लिए होता है। साथ ही प्रतियोगी प्रेमी के विरुद्ध चेतावनी का काम भी करता है।"

"कैसे पता कि मादा उससे आकृष्ट है।"

"उसके गीत पर वह अपने पंख फुलाएगी और नृत्य भी करेगी। यही उनकी स्वीकृति के संकेत हैं।"

"अच्छा, तो वे भी नृत्य कर रिझाती हैं..." मेनका ने छेड़खानी की पर विश्वामित्र का बोलना जारी रहा।

"और प्रणय-गीत पहचानने की उनमें इतनी अचूक शक्ति होती है कि उषा काल के अँधेरे में भी एक जवान पुत्री गलती से भी पिता के प्रणय-गीत पर आकर्षित नहीं होती। पिता और भाई का प्रणय-गीत सुनते ही वह दूसरी डाली पर चली जाती है। वहाँ, जहाँ कोई अलग-सा प्रणय-गीत गा रहा हो। जहाँ वह अपनी नयी दुनिया बुन सके।"

"मुनिवर ये बताएँ कि इतने अनुशासित बया-समाज में ये नर-बया दिन चढ़े क्यों ऐसा कर रहे थे।" मेनका ने उनका ध्यान फिर उसी नर-बया की तरफ खींचा जो शृंगार-गीत गा रहा था।

"इस बेचारे का भाग्य फूटा है। सारे काम उलटे समय में करता है। अभी काम करने और खाने का समय है तो गीत गा रहा है और जब प्रणय घड़ी आएगी तो खाना खाने में लग जाएगा। इसलिए बहुत कम मादाएँ हैं जो उनकी तरफ फटकती हैं।"

"अगर मैं मादा होती तो उसे समझाती कि बुद्धू सही समय पर सही काम करो। बेचारे को सही सलाह की आवश्यकता है।" कहकर मेनका खिलखिलायी।

पर तुरन्त चुप हो गयी। विश्वामित्र अपने विचारों में जा चुके थे।

"मिलन में समय और संयम का ध्यान ही इसके असली नियम हैं। अनियन्त्रित भोग असुरक्षा को जन्म देता है। अनियन्त्रित भोग की यह असुरक्षा मानव-जाति द्वारा अपनी ही स्त्रियों पर सबसे अधिक थोपी जाती है। स्त्री के उत्थान में अनियन्त्रित भोग पर अंकुश लगाना होगा।" विश्वामित्र बोलते हुए रुके। कहाँ बया की बातें और कहाँ वैचारिक प्रश्न। उन्होंने निश्चय किया कि एक अंकुश विषय-परिवर्तन के उनके इस स्वभाव पर उन्हें लगानी चाहिए।

"लेकिन इन्द्र का कहना है कि एक आदर्श राज्य में स्त्री सामूहिक भोग की वस्तु है।" मेनका ने इस विषय-परिवर्तन का मर्म ही पकड़ लिया।

"जब राजा भय, अज्ञान, या अहंकार में डूबकर विवेक खो बैठता है, तो वह सत्य से दूर दिवास्वप्न का राज्य बनाता है। दिवास्वप्न के उस राज्य में वह उन सभी कुतर्की बातों को लागू करना चाहता है जो उसकी विवेकहीनता के कारण उत्पन्न होते हैं।"

"उसका यह भी कहना है कि स्त्री पर सामूहिक नियन्त्रण का अर्थ होगा सन्तान का सामुदायिक उत्पादन। सन्तान राज्य की सम्पत्ति होगी इसलिए उसके पिता की पहचान करना आवश्यक नहीं।"

"यह एक असम्भव बात है। अगर सम्भव हो भी तो यह नितान्त अराजकतापूर्ण और व्यवस्था-विरोधी है।"

"सभी पुरुष सभी स्त्री के साथ प्रेम से जियें तो अनैतिक क्या होगा?" मेनका ने अपनी पुरानी जिज्ञासा सामने रख दी।

"बात प्रेम के अनैतिकता की नहीं है। बात है सृष्टि के नियम की। सबसे पहले मनुष्य है, फिर परिवार। परिवार बनाता है समाज। समाज करते हैं राष्ट्र-निर्माण। राष्ट्र ही विश्व की इकाइयाँ हैं। नियम की इस कड़ी में परिवार एक महत्त्वपूर्ण कड़ी है। जिस पर आघात करके कोई अराजकता ला सकता है, प्रेम नहीं।" अब तक विश्वामित्र फिर से गम्भीर हो चले थे, जो भाव मेनका से छुपा नहीं था।

"मैं तो इन्द्र की चुगली कर रही थी। जब भी आप उसका खंडन करते हैं तो मैं बहुत खुश होती हूँ।"

विश्वामित्र की गम्भीरता कुछ नम्र हो आयी। मेनका भी सोच में डूब गयी।

मेरे पुरखे भी राजा थे। सच का साथ देकर राज-पाट गँवा बैठे। एक पुश्त तक तो लाज बची रही, फिर दासों जैसा हाल हो गया। मैं उनकी आठवीं पुश्त हूँ, जो एक अप्सरा है। कहते हैं सात पुश्त बाद असर बिल्कुल खत्म हो गया है। मुझमें राजवंश का कोई अंश नहीं रहा। मुझे दास बनकर भी नहीं जीना। राजा से अलग,

दासों से अलग मैं हूँ एक पूर्ण अप्सरा। अप्सरा मेनका, जिसे अपने ऊपर अभिमान है। मैं हूँ एक नूतन वंश-परम्परा, एक नवीन अस्तित्व—परम्परा और पीढ़ी के कोप से मुक्त।

एकाकीपन में विश्वामित्र जितनी बार सोचते हैं मेनका उन्हें उतनी ही रहस्यमयी लगती है। रहस्यमयी—सूर्योदय के पहले उषा की तरह उनके हृदय के अन्तरिक्ष को निरन्तर नये रंगों में रंगती हुई। उसकी मुस्कुराहट और उसका क्रोध, उसका संयम और उसकी बन्धनहीनता, उसकी नवीनता, उसकी निपुणता सभी कुछ भावावेग का कारण बन जाती है। प्रेमिका की तरह चंचल, पत्नी जैसी लगनशील, नवयौवना जैसी उच्छृंखल और प्रौढ़ा जैसी विनम्र, इतने सारे दोहरे चमत्कार कहाँ से लेकर आती है। 'मेरी इच्छाओं के बीज रूप बनने से पहले ही आ पहुँचती है धूप, जल और वायु लेकर। नहीं चाहते भी मेरी इच्छाएँ पूर्ण पौधे का रूप ले लेती हैं। उसकी उपस्थिति मात्र बड़ी संक्रामक है।'

"अँगूठे से प्रारम्भ कर रही हूँ। शरीर की ऊर्जा अलग-अलग ठिकाने पर होती है। एक दीवार बनाकर इकट्ठी रहती है। शरीर की ऊर्जा वैसी जल राशि है जिसे छोटे-छोटे बाँधों ने रोक रखा हो। इन्हें एक-एक कर खोलें तो जल राशि एक-दूसरे से जा मिलती है और फिर बनती है एक प्रबल जलधारा जो बहुत कुछ बहा ले जा सकती है।" थोड़ा चुप रहकर मेनका पाँव के अलग-अलग हिस्सों पर अपनी कोमल किन्तु निपुण उँगलियों का दबाव बनाती रही। "ऊर्जा भी एक जलधारा है अब जब वह आपके पाँव से होती मस्तिष्क तक पहुँचेगी तो बहुत-से सन्देह छोटी-छोटी विद्युत् तरंगें बनकर कौंधेंगी और हवा में विलीन हो जाएँगी।" 'मुझे आपको सन्देह मुक्त करना है समागम से पहले।' मन-ही-मन मेनका ने सोचा, 'क्योंकि धर्मपत्नी बनना आसान है अप्सरा बनना उतना आसान नहीं। मुझे आपको भी जीतना है और इन्द्र का विश्वास भी कायम रखना है।'

"पर जैसा मैंने पहले भी कहा एक स्त्री की असुरक्षा का कारण अनियन्त्रित भोग है, जो असंयमित एवं दम्भी लोगों द्वारा स्त्री जाति पर थोपा जाता है।" विश्वामित्र के मुख से फिर वही बात निकल आयी।

"पौराणिक मतों के अनुसार अप्सरा की उत्पत्ति समुद्र-मन्थन से हुई पर न तो देव और न ही दानव उसे पत्नी बनाने को तैयार हुए। वे कुशाग्र और रूपवती थीं इसलिए देवों को डर था और दानवों को भी कि वे उनकी उपेक्षा कर देंगी। मित्रता दोनों को प्रिय थी। रम्भा से रावण और इन्द्र दोनों की मित्रता रही। उर्वशी पर वरुण, इन्द्र सभी आसक्त रहे। पर उन्हें अपना नाम नहीं दिया। अपना नाम तो दूर, मित्रता की घोषणा करने से भी कतराते रहे। कितनी असंगत बात है। जब अप्सराओं ने अपने अधिकार की माँग की तो वे अप्सराओं को छोड़ किन्नर के साथ हो लिये।

अब उनके अन्त:पुरों में किन्नरों की भरमार। रानी सोचती है कि किन्नर पुरुष है और राजा सोचता है कि वह स्त्री है।...फैसला होना बाकी है पर सभी खुश हैं, राजा भी, रानी भी और किन्नर भी। शृंगारिक गति और क्रीड़ाएँ किसे पसन्द नहीं। हम तो भोग के लिए ही बनी हैं। अनियन्त्रित भोग। अब देखिए अप्सरा को इतना तो वरदान मिला ही है कि वह कितना भी प्रयास करे, गर्भवती नहीं होगी। है न चमत्कारिक बात।''

पिछले पलों में मेनका अपने यौवन-युग्म कई बार देख चुकी थी और उस पर कई बार सोच चुकी थी। इस बार देखा तो उसे हँसी आ गयी, ''नागपाश तो नहीं है जो हमेशा के लिए बाँधकर रख देगी विश्वामित्र को।...''ये किशोरियों की तरह क्या अपना यौवन निहारे जा रही है। पहली बार देखा है क्या? इससे पहले यौवन ने बसन्त नहीं देखा था क्या? पुरुष-प्रेम का अद्‌भुत स्वाद इससे पहले नहीं चखा था क्या?'' स्वयं से प्रश्न करते-करते रुक-सी गयी। उमंग का उद्वेग थम गया। कहीं ऐसा तो नहीं कि पुरुष-प्रेम उसने सचमुच पहली बार देखा था। विश्वामित्र से पहले कुछ नहीं। विश्वामित्र के बाद कुछ नहीं।

होठों पर चन्द्रकिरण की हँसी और बाँहों में सूरज की गर्मी समेटे रतिराग को खनखनाती और आँखों में सोमरस का ज्वार उठाती मेनका आज विश्वामित्र को बहा ले जाएगी।

ज्यों-ज्यों उन दोनों की साँसें घुल रही थीं त्यों-त्यों ज्वार एक भँवर बनता जा रहा था। यहाँ से वापस जाना कठिन था। गर्म साँसों का भँवर प्रतिरोध के किसी विचार को इस तरह खींच रहा था जैसे भँवर में फँसे तिनके घूमते हैं पर पलक झपकते गह्वर में समा जाते हैं।

विश्वामित्र को लगा जैसे फिर कोई उसे राह दिखा रहा था। उस राह पर उतरते हुए सुख के अलावा कुछ नहीं सूझ रहा था। कोई चिन्ता नहीं, कोई ग्लानि नहीं! विश्वामित्र गहरे उतर रहे थे और मेनका का शरीर गर्व से भरता जा रहा था। दो प्रेम में डूबे प्राणी की कथा कौन कहे, बड़ी विषम परिस्थिति। पर उस ठहर आये पल की सुखानुभूति से प्रकृति को कौन रोक सकता है। कल झरनों का शिलाओं से अटखेलियाँ करना, हवा का पत्तों को गुदगुदाकर निकल जाना। धरती के तन पर धूप का गुनगुनाना...बल खाते फूलों पर भौरों का नाचना। ये सबके सब एक ऐतिहासिक दृश्य की कहानी कह रहे थे। मानवीय मिलन क्षणिक है कि प्रकृति की प्रीति अनन्त है। मानवीय सम्प्रेषण पर रोक लगा सकते हो प्राकृतिक उन्मुक्तता किसी के रोके नहीं रुकती।

मुझे छुओ तो सही। मैं मीठी हूँ। उन्मत्त हूँ। गुलाब से होठों पर तैरती है चाँदनी। उसमें भीगना नहीं चाहोगे। देवलोक से मृत्युलोक तक जो सबकी कामना बनी, वो मैं ही तो हूँ। तप कर कितनी कामनाओं को तुमने वश में किया है। मैं भी तो एक कामना हूँ। क्या मुझे वश में करना नहीं चाहोगे। जीतना नहीं चाहोगे इस अप्सरा को, जो अन्य सभी कामनाओं की जननी है। मैं एक पुरी थी जिसे इन्द्र ने जीता। आज मैं एक अन्तरिक्ष हूँ जिसे सिर्फ तुम्हीं जीत सकते हो। अन्य किसी में वह पुरुषार्थ नहीं। असमर्थों से भरे देवलोक और मृत्युलोक में तुम्हीं एक समर्थ हो। क्या ये, सच है, जैसा कि लोग कहते हैं? क्या तुम्हीं हो जिसकी भुजाओं में विष्णु, वाणी में शिव और मस्तिष्क में ब्रह्मा का अंश समाहित है? ऐसे ही समर्थ की संगिनी बनकर मैं अपने अपयश से मुक्ति चाहती हूँ।

छिटकी हुई चाँदनी में पूरे शृंगार के साथ मेनका लेटी हुई थी। कौन अधिक सुन्दर है गला या उसमें पड़ा हार। सुडौल चमकती बाँहें या बाँहों को घेरता बाजूबन्द। भरे हुए होंठ या होंठों को रसमयी बनाती चाँदनी।

देखने को हर पल रूप बदलती काया, बहकने को रंग बदलती आँखें, श्वाँस में घुलने को नर्म साँसें, छूने को एक-एक अंग, आखिर किन-किन इन्द्रियों को क्या समझाएँ? जब तक न देखो तो देखना चाहो, आँखें भर देख लो तो बाँहों में भरने की इच्छा, बाँहों में भर लो तो एक-दूसरे में समाने की चाह; इन्द्रियाँ जब मन और बुद्धि दोनों को बहका दें तो संयम तो पंगु ही हुआ समझो। अब इस पंगु संयम के कन्धे बैठ कितनी दूर तक भागे कोई।

छिटकती चाँदनी में उसकी केशराशि का रंग और गहरा दीखता था। देहयष्टि पर साँसों की लहरों संग डोलती चन्द्रकिरणों में लिपटी लेटी स्थिर मेनका की एक भी हलचल हवा में कई-कई रहस्य घोल रही थी। घुलते रहस्य को समेटकर जाती ठंडी हवा का एक झोंका हौले से विश्वामित्र के चेहरे को सहलाता, ताने मारता निकल गया। 'अभिलाषा भरी आँखों से देखने की नूतनता, लज्जा से शिथिल अंगों की कुलीनता, अनुरागमय बातों की प्रवीणता, अंग से अंग को उत्तर देने की कोमलता और प्रीति करने की निर्भयता; इससे और अधिक पूर्ण गम्या क्या होती है।' वह सोचने पर बाध्य हो गये।

''प्रीति भरी आँखों से देखते हो लेकिन आँखों में लाली खिंची है। बोल में मिठास है पर गला बार-बार रुँधता है। अपनी साँसों को सँभाल रखा है पर सीने में उठनेवाला कम्पन छुपता नहीं। इस क्षोभ का कोई तो कारण होगा...'' विश्वामित्र ने पूछा।

''ऐसा तो कुछ भी नहीं...'' उसने खुद को सँभालते हुए कहा।

''और अगर तुम्हारे क्रोध का कारण मैं हूँ तो तुम्हारी बातें सुनने के लिए

सामने हूँ।''

''अगर ऐसा कुछ होता तो मैं छुपाती क्या?''

''तो क्या मैं तुम्हारी आँखों का दर्द नहीं पहचान रहा?''

''आपको रुष्ट होने की कोई आवश्यकता नहीं, बस किसी और के दुख से दुखी हूँ।''

''ठीक है तो फिर मुझे उनसे ही बातें कर लेने दो।''

''आपको मेरी सौगन्ध। बड़ी कठिनाई से कुछ नया सीखा है। जो भी आपसे जुड़े हुए हैं सभी मेरे अपने हैं। क्रोध के पीछे छुपे अपनों की आँखों से छलकता दर्द भी पहचानने लगी हूँ मैं, और यह दर्द देखा नहीं जा रहा मुझसे।''

''लेकिन तुम्हारी आँखों में जो छलक आया उसे मैं कैसे सहूँ।''

''आपको तो अपनों का सुख झेलते हुए काफी अरसा बीत चुका है। आप एक युग बिता चुके हैं, अपनों के बीच पर मैंने तो अभी-अभी जाना है कि अपने क्या होते हैं।''

''मैंने भी तो अभी-अभी देखी है तुम्हारी आँखों की छलकती बेबसी।''

''यह बेबसी नहीं है, यह स्वयं पर नियन्त्रण पाने की कोशिश है।''

''तो थोड़ा प्रयास मुझे भी करने दो ताकि इन लोगों को समझा सकूँ।''

''इतना समय कहाँ है आपके पास?''

''अपनों के लिए समय की कमी नहीं होती।''

मेनका एक पल तक चुप रहकर विश्वामित्र को देखती रही, उठकर बैठी फिर बोलना शुरू किया।

''आपका कहना है आप अपने सम्बन्धियों को समझाएँगे। पर क्या समझाएँगे? सभी मिल-जुलकर रह लें क्या ये इतना आसान होगा। और जितनी बार वह कलह उठेगा उतनी बार आप बीच में पड़ेंगे। आपका अध्यवसाय, आपकी साधना, भारत राष्ट्र को लेकर आपका अभियान, इन सबों की अनदेखी कर, अगर आप मुझे यहाँ साथ रखने में अगर सफल भी हुए तो किसी बड़े उद्देश्य की सफलता तो नहीं मानी जाएगी। मैं तो फिर भी पछतावे की आग में जलती रहूँगी। इस समय फिर भी गर्व है मुझे। पर अगर आप इन्हीं उलझनों को सुलझाते रह गये तो मुझे सचमुच बड़ा पछतावा होगा।'' पास पड़े अधोवस्त्र को लपेटती उठकर बैठ गयी। एक सुगढ़ गृहस्थ जैसी विश्वामित्र की बातें, न तो मेनका को भायीं और न ही स्वयं उन्हें अच्छा लग रहा था।

अन्य औरतों की दबी ध्वनियों के बीच मेनका की खनकती बातें जो हवा की लहरों पर तैरती विश्वामित्र के कानों तक पहुँचती थीं, विश्वामित्र को यह सोचने पर बाध्य करती कि क्या सचमुच ही उन्हें मेनका की प्रतीक्षा रहती है, क्या उनकी

प्रसन्नता उसकी आवाज की संगिनी बन गयी है, क्या लोग जिन खाली क्षणों की बात करते थे, वही खाली क्षण अब मेनका के शब्दों से भरे जाने की राह तकते हैं। कितनी अद्‌भुत बात है। जिन खाली पलों से अब तक, कभी भी विश्वामित्र का सामना नहीं हुआ वे अब उनकी दिनचर्या का हिस्सा बन गये थे, उन्हें कभी ऐसा भी लगता था कि वह स्त्री चर्चा में सुख ढूँढ़ने लगे हैं।

पल भर को रुकी थी इस घने वृक्ष की छाया में। भटकना ही नियति है तो आगे जाना ही होगा। पल भर का ही सही, जो विश्राम मिला यहाँ, युगों की थकान उतर गयी।

''देख जीवा मैंने इतनी तपस्या इसलिए की है कि ब्रह्मर्षि बन सकूँ। धर्म का चिन्तन अब मेरा एकमात्र उद्देश्य है।''

''पर मैंने कौन-सी धर्म-विरोधी बातें की हैं।''

''तुम्हारी बातों में राजनीतिक आग्रह बहुत प्रबल है।''

''राष्ट्र की परिभाषा करना और संविधान की माँग करना क्या सिर्फ राजनीति है?''

''मुझे धर्म का तात्विक चिन्तन कर लेने दे। फिर तुम्हारे प्रस्तावों पर विचार करूँगा।''

''आपका नगर गन्तव्य मेरे गाँव की गलियों से होकर ही पहुँचता है।''

''यह क्या तुलना है?''

''धर्म चिन्तन का सुव्यवस्थित नगर, गाँवों की व्यवस्था किये बिना नहीं बन सकता।''

''मैं कौन-सा गाँव-विरोधी हूँ?''

''इसलिए तो मैंने कहा था कि 'इन्द्र-सभा' में आप राष्ट्र और संविधान के सूत्र सम्मिलित करें और इन्द्र संग आपकी आगामी भेंट से आप उसे इन्द्र-सभा से पारित कराने का निश्चय कर लें।''

''क्या तुम्हें लगता है कि एक और ग्रन्थ की रचना से धर्म की उलझी हुई चिन्तन प्रक्रिया सुलझ जाएगी।''

मैं सिर्फ इतना चाहता हूँ कि देवों और कर्मकांडों में उलझाए गये वेदों को सुलझाने के लिये, राष्ट्र और संविधान, एक प्रासंगिक, न्यायसंगत और प्रगतिशील विकल्प प्रस्तुत करें।''

''वेदों में भी तो कई तरह के सूत्र डाल दिये गये हैं...जितने राजपुरोहित उतनी ही बातें...''

"इसलिए तो कहता हूँ कि इससे पहले कि संकलन को पूर्ण घोषित किया जाये आप मातृभूति और राष्ट्र सम्बन्धी अपनी धारणा को स्वीकार करा लें..."

जीवा धरती से जुड़ा चिन्तक था। विश्वामित्र के आश्रम से अलख की जो जोत जली थी वहाँ के ग्रामीण जन-जीवन को प्रकाशित कर रही थी। लोगों का आर्थिक, सामाजिक और आध्यात्मिक उन्नयन हो रहा था। पर प्रश्न इससे आगे की सोचने का था। जन-जागरण की यह घटना पहली बार नहीं घटी थी। इससे पहले भी, कई बार, ऐसे प्रयोग हुए। कई ऋषियों ने पहले भी ऐसा कर दिखाया। पर वह एक क्षेत्रीय सुगबुगाहट बनकर रह गयी। कई कथा-किंवदन्तियाँ भी बनीं पर कोई भी प्रयोग एक बड़ा अभियान बनने में असफल रहा। सुधारक आये, चले गये। गाँवों की गति वापस वहीं पहुँच गयी जहाँ सहस्त्रों वर्ष पूर्व थी। पर विश्वामित्र में वो बात थी जो अन्य ऋषियों से अलग थी। इसलिए जीवा को विश्वास था कि ग्राम-जागरण के इस अभियान को अगर संवैधानिक रूप देना है तो विश्वामित्र के हाथों ही सम्भव था। यह एक विलक्षण ऐतिहासिक अवसर था और जीवा इसे गँवाना नहीं चाहता था। विश्वामित्र के अन्दर की छटपटाहट को वह जैसे समझ सकता था वैसा और किसी के वश में नहीं था। राष्ट्र का प्रश्न, हर घड़ी, विश्वामित्र के अन्दर उठता था, पर वे उससे कन्नी काटते हुए, धर्म-चिन्तन पर पहुँच जाया करते थे। जीवा को विश्वास था कि धर्म-चिन्तन की आड़ में विश्वामित्र अपने ही द्वन्द्व से पलायन कर रहे थे। पलायन की ऐसी ऐतिहासिक भूल, विश्वामित्र के हाथों सम्पन्न होना न ही जीवा को स्वीकार्य था और जीवा की सोच में न ही इतिहास की उस घड़ी को। आगामी इन्द्र-सभा ही ऐसी ऐतिहासिक घड़ी थी, यह भी निश्चय कर चुका था, विश्वामित्र-शिष्य, दलित नेता जीवा।

जिस तरह से कदम-कदम पर व्यवधान खड़े किये जा रहे थे, विश्वामित्र के मन की आशंका एक निश्चय में बदल रही थी कि इन्द्र-सभा का यह सत्र, सिर्फ धर्म-चिन्तन नहीं रह जाएगा। उत्तेजना पैदा करने के इतने प्रयत्न होंगे तो सत्र के चिन्तन और चर्चा में स्निग्धता और संसदीयता कैसे बनी रहेगी? क्या इन्द्र की रुचि कुछ और है? क्या वह मुझे उद्विग्न करना चाहता है। स्वयं कौशिक गोत्र का होकर एक कौशिक ऋषि को असफल करना चाहता है। पर विश्वामित्र ने शीघ्र ही अप्रिय विचारों को अलग कर दिया। इन्द्र की सोच पर सन्देह करने की जगह उसने अपना ध्यान उस ओर किया जहाँ सितारों भरा आसमान किसी फूलों भरी घाटी की तरह नये विचार और नयी छटाएँ बिखेर रहा था।

पर जब से यह सूचना मिली कि इन्द्र ने ऋषि दधीचि को तैयार कर लिया है 'अस्थि-दान' हेतु, विश्वामित्र अपना धैर्य खो बैठे थे। पहले तो उसने विन्ध्यवासी एवं आदिवासी संगठनों की बैठक बुलायी और इस मुद्दे पर उनकी राय ली। बैठक

में निर्णय लिया गया कि विश्वामित्र गौतम और अहल्या मिलकर जैसा निर्णय लेंगे वे सभी उसका समर्थन करेंगे। पिछले कई दिनों से विश्वामित्र और अहल्या गौतम को समझाकर थक चुके थे। अहल्या ने तो आगे जाकर, इन्द्र का पद इन्द्राणी को दे देने का भी प्रस्ताव रखा। पर गौतम ने तब से ढुलमुल-सा दृष्टिकोण अपना रखा था। विश्वामित्र ने निर्णय किया कि वह गौतम के क्षमा सम्बन्धी दर्शन पर सीधा प्रहार करेंगे। पर आज तो अहल्या ही गौतम संग उलझी हुई थीं। विश्वामित्र चुपचाप अहल्या के तर्कों को, बैठे सुनते रहे।

"आप सिर्फ उस लोभ और हिंसा को रोकने की बात कर रहे हैं जो सम्पत्ति की वजह से होती है। मेरा प्रश्न है कि स्त्री को सम्पत्ति मानना? पुरुष जाति की समस्या यही है कि वह हिंसा को कामोत्तेजना का हिस्सा माने बैठा है—कामुकता में आक्रामकता। बीहड़ में आखेट पर बिताये सप्ताह या महीने जिस बर्बरता की छाप मनुष्य पर छोड़ जाते हैं, उनमें से प्रमुख है, आक्रामक कामुकता।

विचित्र बात तो यह है कि यह आक्रामकता उसकी अपनी कामेक्षा का समानुपाती है पर प्रेयसी या पत्नी की कामेक्षा का विलोमानुपाती। अपनी पत्नी के साथ-साथ और भी स्त्रियों से वह जितना अधिक भोग करता है उसकी आक्रामक कामेक्षाएँ उसी गति से दुगुनी होती जाती हैं, जिसे वह पौरुष समझता है। वह अनेक स्त्रियों से भोग कर सकता है पर अगर उसकी पत्नी ने एक से भी भोग कर लिया तो पत्नी की यह बढ़ी कामेक्षा एक बड़ी हिंसा का कारण बन जाती है।

यह पुरुष की कौन-सी मानसिकता है, जिसके तहत वह औरत को सम्पत्ति के रूप में देखता है और उसे सिर्फ अपने भोग के लिए, अपनी तिजोरी में बन्द कर रखना चाहता है। एक तरफ तो वह चाहता है कि तिजोरी में बन्द उसकी स्त्री की ओर कोई आँख ना उठाये और दूसरी तरफ इसी ताक में घूमता रहता है कि कुछ और स्त्रियाँ काबू आ जाएँ। जाने कितनी उपमाएँ हैं जो दीखने में काव्यात्मक हैं पर अर्थ में हिंसात्मक। 'स्त्री धरती है और पुरुष हल जोतता और बीज बोता किसान' हल चलाने का भाव एक निर्ममता को जन्म देता है जिसके तहत पुरुष स्त्री के अंग को धरती का टुकड़ा मान लेता है और यही सोचता है कि जिस तरह कितना भी हल चलाओ धरती तो खुश ही होती है उसी तरह स्त्री भी खुश ही होती है चाहे कितनी बार भोग करो। किसी भी स्त्री के लिए ऐसा भोग एक भयानक शारीरिक और मानसिक यातना है। क्योंकि धरती और हल का अनुपात वही नहीं है जो स्त्री की और पुरुष के अंगों के बीच का अनुपात है। इसलिए ऐसी हिंसात्मक उपमाएँ पुरुष की क्रूरता को और बढ़ाती हैं।

'भँवरा एक कली को फूल बनाता है।' भँवरा कली को फूल नहीं बनाता बल्कि उसकी पँखुरियों को तहस-नहस करता है। फूल खिलते हैं सूरज के प्रकाश,

चन्द्रमा की चाँदनी और ओस की नमी से। भँवरा सिर्फ बल प्रयोग करता है, कली को मसलकर फैला देता है साथ ही मसल देता है कली का खुद से फूल बनने का सपना। सूरज का प्रकाश, चन्द्रमा की चाँदनी और ओस की नमी पाने की आशा में हर स्त्री, पुरुषों के बलात् प्रयासों को यही सोचकर झेलती रहती है कि परिवर्तन और हृदय-परिवर्तन कभी तो उसके पुरुष को प्यार करना सिखाएगा। आक्रामक कामुकता और पौरुष में अन्तर करना सीखेगा। भोग की हिंसा की जगह भोग की रचनात्मकता में साहचर्य का अर्थ ढूँढ़ेगा।''

अहल्या ने अपनी बात पूरे भावावेश के साथ रखी थी। पर गौतम की भावशून्य आँखों ने उसे अत्यन्त हतोत्साहित कर दिया। इसके विपरीत वे विश्वामित्र की ओर मुड़े और निर्विकार भाव से कहा, ''विश्वा क्षमा से बड़ा गुण और कोई नहीं है।''

दधीचि की अस्थि लिये जाने के इन्द्र के निर्णय पर, विश्वामित्र ने गौतम को अपने पक्ष में लाने के कई असफल प्रयास किये थे। गौतम का यह वक्तव्य भी उसी का प्रक्षेप था।

''क्षमा किसे करते हैं? ऐसे सज्जन के अपराध को जिसका जीवन उपकार करते बीता हो। ऐसे लोगों को जिनकी सुध-बुध जाती रही हो। ऐसे लोगों को जिन्हें नहीं मालूम कि जो वे कर रहे थे वह अपराध था।''

''फिर भी मेरा यही कहना है कि सभ्य संसार का सबसे प्रिय भाव है क्षमा। मैं क्रोध को धारण कर अपने प्रिय भाव से भटकने का अपराधी नहीं बनना चाहता।''

''आपकी समस्या यही है कि आप कुछ चाहते नहीं। न अच्छा न बुरा। हर बात संयोग पर छोड़ना चाहते हैं। क्षमा की आड़ में आपने नियति का दामन थाम रखा है।''

''सही कहा तुमने, क्षमा है इसलिए नियति है। जिस दिन नियति ने क्षमा करना छोड़ दिया, सब कुछ समाप्त हो जाएगा।''

''धन्य हैं आप। दो असिद्ध तर्कों को जोड़कर एक सिद्ध सत्य बनाने का आपका भोलापन किसी की भी जान ले लेगा...नियति अगर विधाता का लेख है तो वह कर्म पर टिका है। जिस दिन कर्म से नियति का साथ छूट गया वास्तव में उस दिन सब कुछ समाप्त हो जाएगा।''

''कर्म क्रोध नहीं है।''

''कितना सुखद लगा यह सुनकर।

कर्म क्रोध नहीं। पर सज्जनों और सन्तों का क्रोध ही बड़े-बड़े कर्मों का कारण बना है, इतिहासवेत्ता हैं आप, इतना तो आपसे छुपा नहीं।''

''क्रोध तो क्रोध ही है।''

''जी हाँ, क्रोध तो क्रोध ही है पर क्रोध के उद्देश्य अलग-अलग होते हैं।''

''उससे क्या अन्तर पड़ता है।''

''एक आदमी क्रोधवश अत्याचार करता है और दूसरा, क्रोधवश, ऐसे अत्याचार के विरुद्ध हथियार उठा लेता है।''

''पर मैं हिंसा का सहारा नहीं ले सकता।''

''ऐसा करें आज से आप किसी भी प्रकार का भोजन बन्द कर दें।'' खड़े होकर चलने को तैयार विश्वामित्र ने कहा।

''इसका हिंसा से क्या सम्बन्ध।''

''क्योंकि किसी भी वनस्पति का तोड़ा या काटा जाना हिंसा है, फल तोड़ना हिंसा है।''

''मैं तो खेतों में गिरे हुए दाने और पेड़ों से टूटे फल ही खाता हूँ।''

''दाने आप चूहों और कीटों के हिस्से का खाते हैं और गिरे फल आप चीटियों से छीनकर खाते हैं।''

''इन्द्र देवों का देव है। वह ईश्वर का प्रतिनिधि है। उसकी प्रत्येक राय हमारे अनुपालन के लिए है। उसका काम है निर्णय लेना और हमारा काम है अनुपालन। वह देवों का देव है और ईश्वर का प्रतिनिधि।''

गौतम अपनी प्रतिक्रया से एक साथ विश्वामित्र और अहल्या को शान्त करना चाह रहे थे।

अभी तक यह साबित नहीं हुआ है कि ईश्वर अगर एक ही है तो वह स्त्री है या पुरुष? और अगर वह लिंग-बोध से परे है तो निश्चय ही वह किसी आकार का नहीं है—वह निराकार है। और निराकार शक्ति की श्रेष्ठ भक्ति तो निराकार ही होगी पर अगर किसी भी काल, स्थान या परिस्थिति में उसकी साकार कल्पना या स्वरूप भक्ति की जरूरत पड़ी, और जिससे हम इनकार नहीं कर सकते, तो उस निराकार के मानवीय रूप को कोई पुरुष रूप में देखे या स्त्री रूप में, इसकी पूरी छूट होनी चाहिए।

अगर परिवार में समन्वय है तो राष्ट्र में उन्नति है। अगर राष्ट्र में उन्नति है तो विश्व में शान्ति है। पुरुष और प्रकृति की श्रेष्ठता का तात्विक विवाद इस बिन्दु पर आकर अप्रासंगिक हो जाता है क्योंकि यहाँ आकर दो समानान्तर-सी दीखने वाली

रेखाएँ, जो कि वस्तुतः समानान्तर नहीं हैं, आपस में मिल जाती हैं। ईश्वर तक आकर स्त्री-पुरुष विवाद का कोई औचित्य नहीं रह जाता है। इसलिए अगर ईश्वर की स्वरूप आराधना करनी हो तो युगल-रूप की आराधना एक श्रेयस्कर मार्ग होगा और यह युगल-रूप ही एक आदर्श परिवार की स्थापना की दार्शनिक पृष्ठभूमि का काम करेगी, जो समाज, राष्ट्र या विश्व की सबसे छोटी इकाई होगी।

पुरुषों का प्रभुत्व रहा है तो उन्होंने एक तरफा फैसला करके उन्हें पुरुष घोषित कर दिया पर, इसे पुरुष तो मान लेगा, तर्क इसे नहीं मानता। तो क्या ईश्वर को सिर्फ संज्ञा से बुलाएँ। विशेषण का प्रयोग ही बन्द कर दें। या फिर प्राचीन युग के उस विशेषण का प्रयोग करें जिसमें लिंग निरपेक्षता का बोध था। क्या उन्हें अर्धनारीश्वर कहकर पुकारें। निश्चय ही प्राचीन चिन्तक ज्यादा समझदार और दूरदर्शी थे जिन्होंने ईश्वर के लिए तो युगल-रूप की कल्पना की। ईश्वर को पुरुष घोषित करने की प्रथा पहले भी थी पर स्त्री रूप में भी पूजा जाना उतना ही लोकप्रिय था।

पर वास्तव में तो आज के दिन सभी प्रमुख धर्मों में ऐसी कोई चर्चा भी नहीं चल रही पर अगर चल भी पड़े तो यह सवाल फिर से खड़ा होगा कि ईश्वर अगर एक है तो उसे पुरुष रूप में सम्बोधित करें या स्त्री रूप में।

अगर मानव का जन्म, पोषण और उसकी सुरक्षा ही ईश्वर के प्रमुख दायित्वों में एक है, (ये मानवों द्वारा ही घोषित हैं या मानवों द्वारा देवदूतों के मुख से सुनी हुई ईश्वरीय घोषणाएँ हैं) तो निश्चित है कि इन तीनों काम में पुरुष और स्त्री की लगभग बराबर की भागेदारी है। खासकर प्रजनन में तो स्त्री की भागेदारी कहीं बढ़कर है और यह भी सच है कि मानव-भ्रूण में जो आत्मा के आकार बसने का काम है वह माँ के गर्भ में ही सम्पन्न होता है। अब इसकी तुलना हम मन्दिरों में मूर्ति की प्राण-प्रतिष्ठा से करें तो स्पष्ट हो जाएगा कि गर्भ में स्थित भ्रूण की प्राण-प्रतिष्ठा भी उतना ही महान धार्मिक कार्य है और अगर कोई मन्दिर की इस परम्परा में विश्वास नहीं भी करता तो उसे गर्भ की इस परम्परा में विश्वास तो होगा ही, जिससे वह स्वयं अस्तित्व में आया है।

प्रजनन, जो मानव-जाति का पहला कार्य है, और जो कि सबसे महत्त्वपूर्ण भी है, से ईश्वर को हम न तो तात्विक दृष्टि से अलग कर सकते हैं और न ही व्यावहारिक दृष्टि से। तात्विक इसलिए क्योंकि भ्रूण में स्थापित होनेवाली आत्मा उस परमात्मा का ही अंश है। और व्यावहारिक इसलिए कि मानव-जाति के इस सबसे महत्त्वपूर्ण कार्य में ईश्वर को अलग रखना सूझबूझ का काम तो नहीं कहलाएगा।

अन्त में, जब आत्मा शरीर छोड़ देती है, जैसा कि अमूमन सभी धर्मों में माना गया है, तब पुरुष और स्त्री आत्मा के अलग-अलग अस्तित्व का उल्लेख कहीं भी

नहीं मिलता। तर्क की दृष्टि से भी निराकार अवस्था में आत्मा के पुरुष और स्त्री में बाँटा जाना सही नहीं माना जा सकता है।

इसका मतलब हुआ कि ब्रह्मात्मा का भी अंश स्त्री और पुरुष के शरीर में है यानी ब्रह्मात्मा के यहाँ स्त्री और पुरुष का कोई विभाजन है ही नहीं।

चूँकि ईश्वर के युगल-रूप हैं इसलिए भारत का देव भी युगल रूप में शासन करे। आखिरकार, ईश्वर को हम उस जिम्मेवारी से दूर क्यों रखें जिसे परिवार कहते हैं। जिम्मेवारी न भी डालें तो परिवार की उत्पत्ति को लेकर जो तात्विक चिन्तन है, उससे ईश्वर को अलग कैसे रख सकते हैं। इसलिए ईश्वर का युगल-रूप होना समीचीन है। इसलिए देवताओं में भी इन्द्र के साथ शची भी सिंहासन पर बैठे तो यह तात्विक और व्यावहारिक दोनों दृष्टि से सही होगा और यह युगल स्वरूप जो भी निर्णय ले उसे अनुपालित करने को हम कटिबद्ध होंगे।

इन्द्र के सिंहासन के ठीक पीछे एक तरफ चँवर लिये दो सुन्दरियों खड़ी थीं जिनके झीने वस्त्रों से झाँकती देहयष्टि इन्द्र के सभासदों को दो मुख्य दलों में विभाजित करती थी—सज्जन और ढीठ। सज्जन लोग जो इन्द्र की तरफ दृष्टि करने से कतराते थे, ताकि शरीर के चिकनेपन पर उनकी वैचारिक प्रतिबद्धता फिसल न पड़े और उनका इस तरह आँखें झुकाए रखना, इन्द्र को सन्तोष देता था कि लोग, उसकी सत्ता के प्रति समर्पित हैं। इन सज्जनों से अलग एक दूसरा वर्ग था, जो इन्द्र से आँखें चुराकर सुन्दरियों का भरपूर धृष्टता करते रहते हैं। स्पष्ट था ऐसी स्थिति से प्राप्त अविरल रस से धन्य होकर वे इन्द्रसभा के प्रति, साधुवाद कहने में एक पल नहीं लगाते। इन रसिकों के मुख से रह-रहकर उठते साधुवाद से इन्द्र सहित उन सेवकों का वो उद्वेग बना रहता था, जो सभा में आने से पहले किये पेय-विशेष से प्राप्त हुआ था। इन सभी बातों का कुल प्रतिफल था कि भाटों द्वारा गायी हुई प्रशंसा का इन्द्र पर कई गुणा प्रभाव पड़ता था। सभा पर इससे जो प्रभुत्व जमता था वो, अलग; पर शची पर धौंस जमाने का औचित्य भी वह यहीं से पाता था।

सुन्दरियों ने ज्यों ही चँवर हिलाना शुरू किया तो भाटों ने वीर-रस का पाठ शुरू कर दिया...

''जब पृथ्वी अग्नि समान तपने लगती है, नदियाँ नीची हो जाती हैं, झरने सूख जाते हैं, मानव और पशु आकाश में टकटकी लगाये रहते हैं, अकाल काल बनकर खड़ा हो जाता है तो समझो वृत्र नें अपना अत्याचार बढ़ा दिया है। आज इन्द्र युद्ध करेगा उससे जिसने अपने पुरों में हमारी गो समूहों के साथ बादलों को बन्द कर दिया है। उसने हमारे अन्न चुराकर अपने भंडारों में रख लिया है। वह अन्न का

अनादर करता है, अब हमें व्रत धारण के लिए बाध्य होना पड़ता है। इन्द्र के रथों को हाँकते हैं मरुत, जो रुद्र पुत्र हैं। जिनके सिर पर स्वर्ण शिरस्त्राण हैं और वक्ष पर स्वर्ण कवच। तो वह विद्युत गति से वृत्र के पुरों की ओर प्रयाण कर चुके हैं। पृथ्वी काँप रही है और देवगण भयाकुल हैं। ब्राह्मण मन्त्रों की शक्ति से पुलकित इन्द्र ने वृत्र को घेर लिया है। पहले वह सोमरस छीनेगा और छककर उसका पान करेगा। फिर उस वज्र से मारेगा जो देवों के कारीगर त्वास्त्रि ने बनाया है। इन्द्र ने युद्ध छेड़ दिया है। इन्द्र का प्रहार खाकर वृत्र गिर पड़ा। अगले ही क्षण इन्द्र ने उसका वध कर दिया। उछलता रक्त सन्ध्या के अन्धकार से मिलकर एक हो गया। 'मैंने वध किया है और मानवों को भय मुक्त किया है।' इन्द्र ने घोषणा की। फिर आगे बढ़कर उसने पुरों को ध्वस्त किया और उसमें बन्दी गो समूह रूपी बादलों को मुक्त किया। धरती हरी हुई अन्न के पौधों से।

इन्द्र की छाया ही जीवन है इन्द्र की छाया ही मृत्यु है।

इन्द्र ने चार कोणों से दीवारें बनायीं। मेघाच्छादित आकाश की छतें। पूर्व द्वार से सूर्य को आने का आदेश दिया। सावित्री, सूर्य, बृहस्पति और विष्णु ने सहयोग किया। देव कारीगर ऋभु जो त्वारित्र और सरन्यु की सन्तान हैं, ने कुशल काम किया। इस तरह तैयार हुए इन्द्रपुरी।''

''भई वृत्र तो भविष्य की बात है। प्रतिदिन उसे क्यों दुहराते रहते हो।'' किसी ने धीरे-से चुटकी ली।

''साहस का संचार करने।''

''तो उसका बयान भविष्यकाल में करो। वर्तमान काल में क्यों दुहरा रहे हो।''

''मुझे जो कहा गया है कर रहा हूँ। तू अपने काम से सम्बन्ध रख।''

''यह सूचना सही थी कि विश्वामित्र ने वनवासी केन्द्र खोल रखा है। महोदय, मैं प्रारम्भ में ही कह देना चाहता हूँ कि वनवासियों को मैंने कई गुणों से सम्पन्न और निश्छल जीवन बितानेवाला देखा। किसी को अगर मेरे इस कथन से असहमति है तो अभी बोल दे। बीच में टोका-टाकी मुझे स्वीकार्य नहीं है।

महोदय, जैसा कि विदित है, वे श्यामवर्णी छोटी कद-काठी के हैं लेकिन उनके नाम-नक्श तीखे और बाल बिल्कुल काले हैं। भूरे बालोंवाला मुझे नहीं दिखा। धूप की गर्मी को सहन करने की क्षमता है उनमें। भूख और प्यास से वे घबराते नहीं हैं। वे इस हालात में भी पाँच-दस योजन चल सकते हैं।

उनकी पहाड़ी भूमि अन्न के लिए उपयुक्त नहीं पर पर्याप्त मात्रा में फलदार पेड़ मिलते हैं। यद्यपि गो-सम्पदा के लिए पर्याप्त वनस्पतियाँ हैं पर गो पालन की प्रथा उतनी व्यापक नहीं जितनी अपने राज्य में। सभासदो! आपको जानकर विस्मय

होगा कि वे गौ दूध के सेवन में रुचि नहीं रखते। कहते हैं कि गाय का दूध बछड़े के लिए है इसलिए उसे ही पीने देना चाहिए। है न आश्चर्य की बात! हाँ, यह बात भी सच है कि उनकी गायें उतना दूध नहीं देतीं जितना कि हमारी गायें।

महोदय, यहाँ से आगे मैं उन बातों का वर्णन करूँगा जो विश्वामित्र वनवासी आश्रम में अपने सहयोगी रजवाड़ों के साथ मिलकर उस क्षेत्र में कर रहे हैं। चाँदी को सोना में बदलनेवाले चमत्कारी, गड़े खजाने की आशा दिलानेवाले साधु, भविष्य बताकर पैसे ऐंठनेवाले ज्ञानी, पितरों को स्वर्ग पहुँचानेवाले पुरोहित वहाँ नहीं पाये जाते हैं।

उनके अस्त्रों को देखकर लगता है कि वहाँ लौह प्रचुर मात्रा में उपलब्ध है। वे बर्छे का प्रयोग अधिक करते हैं। देखने में तो बहुत बलशाली नहीं लगते किन्तु आक्रमण के समय उनमें अद्‌भुत ताकत दीखती है। वे एक साथ कई बर्छे फेंक सकते हैं। वे घोड़ों से कम, पैदल अधिक आक्रमण करते हैं और विस्मय की बात यह भी है कि वे दौड़ते घोड़ों की गति से भी दौड़ सकते हैं।

वे जब सेना का निर्माण करते हैं तो सभी घरों से एक-एक सदस्य लेते हैं। किसी भी जाति को सेना में शामिल होने की मनाही नहीं है। हाँ वे वर्जित हैं, जिसने पिछले युद्ध में, कायरता का परिचय दिया था। राजा तो उनके यहाँ भी वंशावली से चलते हैं लेकिन सेनापति और अन्य राजकर्मी का चुनाव किया जाता है।''

इन्द्र को याद आया कि दशरथ की सेना में भी ऐसे कुछ योद्धा थे जिन्होंने असुरों के विरुद्ध उस ऐतिहासिक युद्ध में बड़ी अहम भूमिका निभायी थी तो क्या वे विन्ध्यवासी थे?

''इच्छवाकु राजाओं ने जो शासन-प्रणाली विकसित की, जिसे विश्वामित्र गणतन्त्र की संज्ञा देते हैं, विन्ध्यवासियों को शिक्षा के रूप में बाँट रहे हैं लेकिन सबसे अधिक असर हो रहा है उनके अनुशासन और योग सम्बन्धी पाठों का, व्यायाम और युद्धाभ्यासों का।

कभी-कभी त्योहार, विवाह, मृत्यु में सुरा मिल जाती है। यह नहीं कि पी-पीकर बीच में यहाँ-वहाँ लुढ़क पड़े हैं।

उनके विवाह और सन्तानोत्पत्ति के नियम बहुत उदार हैं। कोई किसी से ब्याह कर सकता है। कोई किसी से सन्तान पा सकता है। आप सोचेंगे कि क्या ये व्यभिचार है। मुझे यह भी पता है कि यह ऐसा सोच-सोचकर कुछ सभासदों को अन्दर से गुदगुदी भी हो रही होगी। सोच रहे होंगे कि मेरी जगह वे ही वहाँ गये होते तो अच्छा होता। किन्तु आपको बता दूँ कि वे नैतिक उत्तरदायित्व निभाने में किसी भी सभ्य समाज से आगे हैं। विवाह और सन्तान के मामले में कोई पुरुष झूठ नहीं बोलता। अगर बोले भी तो स्त्री का कथन सर्वोपरि होता है। सन्तान पर भी

पहला अधिकार उसका ही होता है।

वहाँ वधू दहेज नहीं लाती। वर को लाना पड़ता है। वधू बदले में शस्त्र का उपहार देती हैं। वर के दहेज में चमकदार जेवर कम होते हैं गृहोपयोगी वस्तुएँ अधिक। महोदय, मैंने उन्हें सोने-चाँदी का लालच पालते नहीं देखा। अधिकांशत: एक गाय या बैल और कभी-कभी घोड़े ही दहेज में देते-लेते देखा। उनके मन्त्रों में दोनों को जीवन की बराबरी का अधिकारी माना है—शान्ति में भी और युद्ध में भी। इसलिए महोदय किसी को विस्मय नहीं होना चाहिए अगर उनकी सेनाओं में स्त्रियों की संख्या बराबर की दिखे। ब्याह और सन्तानोत्पत्ति के बाद स्त्री और पुरुष दोनों स्वतन्त्र हैं दूसरा जीवन-साथी ढूँढ़ने को। इसलिए उनके समाज में, मोहित करना, प्रेम-पत्र लिखना, अवैध सम्बन्ध, व्यभिचार इत्यादि का नाम किसी ने नहीं सुना है जो हमारे यहाँ आधुनिकता का पर्याय बन गया है। इसलिए मैंने प्रारम्भ में ही कहा था कि उनका समाज निश्छल और गुण-सम्पन्न है। नैतिकता ही नियम है हालाँकि नैतिकता शब्द की कोई औपचारिक जानकारी उन्हें नहीं है।

उनके बच्चे धूल और मिट्टी में लोटते हैं और अपनी हड्डियाँ मजबूत करते हैं। माताएँ अपनी छाती से दूध पिलाती हैं। वहाँ इसके लिए धाय माँ रखने की परम्परा नहीं है।

विश्वामित्र के आदेश का पालन अब वे स्वाभाविक रूप से करने लगे हैं। युवक और युवतियाँ पहले सिर्फ प्रीति त्योहार के दिन एक-दूसरे के सामने होती थीं जो आँखें और शरीर सिर्फ युवकों के काम आती थी—रिझाने-लुभाने के लिए, वहीं आँखें और शरीर अब उन्हें युद्ध अभ्यास में चुनौती देने के काम आ रही हैं। युवतियों की जिन आँखों में आँखें डाले रहना युवकों का अधिकार था—उत्तेजना जगाने के लिए; उन्हीं आँखों में अब, वे तभी झाँकते हैं जब शौर्य के, चुनौती भरे कार्य पूरे कर दिखाते हैं। ऐसे क्षणों में, अब युवक को उत्तेजना से अधिक, गर्व महसूस होने लगा है, और कायर युवक, युवतियों को घूरने से बचने लगे हैं। इनमें से कई, रात के अँधेरे में व्यायाम करते देखे गये हैं, ताकि वे भी शौर्य की चुनौतियों को समझ सकें। इस योग्य बन सकें कि वे भी युवतियों की आँखों के प्रिय बनें। योग्य अभिभावकों और प्रशिक्षकों की देखरेख में काम-ऊर्जा, कर्म-ऊर्जा में बदलने लगा है। अब युवक-युवतियों का युद्धाभ्यासरत अर्द्धनग्न शरीर टकराने के बाद उत्तेजना नहीं, आत्मविश्वास पैदा कर रहे हैं। सब कुछ बदल रहा है।

नवविवाहित युवकों को कष्ट है कि शारीरिक व्यायाम में निपुण युवतियाँ प्रीति के दौरान भी विभिन्न आसनों का प्रयोग करने लगी हैं। यहाँ मैं बताना चाहता हूँ कि वैयक्तिक तौर पर, कई युवकों ने स्वीकार किया है कि युवतियों की इस नूतनता से उन्हें अधिक आनन्द मिलने लगा है। मुझे ऐसा भी लगता है कि उन्हें

उतना आनन्द मिलता होगा जितना इस चर्चा से हमारे कुछ गुणी सभासदों को मिल रहा है।''

खुले मुँह की पूरी-की-पूरी पंक्ति हलचल में आ गयी। कइयों ने मुँह की लार पोंछी तो दूसरों ने अपने-अपने खुले मुँह को बन्द किया। इस चर्चा ने माहौल में खुमारी भर दी थी। वरना वे अपने मुँह खोले खुमारी भरी हवा से फेफड़े क्यों भरते?

''सन्तान उत्पत्ति उनके लिए कोई समस्या नहीं है। गर्भवती स्त्रियाँ नियत समय पर बच्चे पैदा कर देती हैं। बच्चे की तीखी ध्वनि में रोना उसके स्वस्थ होने का प्रमाण होता है। नवजात बच्चा जितना अधिक चीखता है, माँ के चीखने की आवाज कम ही आती है। वे मानसिक और शारीरिक तौर पर इतनी उपयुक्त होती हैं कि बच्चा जनना उनके लिए उतना ही स्वाभाविक होता है जितना घर के बाकी के काम। हमारी तरह नहीं। प्रसूति गृह में गर्भवती स्त्रियाँ इस तरह लोटती रहती हैं जैसे रसोईघर में रखे बैंगन। जैसा कि आदेश था पिछले पन्द्रह वर्षों में। सबसे पहले तो मैंने उस स्त्री को तैयार किया कि वह अपने साथ सोने दे जिसने अपनी देखभाल के लिए मुझे रखा था। प्रारम्भ में एकान्त में बाद में उन्मुक्त रूप से। उसकी आँखें सुन्दर थीं। बाल लम्बे और थोड़े घुँघराले। पूरा बदन थोड़ा साँवला, पर था चमकदार। मैंने अपने बारे में यही सन्देश दिया कि मैं इन्द्रलोक से आया हूँ और मेरे साथ समागम प्रीति करनेवाली स्त्री सीधा स्वर्ग जाएगी और अगले जन्म में उसका ब्याह किसी राजकुमार से होगा। देवों के अधिपति, मैं क्या बताऊँ, उनके आगे निर्धनता और अन्धविश्वास का ऐसा धुन्ध छाया हुआ है कि वे मेरे बोलने से पहले ही मेरी बातों पर विश्वास कर बैठते थे। सच ही कहा है निर्धनता और अन्धविश्वास दोनों ही अभिशाप हैं। लज्जा का कोई विशेष प्रचलन का न होना मेरे लिए उत्साहवर्धक था। फलतः मैंने एक के बाद एक अनेक स्त्रियों की सेवा कर उन्हें अपने लिए तैयार किया। इस तरह अपने पाँच वर्षों के प्रवास में, देवराज मैंने सौ पुत्रों को जन्म दिया। अब, वे सभी आपकी सेवा में हमारे अपनों की तरह काम करेंगे। उनमें हमारा रक्त है इसलिए वे विन्ध्यवासियों के लिए नहीं बल्कि हमारे साम्राज्य के लिए काम करेंगे। पर विश्वामित्र के अभियान के प्रचार से स्थितियाँ बदल रही हैं। मेरा वहाँ और रहना भेद खोल सकता था। वैसे भी पिछले पन्द्रह वर्षों का मेरा काम पूरा हो गया था इसलिए मैं वापस इन्द्रपुरी आ गया हूँ।''

''जब गार्हस्थ लोभ से भर जाये तो ब्रह्मचर्य और संन्यास मिलकर भी विपदा की बाढ़ को नही रोक सकते। गार्हस्थ कर्म का यथार्थ है कुकर्म का नहीं। लोभ जनित कर्म मानव-जाति की वृद्धि कम, विनाश ज्यादा करती है। कृषि में फिर भी लोभ की

गुंजाइश कम है पर व्यवसाय को लाभ-लोभ का पर्याय बनाकर रख दिया है।

सुरक्षा के अभाव में व्यापार चौपट है और असहाय व्यापारी संन्यासी बन रहे हैं। आम लोगों की पत्नियों को अगवा कर बलात् सम्भोग का शिकार बनाया जा रहा है और न्याय नहीं मिलता। ऐसे असहाय पति संन्यास ले रहे। क्या संन्यास भयाक्रान्त लोगों का धर्म बनेगा? लोग अन्याय का शिकार होते जाएँ और समाज से मुँह मोड़ते चले जाएँ, क्या आगे भी यही होनेवाला है? अधर्म और अन्याय होता रहे पर न्याय के रखवाले चुप बैठें। राजा और राज्य-व्यवस्था भोलापन दिखाए कि उसे कुछ पता ही नहीं है।

जब व्यापार की जगह लूट और विवाह की जगह बलात्कार ही राज्य का नया विधान बन जाये तो प्रजा कहाँ जाये। पृथ्वी से बाहर। वहाँ भी ऐसा ही राजा मिले तो? अरे बिल्ली को भी घेरो तो वह सामनेवाले पर झपट्टा मारती है और हम तो क्षत्रिय हैं। योद्धा हैं। अन्याय के विरुद्ध मोर्चा हम नहीं लेंगे तो और कौन लेगा।

ऐसा भी समय आता है जब जनसंख्या के भार से अमानवीयता इतनी बढ़ जाती है कि मानव-जाति आत्मघात, रोग और आक्रामकता की सीमा लाँघ बैठती है। समुद्री मछलियाँ जब ऐसी स्थिति में आती हैं तो लाखों की संख्या में बाहर निकल, रेत पर तड़पते हुए जीवन त्याग देती हैं। पर हमारी हेकड़ी देखो कि हम आत्महत्या की बजाय हत्या पर उतारू हो जाते हैं। पर अमानवीयता को कोई भी नाम दे दो, वह जब बढ़ती है तो युद्ध, हत्या, आत्मघात का तूफान उठाती है।

कहते हैं कि पूरी सृष्टि स्वर्ग, धरती और पाताल में बँटी है। मुझे तो लगता है, मनुष्य की अन्दरुनी सृष्टि भी इन्हीं तीन हिस्सों में बँटी है। स्वर्ग की धवल सच्चाई और पाताल की अँधेरी खाई को पाटने में असमर्थ है। ठीक ही कहते हैं कि पूरा अन्तरिक्ष प्रकाश और अँधेरे में बराबर-बराबर बँटा हुआ है। दोनों में से कोई भी एक-दूसरे की श्रेष्ठता मानने को तैयार नहीं। एक-दूसरे से आगे निकलने की होड़ में प्रकाश पिछड़ता जा रहा है। पर आज वह घड़ी आ गयी है जब अन्तिम निर्णय होकर रहेगा। इन्द्र का देवत्व छीनने का समय आ पहुँचा है गौतम। इसके लिए कोई भी मूल्य चुकाना पड़े तो कम है।''

''चलो गौतम मैं करूँगा इन्द्र का सामना। मेरे बाजुओं में कृपाण उठाने की क्षमता उतनी ही है। क्या करेगा इन्द्र। टूट पड़ेगा मुझ पर अपनी सेनाओं संग और भला वह क्या टूट पड़ेगा। हत्या कर देगा मेरी। गौतम मैं ब्रह्मर्षि हो चुका हूँ। भोगने दे फिर से उसे नर्क। कम-से-कम अहल्या की बेबसी का आभास तो होगा। अपने किये पर पछताएगा तो सही बस तुम चलो मेरे साथ।'' उन्होंने बाँह पकड़कर गौतम को

खींचा। गौतम ने अपना हाथ छुड़ा लिया।

"तुम कुछ बोलते क्यों नहीं।"

"भाग्य में खोट हो तो विश्वामित्र तुम और हम क्या कर सकते हैं।" विश्वामित्र की आँखें फैल गयीं। आवेग का ज्वार उठा, जब गौतम की बात समझ में आयी तो शब्द ढूँढ़ने का उनका प्रयास छटपटाहट में बदल गया।

"उस नीच इन्द्र ने अहल्या के संग...और तुम कहते हो...भाग्य..."

"नीच तो मेरा भाग्य है गौतम।" फिर छटपटाहट हुई विश्वामित्र को। "ये किस भाग्य को कोस रहे हो। गौतम के भाग्य को। अनन्य ज्ञाता, ज्ञानी और विवेकी गौतम, वीतरागी गौतम, अहिंसक गौतम...किसकी बात कर रहे हो तुम..."

"पत्नी का दोष और किसे दूँ अपने भाग्य के अलावा।"

इस बार मौन रह जाने की बारी विश्वामित्र की थी। एक पल में उन्हें यह वाक्य एक हजार बार आघात कर गया।...

"क्या चाहते हो गौतम तुम। इस असह्य दुख की घड़ी में मैं यह घोषणा कर दूँ कि मैं तुमसे संवाद तक नहीं करना चाहता। या यह चाहते हो कि तुम्हें बुरा-भला कहकर वेदना को और बढ़ा दूँ और उसके लिए जीवन भर स्वयं को कोसता रहूँ। पर सच यही है गौतम कि अपने ऋषि होने पर पहली बार मुझे ग्लानि हो रही है। मुझे ग्लानि हो रही है कि चोट की असह्य वेदना पर हम भी अपना वह ज्ञान खो बैठते हैं, जिसे अपना सब कुछ देकर अर्जित किया था। वह धैर्य, विवेक, अन्तदृष्टि; सब कुछ कहाँ चला जाता है, गौतम! कुछ राह तो दिखाओ मुझे भी! या कह दो कि मैंने जो कुछ कहा, वही सत्य है। ये तप, ये ज्ञान, ये परोपकार सब व्यर्थ है—कायरता का दूसरा नाम है। मैं विश्वामित्र जो कुछ पल पहले एक ब्रह्मर्षि था, कायरता की संज्ञा लेकर तुम्हारी कुटिया से चला जाऊँगा और जीवन भर इसी भाव से जीऊँगा।"

"मत सुनाओ मुझे यह सब। मेरी वेदना को और मत बढ़ाओ।"

"और मैं जिस आघात से सुन्न होता जा रहा हूँ उसका क्या?"

"तुम भी अपने घर क्यों नहीं चले जाते विश्वामित्र। मैं और कुछ कहने की स्थिति में नहीं हूँ।"

"और जो कुछ तुमने कहा उन शब्दों से पड़े अनवरत आघात लिये मैं घर जाना तो क्या, दो कदम भी नहीं चल सकता। जो आघात उस अधर्मी पर होना चाहिए उसे हम अपने ऊपर लेकर कैसे जिएँगे गौतम! कैसे?"

विश्वामित्र ने उन्हें झकझोरा। पर गौतम ने अहल्या जैसी चुप्पी लगा ली मानो उसके पाषाणवत् होने का श्राप अपने ऊपर ओढ़ लिया हो।

कण्व ऋषि ने पीछे से आकर विश्वामित्र का हाथ गौतम के कन्धे से हटाया। अगले पल गौतम पीछे मुड़कर कुटिया की ओर चल पड़े। ऐसा लग रहा था गौतम

नहीं पाषाणवत् अहल्या चली जा रही थी।

"कण्व मैं, ब्रह्मर्षि विश्वामित्र, प्रतिज्ञा करता हूँ कि इन्द्र को इस परिस्थिति में लाकर खड़ा कर दूँगा जहाँ पूजनेवाला तो दूर कोई पूछनेवाला नहीं मिलेगा। इस सम्पूर्ण भारत-भूमि में उसका मन्दिर ढूँढ़े से भी नहीं मिलेगा। मन्दिर तो क्या कोई उसकी समाधि बनाने को तैयार नहीं होगा। सारा विश्व देखेगा कि एक देव जब पतित हो जाता है तो कैसे उस पर सारा मृत्युलोक भी थूकता है। इन्द्र थूकता हूँ मैं तुम्हारे देवराज होने पर। और हाँ तैयार रहना मेरे आघात के लिए। ब्रह्मर्षि विश्वामित्र की मार अप्रत्यक्ष होगी। पर होगी बड़ी घातक।"

गौतम के आश्रम से अपनी कुटिया तक आ चुकने पर भी विश्वामित्र का क्रोध उतरा नहीं था।

"मुझे आभास था कि गौतम जिस तरह तर्क की व्याख्या करते थे वह उन्हें एक दिन नियतिवादी बना देगा। आज साबित हो गयी वो आशंका। हद है! अरे, यह जगत अपने-आप नहीं चलता। उसे तर्क से चलना पड़ता है। धिक्कार है इतने विचारों, चिन्तनों और सिद्धान्तों पर। अगर नियति की धारा में ही बहना था तो क्या करना था इतनी नावों और पतवारों का। डूबने देते सभी को। ये आश्रम, ये संगठन, ये त्याग, योग सबके सब मिथ्या हैं, दिखावा है। अपने को भुलावे में रखने का बहाना है। मानव-मूल्य जाये भाड़ में। गड्ढे में घुस जाये समाज। बिला जाये हवा में मानव-जाति। इतने युगों से ईश्वर की प्रार्थना करना कि उन्नत करो, सद्बुद्धि दो, प्रगति दो, विकास दो। क्या करना था इन सबका! इससे अच्छा होता कि प्रलय ही माँग लेते। एक ही बार में मुक्ति। कोई किसी के लिए रोनेवाला नहीं होता। कोई दुख नहीं। सिर्फ मुक्ति...महामुक्ति।"

"एक सन्तान पाने की इच्छा ने अहल्या को कहाँ से कहाँ लाकर खड़ा कर दिया।" आँगन में खड़ी मेनका ने किसी महिला को सुनाते हुए कहा पर बात विश्वामित्र के कान में पहुँच गयी।

"क्या कहा तुमने?" विश्वामित्र का क्रोध मेनका की तरफ मुड़ा तो मेनका भाँप गयी।

"कुछ भी तो नहीं। मैं तो यह कह रही थी कि अहल्या का अपराध ऐसा नहीं जैसा गौतम समझ रहे हैं। कहने को ऋषि, पर निकले बड़े ओछे और ढोंगी।"

"आ गयी न अपनी जात पर। खड़ी हो गयी न इन्द्र के साथ। गौतम तो अपने सिद्धान्तों में उलझ गये। तेरे पास कौन-सा सिद्धान्त है? अप्सरा का सिद्धान्त। कुटिल बुद्धि। इन्द्र की कुटनी।"

मेनका ने विश्वामित्र की आँखों में आँखें डालकर उसे रोकना चाहा। उसे विश्वामित्र की तीखी प्रतिक्रिया ने स्तब्ध कर दिया था, फिर भी उसने सोचा शायद उसकी आँखों का संकेत वे समझ लेंगे। पर मेनका गलत थी। विश्वामित्र की आँखें क्रोध की आग से भरी हुई थीं। वही क्रोध अब उनके शब्दों में भी उतर चला था।

"तुझे गौतम में खोट दिख गया। और तुझे अपनी वास्तविकता नहीं दिखी।"

अब मेनका को खुद का चुप बैठना सही नहीं लगा। "मैंने क्या खोट कह दिया...क्या गलत कहा मैंने, अहल्या ने अगर सन्तान की चाह की तो क्या बुरा किया...यही तो कहा मैंने।"

"नहीं, तुम झूठ बोल रही हो। तुमने अहल्या को ओछा कहा।"

"गौतम का क्रोध मुझ पर क्यों उतारते हैं आप?"

"तुमने जो कहा क्या वह सही है?"

"क्या अनर्थ किया अगर अहल्या को सन्तान की चाहत थी...यही तो कहा मैंने...इन्द्र का साथ देने की बात कब कही मैंने।"

"इन्द्र पर आग बरसाने के बदले अहल्या को बेचारी कहना...इन्द्र का साथ देना नहीं तो और क्या है।"

"अगर मेरी बातों का यह अर्थ निकलता है तो अपनी बात वापस लेती हूँ...पर इस पूरे प्रकरण में आप मुझे नहीं घसीटें, बस इतनी-सी विनती है कि बिना अहल्या और गौतम से पूछे कि बात क्या है आप सौ प्रतिशत निर्णय भी नहीं कर सकते...और अहल्या के साथ न्याय भी नहीं..."

विश्वामित्र बिफर पड़े। उन्होंने बोलना शुरू किया तो आधी बात मेनका के गले में अटकी रह गयी...

"रह गयी अप्सरा की अप्सरा। अरे तुझे पहले ही पहचानना था मुझे। यह प्रेम नहीं था तुम्हारा। एक ढोंग था, तू अप्सरा है, अप्सरा। इन्द्र के षड्यन्त्र का मोहरा। तू अहल्या की पीड़ा क्या समझेगी। धोखे से सम्भोग का शिकार होने की पीड़ा तू क्या समझेगी। तेरे लिए धोखा तो एक कला है। मानमर्दन की पीड़ा तुझे समझ नहीं आएगी। तू आर्य स्त्री होती तो समझती। अप्सरा आर्य स्त्री नहीं होती, हाँ, मैं तो भूल ही बैठा था।"

बड़े प्रतिकार संग मेनका ने दहकती आँखों से विश्वामित्र को देखा पर क्रोध से फड़कते होठों पर शब्द नहीं आये।

अहल्या एक निष्पाप कन्या थी जिसे ब्रह्मा लेकर आये थे। देवताओं की लोभी प्रवृत्ति को देखकर उसे गौतम के संरक्षण में रख दिया गया था। कई वर्षों बाद जब गौतम

अहल्या को वापस करने पहुँचे तो ब्रह्मा ने गौतम के संयम के पुरस्कारस्वरूप अहल्या से गौतम का विवाह करवा दिया। इसी कारण अहल्या और गौतम में वह नैसर्गिक स्वाभाविक स्त्री-पुरुष भाव नहीं बन पाये। क्योंकि जब अहल्या इच्छुक थी, तब गौतम संयम के बन्धन में बँधे रहे। जब संयम टूटता दिखा तो अहल्या को अपनाने का साहस नहीं दिखा सके और अहल्या को वापस ब्रह्मा के पास ले आये। अब जब ब्रह्मा के कहने पर विवाह भी किया तो अहल्या तब तक अपने विचार यह सोचकर बदल चुकी थी कि गौतम की उसमें कोई रुचि नहीं है।

किसी ने अहल्या से भी पूछा कि स्वर्गलोग उसे प्रिय था या नहीं। जब गौतम से उसका परिणय किया गया, समय के उस मोड़ पर, वह गौतम की थी या नहीं। गौतम के साथ वन में भेजने से पहले, किसी ने उसे महलों में रहने का विकल्प दिया क्या? बिना इच्छा जताए, आश्रम जीवन में उसे भेज देना क्या निर्णयों का थोपना नहीं कहाएगा।

हो सकता था अहल्या गौतम के लिए ही हाँ कहती। हो सकता था वह आश्रम के लिए ही हाँ करती। ऐसा भी हो सकता है कि स्वर्ग के युवा देवगणों के प्रति जगे भाव, उसकी यौवन सुलभ जिज्ञासा मात्र रही हो और जिसका उसे अनुभव भी हो गया हो पर क्या किसी को यह अहसास हुआ कि सोचने के लिए उसे कुछ समय दिया जाये जिसमें वह अपने विकल्पों की जाँच-परख कर ले। कुछ समय गौतम को भी चाहिए था ताकि वह अहल्या के 'हाँ' की प्रतीक्षा करता। चूँकि गौतम ने संयम से उसे आश्रम में रखा इसलिए वह गौतम की हुई, यह तो गौतम का पुरस्कार हुआ और अहल्या तो पुरस्कार राशि बन गयी न? पर अहल्या तो स्त्री थी। एक पूर्ण स्त्री। अपने निर्णय लेने का उसे भी उतना ही अधिकार था जितना किसी अन्य को। गौतम पुरुष थे और अहल्या स्त्री। फिर एक विजेता और दूसरा पुरस्कार की वस्तु कैसे? विजेता तो दोनों थे। गौतम के संयम से अहल्या का संयम कमतर तो नहीं। शील का व्रत अगर सम्पन्न हुआ तो दोनों का समान योगदान था। फिर...? पुरुष है न? अहंकार से मुक्त कैसे होगा भला! मेनका ने अपने-आपसे बातचीत का सिलसिला बन्द किया।

"मुझे इन्द्र के षड्यन्त्र का मोहरा कहा...उसे यह भी पता नहीं चला कि मैं मोहरा से स्त्री बन चुकी हूँ।" बुदबुदाती हुई कुटिया से बाहर निकल आयी।

इन्द्र ने अहल्या के संग जो कुछ किया, उससे मेनका उद्वेलित नहीं थी पर अन्तर्मुखी चिन्तन-प्रक्रिया में डूबकर वह अपने-आपको एक नये रूप में देखकर चकित हो रही थी। शुकराज चुपचाप टुकुर-टुकुर उसके नूतन रूप को देखता जा रहा था।

हर बार नये सिरे से जीना शुरू करती हूँ, लगता है मेरी बात वह समझ ही नहीं रहा। हर बार नये शब्दकोश ढूँढ़ती हुई इसलिए छटपटाती हूँ कि कैसे मैं उस तक अपनी बात पहुँचा दूँ। स्वर और व्यंजन, या व्याकरण, जिनसे जो कुछ भी सीखा, उसे नये सिरे से जब तक मैं सजाऊँ तब तक वह अपना धीरज खो बैठता है और हमारे बीच बातचीत की एक और सम्भावना धुँधली पड़ जाती है। गहराती साँझ की तरह उदास और उलझन भरी। किसी तरह मैं अपनी जीभ की जड़ और गले के अँधेरे तक पहुँचूँ जहाँ से किसी ध्वनि का हाथ थामकर इस धुँधलके को पार कर सकूँ, बस इतनी उम्मीद लिये समय बिता रही हूँ।

मैं अपनी हँसी पँखुड़ी में बन्द करके फूलों में छुपा दूँगी। अपनी चाल इठलाती डालियों में, शरीर की गन्ध पेड़ के तनों में, अपनी दृष्टि पत्तों में।

पुरुष तो हमेशा पुरुष रहा है। स्त्री को सामग्री समझता है—स्त्री की मांसलता को घूरने, छूने, चखने से लेकर, अगर उसका वश चले तो खा जाने तक। स्त्री की सुडौलता और यौवन का भूखा उनका कलेजा इस भाव से अनजान है कि यौवन को ढलने से रोकने के प्रयास में पूरी स्त्री जाति कितने मानसिक और शारीरिक दबाव में आ चुकी है और उनकी यह स्थिति देख उनकी किशोर बेटियाँ समय से पहले रही या तो युवती हो रही हैं या तो मानसिक असन्तुलन का शिकार हो रही हैं। युवा पीढ़ी में इतना असन्तोष, इतनी उलझन और इतना आक्रोश आखिर किसका भला करेगा? स्त्री को तो हर सम्बन्ध निभाना है। उसे पुरुषों की तरह हाथ झटकना नहीं आता। पुरुष हमेशा वह चाबी ढूँढ़ता है जिसे घुमाने से औरतें बोलना बन्द कर दें और वही कुछ करने को तैयार हो जाएँ, जो वह अपने दिवास्वप्न में देखा करता है...।

इन्द्र के प्रति बढ़ते अविश्वास और अश्रद्धा के प्रकटीकरण के बाद विश्वामित्र को विश्वास हो चला था कि अगर वशिष्ठ, गृत्समद आदि की सहायता नहीं ली गयी तो एक युद्ध होकर रहेगा।

''एक बार इन्द्र से बात करके तो देखो।'' देखा बाहर शबरी खड़ी थी।

''रास्ता छोड़, शबरी।''

''इन्द्र के लिए कुछ लायी हूँ।''

''अब तू भी आग में घी डालेगी।'' एक किनारे से निकलते हुए...विश्वामित्र ने कहा।

''घी? इन्द्र को घी क्यों दूँगी। जौ का सत्तू है। पवित्र अन्न खाएगा तो मति वापस आएगी। घी और सोमरस पी-पीकर उसकी चतुराई में खोट आ गया। जौ के सत्तू खाएगा तो उसे पुरखे याद आएँगे। याद दिलाएँगे तो वह समझ जाएगा। है तो

होनहार ही न? और बाप-दादों का पुण्य भी तो उसके साथ होगा। पुण्य तो अच्छा असर ही करेगा न? कोई चिकना घड़ा थोड़े ही न है। देवता है तो देवों का असर तो होगा ही।'' बुदबुदाती हुई, शबरी ने बरामदे से घड़ा उठाया और चल पड़ी नदी की ओर...''अगर मेनका ने भी पुण्य कमाया है तो उसका भी असर होगा...'' बुदबुदाती हुई शबरी कुटिया से बाहर चली गयी।

शबरी को विश्वास था इन्द्र के देवत्व में। उसने सोच रखा था कि इस बार जब इन्द्र आश्रम आएँगे तो, उसे प्यार से मिलेगी। तरह-तरह के फल खिलाएगी। उसे समझाएगी। बस क्षमा ही तो माँगनी है इन्द्र को। गलती हो भी गयी तो क्या अहल्या का हृदय बहुत बड़ा है। क्षमा कर देगी इन्द्र को।

शबरी सामने से हटी नहीं कि मेनका आकर खड़ी हो गयी थी। उसकी आँखों का दृढ़ निश्चय कह रहा था कि वह बहुत कुछ सुनाने आयी थी। विश्वामित्र के लिए सम्भव नहीं था कि बिना सुने वहाँ से निकल जाएँ।

''मैं बताती हूँ आपको, क्यों मैं ही आयी आपको अपवित्र करने। मैं ही हूँ इन्द्र की विनाशकारी षड्यन्त्रों की नायिका। मैं ही हूँ वो पापिनी जो एक राष्ट्र के निर्माण में खलनायिका की भूमिका निभा रही हूँ।

पर मुझे ही इसलिए भेजा गया क्योंकि मैं ही हूँ स्वर्ग की सबसे सुन्दर स्त्री। क्योंकि मैं ही हूँ सबसे अधिक आत्मविश्वास युक्त। क्योंकि मुझसे इन्द्र ने अप्सरा होने के अलावा भी काम लिये हैं। भयभीत इन्द्र को मैंने ही कई बार ढाढ़स बँधाया है। ऋषिवर मैं सिर्फ अप्सरा नहीं हूँ और अगर हूँ तो यह भी जानिए कि अप्सरा केवल अप्सरा ही नहीं होती और हमेशा अप्सरा ही नहीं रहती।

और सुनिए वह मैं ही थी जिसने आपके तेज से इन्द्र को सावधान किया था। मगर अप्सरा थी तो मैंने आपका तेज कैसे पहचाना मुनिवर? अगर इन्द्र की भेजी खलनायिका भी हूँ तो इन्द्र को सावधान करनेवाली मैं ही क्यों बनी? और यही बात कि मैं आपके तेज को पहचान सकती हूँ इन्द्र का निर्णय बना। मेनका को ही इसलिए चुना गया क्योंकि इन्द्र की दृष्टि में मुझसे उपयुक्त और कोई नहीं था।

आप कहेंगे कि इन्द्र मूढ़ था इसलिए उसे ऐसा लगा होगा। कहिए। मैं भी सहमत हूँ आपसे। अगर इन्द्र मूढ़ नहीं होता तो क्या यह पहचान नहीं पाता कि मुझे विश्वामित्र के पास नहीं भेजना चाहिए था। क्या उसे अनुमान नहीं होता कि एक रूपवती अप्सरा एक तेजस्वी पुरुष से आकृष्ट भी हो सकती है। मूढ़ नहीं होता तो उसे पता होता कि अप्सरा सिर्फ राजाओं का मनोरंजन ही नहीं करती उनके उत्थान और पतन का लेखा-जोखा भी रखती जाती है और ऐसी सूचनाओं से सम्पन्न अप्सरा ऋषि का गुप्तचर बनकर अपनी भूमिका उलट सकती है।

ऋषिवर मैंने कहा था न आपसे कि मैं अपनी परम्परा और पीढ़ी के कोप से

मुक्त हूँ। पर वह झूठ था। क्योंकि अगर ऐसा होता मैं आपसे आसक्त क्यों होती। ऐसा था तो मैं इनकी त्रुटियाँ आपको क्यों बताती। मुझे आपके अभियान से लगाव क्यों हो जाता? इन्द्र सभा की जगह आपके राष्ट्र की कल्पना मुझे क्यों प्रिय लगने लगती? मुझे ऐसा क्यों लगता कि इस महान पृथ्वी का उद्धार इन्द्र के हाथों नहीं, आपके हाथों होना है। ऋषिवर मैंने निश्चय ही झूठ कहा था। मैं अभी भी अपनी परम्परा और पीढ़ी से मुक्त नहीं हुई हूँ। अभी भी मैं पूर्ण अप्सरा नहीं बन पायी हूँ। मैं अभी भी एक द्वन्द्व में जी रही हूँ। वर्तमान और भूत के द्वन्द्व में। मैं न तो पूर्ण अप्सरा हूँ न ही एक सामान्य राष्ट्रीय नागरिक।

हाँ मैं एक अनार्य स्त्री हूँ। मुझमें आर्य बनने के गुण नहीं। ठीक ही कहा आपने। पर इतना बताइए वह हर बात मुझे बुरी क्यों लगती है जो आर्य-समाज के पतन का कारण बन रही है। आप जैसा सजग आर्य, इन्द्र की जिस प्रवृत्ति से मर्माहत होता है वही बातें मुझे भी क्यों ठेस पहुँचाती हैं? और जितनी बार ठेस पहुँचती है, अन्दर एक दृढ़ निश्चय क्यों होता है कि परिवर्तन में अब और विलम्ब ठीक नहीं। क्यों मन में कामना जगती है कि कोई अवतारी पुरुष करे अन्त इस कुव्यवस्था का। करे उद्धार हम जैसे पतितों, उपेक्षितों और दलितों का। पर आज मैं यह कहती हूँ कि भारत का उद्धार सिर्फ ऋषियों से नहीं होगा...

...हाँ मुनिवर, इस भूखंड को एक अवतार चाहिए। आप ऋषियों में गुणों का भंडार हैं। पर एक गुण नहीं है—वह है 'क्षमा'। आप अभी भी अवतार से बहुत दूर हैं और हम जैसों का उद्धार उन हाथों से नही हो सकता, जो अनायास ही क्षमा के लिए नहीं उठ पाते।''

''अगर कभी दो प्रेमी एक हुए हैं तो वह हम हैं। अगर किसी पुरुष को स्त्री का पूर्ण समर्पण मिला है तो वह तुम हो। किसी और में इतना साहस नहीं कि वह तुमसे मुझे अलग कर सके। बस इतनी विनती है तारनहार से कि जब तक हमारा प्रेम है ऐसा ही रहे ताकि जब वियोग की घड़ी आये तो इसी के सहारे अलग हो सकें। हृदय को चीरनेवाली बातें जो की हैं तुमने उसे वापस लो, तुम्हें तुम्हारे तप का वास्ता। मैंने सोच लिया है कि मुझे यहाँ से जाना होगा। बस भाव के दो शब्द कहकर मुझे विदा करो। रूखापन ओर अपमान लेकर मैं यहाँ से जानेवाली नहीं। क्या कहेंगी मेरी सहेलियाँ। झूठ बोलना भी तो भूल गयी है। मुझे निरस्त्र कर भेजोगे? कैसे योद्धा हो तुम!''

पिछले कई दिनों में विश्वामित्र भ्रमण पर थे। अहल्या-दमन, विन्ध्य की समस्याएँ और इन्द्र-सभा में जाने के अन्तिम निर्णय पर वे विन्ध्यवासियों को पूरी

तरह विश्वास में लेकर आज लौट रहे थे और इस सूचना के मिलते ही मेनका के सोचने का अनवरत क्रम शुरू हो गया था। आज वह भी कुछ निर्णयात्मक पहलुओं पर दो टूक बातें करना चाहती थी।

"क्या आप मुझे विवाह का अर्थ समझाएँगे?" सान्ध्य-पूजन के बाद जैसे ही, पहली बार विश्वामित्र अपनी कुटिया में पधारे मेनका ने प्रश्न कर दिया।

कई दिनों बाद विन्ध्य की संयुक्त सभा को सम्बोधित कर जब विश्वामित्र वापस आये तो साँझ ढल चुकी थी। विश्वामित्र जब कुटिया के प्रांगण में आये तो मेनका सामने खड़ी थी। निरोग, अश्रुविहीन, अलंकृत सुरूपिणी, मृदुभाषिणी, सुवस्त्रा,प्राणप्रिया मेनका। बाँह, अँगुली, अंग की सुरूपता, मध्य भाग की कृशता, जघन की सघनता, पलकों पर नागरी का सौम्य भाव, आँखों में विनय, अगर इसे नहीं तो किसे कहते हैं गम्या सुन्दरी, भोग्या।

"विवाह क्या है?"

मेनका के हाथ में छोटा-सा दीपक टिमटिमा रहा था। विश्वामित्र को उसने सायास रोका था। विश्वामित्र को जाने क्यों यह प्रश्न प्रासंगिक लगा।

"विवाह का अर्थ होता है विशिष्ट वहन। दूसरे की कन्या को आत्मीय बनाने का जो धर्मसंगत उपाय है, उसे विवाह कहते हैं, जिसमें कन्या का पिता सहर्ष उसका हाथ वर के हाथ में दे ताकि पाणिग्रहण सम्पन्न हो।" अपने विराम से वह मेनका के सबसे प्रिय प्रश्न का हमेशा के लिए उत्तर देना चाहते थे।

"और जिस कन्या के पिता न हों" मेनका ने कहा। विश्वामित्र क्षण भर के लिए रुके। संयत होकर सोचा।

"तो निकटतम सम्बन्धी..."

"और जो अनाथ हो..."

विश्वामित्र मौन हो गये। और मेनका भी मौन हो गयी।

उर्वशी की तरह मेधावी होती तो यही कहती कि विवाह प्रथमतः दो शरीरों और दो मन का मिलन है। वह यह भी कहती कि कोई भी स्त्री विवाह करने का जन्मसिद्ध अधिकार रखती है। वर्तमान नियम इन अधिकारों पर आघात करता है, यह स्त्रियों के दो वर्ग तैयार करता है—पत्नी पदयुक्त और पत्नी पदच्युत और बनाता है एक को सौभाग्यवती और दूसरे को अभागी। उर्वशी से सुनी इन बातों में उसे पूरा विश्वास आ रहा था पर बोलने की सीमा तक नहीं। पर ये बातें उसके मस्तिष्क से उतरकर आँखों में तैरने लगी थीं। निश्चय ही इस नियम में खोट है। मेनका ने अपना मुखड़ा विश्वामित्र की तरफ घुमाया। विश्वामित्र अभी भी सिर झुकाए सोच रहे थे। अगर वे मेनका की तरफ देखते तो पता चलता कि मेनका की आँखें कितना कुछ कहती जा रही थीं।

"वेद पढ़ना तो मना है, पर आपको ही प्रवचन देते मैंने सुना था कि शरीर धारण करनेवाले प्राणी पर तीन ऋण होता है, जिनमें से एक है पितृ-ऋण। आपने यह भी कहा था कि सन्तान की उत्पत्ति करके इस ऋण से मुक्त हुआ जा सकता है। तो क्या विवाह से अलग भी सन्तान उत्पत्ति हो सकती है और अगर ऐसा हुआ तो ऋण-मुक्ति मिल सकती है?"

विश्वामित्र को ध्यान आया कि आज मेनका कुछ ऐसे प्रश्न कर रही थी जिसका उत्तर होना चाहिए, ऐसा सोचने का अवसर उसे मिला ही नहीं या कि विश्वामित्र ने इसे कभी गम्भीरता का प्रश्न ही नहीं माना। 'सहधर्मचारिणी संयोग:' के तहत मेनका स्वधर्म पुरुष से विवाह कर सकती है किन्तु यह कैसे निश्चय हो कि उसका स्वधर्म पुरुष कौन है। कौन करेगा इसकी पहचान। कौन ढूँढ़ेगा उसकी वंशावली। ऐसा सोचते हुए विश्वामित्र को लगा कि वे विचारों से दबे जा रहे थे। "उसे स्वधर्म पुरुष की खोज करनी होगी" ऐसा कहकर अपने को भार से मुक्त किया।

"पर पत्नी-धर्म तो प्रत्येक स्त्री को पता होता है।"

"क्या होता है पत्नी-धर्म?"

"रति पुत्र फला दारा—सम्भोग और सन्तानोत्पत्ति।"

"इसके अतिरिक्त?"

"वह तो पति निर्धारित करेगा।"

"तो वह पति को कैसे निर्धारित करेगी।"

"स्वयंवर—बुद्धि और शरीर की आँखों से।"

"वंश, धन, वय आदि।"

"अनिवार्य नहीं।"

"तो क्या तुम इन तमाम प्रश्नों को अप्रासंगिक बता रही हो।"

"जब पहले स्त्री के सम्मुख पहले पुरुष ने प्रणय निवेदन किया होगा तब भी ये प्रश्न प्रासंगिक नहीं रहे होंगे।"

विश्वामित्र के तर्कों पर फिर से विराम चिह्न लग गया। कहीं मेनका ने इन प्रश्नों पर ग्रन्थों का अध्ययन तो नहीं कर रखा है। उत्तर इस तरह आ रहे थे जैसे नदी जल से प्रतिबिम्बित होती सूर्य की किरणें। वह विश्वामित्र को जितनी बार निरुत्तर करती उतनी ही बार भावावेग के ज्वार भी खड़े करती थी।

"मैंने तो यह भी सुना है कि ईश्वर सबसे पहले उत्पन्न हुए। फिर स्वयं में से नारी का निर्माण किया और फिर मिथुन-रत हुए अर्द्धनारीश्वर कहलाए। फिर विवाह के इतने नियम कैसे बन गये।"

विश्वामित्र की आँखें मेनका पर टिकी थीं। कुछ बोलने के लिए उन्हें समय

की आवश्यकता आ पड़ी थी। पर मेनका आज बहुत कुछ कहने आयी थी।

"मैंने कभी जाना नहीं मेरे माता-पिता कौन थे। मैंने कभी जाना नहीं भाई और बहन कैसे होते हैं। कभी सोचा नहीं प्रेम क्या होता है। कभी जाना नहीं नियम-संस्कार क्या होते हैं। आज जब सबकी परिभाषा देखने-सुनने की स्थिति में पहुँच चुकी हूँ मैं प्रेम और ज्ञानविहीन मेनका, आप पुरुष श्रेष्ठ से, प्रेम और सम्बन्ध की जिज्ञासा के साथ प्रणय-निवेदन करती हूँ, निवेदन करती हूँ कि इन्द्र के स्वर्ग से अलग, अपने स्वर्ग में मुझे ले चलें। भावों की उस दुनिया में ले चलें, जहाँ के अनुभव अभी भी मेरे लिए उतने ही कोरे हैं जितने प्रथम प्रेम में पगी किसी बावरी के होते हैं। प्रेम-बावरी से कोई और प्रश्न मत कीजिए। वह तर्कों की दुनिया से बाहर निकल आयी है। वह प्रीति की उस अलौकिक दुनिया में पहुँची है जहाँ प्रकाश ही प्रकाश है। वही हमें मार्ग दिखाए। हमारे क्लेश हरे। हमारी बुद्धि का परस्पर अनुकूलन करे। हमारे समागम को सुमंगल करे। मेरी प्रीति ही मेरा दहेज बने। मेरी प्रज्वलित आत्मा ही अग्निकुंड बने। मेरे निष्पाप आँसू ही आहुति बनें। मेरे शुद्ध विचार ही परिक्रमा बनें। हम सोद्देश्य समागम और रति करें और करें स्वयं को मुक्त जन्म-जन्म के दोषों और ज्ञानहीनता से।" विश्वामित्र ने जब मेनका के सिर पर हाथ रखा तो हाथों में हलका कम्पन था किन्तु मेनका का मस्तक दृढ़ निश्चय में सधा हुआ था।

उदर पर बनी, तीन रेखाएँ, भँवर तक आकर समाप्त होती नदी की लहरें। फीके पड़ते आलता से रंगे सुन्दर पाँवों की अँगुलियाँ, जिसके आदेश पर नृत्य की विभिन्न मुद्राएँ नाचती हैं। उन्होंने हौले से मेनका को पीठ के बल लिटा दिया। रसानुभूति की एक नयी परत खुली। दृश्य बदला, भाव बदले। मेनका की आँखें सामने नहीं थीं। भाव निष्पक्ष हो चले। निःसन्देह आँखों में वशीकृत करने की अद्‌भुत क्षमता होती है। बदन का लचीलापन और मजबूती, आँखों को अलग अनुभूति दे रहे थे।

पुतलियों की चंचलता कम हो रही थी। तेज होती जा रही थी साँसों में स्थिरता। साँसों का गहरा होते जाना उसके सीने में नया हौसला भर रहा था। काला गुरु धूप से धुआँ कर बालों और पूरे शरीर को खुशबूदार बनाया। फिर कजूर और चन्दन के लेप खास-खास जगहों पर, गोरोचन और कुंकुम से शरीर पर रंग-रचना की। काजल से आँखों की लम्बाई बढ़ायी। पाँवों को आलता से सजाया। बिना इसे देखे कोई नहीं समझ सकता कि पाँव भी इतने रोचक हो सकते हैं। बालों, कानों और हाथों में फूलों की सुगन्ध, जैसे सोने पे सुहागा।

अब तक वह एकाग्रचित्त मेनका के अंगों में खोया था अब उसे अपने शरीर

का आभास हो आया। उसकी नसों का चक्र जो मस्तिष्क में जाकर बैठ गया था, बड़ी तेजी से बदन में नीचे की ओर बढ़ चला। माँसपेशियों ने आती हुई नयी स्फूर्ति को अपने में भर लिया। नृत्य भी एक साधना है। अगर ऐसा नहीं होता तो मेनका की पीठ इतनी चमकदार नहीं होती, कमर इतना गठा हुआ नहीं होता। लेटी हुई मेनका थोड़ी हिली, युगलबन्दी की लय में हलचल की और फिर से उसी भाव में स्थिर हो गये...अगले पल की प्रतीक्षा में, बाजू में लेटते हुए विश्वामित्र ने अपनी चौड़ी खुरदरी हथेली उसके ऊपर रखी। डरी, कहीं विश्वामित्र अपनी हथेली न हटा लें। विश्वामित्र ने अपनी हथेली नहीं हटायी। त्वचा की कोमलता, कोमलता में छिपी नर्माहट और नर्माहट से छन-छनकर आती गर्मी ने विश्वामित्र की हथेली को असमंजस में डाल दिया। वर्षों, तलवार की मूठ और धनुष की प्रत्यंचा को चलानेवाली हथेली मेनका की काया पर ऐसे पड़ी थी जैसे किसी नये स्थान पर कछुआ पड़ा हो... चुप, हलचल रहित।

पर इतनी देर में तो मेनका बेहाल हो चली। एक पल में ही उसने उस हथेली को अपनी देह पर कितनी बार अनुभव किया।

अहल्या-दमन की जलती आग सीने में लिये विश्वामित्र अन्त:पुर के अतिथिगृह के उस भाग में पहुँचे जहाँ वशिष्ठ को ठहराया गया था। यहाँ की हर बात विश्वामित्र को याद थी। 'इसे अतिथि-गृह क्यों कहते हैं इसे भोग-शाला कहा जाना चाहिए' अपने कड़वे अनुभवों को याद कर वह बुदबुदा उठे। विश्वामित्र के आने की सूचना अन्दर गयी तो सुन्दरियाँ एक-एक कर बाहर आयीं। बाहर विश्वामित्र हैं, जानकर पहले से खिलखिलाती बाहर निकलीं पर वह हँसी वैसे गायब होती चली गयी जैसे सूरज के दीख जाने पर धुँधलका गायब हो जाता है। अन्दर घुसते ही विश्वामित्र ने गुहार लगायी कि 'इन्द्र अहल्या से माफी माँगे' पर वशिष्ठ ने साफ संकेत दिया कि अभी 'वृत्र-वध' से बड़ा और कोई प्रश्न नहीं। वह संकेत भी एक अस्पष्ट कहानी के रूप में सामने रखी गयी थी।

''वृत्र के कहने पर इन्द्र ने पुलोमन की धोखे से हत्या कर दी। पर सभी देवता यह देखकर इतने सकते में आगे कि कुछ नहीं बोल सके। बहते आँसुओं से देवताओं के लिए नियत मंच पर चिता बनाकर उसे अग्नि के सुपुर्द कर दिया। वृत्र को भी अभी तक मारा नहीं जा सका क्योंकि वृत्र कई देवताओं के भेद जानता है। सभी उससे घृणा करते हैं, पर डरते हैं। इसलिए धीरे-धीरे पूरा समाज उलझन में डूब रहा है। सुख के साथ दुख, विश्वास के साथ धोखा, क्षमा के साथ प्रतिशोध, आस्तेय के साथ भोग, अपरिग्रह के साथ लोभ; सब साथ-साथ रह रहे हैं। किसी दिन यह

दुनिया ऐसे ढह जाएगी जैसे रेत में बनाये दुर्ग, बच्चों की आँखों के सामने ढह जाते हैं।"

वक्तव्य शैली बिल्कुल अप्रासंगिक थी पर विश्वामित्र ने वक्तव्य को वार्ता में बदलने का फैसला किया।

"बच्चों की ही तो चिन्ता है। हमने तो पूरा जीवन जी लिया। अच्छा या बुरा। पर इन्हें क्या देंगे? झूठ, व्यभिचार, भ्रष्टाचार और हिंसा से ढहता हुआ एक समाज।"

विश्वामित्र ने फिर से अपनी चिन्ता रखी।

"फिर से प्रलय ही आ जाये, डूब जाये धरती समुद्र में। फिर से मन्थन करेंगे।" निर्विकार भाव से वशिष्ठ ने उत्तर दिया।

"पर तब तक कई पीढ़ियों को निगलता काल का कितना बड़ा हिस्सा यूँ ही बीत जाएगा और इसके उत्तरदायी केवल हम होंगे।"

"बिल्कुल और कौन होगा?"

"तो हम विरोध का स्वर क्यों नहीं उठाते?"

"अँधेरे और उजाले में युद्ध छिड़ा है।" वशिष्ठ ने फिर से शून्य में टकटकी बाँध ली, और बोलना शुरू किया, "अभी वृत्र-वध ही आर्य समाज का ज्वलन्त प्रश्न है।"

"तो हम आर्य समाज को एक क्यों नहीं करते। वृत्र-संहार सुनिश्चित है।"

"अँधेरे और उजाले की अनवरत लड़ाई में पैदा होते हैं सितारे। अँधेरे और उजाले की अनवरत लड़ाई में मरते हैं सितारे। सृजन और संहार का नाटक अन्तरिक्ष के मंच पर खेला जा रहा है, जिसमें अपनी-अपनी भूमिका निभा रहे देवों की डोर तो सूत्रधार के हाथ में है। कौन है वो सूत्रधार? किस देवता की उपासना करें हम।"

"वृत्र के कहे चलनेवाले इन्द्र की समस्या यही है कि वह अँधेरा और प्रकाश में से किसे चुने; निश्चय नहीं कर पा रहा। कुछ तो कहते हैं वह निश्चय करना भी नहीं चाहता। दानवों और देवों के बीच वह मोहरे बिछाना सीख गया है जिसे वह कूटनीति कहता है।" विश्वामित्र ने प्रश्नवाचक तरीके से अपनी बात रखी।

"तुम इन्द्र को क्षमा क्यों नहीं कर देते विश्वामित्र।" वशिष्ठ ने दबे स्वर में अपना निवेदननुमा निष्कर्ष सामने रख दिया।

"जिस इन्द्र से देवस्तुति का आरम्भ होना है...उस इन्द्र के शासन को कौन-सा रोग लग गया। गृत्समद क्या आपसे एक अप्रिय प्रश्न पूछ सकता हूँ।"

"मुझे कोई आपत्ति नहीं।"

"वज्र बनाने के लिए दधीचि की अस्थियाँ लेने के विचार में क्या आपकी भी सहमति थी?"

"हाँ भी और नहीं भी।"

"क्या मैं थोड़े स्पष्टीकरण की माँग कर सकता हूँ?"

"हाँ, इसलिए कि मैंने इन्द्र का फिर भी साथ दिया। नहीं इसलिए कि इन्द्र ने न तो मुझसे राय माँगी और न ही मैंने जानने की कोशिश की।"

"यह तो अनहोनी और अचम्भित करनेवाली बात हुई?"

"कथा लम्बी है थोड़ा धैर्य से सुनना। इन्द्र को कैकयराज ने विश्वास दिला दिया कि दधीचि की अस्थि से ही वह अस्त्र बना सकेगा जिससे वह युगों-युगों तक अक्षुण्ण राज्य कर सकेगा। गन्धार से सहस्त्र योजन दूर उत्तर-पश्चिम में पृथु नामक प्रतापी राजा का राज्य था। प्रतापी होते हुए भी वह मुझसे बराबरी की प्रतिष्ठा और मित्रता रखता था क्योंकि पृथु मेरा सबसे अच्छा मित्र भी था। एक समय मित्रता इतनी गहरी हुई कि उससे अपनी छोटी पुत्री से इन्द्र का ब्याह भी करने का सन्देश भेजा था। तब तक इन्द्र पूर्णतः विद्रोही प्रवृत्ति का बन गया था। बहुत ही अनहोनी संगत में उठने-बैठने लगा। हर अतिरेक का सेवन साथ-साथ करने लगा। इन सबों का एक साथ सेवन संन्यासी को फिर भी भा सकता है किन्तु एक भावी राजा को तो नहीं। सक्षम होते हुए भी इन्द्र ने अक्षमता के सभी आवरण ओढ़ लिये। अगर वह विद्रोही बनकर गणित, ज्योतिष, दर्शन, कला किसी भी क्षेत्र में कुछ दर्शनीय कर जाता तो मुझे बहुत हर्ष होता। इस समाज में मेधावियों का भी उतना ही उपयोग है जितना एक राजा का। यह न तो मेधावी बना, और न ही दार्शनिक या संन्यासी। सुख तो इसने दोनों संसार का लिया पर कर्तव्य कब करेगा इसका कुछ पता नहीं। एक समृद्ध राज्य के समस्त भोगों का सुख लोगे तो उसके कर्तव्य कौन निभाएगा। मैं जानता हूँ कि जहाँ राजयोग है रति-भाव, भोग-विलास भी है। लेकिन वह भी कैसा भोग जो समाधि का भाव न जगाये। धिक्कार है ऐसी मानसिकता पर। पर इन्द्र तो इतना धन्य है कि किसी धिक्कार का उस पर प्रभाव नहीं होता। परिणामतः, अनु राजा ने हमसे सम्बन्ध तोड़ लिये क्योंकि इन्द्र की कहानियाँ वहाँ तक पहुँच चुकी थीं। अब वह राजा भी क्या साम्राज्य विस्तार करेगा जिसने उचित वैवाहिक प्रस्ताव के सम्मुख स्वयं को अयोग्य घोषित कर एक युगान्तरकारी अवसर खो दिया हो। अब उनके आक्रमण से इन्द्रपुर लगातार क्षीण हो रहा है। जाने कितनी पीढ़ियों ने इस विश्व के जन-गण का और विश्व का मार्गदर्शन किया। आज अपनी आँखों के सामने इस इन्द्र वंशावली का अवश्यम्भावी अन्त देखने के लिए मुझे ही जीना था यह सोचकर बहुत तुच्छ अनुभव कर रहा हूँ। अपनी ही दृष्टि में स्वयं को टूटते देखना बड़ा दुखदायी है, विश्वा।

"ऐसा कहना तो धृष्टता होगी गृत्समद कि आप धैर्य रखें। पर आपके शुभ कर्मों के कारण ही दिन फिरनेवाले हैं। भारत फिर से विश्व का मार्गदर्शन करेगा और मुझे इसमें तनिक भी सन्देह नहीं कि वह घड़ी बहुत पास आ चुकी है।"

"लेकिन तुम यह सब करोगे कैसे?"

"आपके अधूरे काम को गन्तव्य तक पहुँचाकर।" ऋषि गृत्समद ने अपनी बूढ़ी आँखों से विश्वामित्र की ओर देखा, जिनमें क्षण भर के लिए एक चमक आ गयी थी। भारत के भविष्य को लेकर खुशी का भाव था या बुझने से पहले उठी लौ की एक चमक आ गयी थी।

वास्तव में वशिष्ठ और गृत्समद से मिलकर विश्वामित्र उदास हो चुके थे और अपने आपको अत्यन्त असफल-सा अनुभूत कर रहे थे।

"मैंने जो राह चुनी है, वह राग-रंग में डूबे लोगों को रास आएगी क्या? इस नगर के लोग विलास की धारा में बहे जा रहे हैं। मैं उन्हें ठहरने को कहूँ तो वे ठहरेंगे क्या? उपदेश करना उचित होगा या मौनव्रत धारण करना? धर्म तो वैसे भी शब्दों से कहीं विशाल है। तो क्या शब्दों की जगह सिर्फ ध्वनि का सहारा लेकर अलख जगाऊँ? लेकिन धर्म की जो अनुभूति मुझे हुई है उसे दूसरों तक पहुँचाना भी मेरा कर्तव्य है। ऐसा लगता है कि यह अत्यन्त कठिन काम है। ध्वनि, शब्द और अक्षर आखिर यही तीन माध्यम तो हैं हमारे पास अलख जगाने के। कहते हैं प्रार्थना में बड़ी शक्ति है। प्रार्थना करुणा का ही दूसरा रूप है।"

महल तो विश्वामित्र के पिता के पास भी था पर इन्द्रपुरी तो पूरा-का-पूरा नगर ही एक महल था। सड़कों, उद्यानों, स्थापत्य, झरना, दीवारों, प्राचीर, नृत्यशालाओं, मदिरालयों, स्नानकुंडों के मेल से बना महल। विश्वामित्र को ऐसा लगा जैसे वह अपना भार खो रहे हैं। निरर्थकता के बोध से पलभर में सिर भारी हो आया। उन्हें लगा जैसे उनका विश्वास विशाल वैभव के सम्मुख छोटा पड़ रहा है। अगले पल अपने-आपको समेटा उन्होंने, "अच्छा है कि मेरे पिता का महल ऐसा नहीं है। अगर यहाँ रहना पड़ जाये तो...सोचकर ही मुश्किल लग रहा था"...सीढ़ियाँ चढ़ते दर्पणों की कतारें थीं जिनमें आते-आते उनके अपने प्रतिबिम्बों ने उनका ध्यान बरबस खींचा। "ओह कितना भुलावा है इन मायावी प्रतिबिम्बों में।"

जैसी आशंका थी, राष्ट्र और संविधान सम्बन्धी विश्वामित्र के प्रस्तावों पर कोलाहल मच गया। इन्द्र सभा ने घोषणा की कि दैव-शासन से महान कुछ भी नहीं। विश्वामित्र ने कहा, वेद-सम्मत शासन से महान कुछ भी नहीं और वेद का मूल है त्याग।

इन्द्र की सभा में विश्वामित्र से अलग प्रश्न किया गया।

"वेद का मूल त्याग की भावना नहीं, बल्कि यज्ञ है।"

"यज्ञ साधन है, साध्य है त्याग।"

"त्याग किसका?"

"मोह का।"

"मोह किसका?"

"मोह भोग का।"

"भोग नहीं तो कर्म नहीं।"

"कर्म में भोग उचित है पर भोग का मोह अनुचित।"

"इसकी परिभाषा कौन करे?"

"सच्चा ब्राह्मण।"

"यहाँ पर सभी सच्चे ब्राह्मण ही तो हैं।" दरबारियों ने ठहाका लगाया।

विश्वामित्र चुप हो गये।

"इसका अर्थ हुआ तुम्हारे पास उत्तर नहीं है। इसलिए हमारे ब्राह्मण होने में यह सभा सहमत हुई जिसमें तुम भी सम्मिलित हो?"

विश्वामित्र चुप रहे। सभा में उपस्थित सभी ब्राह्मणों की राय है वेद का मूल है यज्ञ।

"सभा के सम्मुख अगला प्रश्न प्रस्तुत किया जाये।" इन्द्र ने आदेश दिया।

"यज्ञ की आहुति क्या है?"

"परमात्मा के लिए आत्मा का दान।" विश्वामित्र की दृढ़ता में कोई कमी नहीं आयी।

"नहीं देवों के लिए मानवों का उपहार।" इन्द्र ने हस्तक्षेप किया।

"नहीं ये उपहार नहीं दान है।"

"देव, दान नहीं लेते, हवि लेते हैं। देवों द्वारा मानवों की सुरक्षा का मूल्य।" पास बैठे किसी अज्ञात दरबारी ने गुहार लगायी। अधिकांश दरबारियों ने ठहाके और शोर से इसका समर्थन किया।

विश्वामित्र फिर चुप हो गये।

"इसका अर्थ यह हुआ कि तुम्हारे पास इसका भी कोई उत्तर नहीं है। इसलिए सभा सहमत हुई कि यज्ञ की आहुति दान नहीं देवों को दिये जानेवाले उपहार हैं।" इन्द्र ने पुनः अपना निष्कर्ष सुनाया।

"कोई भी आहुति, जीवन से बढ़कर नहीं। जीवित रहना मनुष्य का मौलिक अधिकार है, जिसे किसी देव को छीनने का कोई अधिकार नहीं है।"

दरबार में मौन था, पर विश्वामित्र के मस्तिष्क में झंझावात। क्योंकि अभी-

अभी उन्होंने जिस मूल सत्य की अनुभूति की थी और उसका प्रकटीकरण कर इस जड़वत राज-सभा के तोतारटंतों को जिस तरह निरुत्तर किया था, वह भारतीय ऋषियों की वही निर्भीकता थी, जो भारत को अपने पंजों में दबाने के किसी भी प्रयास से आँख-से-आँख मिलाती रही और आक्रान्ताओं और आततायियों को वापस लौटने पर बाध्य करती रही है। जिसने सबसे बड़ा त्याग करने का निश्चय किया हो उसे कुछ भी भयभीत नहीं कर सकता। 'मनुष्य-जीवन, प्रकृति की श्रेष्ठ रचना आहुति के लिए वृथा व्यय नहीं की जाएगी।' सत्य अब दृढ़ निश्चय में बदल रहा था। दधीचि को जीने का पूरा अधिकार था और अहल्या को जीवित रहने का पूरा अधिकार है।

जिस तीव्रता का अनुभव विश्वामित्र कर रहे थे उतनी ही शीघ्रता से इन्द्र भी सोच रहा था? अब उसे कोई सन्देह नहीं था कि विश्वामित्र एक ऐसी अवस्था को पार कर चुके थे, जहाँ राजभय उनका कुछ भी नहीं बिगाड़ सकता। 'सावधान, विश्वामित्र भयमुक्त हो चुका है!' इन्द्र व्याकुल हो उठा। पर वह वायु की गति से नियन्त्रण की डोर ढूँढ़ रहा था। अगर इस समय वह उखड़ गया तो समझो हार गया। क्या करे वह? आखिरकार उसे कूटनीति का एक पाठ याद आ गया। राज-सभा का सन्नाटा तोड़ने के लिए एक के बाद एक, उसने तब तक कई अट्टहास लगाये, जब तक सारे दरबारी सन्नाटे बाहर आकर समवेत अट्टहास नहीं लगाने लग गये। कुछ पलों की गूँज के बीच इन्द्र ने अपने हाथ ऊपर किये। जो जिस सीमा तक मुँह बाये उचक रहा था वहीं के वहीं रुक गया।

"यज्ञ का उद्देश्य है देवों को भोग लगाना।"

"वेद का उद्देश्य यज्ञ है। यज्ञ का उद्देश्य त्याग। इसलिए वेद का मूल त्याग है।"

"यज्ञ का उद्देश्य सिर्फ यज्ञ है। वह साधन, साध्य और सिद्धि है।"

"साधन, साध्य और सिद्धि तीनों का एक रूप तो सिर्फ ब्रह्म है।"

"यज्ञ ब्रह्म ही तो है इसलिए यज्ञ में दी जानेवाली आहुति ब्रह्म का भोग है।"

"ब्रह्म को भोग नहीं चाहिए होता है।"

"तो फिर यज्ञ के लिए त्याग का क्या औचित्य है। जब ब्रह्म को कुछ चाहिए ही नहीं।"

"किसने कहा ब्रह्म को कुछ नहीं चाहिए? ब्रह्म को मानव से त्याग की अपेक्षा है।"

"मानव से त्याग चाहिए और फिर भी ब्रह्म को कुछ नहीं चाहिए, श्रीमन् तो फिर त्याग किसके लिए?"

"त्याग मानव के लिए।"

"किसी गम्भीर विषय को हास्यास्पद बनाना कोई तुमसे सीखे।" कहकर इन्द्र पुनः ठहाके लगाने लगा। सभासदों ने पूरा साथ दिया। पर हँसी गले में अटकने लगी जब विश्वामित्र ने फिर से बोलना शुरू किया।

"एक मानव का त्याग दूसरे मानव के लिए होता है। अकिंचन लोगों को मदद पहुँचाना त्याग है। धनी का धन, समाज-कल्याण में लगाना त्याग है। अपना घर-बार स्वजनों को सौंप समाज की एकता बनाने घर से निकल पड़ना त्याग है। पुरुष से कुछ अधिकारों को छीनकर स्त्रियों के बीच बाँटना त्याग है। बहुसंख्यकों के अभिमान की दीवार को तोड़कर अल्पसंख्यकों के लिए जगह बनाना त्याग है। अल्पाहार त्याग है। स्वाध्याय त्याग है। महल के स्थान को शिक्षालय बनाना त्याग है। नृत्यशाला के स्थान पर चिकित्सालय बनाना त्याग है। स्व से परिजन, परिजन से समाज, समाज से राष्ट्र और राष्ट्र से विश्व के कल्याण के लिए चलाये जानेवाले अभियानों के जितने भी भिन्न-भिन्न प्रकार हैं, वे प्रभु की दृष्टि में मानवों का, मानवों के लिए मानवों द्वारा किया जानेवाला बहुमूल्य त्याग है। वेद को भी यही प्रिय है और ब्रह्म को भी।"

"समाजशास्त्र और राजनीति शास्त्र की शब्दावली का मायाजाल रचकर धर्म की व्याख्या नहीं हो जाती।"

"और दुखों के मायाजाल से मानव समुदाय को निकाले बिना धर्म का उद्देश्य नहीं पूरा होता।"

"तुम्हें धर्म की व्याख्या में कम, और उसके उद्देश्य में ज्यादा रुचि है। तुम धर्म चिन्तक नहीं कहला सकते...इसलिए ब्रह्मर्षि नहीं कहला सकते..." पास बैठे जीवा का रक्त उबाल खाने लगा। पर विश्वामित्र के संकेत को भाँपकर वहीं मुट्ठियाँ भींचे बैठा रहा।

"चिन्तन व्याख्या है तो कर्म उद्देश्य है।" विश्वामित्र ने कहा।

"धर्म का उद्देश्य, स्वयं धर्म है उसे और किसी सहायक तत्त्व की आवश्यकता नहीं।" इन्द्र ने अपनी राय दी।

"चिन्तन और कर्म एक-दूसरे के पूरक हैं। अपने-आपमें निरपेक्ष नहीं।"

"पर ईश्वर तो निरपेक्ष है और मैं हूँ ईश्वर का रूप, देवराज इन्द्र..."

"हाँ, पर धर्म सापेक्ष है।"

"तुमने फिर से हास्यास्पद बात कही। मुझे लगता है सभा का मनोरंजन करना तुम भूलते नहीं हो..."

"आप हँसकर देखो तो सही। मैं फिर मैं दुहराता हूँ कि ईश्वर निरपेक्ष है पर धर्म सापेक्ष है और सापेक्षता की परिभाषा पूर्णतः सामाजिक उपयोगिता पर आधारित है।" कहकर विश्वामित्र चुप हो गये। बात तो हास्यास्पद थी पर हँसने के लिए जो

पहले से तय प्रावधान था शायद उसमें कमी रह गयी थी। असमंजस में पड़ी सभा ने चुप रहने में ही बुद्धिमानी समझी। क्योंकि इससे पहले भी वे हँसे थे पर उन्हें जब उसे वापस लेना पड़ा था तो वह हँसी उनके गले में जाकर अटक गयी थी। भई हँसी गले में अटक जाये तो प्राण को भी खतरा हो सकता है। सभा में औपचारिकता निभाना सापेक्ष बात है पर प्राण बचाना तो निरपेक्ष बात है। जीवन पर विपत्ति आये तो धर्म का सापेक्ष रूप भी जाना-पहचाना-सा लगने लगता है। "भई इस ऋषि की बात में दम तो है?" वे आपस में बुदबुदाने लगे।

विश्वामित्र की असर करती बातों में व्यवधान डालने के उद्देश्य से जयन्त ने संकेत किया और अचानक चार भांड़ सिंहासन के नीचे आकर खड़े हो गये और उनमें से एक विश्वामित्र की ओर मुड़कर बोला। "मुनिजी की आज्ञा हो तो कुछ सांस्कृतिक कार्यक्रम हो जाये।" स्थिति को समझने के प्रयास में विश्वामित्र मूक हो गये। उनकी विचार-प्रक्रिया पर इस अचानक व्यवधान के कारण उनकी उत्तर देने की क्षमता पर विराम लग गया था।

भाँड़ों ने भोंडी तुकबन्दियाँ आरम्भ कर दीं।...असंस्कृत शब्द में से 'अ' स्वर को अनसुना करने का अभ्यास हो तो हर भौंड़ी क्रिया एक सांस्कृतिक कार्यक्रम ही लगती है।

शायद उनमें से एक ने मदिरा अधिक पी थी, प्रोत्साहन ने भाँग पर धतूरे का काम किया।

उसका हाथ-पाँव मचलने लगा था,लगा जैसे वह गायन के अतिरिक्त भी कोई कला दिखाना चाहता है। फिर नाचने के नाम पर उसने वो उछल-कूद मचायी कि पास बैठे सभासदों को अपना-अपना आसन पीछे खिसकाना पड़ा। नाच न जाने आँगन टेढ़ा, अब यह कथन तो किसी प्रतिक्रियावादी तत्त्व का कहा जान पड़ता है अन्यथा जो बात इसमें है वो सीखे हुए नचैये में कहाँ? नाच तो उमंग से होता है, और इनमें जो उमंग है, वह सभासदों के पीछे हट जाने से निश्चय ही सिद्ध हो रहा है। नाच तो ऐसा हो कि आँगन ही टेढ़ा बन जाये और उक्ति ही बदल डाले।

"मुनिजी कैसा लग रहा है ये सब।" उस भांड़ ने पूछा, जो उछल-कूद की धृष्टता जताने विश्वामित्र के और निकट आ चुका था।

"क्या कहना है। वाह!" जीवा अब तक सँभल चुके थे, "साँड के डकारने, सुअर के घुरघुराने, घोड़ी के हिनहिनाते, ऊँटनी के बिलबिलाने और मेंढकी के फुदकने से बढ़कर है तुम्हारा सांस्कृतिक कार्यक्रम। छोड़ना नहीं...बस लगे रहो।"

जीवा की बात सुनकर वे सभी सभासद हँस पड़े। वे ये भूल गये कि उन्हें केवल उन बातों पर हँसने को कहा गया था, जिससे विश्वामित्र की हँसी उड़ती हो।

"छोटा मुँह बड़ी बात। पर मैं छोटी जातवालों के मुँह नहीं लगा।" भाँड़ ने

मुँह बनाया।

भाँड़ ने जैसे भड़काऊ योजना की तैयारी कर रखी थी।

"अरे भाँड़ की सन्तान, तेरी जात कब से ऊँची हो गयी।" कहते हुए जीवा कूदकर नीचे आया और पलक झपकते ही उस भाँड़ को पटक डाला। इससे पहले कि विश्वामित्र कुछ कहते लात-घूँसे के अप्रतिम बौछार से जीवा ने उस भाँड़ को, भाँड़ का भुर्ता बना डाला। वह भी ऐसा कि वह चीखना तक भूल गया।

"चल अगली सात पीढ़ी के लिए तेरा शुद्धीकरण हो गया।" काम निबटाकर, जूते पहनते हुए जीवा ने कहा।

"और सुनो ऊँची जात पर अकड़ने वालो। अगर धर्म-विरुद्ध आचरण करने पर ईश्वर को भी पदच्युत कर दिया जाता है तो ऊँची जाति की क्या बिसात है। बिना कर्तव्य के किसी अधिकार की कोई सत्ता नहीं होती। सत्ता और उत्तरदायित्व में चोली-दामन का सम्बन्ध है। क्षत्रिय जात का कवच-कुंडल पहनकर तुम अपनी कायरता को छिपा सकते हो पर कोई वीर उसे बेधकर तुम्हारी भीरुता को सामने नहीं लाएगा ऐसा मूर्ख ही सोच सकता है।"

जाति की ही रट लगा रखी है तो मुझसे सुनो जो तुम्हारे पुराणों में लिखा है। व्याप्त की माता मल्लाह थी। शुकदेव की माता शुकी बंजारा जाति की थी। पराशर की माँ चांडाल जाति की, कणाद की माँ उल्लूनी जाति की, ऋष्य शृंग की माँ मृगी जाति की, वशिष्ठ की माँ कंजर जाति की, इसलिए अगर सन्तों ने कहा कि 'जात ना पूछो साधु की' तो सही कहा है। अब सन्त बड़ा है या जात तो इस पर तुम्हारी राय क्या होगी मुझे पता है पर याद करो जब माता के पेट से निकले थे तो तुमने क्या कहा था।

बोलते क्या। तब तुमने सोचना सीखा ही नहीं था। चीख-पुकार के अलावा कोई बोले भी तो क्या। पर सुन जिस माता ने तुझे अथक कष्टों के बाद जन्म दिया और वह जिसकी कृपा से सम्भव हो सका, वह मदपाल मुनि की कृपा थी और मदपाल मुनि की माँ मल्लाह जाति की थी। पुत्र अपनी जातिगत हेंकड़ी में निश्चय ही घूगता रहे पर उसकी माँ को कई सच्चाइयाँ मालूम होती हैं जो हृदय में दबाये संसार से विदा हो जाती है। पर थोड़ा सोचकर देख तुमने अपनी माँ को क्षत्रिय होने की हेकड़ी में अकड़ते देखा था। सोचो और कई बार सोचो। तुम्हें तुम्हारी अकड़ की पकड़ हाथ लग जाएगी।"

जैसे सब कुछ योजनाबद्ध हो। दो सुरक्षाकर्मी आये और बिल्कुल यन्त्रवत, भाँड़ के भुर्ते को समेटकर ले गये। बाकी भाँड़ भी साथ हो लिये। जीवा अपने स्थान पर बैठ गया था। सभा में बुदबुदाहट अवश्य हुई पर इससे अधिक कुछ नहीं। अगले पल जैसे ही सभा कक्ष में शान्ति हुई इन्द्र ने अगला प्रश्न पूछने का संकेत दिया।

"अगर शासन दैव-इच्छा से नहीं चलता है तो कैसे चलता है?"

"संविधान से..." विश्वामित्र ने तत्पर उत्तर दिया।

"संविधान की कोई परिभाषा?"

"संविधान तो व्यापक व्यवस्था है।"

"सभासद के सम्मुख ऐसी परिभाषा करो जो छोटी हो जिसे वेदमन्त्रों के सूत्र के रूप में पिरोया जा सके।"

विश्वामित्र ने इधर-उधर देखा। इतनी शीघ्रता से परिभाषा को सूत्रबद्ध नहीं कर पा रहे थे।

"आप छोड़ दें गुरुजी। इसका उत्तर मेरे पास है..." जीवा फिर से उठ खड़ा हुआ। इन्द्र खुश था। जीवा उत्तेजित है। अनर्गल प्रलाप ही करेगा। आलोचना विश्वामित्र के हिस्से आएगी।

"यह सभा कान खोलकर सुन ले। मैं संविधान की सूत्रबद्ध परिभाषा दूँगा पर उससे पहले उस अनुभूति को सुनें जिससे निकलकर वह सूत्र बनता है।"

"अनुभूति की व्याख्या छोड़ो। सूत्र बोलो। वेद सूत्रों में कहा गया है।" किसी ने गुहार लगायी।

"अरे ओ टूटी छप्परवाले पुस्तकालय की फटी पुस्तक, अधकचरी बातें यहाँ मत परोस। सूत्र प्रकट करने से पहले हर ऋषि अनुभूतियों के विस्तार से निकलते रहे हैं। सूत्र कोई रट्टू शिक्षक की छड़ी नहीं कि उठाया और...सटाक!"

लोगों के हँसने से प्रश्नकर्ता का उत्साह मन्द पड़ गया। "किसी सन्त ने कहा है, धर्म, इस आत्माहीन और निष्ठुर जगत में सुख के लिए दलितों की आत्मा की गुहार है। यह सुख का भ्रम है। वास्तविक सुख समाज परिवर्तन के बिना सम्भव नहीं।"

"अरे, संविधान को किधर छोड़ दिया..." एक सामन्त ने आवाज लगायी।

"घबराओ नहीं। अभी तुम्हारी तरफ ही आऊँगा।"

"बिना निर्धनों और दलितों के विकास की योजना के धर्म की भाँग परोसोगे तो वह सिर्फ भ्रम और पाखंड होगा, जो कि पहले भी कई युगों में हो चुका है।" बीच में ही विश्वामित्र ने हस्तक्षेप किया।

"अरे आप क्या बोलेंगे। पहले क्षत्रिय थे, फिर ब्राह्मण बने और अब पता नहीं किसके साथ घूमते हैं। बेपेंदी के लोटा हैं।" जैसे भड़काने की ठान रखी थी सामन्तों ने।

विश्वामित्र ने अपना क्रोध दबाया पर उत्तर देना उचित लगा। "मुझे बेपेंदे का लोटा कहते हो तो गलत नहीं। यहाँ वहाँ लुढ़कता हूँ तो दो नयी बातें सीखता हूँ। कहीं अपमान मिलता है और कहीं स्नेह। पर, तुम जो एक जगह पेंदा टिकाये बैठे

हो, देखो तो सही कि तुम्हारे पेंदे से जड़ें निकलकर जमीन में समा गयी हैं और तुम्हारे हाथों पर काँटे उग आये हैं। जड़ता के पुतलो, तुम मनुष्य नहीं रहे हो कँटीले झाड़ों में बदल गये हो..."

"और तुम क्या हो विशुद्ध ब्राह्मण, यज्ञोपवीत को भ्रष्ट करनेवाला छद्म ब्राह्मण।"

"जाति और यज्ञोपवीत की बात करते हो तो सुनो..." विश्वामित्र ने कहना प्रारम्भ किया, "ये सूत्र इसलिए पहनाया था कि जितनी बार वह तुम्हारी छाती को छुए, उतनी बार तुम्हें आत्मा की याद आये और तुम उन सूत्रों को याद करो जो आत्मा को श्रेष्ठतर बनाने में सहायक हैं। पर ब्रह्म-सूत्र याद न करके जब तुम जाति की श्रेष्ठता का दम्भ भरते हो तो ऐसा क्रोध आता है कि पूछो मत। बात-बात पर जाति का यज्ञोपवीत-सूत्र दिखाकर तुम समाज को जोड़ने की बजाय तोड़ रहे हो। ऊपर से जो धर्म में वापस आना चाहते हैं उन्हें चांडाल, अछूत, अन्त्यज बताकर भारत को लगातार बीमार कर रहे हो। जो भी भारत के उत्थान के लिए तन, मन, धन से समर्पित होना चाहता है वह भारत की सन्तान है। धर्म एक है—भारत, जाति एक है—भारत। ध्येय एक है—भारत। भारत एक संवैधानिक अवस्था है, वर्ण-व्यवस्था नहीं। यही है संविधान की सूत्रमय परिभाषा।

"जाति-बन्धन के दैव-शासन ने भारत की अकूत उत्पादकता स्रोत पर भारी कपाट जड़ दिया है। ऊपर से त्वरित न्याय-प्रक्रिया का अभाव। जैसे-जैसे नये उत्पादन-अवसर आते हैं उत्पादन-सम्बन्ध भी बदलने चाहिए। अगर कभी चतुर्वर्ण उत्पादन-सम्बन्धों के लिए बनाये गये थे तो वे मानव-सापेक्ष ही तो थे। अन्यथा प्रभु को ऐसी व्यवस्था की भला क्या जरूरत होगी? इसलिए वह हर व्यवस्था जो मानव-सापेक्ष है, उत्पादन सापेक्ष है, बदलेगी। स्वयं नहीं बदलेगी तो बदल दी जाएगी। जातियाँ जन्म नहीं लेतीं, बनायी जाती हैं। नवीन उत्पादन-व्यवस्था नवीन जातियों और चतुर्वर्ण को तोड़े बिना बन नहीं सकती। नयी जातियाँ बनाये बिना भारत की उत्पादकता को गति नहीं दी जा सकती।"

"अरे वह तो फिर भी ठीक था विश्वामित्र, आप तो पूरे आर्यवर्त्त को नीच जाति में बदलने पर तुले हो। नीचों, कुलटाओं, अधर्मियों का आर्यवर्त्त..."

"मैं तुम्हें शाप देकर शाप का अपमान नहीं करना चाहता। क्षण भर पहले मैंने सोचा, तुम्हें विकल्प दूँ कि तुम शाप से मरना चाहते हो या शस्त्र से, क्योंकि मैं तुम जैसों के लिए दोनों साथ लेकर चलता हूँ पर तुम्हारी कुपात्रता को देखते हुए यही सोचता हूँ कि तुम्हारा अन्त शस्त्र से ही होना चाहिए। पर शस्त्र चलाने से पहले तुम्हें सावधान करने के लए एक छोटा-सा प्रसाद दूँगा। फिर भी अगर तुम नहीं सँभले तो तुम्हारा दुभार्ग्य।" बात खत्म करते हुए विश्वामित्र ने उसके तमतमाये गाल पर एक

सनसनाता चाँटा जड़ दिया। दो गुलाटियाँ खाकर वह फिर से खड़ा हो गया। चाँटा गाल पर पड़ा कि तबले पर कहना मुश्किल था। क्योंकि अब उसने कथक नृत्य ही शुरू कर दिया था। पाँव पटक-पटककर सभासदों से दुहाई माँग रहा था। "यह चाँटा इस सभा का अपमान है" की घोषणा करता हुआ उसकी फटी आवाज कई लय में आरोह और अवरोह की गति प्राप्त कर रही थी। काफी रचनात्मक चाँटा था।

इन्द्र की आँखों में खून उतर आया था। उसने घूरकर वशिष्ठ की ओर देखा, जिसकी सलाह पर उसने विश्वामित्र को इन्द्र-सभा में बोलने का मौका दिया था।

"विश्वामित्र आप जो कुछ कहना चाहते हैं साफ-साफ उसी विषय पर आ जाएँ।" वशिष्ठ के आग्रह में आपात्कालीन भाव छुपा था।

"संवैधानिक-समाज पर ऋषि विश्वामित्र ने जो अनुभूतियाँ संकलित की हैं उसे सार रूप में पढ़ने की अनुमति दी जाये।" जीवा ने तत्पर उत्तर दिया। और ताड़-पत्रों का संकलन हाथों से लेकर सभा को दिखाया। वशिष्ठ ने स्वीकृति में सिर हिलाया पर सभा में मौन छाते ही इन्द्र आवेश में आ गया...

"ऐसी हजारों पुस्तकें लिखी गयीं जिनमें से प्रत्येक पुस्तक के हिस्से, सौ पाठक भी नहीं मिल पाये, पड़ी हैं ग्रन्थालयों में। अगर कुछ ने पढ़े भी तो आधों को कुछ याद नहीं। कुछ को अगर इतना याद है कि उसका लेखक कौन था, जो उनमें से आधों को पुस्तक किस विषय पर लिखी गयी है, यह याद नहीं। अगर गिनती के चार लोगों को विषय याद है तो उनमें से आधों को भाषा और शैली को लेकर कुछ ध्यान नहीं। अगर दो को भाषा-शैली भी याद हो तो उसमें से एक भी ऐसा ढूँढ़ना मुश्किल जो यह भी बता सके कि पुस्तक के लिखे जाने का उद्देश्य क्या है? कोई आश्चर्य नहीं अगर इस दुर्लभ एक व्यक्ति में लेखक स्वयं भी शामिल हो।" इन्द्र ने कहा।

"फिर जो ज्ञान की खोज में जितने भी शब्द कहे गये, उनमें सार तो ढूँढ़ा ही जा सकता है। लेखक का प्रयास तो सम्मान के योग्य ही होता है।" वशिष्ठ ने कहा।

चलो सम्मान दे भी देता, पर देवताओं के विरोधियों को सम्मान दे दूँ? किस बात का?

सभा में चुप्पी छा गयी और विश्वामित्र भी पुनः अपने विचारों की दुनिया में पहुँच गये और शीघ्र ही अपने उन विचारों को सामने रखना प्रारम्भ किया जिसे उन्होंने उन ताड़ पत्रों पर अंकित कर रखा था।

"नवीन समाज उस नवजात की तरह है, जिसके जन्म में माँ का जीवित रहना आवश्यक है। ऐसी अवस्था मत उत्पन्न करो कि बच्चा अपने भाग्य से पैदा तो हो जाये पर जन्म देती माँ संसार छोड़ जाये। स्वाभाविक बदलाव होने दो। प्रसव की

पीड़ा को कम करो। हिंसक संघर्षों को रोको। बहुत समय लग जाएगा घावों को भरने में। हिंसा हिंसा को जन्म देती है। यह राज-शक्ति जिस जनगण की है उसे शासन में शामिल होने दो। इससे तुम्हारी शक्ति बढ़ेगी इन्द्र। इससे महादेश और सुदृढ़ होगा। सिन्धु, सुमेर और हिमालय के उस पार तक पहुँचेगा तुम्हारा प्रताप।

इस सृष्टि की रचना ईश्वर ने की है उसी तरह जैसे पिता और माता सन्तान की करते हैं। फिर माता-पिता अपने कर्तव्य करते हैं और सन्तान अपना कर्म करती है। माता-पिता अच्छी राह बताते हैं पर चलने का काम सन्तान को स्वयं करना है। अगर वह चलने से ही अस्वीकार कर दे तो कोई कैसे उसकी सहायता करे। इस ब्रह्मांड में सभी पिंडों को, नक्षत्रों को पिता ब्रह्म ने जीवन दे दिया है। अनवरत कर्मरत रहना, गतिशील रहना अब इनका काम है। समस्त पिंडों, चर-अचर में एक ही परमाणु विद्यमान है। सबके अन्दर एक प्रकार की ही आणविक गति है। कोई यह नहीं कह सकता कि ब्रह्म ने उनसे सौतेला व्यवहार किया है। ऐसे में कर्म छोड़ अन्धविश्वास का सहारा लेना अधर्म है, पाखंड है। ईश्वर ने सबको शक्ति दी कर्मरत रहने, प्रयास करने, लक्ष्य पाने के लिए पसीना बहाने की ताकि इहलोक के सुखों का भोग कर सको। गार्हस्थ जीवन का संचालन हो। मानव-सन्तति आगे बढ़े। अब इन सभी प्रयासों को छोड़ कोई ईश्वर से दया की भीख माँगने लगे तो यह एक कर्महीन भक्ति होगी। हट्टे-कट्टे भिखारियों पर भगवान को भी दया नहीं आती। और विश्वासघात है ईश्वर की उस आस्था से जिसके तहत उन्होंने अपना थोड़ा-थोड़ा अंश सबों में डाला और जिसकी वृद्धि कर सृष्टि के विकास में सहयोग करना ही वह उद्देश्य है जिसके लिए हमें मानव रूप मिला। ऐसे भक्त-जनों के पदार्पण से मन्दिरों की शोभा नहीं बढ़ती। सन्तों का सन्तोष नहीं बढ़ता। योगियों के कुंडलिनी-जागरण में व्यवधान पहुँचता है और अन्ततः मानव-जाति का विकास एवं उसकी समृद्धि कुंठित हो जाती है।

न्याय व्यवस्था एक पूर्ण विद्या है, जिसमें विवेक का बहुत महत्त्वपूर्ण योगदान है। विवेक ही प्रज्ञा है। प्रज्ञा, ज्ञान और विवेक ये तीनों एक ही अवस्था के द्योतक हैं। जब स्वार्थ, व्यक्तिपरकता, अंकार आदि सबसे ऊपर उठते हुए समस्त शिक्षाओं को आत्मसात कर लेते हैं। तो सत्य और असत्य, न्याय और अन्याय को परिभाषित करना सुगम हो जाता है। पहले से होते हुए भी इस अवस्था में आकर सब कुछ स्पष्ट दीखने लगता है। उसी तरह जैसे सूर्योदय होने से आँखों को सब कुछ दिखाई देने लगता है; अन्यथा रात का अँधेरा आँखों को अशक्त बनाये रखता है। विवेक, प्रज्ञा या ज्ञान की यह प्राप्ति सभी शिक्षाओं का निचोड़ है—गणित, विज्ञान, औषधि-शास्त्र, ज्योतिष, साहित्य, इतिहास, भूगोल आदि सभी का निचोड़। इस सभी का अध्ययन करने के बाद ही न्याय का मूल समझ में आता है। न्याय सिर्फ दया भाव

नहीं। न्याय सिर्फ दान भाव नहीं। न्याय सिर्फ त्याग-भाव नहीं। न्याय एक प्रशासन है। न्याय एक व्यवस्था संचालन है। न्याय मानवाधिकारों की सुरक्षा है। न्याय एक सुराज है। जिस तरह प्रत्येक परमाणु के अन्दर ऊर्जा एक व्यवस्था में गुँथी होती है जो अनन्त काल से चली आ रही है। उसी तरह प्रत्येक समाज रूपी परमाणु में कर्म रूपी ऊर्जा न्याय रूपी व्यवस्था में गुँथी हुई अनन्तकाल से गतिशील है। लोग जिस बदलते सत्य की बात करते हैं वह है बदलता समाज का रूप। पर समाज के हर बदलते रूप में कर्म और न्याय का परमाण्विक सम्बन्ध अक्षुण्ण बना रहता है। जहाँ इसे तोड़ने की कोशिश की वहाँ विध्वंस और विनाश। और फिर से वही सुव्यवस्था की माँग। कर्म और न्याय का वही सुखकारी मेल। यह प्रकृति का मौलिक नियम है। इससे आगे कोई सत्य नहीं। इससे अगे या तो अन्धकार है या है ब्रह्म का तेज। दोनों ही स्थितियाँ मानव के समझ से बाहर। इसलिए मैं दुहराता हूँ कि विवेक ही समस्त ज्ञान का निचोड़ है और विवेक न्याय-व्यवस्था द्वारा रूप प्राप्त करता है। सन्तुलित कर्म और न्याय की व्यवस्था ही राज्य-संचालन की धुरी है। एक कर्मशील-न्यायशील राज्य-संचालन से होता है, राष्ट्र-निर्माण। और ऐसा राष्ट्र-निर्माण ही मानवीय-विकास की महत्तम अवस्था है, ये तो आपके दार्शनिकों ने भी कहा है।''

''जिस राजशक्ति को इकट्ठा करने में मेरे पूर्वजों ने अपना इतना परिश्रम किया उस सम्पदा को मैं लोगों में बाँट दूँ? नहीं विश्वामित्र, मैं अपना जन्मसिद्ध अधिकार नहीं छोड़ सकता।...आज की सभा यहीं समाप्त की जाती है।''

इन्द्र की घोषणा से जीवा सकते में आ गया। उसने प्रतिवाद के लिए हाथ उठाना चाहा पर विश्वामित्र ने मना कर दिया। विश्वामित्र के ऐसा करने के पीछे एक कारण था। संवैधानिक-व्यवस्था की गुहार लगाने के अलावा भी विश्वामित्र कुछ और कहना चाहते थे। पर इन्द्र-सभा में उस प्रश्न को सीधा उठाने की बजाय उसने सन्ध्याकालीन गोष्ठी के बाद इन्द्र के निजी कक्ष में जाना सही समझा। जीवा की तरह ही विश्वामित्र भी यही कहना चाहते थे जो कि कहा नहीं, ''तुम समझते हो कि राजशक्ति तुम्हारा जन्मसिद्ध अधिकार है। अनर्गल, बिल्कुल अनर्गल सोचते हो तुम। राजशक्ति उस आत्मा के संयुक्त योग से आती है जो ब्रह्म का अंश है। जैसे समस्त लोक एक सूर्य के प्रकाश से ऊर्जा पाते हैं वैसे ही समस्त शक्तियाँ ब्रह्म से ऊर्जा पाती हैं, जिसमें राजशक्ति भी सम्मिलित है और राजशक्ति में जनता की भूमिका अभिन्न है। तुम्हारी आँखें खुली हैं पर भ्रम की एक झिल्ली उस पर पड़ी है। तुम सच देख नहीं पा रहे। तुम यह नहीं देख पा रहे कि समस्त जन-गण ने मिलकर राजशक्ति को धरोहर के रूप में तुझे सौंपा है। धरोहर को तुम अपनी सम्पत्ति नहीं बता सकते। इसे वापस लौटाना पड़ता है। नीयत में खोट रखोगे तो ये बातें समझ नहीं आएगी। नीयत में खोट धर्म नहीं है। तुम कहते हो कि इनसे काम

लेना तुम्हारा अधिकार है, तो सुनो—पेड़ों को सींचने से फल मिलता है। धरती को सींचने से अन्न। भार्या को सींचने से सन्तान मिलती है। आत्मा को सींचने से ब्रह्म। समाज का हर व्यक्ति अगर तुम्हारे लिए कुछ-न-कुछ करता है, तो बताओ कि तुमने क्या दिया इस समाज को। कृषक अन्न उपजाता है। वैश्य व्यापार करता है। दास और दलित सेवाएँ-सुविधाएँ देते हैं। यहाँ हर कोई अपना-अपना काम कर रहा है। सेवाएँ पाना अगर तुम्हारा अधिकार है तो समाज की उन्नति के लिए कर्तव्य किये बिना सिर्फ अधिकार की बातें करना बेमानी है, चरित्रहीनता है!''

पर ऐसा कहने से इन्द्र से होनेवाले सभी संवादों की सम्भावना समाप्त हो जाती और ऐसा करना विश्वामित्र की योजना के विरुद्ध जाता।

इन्द्र को ज्ञात था कि निजी कक्ष में विश्वामित्र के आने का प्रयोजन और कुछ नहीं अहल्या सम्बन्धी घटना की चर्चा है पर उसे यह भी पता था कि विन्ध्यवासियों की निर्धनता, क्षेत्र के विकास और वर्णाश्रम व्यवस्था के विरुद्ध चक्रव्यूह में पूरी तरह उलझे हुए हैं महामुनि विश्वामित्र।

और विश्वामित्र ने भी चर्चा का प्रारम्भ किसी और ढंग से ही किया।

''गान्धार-ग्राम की जिस स्वर-व्यवस्था के तहत गन्धर्व तथा अप्सराएँ गान करती हैं, सच बोलना, क्या आप उसके स्वर में स्वर मिलाकर नहीं गाते।'' विश्वामित्र ने बातचीत का सिलसिला फिर से शुरू किया।

''मैं सच ही बोलता हूँ। पर मेरे ऐसा करने से तुम कौन-सा तथ्य साबित कर रहे हो।'' इन्द्र ने वैसी ही प्रतिक्रिया दी जैसा कि देता आया था।

''मैं साबित नहीं कर रहा, सिर्फ संकेत करता हूँ कि अगर आपको उनके स्वर में स्वर मिलाने पर कोई आपत्ति नहीं तो लोक-स्वरों पर कोई आपत्ति क्यों?''

''मेरे व्यक्तिगत आनन्द की तुम लोक प्रचलन से तुलना भी कैसे कर सकते हो? सिर्फ इसलिए न कि मुझे नीचा दिखाना तुम्हारा उद्देश्य है।''

''मुझे आपकी और अपनी मर्यादा भली-भाँति याद है।''

''तो फिर तुम्हारे तुलनात्मक वक्तव्य का प्रसंग क्या है?''

''एक व्याख्या।''

''कैसी व्याख्या...क्या व्याख्या करोगे?''

''अगर थोड़ा समय मिले तो बता दूँ।''

''चलो अनर्गल बातों के लिए तुम्हें समय दिया हमने।''

''तो फिर आपका साधुवाद कहकर मैं अपनी बात शुरू करता हूँ कि...संगीत कला और साहित्य, ये तीनों मस्तिष्क की एक उच्च विकास यात्रा हैं और जिन्हें हम

व्यक्तिगत पसन्द कहते हैं वे इस विकास-यात्रा के राष्ट्रीय राजमार्ग पर बने विश्रामघर हैं, जहाँ आप थोड़ा रुककर विश्राम कर सकते हैं। पर जितना सच यात्री का विश्राम करना है उससे भी बड़ा सच है यात्री का चलते रहना। और लोक संगीत सम्मिलित किये बिना यह बताना कठिन है कि हम कितनी दूर चल चुके।''

''तुम फिर से मेरी व्यक्तिगत पसन्द पर पहुँच गये।''

''पर मैंने यह भी तो नहीं कहा कि वह असत्य है।''

''असत्य ही कहा! मेरी पसन्द को एक विश्रामघर और लोक संगीत को गन्तव्य का पत्थर गलत कहना और किसे कहते हैं?''

''असत्य उसे कहते हैं जिसे अनुपयोगी, अप्रासंगिक, अनैतिक साबित कर दिया गया हो।''

''किसी गुणी ने ठीक ही कहा है जो जितना बड़ा साधु होगा, उतनी उलझन भरी बातें करेगा। क्या सीधी बात कहने में तुम्हें डर लगता है।''

''अब आपने सही पहचाना मुझे। डरा हुआ रहता हूँ इन दिनों मैं। राजधर्म और लोकधर्म के बीच के अन्तराल को देखकर, राजकर्मी और लोककर्मी की तनातनी को देखकर। देवलोक और लोक के बीच के असन्तुलन को देखकर, हे देवराज सचमुच भयभीत रहने लगा हूँ मैं इन दिनों।''

''तो जाओ और उन्हें समझाओ कि देवलोक और लोक के बीच बराबरी के सपने देखना छोड़ दें। मनोरंजन के लिए पृथ्वी लोक पर भी कोई कमी नहीं है, यद्यपि उनकी भी हमसे कोई तुलना नहीं हो सकती। तुम्हारे डर का उपाय बता दिया मैंने। फिर मत कहना कि मैं एक विश्रामघर हूँ। मैं हूँ वह गन्तव्य जिससे आगे कोई यात्रा नहीं होती। देवों में देव हूँ मैं।''

''आप उस महान वंशावली की कड़ी हैं जिसका गुणगान करते समस्त वेद थकते नहीं, क्योंकि उन्होंने ही वेद सम्मत, धर्म सम्मत, नीति सम्मत कार्य कर महान यश और समृद्धि पायी। जिस तरह आपके पूर्वजों ने धर्म सम्मत काम कर तीनों लोकों पर राज्य किया उसी तरह, मैं आज आपको सावधान करता हूँ। धर्म विरुद्ध काम करके तीनों लोक तो क्या अपना लोक भी गँवाएँगे। अगर धर्मसम्मत नीति के विरुद्ध चलनेवाले असुरों का आपके हाथों अन्त हो सकता है तो कोई कारण नहीं कि धर्मविरुद्ध किये जा रहे आपके कार्यों का अन्त नहीं होगा। कितने आश्चर्य की बात है कि प्रकृति ने ही ये नियम बनाये हैं और युगों-युगों से क्रियान्वित होते इस नियम की शाश्वतता स्वयं प्रकृति भी चाहकर नष्ट नहीं कर सकती। चर-अचर से लेकर अन्तरिक्ष और शून्य तक सभी इसी नियम से चलते हैं। इस नियम के विरुद्ध कुछ भी नहीं है। इस नियम के साथ ही सभी अस्तित्व में आये हैं और इसलिए बिना इनके कोई कल्पना निरर्थक है।''

"कर्मकांड में लिप्त मृतप्राय ब्राह्मण, ऐश्वर्य भोग में बुझे क्षत्रिय, दासता में कुचले बहुजन समाज की सम्मिलित चुनौती उसी तरह विलीन हो जाएगी जैसे क्षीण बादलों का समूह तेज वायु को देखकर होता है।"

"इन्द्र इतिहास की आपकी जानकारी पर मुझे कोई सन्देह नहीं है इसलिए आपको बताना चाहता हूँ कि आर्य असुरों की तुलना में कम विकसित, अल्प साधनवाले थे। व्यापार और यान्त्रिकी विद्या में भी पिछड़े हुए थे और परिणामत: लम्बे-लम्बे पराजय के बाद कन्दराओं में शरण लेते थे फिर भी वे नष्ट नहीं हुए और निरन्तर शक्ति हासिल करते रहे। जानते हैं क्यों? इसलिए कि वे समतामूलक समाज के साथ विजय भी चाहते थे। वे साथ बैठते थे, साथ सोचते थे, और साथ ही अभियान करते थे। अपनों के बीच क्षमा माँगने से आपका यश बढ़ेगा ही।

"अहल्या की तरह तुम भी सठिया गये हो। देव का काम निर्णय करना है। उपदेश देकर श्रेष्ठ बनने का प्रयास और अधिपति को अधीनस्थ बनाने का प्रयास मत करो।"

"नागरिक और ग्रामीण, श्रेष्ठ और नीच, अधिपति और अधीनस्थ का जो नया चलन आपने चलाया यह पूर्वजों को उस अनूठे विजयी भाव पर आघात करता है।

किसी भी सभा से बड़ा न्यायालय है, आत्मा। जहाँ जाकर आपके प्रभुत्व की सीमा समाप्त होती है। ध्यान दें कि आत्मा से बड़ा साक्षी आपने कभी नहीं देखा होगा। उस साक्षी से नहीं डरना एक पलायन है, जिसे साहस का नाम नहीं दे सकते।"

"ऐसा कुछ बोलकर मुझे भयभीत करने का कोई भी यत्न तुच्छ दीख रहा है। विश्वामित्र, आत्मा डर की प्रतिध्वनि है और कुछ नहीं।"

"अगर हमने अनैतिक काम किये हैं तो निश्चय ही उसमें से डर की प्रतिध्वनि उठेगी क्योंकि उसकी पुस्तिका में सभी कुछ लिखा जा चुका है। उस ध्वनि से डरना है हमें, वह यही तो कहती है।"

"एक अनजानी प्रतिध्वनि को अपना नियन्ता बनाना तो कायरता के लक्षण हैं।"

"कायरता, आत्मा की पुकार सुनने में नहीं बल्कि उन अपराधों का शोर इकट्ठा करने में है, जिसकी आड़ में हम आत्मा की आर्तनाद सुनने से बचना चाहते हैं।"

"तुम्हें कुछ नहीं पता है। मैं हर काम से पहले अपने आपसे पूछता हूँ। जब वह कहता है कि वह काम निरापद है, तभी उसे करता हूँ।"

"वह आत्मा का कथन नहीं स्वार्थ का उकसावा है। उसके बाद एक और

ध्वनि आती, जिसे सुनने से पहले ही आप कदम उठाते हैं। वह ध्वनि सिर्फ यही पूछती है, 'क्या ऐसा करना उचित है?' आत्मा न्याय की प्रतिध्वनि है। वह चेतावनी देने का काम करती है। शरीर से इन्द्रिय बड़ा है। इन्द्रियों से श्रेष्ठ है मन। मन के ऊपर है बुद्धि और जो बुद्धि को भी विवेक देता है वह है श्रेष्ठतम आत्मा।''

''विश्वामित्र, तुम नहीं समझोगे इन्द्र का आकर्षण। क्योंकि न तुम स्त्री हो और न ही मेरे जैसा अक्षय यौवनशक्ति सम्पन्न सुन्दरेश्वर। तुम यह भी नहीं समझोगे कि मुझे देखते ही सुन्दर स्त्रियों के होठों में शहद क्यों भर आता है। उनकी वाणी में कोमलता क्यों आ जाती है, उनके वक्ष मचलने क्यों लगते हैं और रीति-विधान को परे रखने को विवश क्यों हो जाती हैं।''

''अक्षय यौवन शक्ति सम्पन्न सुन्दरेश्वर तो सिर्फ ब्रह्म हैं और आपको उनका धन्यवाद करना चाहिए।''

''पर यह भी तो सोचो उन्होंने मुझे ही ऐसा इसलिए बनाया कि मैं ब्रह्म की ही बनायी सुन्दरियों के जीने का सहारा बन सकूँ।''

''सुन्दरता अपने-आपमें अनैतिक नहीं। न तुम अनैतिक हो और न ही सुन्दरियाँ, पर एक सीमा के बाद ऐसा हो कि सुन्दर फलों के अन्दर कीड़े पलने लगें तो वह अग्राह्य है।''

''ऐसा कहकर छोटा बताना आसान है पर मेरा कृत्य कोई कीड़ा नहीं अमृत रस का संचार है।''

''अगर सचमुच ऐसा होता तो आपको मालूम है अमृत एक बार ही चखा जाता है। अमृत को भी बार-बार चखना पड़े तो समझो उस अमृत में भारी मिलावट हो चुकी है।''

''विश्वामित्र, तुम इतने मूर्ख हो कि इस जन्म तो इसे समझने से रहे। अमृतपान तो अमृतपान ही है।''

''अनाचार तो अनाचार है, यह विश्वामित्र ही क्यों, कोई बच्चा भी बता सकता है।''

''अगर अहल्या संग मेरा सहवास अनाचार था तो अहल्या से ही पूछ लेते कि उसकी भूमिका क्या थी?''

''तुमने छद्मभेदी शिकार बनाया है उसे।''

''क्यों तुम्हें इतना भी नहीं पता कि गौतम संग कितने वर्ष बिताने के बाद भी अहल्या को कुछ नहीं मिला।''

''गौतम ने अहल्या को सभी कुछ दिया जो एक ऋषि पत्नी को मिला है।''

''तो तुम गौतम से ही पूछ लो कि क्या सचमुच ऐसा है?''

''इन्द्र अब आप मूढ़ों जैसी बातें कर रहे हैं। एक शापित दूसरा शापदाता। ऐसे

में क्या संवाद होगा?''

''पर मुझ संग किये जा रहे कुतर्क की अवधि जितनी अधिक बढ़ाओगे अहल्या के अपयश का वृत्त उतना ही बड़ा होता चला जाएगा।'' इन्द्र ने संवाद को समाप्त करने के उद्देश्य से निर्णय सुनाया। इन्द्र की ओर से अचानक आयी इस धमकी ने विश्वामित्र को स्तब्ध कर दिया। इसका अर्थ था इन्द्र न केवल अपराध का कर्ता था वरन् अपने अपराध का विज्ञापन करने का भी दुस्साहस रखता था। विश्वामित्र की चुप्पी देख इन्द्र ने अपना परामर्श भी सुनाया—

''गौतम की तरह मूढ़ मत बनो विश्वामित्र। अहल्या का जो अच्छा-बुरा होना था हो चुका। अब इसे तूल देकर पूरे विश्व का ध्यान इस ओर खींच रहे हो...'' तय था कि इन्द्र के सम्मुख विश्वामित्र की तर्कसंगत बातें अप्रभावी हो चुकी थीं।

इन्द्र की इस अमानवीय व्याधि के लिए विश्वामित्र कोई मानवीय औषधि ढूँढ़ने लग गये।

''देखिए इन्द्र, विवाद खड़ा करना मेरा भी उद्देश्य नहीं है। आपकी भी देवी समान ऐश्वर्यशाली पत्नी है, जिनके स्नेह पर सिर्फ आपका अधिकार है। इस प्रकरण की सूचना उन्हें चोट पहुँचाएगी, जो आप दोनों की प्रीति पर बुरा प्रभाव डाल सकती है। ईश्वर आपका जीवन उनके प्रेम से भरा-पूरा रखे।''

''प्रीति? मैंने सुना तुम भी कभी राजा थे? क्या राजघराने की रीति तुम्हें नहीं मालूम? अन्त:पुर की नीति तुम्हें याद नहीं? इन्द्राणी महारानी है। उसे पता है कि महारानी का काम राजा की रंगरेलियों की गणना करना नहीं है।''

रंगरेलियाँ! अहल्या संग उसका कृत्य रंगरेलियाँ थी। अहल्या के प्रति वही भाव जो वारवनिताओं के प्रति होता है? विश्वामित्र का विश्वास चरमरा उठा। अहल्या को न्याय दिलाने की उनकी योजना देखते-ही-देखते टुकड़ों में बिखरने लगी थी।

''आज से पहले राजा की हर बात सच थी। किसी ने प्रश्न खड़े नहीं किये। राजा होने मात्र से ही प्रजा उसके अधीन थी। राजा की योग्यता और विश्वसनीयता जैसी बातें प्रासंगिक नहीं थी। इसी बात ने राजा को दम्भी और अयोग्य बना डाला। अपनी ही प्रजा से विमुख ऐसा राजा अपनी विलासिता में इतना मग्न हुआ कि उसे औरों के सुख-दुख की सुधि ही नहीं रही। पर आज ऐसा नहीं। पीढ़ी-दर-पीढ़ी दु:ख सहती प्रजा उत्तर चाहती है। राजा साक्ष्य दे कि पहले जो भी किया पर अब उससे श्रेयस्कर कुछ कर दिखाएगा जिससे प्रजा का भविष्य वर्तमान की तुलना में सुरक्षित हो। राजा का रूप नहीं कर्म प्रिय है उसे। अन्यथा रूप के पीछे छुपी कुरूपता को छानबीन करने का मन बना चुकी है प्रजा।

''सन्त-मुनियों का काम है विपदा से सावधान करना। मैं आपको सावधान

करता हूँ कि जन-गण के उद्देश्य को समझें इससे पहले कि विद्रोह उठ आये। चिन्गारी को पहचानें, इससे पहले कि ज्वाला बन जाये। इस विश्व को शान्तिपूर्ण हल चाहिए। आपकी अनैतिकता, स्थिति को कहीं क्रान्तिमय हलचल तक न पहुँचा दे। जब समस्या का हल राज-सभा में नहीं हो पाता तो वह जनता के प्रांगण में आता है। अन्तिम निर्णय फिर वहीं होता है। कई बार ऐसा हुआ है कि प्रजा ने राजा को सिंहासन से उतार फेंका है, और सम्बन्धियों समेत वध तक कर डाला है। उनकी क्रोध की ज्वाला ने महलों, पुस्तकालयों, प्रयोगशालाओं, वेधशालाओं तक को जला डाला है। कुछ भी नहीं छोड़ा। सुन्दर-असुन्दर, उपयोगी-अनुपयोगी, अन्धविश्वास-ज्ञान, भूत-वर्तमान सब कुछ नष्ट कर डाला। एक मूर्ख की जड़ता ने मानव-जाति की संचित धरोहर को खत्म कर डाला। ज्ञान-विज्ञान की अमूल्य पुस्तकें जला डालीं। प्रगति के चक्र को पीछे धकेल डाला। मुझे तो इसमें किसी का भला नहीं दिखता, तुम्हें दिखता हो तो बताएँ। आपके इस काम से ना तो अहल्या का भला हुआ और न ही आपका भला होगा।''

सहसा इन्द्र की आँखें क्रोध से जल उठीं। उसने वज्र उठाया और जैसे अभी प्रहार कर बैठेगा वह विश्वामित्र की ओर लपका पर रुक गया। विश्वामित्र एक तृण भी वहाँ से नहीं हिले थे।

''उठाओ, उठाओ। जिस वज्र से आप मेरे अस्तित्व का अन्त करना चाहते हैं, सम्भवत: आपको याद नहीं वह ऋषि दधीचि की अस्थियों का बना है और आपको यह भी याद नहीं होगा कि ऋषि ने आपको सावधान किया था। उन्होंने कहा था कि जब भी आप इसे ऋषियों के विरुद्ध उठाएँगे आपके लिए वह दिन आत्मघाती साबित होगा।

किन्तु जिस आयुध के लिए एक ऋषि को अपना जीवनदान देना पड़े, मैं विश्वामित्र अपनी तपशक्ति की घोषणा करता हूँ कि आज के बाद वैदिक धर्म का कोई भी आराध्य इस शस्त्र को धारण नहीं करेगा और यह भी कि ऋषि की बलि चढ़ाकर भविष्य में हमारा समाज किसी की भलाई की घोषणा नहीं करेगा। समाज को ऋषि का जीवन चाहिए और मतिभ्रष्टों की मृत्यु। ऋषियों का जीवन सुनिश्चित करें और ऋषि हन्ताओं की मृत्यु निश्चित करें।

इन्द्र आप उस अग्नि-प्रलय की प्रतीक्षा करें। जिस हवन-कुंड का प्रमाण देकर पहले भी आपने मुझे अपमानित किया, जिस यज्ञ की पवित्रता का प्रश्न उठाकर मुझे अपवित्र ठहराते रहे, अग्नि के जिस होम की महत्ता बताकर मुझे त्याग नहीं, भोगी साबित करते रहे उसी अग्निदेव को साक्षी रख जो मैं कहने जा रहा हूँ उसे ध्यान से सुनें।

''सबसे पहले ऐश्वर्य के सारे चमकीले पदार्थ, एक-एक कर आपके सामने

गलते चले जाएँगे—सोने, चाँदी, रत्नजड़ित वस्त्र और जाने क्या-क्या। फिर जलेंगे आपके दुर्दान्त सेनानायक जो वैसे भी तब तक सेनाविहीन हो चुकेंगे। फिर बारी आएगी उन पाखंडियों की जो नेताओं के वेश में निरीह जनता का रक्त उसी तरह चूस रहे हैं जैसे स्थिर जलाशय में बैठी गोसमूहों का रक्त, जोंक चूसा करते हैं। ये भाँट और चारण जो अभी आपके संग हैं लपकती ज्वाला के गुण गाएँगे ताकि अग्नि उन्हें अभयदान दे दे। वे आपके ही विरोध में कविताएँ करेंगे। पर अग्नि उसे उसी तरह चट कर जाएगी जैसे एक दीपशिखा, रिझाते पतंगों को चट कर जाती है। तब आप फिर से ये दम्भ भरे संवाद दुहराना। वही कुछ कहना जो अभी-अभी कहा था और देखना कि उस पर करतल ध्वनि करनेवाला कोई खड़ा नही होगा। इन्द्र ऐसा एकाकीपन, इतनी असुरक्षा, इतना भय आपको कभी नहीं दिखा होगा। ऐश्वर्य, सेनादल, महल—सबसे दूर, देवों का देव इन्द्र—भयातुर, निरीह और कातर। और तब आपको मेरा धन्यवाद करना होगा क्योंकि यही वह क्षण होगा जब आप ईश्वर को याद करेंगे—पहली बार और सम्भवत: आखिरी बार। जीवन का पहला और अन्तिम पुण्य कर्म।''

''पिछली बार बचकर वापस चले जाने के बाद तुम्हारा सीना चौड़ा हो गया विश्वामित्र। पर हर बार वैसा ही होगा ऐसा सोचना तुम्हारी भूल होगी।''

''जब पूरा भारत राष्ट्र ही आपकी भूल पर सन्नाटे में खड़ा है तो मुझसे कोई भूल नहीं होगी, ऐसा कहने की भूल मैं नहीं करना चाहता। पर अगर भारत-भूमि को युद्ध ही झेलना है तो यही सही।''

''तुम क्या युद्ध लड़ोगे? क्षत्रिय से ब्राह्मण हो गये। युद्ध से डरते हो...''

''मैं युद्ध से उतना ही डरता हूँ, जितना उसे जीतना चाहता हूँ।''

धर्म-भ्रष्ट वह है जो अपराध करने के बाद शास्त्र और समाज-सम्मत दंड स्वीकार नहीं करता, न कि वह जो अन्याय के विरोध में एक सम्प्रदाय छोड़कर दूसरे सम्प्रदाय में सम्मिलित हो गया। सम्प्रदाय का त्याग अधर्म है। अगर कोई सम्प्रदाय का त्याग सिर्फ इसलिए कर रहा है ताकि उसकी अन्यायी प्रवृत्ति को और ताकत मिले। ऐसे में उससे बड़ा अधार्मिक और पापी कोई नहीं। पर अगर जान बचाने के लिए किसी ने धर्म बदल लिया तो वह पापी नहीं है। पुराने धर्म के ठेकेदारों के अतिवाद से बचने के लिए धर्म बदलनेवाला पापी नहीं है। धर्म अटल नहीं है। अटल है वह सत्य जिस पर वह आधारित है। सत्य का प्रकट रूप है न्याय। न्याय का अभिन्न अंग है दंड।

सिर झुकाए, सोच-सोचकर पाँव रखते हुए धीमी चाल में विश्वामित्र जिस

तरह चल रहे थे, कहना कठिन था कि अपने कदमों से रास्ता तय कर रहे थे अथवा अपने विचारों और निर्णयों को नाप रहे थे। कहीं न जाने के असमंजस में, झुरमुट के पास निकल आये एक बड़े चट्टान पर विश्वामित्र ने स्वयं को टिका दिया।

सुबह की ओस घास पर यहाँ-वहाँ पड़ी थी। चट्टान के घनत्वकारी साम्राज्य के चारों ओर नये विचारों की तरह उग आयी घासों की टोलियाँ, इन्हीं ओस-कणों से जीवन-रस ले रही थीं। अचानक ठंडी हवा का झोंका विश्वामित्र के चेहरे को सहला गया।

'इन्द्रपुरी की ऐ जीवनदात्री हवा तुझ-सा सुख शायद हिमालय पर ही मिलता हो। यहाँ के शासक सच्चे नहीं पर तुम बहुत सच्ची हो। तुझे मैं अपनी श्रद्धा अर्पित करता हूँ। अपमान की इस घड़ी में सिर्फ तेरा स्पर्श सुखद है, जो क्रोध-भरे हृदय में तेरे लिए मैत्री-भाव जगाती है। मेरी मित्रता स्वीकार कर।

पर तेरे जैसी प्राण-वायु के होते यहाँ की प्रजा निष्प्राण है। मेरे आश्रम के पास ही हवा आर्द्र है, उष्ण है पर वहाँ रहनेवाले लोगों का मन तुम जैसा इतना सुखद है।

क्या तुम कुछ बताओगी क्यों है ऐसा? लोग इतने अनमने और बुझे-से क्यों हैं। नियति के हाथों की कठपुतली जैसा किसने बना दिया इन्हें? तुम तो यहाँ कब से बह रही हो। तुमने पहले से इन्हें ऐसा नहीं देखा होगा। एक आनन्दपुरी देव-लोक के निवासी मृतप्राय अचानक तो नहीं बने होंगे। कोई लम्बी कथा तो होगी? किसी से पूछना तो बेकार ही है। बताता तो वह है जिसे परिवर्तन की इच्छा होती है। इनमें से सभी की आँखें एक ही कहानी कहती हैं कि उन्हें ऐसी किसी इच्छा की कोई इच्छा नहीं रही। सोने और जगने की अनमनी क्रियाकलाप ही उनके जीने की परिभाषा बन गयी है। जगते भी इसलिए हैं कि सोमरस का छककर पान करें और अपने जगने को भी निद्रामय कर लें। किसी परिवर्तन के लिए सोचने का समय कहाँ है इनके पास?

अनजाने गलती करना जीवों का स्वभाव है पर उसे छुपाना अनैतिक है। पर उससे भी निन्दनीय है कि पकड़े जाने पर दंड पाने या सुधरने से मना कर देना। और ऐसी हर प्रवृत्ति के लिए दंड अपरिहार्य है।'

जितनी बार भी विश्वामित्र ने इन्द्र रचित कुव्यवस्था और पतन की चर्चा की गौतम ने प्रारम्भिक रुचि के अलावा कुछ नहीं किया। वे विश्वामित्र से सहमति तो दिखाते लेकिन इन्द्र का विकल्प ढूँढ़ने के प्रश्न पर अनमने हो जाते थे। गौतम से आगे बढ़कर अहल्या ने तीन विकल्प सुझाए थे—इन्द्राणी को देवराज पद दिलाया जाये, इन्द्र पद का चुनाव हो अथवा दशरथ से सम्पर्क साधें जिन्होंने पिछले युद्ध में इन्द्र को बचाया था। अब उसी अहल्या का मानमर्दन हो चुका था। पर आज जब विश्वामित्र ने इन्द्र की युद्ध की चुनौती स्वीकार कर ली थी तो अब वे युद्ध न तो

अहल्या के लिए लड़ रहे थे और न ही इन्द्र के विरुद्ध। अब युद्ध था सत् और असत् के बीच और विश्वामित्र को यह युद्ध जीतना ही था सत् के लिए। उनका प्रिय शिष्य जीवा पहले ही इन्द्रपुरी छोड़कर जा चुका था। जब तक विश्वामित्र वापस पहुँचेंगे युद्ध की तैयारियाँ जीवा के हाथों पूरी हो चुकी होंगी।

मोर के चीखने की आवाज से विचारों के व्योम में हलचल मच गयी। चिन्तनक्रम टूटा। पर मोर की भयमुक्त पुकार सुन विश्वामित्र पुलकित हो उठे। वह निर्भय, ऊर्जस्वित एवं स्वतन्त्र पुकार, प्रकृति की वह ध्वनि थी जो विश्वामित्र तक पहुँचकर एक अनन्य आत्मविश्वास में बदल रही थी।

घुड़सवार दल को कूच किये कई दिन हो गये थे। चट्टानों की चढ़ाइयों से उनके शरीर बुरी तरह टूट चुके थे। सबके सब प्रेत की तरह घोड़े से चिपके हुए थे और आँखें उन पगडंडियों में गड़ी थीं जो एक पल भी सीधी और समतल नहीं चल रही थीं। विश्वामित्र ने सैन्य-दल को पहाड़ी से उतरने का निर्देश दिया। अब वे जंगल छोड़ नदी की ओर बढ़े जहाँ कास के लम्बे-लम्बे खेतनुमा जंगल-से उग आये थे। नदी की ठंडी हवा ने स्वागत किया। आश्वस्त वातावरण देख विश्वामित्र के घोड़े ने, जिसे वे प्यार से 'मित्र' की संज्ञा से बुलाते थे, नथुने फड़काये और पिछला खुर चलाया। छोटे-छोटे पत्थर, उछलते-कूदते दूर तक चले गये। विश्वामित्र के सधे शरीर की खुशी 'मित्र' से छिपी नहीं थी। विश्वामित्र ने अपनी आँखें ऊपर उठायीं। दृश्य विहंगम था। अस्तगामी सूर्य की छटा रंग बिखेरती अंधेरे संग विलीन हो रही थी। नदी की लहरें और घर लौटते पक्षियों के कलरव के बीच दूर काले पहाड़ समाधिरत योगियों की कतार जैसे दीख रहे थे।

अभी पीछे विश्वामित्र ने देखा कि जब वे झाड़ियाँ काटकर रास्ता बनाने में लगे हुए थे, कई शूरवीर घोड़े से उतरे ही नहीं। दराती को हाथ नहीं लगाया। यहाँ तक कि उन जोशीले युवकों के साथ स्वयं विश्वामित्र पूरे दिन लगे रहे और जल्द ही इन सबके हाथ छालों से भर गये थे। पर उन घुड़सवार शूरवीरों पर असर नहीं हुआ। अब युद्ध ऐसे लड़े जाएँगे। मूक दर्शक बनकर। लेकिन इस संवेदनशील घड़ी में विश्वामित्र कुछ नहीं बोल पाये। यह समय उलाहने देने का नहीं था। जिसे उत्साह था वे लगे रहे।

बार-बार झाड़ियों से रगड़ खाकर घोड़ों और दूसरे जानवरों को खरोचों का सामना करना पड़ रहा था। टुकड़ी की चाल धीमी हो चली थी। समय की कमी के बारे में सोच-सोच विश्वामित्र व्याकुल हो उठे।

क्रमवार उगते तारों से भरता आकाश। ईश्वर की अप्रतिम रचना। 'क्या विश्व

की दूसरी सभ्यताओं को भी ये तारे उतना ही प्रेरित करते रहे हैं जितना हमारे प्राचीन आर्य-योद्धाओं को।' विश्वामित्र ने स्वतः संवाद किया। इस विषम घड़ी में, शाश्वत तारों की चमक विश्वामित्र को ऋग्वेद में उद्धृत सत्य के प्रति आश्वस्त कर रही थी। आरण्यक की रहस्यमता, प्रकृति की निर्दयता, देवों की उद्दंडता, ऋषियों की भीरुता और सैनिकों का गिरता मनोबल, किस-किससे लोहा लें विश्वामित्र। पर उन्हें सिर्फ विश्वास था ऋग्वेद की परम्परा पर जो हमेशा सत्य का साथ देती है।

युद्ध की चुनौती तो विश्वामित्र ने स्वीकार कर ली पर रणभूमि को चुनने में मात खा गये थे। जिस रणभूमि के लिए उन्होंने हाँ की थी वह पूरा-का-पूरा क्षेत्र इन्द्र के समर्थक सामन्तों का था। भौगोलिक क्षेत्र उबड़-खाबड़ और जनता उदासीन या तटस्थ।

लम्बे कूच के बाद सैन्य-दल ने पड़ाव डाला था, सभी थककर चूर थे। रात चढ़ने लगी थी। गणनायक ने गहरी नजर दूर तक दौड़ायी। नदी का चौड़ा फलक साँझ के अँधेरे में रहस्यमय जरूर हो चला था पर उसे शत्रु की उपस्थिति का कोई संकेत नहीं दिखा। पक्षी अपने-अपने घोंसलों के अधिकार के लिए संघर्षमय शोर किये जा रहे थे। 'पक्षियों के शोर और अपनी छाया ने ही भयभीत कर दिया उसे।' स्वतः संवाद करते गणनायक मुड़े, अपने-आप उनके हाथों ने कन्धे पर रखे तीर धनुष और कमर में बँधे फरसे को छुआ और चल पड़े नदी के किनारे-किनारे स्वयं को आश्वस्त करने कि यह क्षेत्र वस्तुतः शत्रुओं से निरापद है।

नदी के किनारे-किनारे दूर तक बियाबान-सा था, सिवाय इस शिविर के जो गणनायक की सेना ने अभी-अभी डालना शुरू किया था। अधिकांश सैनिक थककर इधर-उधर बैठ गये थे। हाँ, गणनायक के आने की आहट पाकर स्फूर्ति से काम में लग जाते थे। गणनायक ने ध्यान किया कि थकान के इस वातावरण में श्रमिक लोग अभी भी लगन से बोझ उतारने और उसे रखने का काम किये जा रहे थे। 'श्रमजीवियों से अधिक निष्ठावान प्राणी ढूँढ़ निकालना बहुत कठिन है।' प्रशंसा भरी दृष्टि से उन्होंने उन श्रमिकों की ओर देखा। श्रमिकों पर सोचते हुए गणनायक एक पल के लिए अपने सैन्य-छल को लेकर चिन्तित हो आये। इसमें से अधिकांश वे लोग थे जो इन्द्र से भागकर उनकी शरण में आये थे। राजनीतिक शरण देना और बात है लेकिन ये लोग वैसे थे जो किसी-न-किसी अपराध के आरोप में ढूँढ़े जा रहे थे। जीवा ने सेना में भर्ती करते समय यह बात गणनायक से छुपाई नहीं थी। उसका कहना था, 'इन्द्र के यहाँ वैसे भी इन्हें मृत्युदंड ही मिलता है। जीते तो राजदंड से मुक्ति अगर हारे तो मरे हुए तो वे पहले से ही हैं।' लेकिन गणनायक को मालूम था

कि ऐसे सैनिकों में अनुशासन रखने में उन्हें कितना श्रम करना पड़ रहा है। उन्हें हमेशा यह भय रहता है कि सैनिकों का यह वर्ग कर्तव्य के लिए मर मिटनेवाले बाकी वनवासी सैनिकों का अनुशासन तोड़ देंगे।

"अगर तुम सुनने पर उतारू हो तो सुनाता हूँ। मेरी पत्नी एक धार्मिक परिवार से है। जब मैंने विवाह का प्रस्ताव रखा तो उसने तुरन्त हाँ कर दी पर श्वसुर ने साफ मना कर दिया। मेरी मौसी तान्त्रिक विद्या जानती थी। उसने कहा, 'चिन्ता मत कर सीधा कर दूँगी तेरे सुसरे को।' मौसी ने तान्त्रिक विद्या मन्त्र का एक घेरा उसके घर के दरवाजे पर बना दिया। मेरा ससुर जब बाहर आया और अन्दर गया तो उसे हिचकी उठ गयी। फिर मेरी सास किसी को आवाज देने बाहर आयी तो उसे डकार पर डकार आना शुरू हो गया। किसी तरह एक वैद्य को बुलाया। वैद्य जब अन्दर आया तो उसे वायु-दोष हो गया और एक मिनट में इतनी दुर्गन्ध फैल गयी कि इलाज तो दूर वैद्य को धक्के देकर भगाना पड़ा। आखिर में मेरी मौसी उनसे बात करने पहुँची और बताया कि "भगवान खुश नहीं है उनसे।" लड़की का हाथ उसके मनचाहे वर के हाथ देकर ही उसे भगवान के इस कोप से छुटकारा मिलेगा। मुझे अपना दामाद बनाना ही पड़ा उन्हें।

पुरुष था न। औरत का दुराचरण कैसे सहता। सोच लिया कि पत्नी की हत्या करेगा। अब ईश्वर ने ऐसे उपाय भी तो बना रखे हैं, जिनका विचार आते ही आदमी हत्या करने का विचार छोड़ देता है। मसलन, आजीवन कारावास, मृत्युदंड इत्यादि। दुराचरण और आजीवन कारावास। उसने दोनों को वजन किया। दुराचरण इतना भारी नहीं था, जितना कि आजीवन कारावास। तो उसने हलका वजन ही चुना। अब तुम लोग हँसो मत। बेचारा बोझा ढोनेवाला जो ठहरा। अधिक वजन से डर गया।" सबने समवेत ठहाकर लगाया। "और सुनो अब वह अपनी पत्नी के उस बच्चे का, जो कि उससे नहीं था, उसी तरह पालन-पोषण कर रहा है जैसे मादा कौवा कोयल के अंडे को अपना समझकर सेवन करती है। वह तो भला हो उस औघड़ का जिसकी सहायता से पत्नी ने अपने इस बच्चे में वैसे रूप-गुण डलवा लिये जो इससे मिलता-जुलता था वरना अनर्थ ही होता। दुराचरण भी और अवैध बच्चा भी। फिर तो आजीवन कारावास भी उसे हलका ही जान पड़ता।"

"मेरी प्रेमिका बोलती है मुझे ब्याहकर एक की नहीं बनना। एक आदमी बहुत थोड़ा ही देता है। बस एक तरह का खाने को मिलेगा। अभी तो उसको कोई शिकार का माँस लाकर देता है। दूसरा फल लाकर देता है। तीसरा मूँगे के मोती देता है और बोलती है अगर पेट से हो गयी तो सब यही सोचेंगे कि बच्चा उसी का है। बड़ी विचित्र है।"

इस भूमि को बाँट-बाँटकर जिस तरह बेच रहे हो और अपने-अपने प्रभुत्व का झंडा गाड़ रहे हो उससे तो यह पृथ्वी तुम सभी की निजी सम्पत्ति हो जाएगी। थोड़ी-सी भूमि छोड़ दो मन्दिर के लिए जहाँ सबको एक साथ ऐसा लगे कि यह अपनी भूमि है। 'अपनी भूमि की अनुभूति 'मेरी भूमि' से कहीं बड़ी और सुखदायी है। कुछ भूमि छोड़ो उन शिक्षा संस्थानों के लिए, जिनमें पढ़कर निकलनेवालों को 'मैं', 'मेरा' और 'मुझसे' जैसे शब्दों से कम प्यार हो। वही 'अपनी भूमि' के लिए अभियान जगाये।

"जिन गोरी चमड़ीवालों ने हमारी पुस्तकों को दास बनाया है, जब उनके धर्म का अन्त हो जाएगा तो कालों का साम्राज्य बनेगा।"

"तब कौन-सा धर्म चलेगा?"

"कोई भी..."

"तुम्हें विकल्प तो देना पड़ेगा न?"

"यही जो मेरा धर्म है।"

"सवर्णों का धर्म तो छोड़ दिया, तुम्हारा धर्म कौन-सा है।"

"सवर्ण-विरोधी धर्म।"

"विरोध एक रास्ता हो सकता है, मैं तो मंजिल की बात कर रहा हूँ।"

"वो तो अभी तय करना है।"

"जरूर कर लो अन्यथा भटक जाने का खतरा, इन सवर्णों से कम खतरनाक नहीं है।"

खतरा तो सचमुच था। जिस नस्ल और रंग को आधार बनाकर वे विकल्प ढूँढ़ रहे थे, आपस में ही बुरी तरह बँटे हुए थे। अलग पूर्वजों, आदि पुरुषों की मान्यता से इस तरह भावुक थे कि हर कोई आपस में शत्रु बना बैठा था। रंग-भेद यहाँ भी था। साँवली जनजाति के लोग, बिल्कुल काले के यहाँ, विवाह तो क्या, रोटी खाने को तैयार नहीं थे, एक-दूसरे की सीमा के आसपास दिखे नहीं कि तलवारें खिंच जाती थीं और म्यान में तभी वापस जाती थीं जब वे एक-दूसरे के खून से रंगती थीं, जिसे वे शुद्धीकरण का नाम देते थे।

"रक्त शुद्धीकरण सिर्फ ईश्वर के हाथ में है। हम अपने आचार और विचार शुद्ध कर लें यही बहुत है।" उठकर जाते हुए विश्वामित्र बुदबुदाए।

तुम्हें बस इतनी चिन्ता है कि मेरी जाति का मन्त्री बना है या नहीं। किसलिए चाहिए मन्त्री-पद, भोग-विलास करने? जनता के खून-पसीने की कमाई से इत्र और आभूषण खरीदने, मरने के समय इसे भी ढोकर ले जाओगे? ये भोग-विलास भारी गठरी है। मरने के वक्त ये तुम्हारे सीने पर आकर बैठ जाएँगे तुम छटपटाओगे

पर प्राण नहीं निकलेंगे। तुम दयालु हो तुम्हें मुक्ति तो मिल भी जाएगी पर भोग-विलास की सभी चीजें यहीं छूट जाएँगी।

जातिवादी कुएँ के मेंढको, और ऊपर उठो। बाहर आओ कुएँ से। इस विशाल विश्व का नेतृत्व अगर भारतवर्ष से होना है तो उसका संचालन जातिवाद के कुएँ में बैठकर नहीं हो सकता।

इससे तुम्हें क्या हासिल हो गया? सम्पत्ति, राज्य, ऐश्वर्य या...

''विश्वास गरीबों का।''

''विश्वास! यह तो अन्धविश्वास है।''

''अन्धविश्वास का अँधेरा दूर हो चुका है। जगी आँखों से सबको परख रहे हैं।''

''जगी आँखें! अरे अभी मैं आँखें दिखाऊँ तो वे मेरे समर्थन में जयकार लगाएँगे।''

''आतंक और दमन की नीति अब काम नहीं आएगी क्योंकि वे दूसरों के लिए नहीं अपने जय की सोचने लगे हैं।''

''जय के लिए जो आत्मविश्वास चाहिए वह इनकी सत्ताइस पीढ़ियों में नहीं था तो ये क्या श्रम करेंगे।''

''उन तमाम पीढ़ियों के साथ जो विश्वासघात होता रहा उसके रास्ते इन्होंने बन्द कर दिये हैं। विश्वासघात शब्द में से धन का रुख मोड़कर दूसरों की ओर कर दिया है और विश्वास अपनों के लिए कर लिया है। उन्होंने विश्वासघात की शत्रु तलवार को गला कर अपने लिए ढाल बना लिया है।''

''गुरुकुल में मेरा मन कभी नहीं लगा। एक बार मैंने गुरु की बेटी पर हाथ साफ करना चाहा। शिकायत हो गयी। डर तो बहुत लगा था पर मैंने साफ झूठ बोल दिया कि त्रुटि उसकी बेटी की ही थी। और इतनी जोर से बोला था कि गुरु की बेटी ने डरकर हाँ कर दिया। चिल्लाने में सचमुच बड़ी ताकत है।''

''फिर क्या हुआ। तुम्हें सजा नहीं मिली?''

''इनाम मिला। पढ़ाई से छुटकारा मिला।''

''वो कैसे?''

''गुरु ने मेरे जमींदार बाप से कहा कि मैं शास्त्र के लिए नहीं बना, राजनीति में नाम कमाऊँगा। मेरे पिता को तो कुछ मालूम ही नहीं था। गुरु की बात पर ख़ुश होकर मुझे घर ले आये।''

''फिर क्या हुआ? तुम राजनीति में नहीं गये?''

"जाता तो जरूर पर थोड़ी त्रुटि हो गयी। एक दिन अपने चाचा की युवा रखैल को दबोच लिया और मेरे बाप के पास शिकायत गयी।"

"तो तुम फिर जोर से नहीं बोले।"

"बोला तो था। पर उससे भी जोर की पिटाई हुई। वो बोला 'कुत्ते, मैं तेरा बाप हूँ।' घर से बाहर निकाल दिया। बोला 'जिस दिन बाप को मात देने का नया तरीका मिल जाये उसी दिन लौटकर आना'। तब का दिन है और आज का दिन...मैं इस क्षेत्र के सबसे बड़े मदिरालय का स्वामी हूँ, जिसके पेय में सोमरस से अधिक शक्ति है और जिसकी मदिरालय-कन्याएँ अप्सरा से अधिक कामोत्तेजक।"

वह और अस्थिर आँखोंवाला उस नगरपाल से क्षुब्ध था। वेश्यालयों, जुआघरों, शराब के अड्डे चलानेवालों का मन खट्टा हो गया था। पैसे भी दो, सजा भी भुगतो और गालियाँ भी खाओ। यह भी कोई व्यवस्था थी?

तुम क्या समझते हो, नशे का सागर मदिरा उठाती है? गलत सोचते हो। यहाँ जो झूठ का प्रपंच रचते आते हैं, नशा उनसे पैदा होता है। ये नाच-घर साधुओं के लिए नहीं हैं। हमारी वेश्याएँ अगर सीधी हो गयीं तो लोग उन्हें लात मारेंगे। अगर वे मक्कारी नहीं करेंगी तो मक्कारों का नशा ही उतर जाएगा। तीखा गोश्त चाहिए। कुत्तों को तो दौड़े-भागे बिना शिकार का आनन्द ही नहीं आता। जिस दिन क्षेत्र के छँटे डाकू, हत्यारे, ठगों, सैनिकों और लुटेरों ने यहाँ आना बन्द किया, लबादा ओढ़कर आनेवाले सेठ, मन्त्री और अधिकारी भी आना बन्द कर देंगे। दिन के उजाले में अपराधी, अधिकारी के नीचे होता है और रात के अँधेरे में ऊपर। तुम क्या समझते हो ये भले लोग वापस अपनी पत्नियों के पास जाएँगे जो रोजाना शील और सेवा का पाठ खाली घर की हवाओं से बीनकर पढ़ती हैं और जब थक जाती हैं तो नयनों में नीर भरकर सो जाती हैं।

ये वो जगह ढूँढ़ ही लेंगे जो मेरे मदिरालय से ज्यादा नशीला होगा। रहस्यमयी अँधेरा बिखेरती लम्बे बालोंवाली नग्न सुन्दरी की आग उगलती आँखें, सोने-सी दमकता देह, उसके खुशबूदार हाथ, माँसल बाँहें, गले की भीनी महक, इन सबमें दहके बिना इनका खून जम नहीं जाएगा? मित्र हम बुझाने नहीं, दहकाने का व्यवसाय करते हैं।

ठीक है तुम मेरे संग नयी यात्रा पर न जाना चाहते क्योंकि हमारा-तुम्हारा व्यवसाय अलग है। पर तुमने अभी भी मेरे संग खुले दिल बातें की। हम दोस्त तो रहेंगे ही। क्या पता, किसी दिन, हम अपने-अपने दलानों और गलियारों से उतरकर कच्ची मिट्टी के आँगन में फिर से मिलें और सूरज की मासूम किरणें और हवा का

मीठा स्पर्श फिर से हमें रोमांचित करे और सपनों की नयी उड़ान पर ले जाये।

उस मदिरालय में जीवा जाने कौन-सा पेय पी गया कि वहीं पर उसने एक वेश्या को चुन तो लिया पर कमरे में गये एक पहर भी नहीं बीता था कि बहस शुरू हो गयी। बिना लेप लगाये वह मिलन को तैयार नहीं थी। था तो वह एक गर्भ-निरोधक लेप पर जाने आज क्या सनक सवार थी जीवा पर कि वह इसके लिए बिल्कुल तैयार नहीं था और उधर वेश्या थी कि अड़ गयी थी। इतनी देर से बड़े जतन से जीवा की सेवा कर रही थी, जैसे वह भा गया हो। उसने यह भी कहा था कि वह चाहे तो वो मुहरें वापस ले ले जो उसके हिस्से में आती थीं। वह बिना मुहरों के जीवा के साथ रात बिताना चाहती थी। जीवा के हठ करने पर उसने विश्वास दिलाया कि अगली बार जब वह आएगा तो वह उसकी हर बात मानेगी। उसके मन में क्या उलझन थी, मदिरा के सुरूर में इस पर सोचने का समय जीवा के पास नहीं था। पर अपने आखिरी आग्रह को ठुकराया जाता देख जब जीवा ने उस पर अपने योद्धा होने का धौंस जमाया और उसे पीटकर मार देने की धमकी दी तो वह भी बिफर पड़ी। जाने किस मिट्‌टी की बनी थी कि उसने जीवा को सीधी चुनौती दे डाली—

"आततायी, योद्धा नहीं कहलाते।"

"अरी, अब तुझ जैसी मुझे प्रमाण पत्र देगी..." कहते हुए उसे बालों से पकड़कर जमीन पर पटक दिया और उसके हाथ उमेठकर पीठ पीछे जकड़ दिया। वह कराह उठी पर उसने शोर नहीं मचाया। वह अपनी पसन्द के पुरुष से विवाद करना चाहती थी।

"किसी के आदेश पर युद्ध में कूद पड़ने से तुम महान योद्धा नहीं कहला सकते..."

"अभी तुम्हारा मर्दन करूँगा तो सब समझ में आ जाएगा..." कहते हुए वह नीचे गिरी वेश्या पर सवार हो गया।

"आवश्यक नहीं कि युद्ध में तुम्हीं विजयी हो...बाजी उलटी पड़ी तो तुम भी सामनेवाले के हाथों मर्दन के लिए तैयार रहना..."

"अभी तो तू तैयार हो जा...।" जीवा पर चढ़ी सनक अब स्पष्ट दिखाई दे रही थी।

"ठहर...पहले मेरी पूरी बात सुन ले..."

"तुम पर चढ़ बैठा शत्रु, जब तुम्हारे हाड़-माँस पर अपने शस्त्रों से खिलवाड़ करेगा तो तुम्हारी बेबसी मेरी लाचारी से अलग नहीं होगी...पुरुष होकर पुरुष के हाथों रौंदे जाने में जो अपमान तुम्हें महसूस होगा, वैसा अपमान एक औरत होकर तुमसे रौंदे

जाने में मुझे नहीं हो रहा है।...क्योंकि एक तो मुझे पता है मैं एक स्त्री हूँ और तुमसे कमजोर हूँ और दूसरे एक वेश्या हूँ, जो चाहे-अनचाहे पहले भी कई बार रौंदी जा चुकी है...पर तू तो अपने को योद्धा बता रहा है...अगर सचमुच तू आततायी नहीं है..."

"ओ वेश्या! न्याय-युद्ध के लिए ही योद्धा बना हूँ..." अभी भी सन्देह है तुझे..." जीवा ने उसकी बात बीच में ही काट दी।

"अब मैं तुम्हारा विरोध नहीं करूँगी...पर इस ओछी वेश्या जात को इतना पता है कि न्याय के लिए लड़नेवाले युद्ध के पहले की रात वेश्या के साथ नहीं बिताते..."

जैसे कोई बिजली आकर गिरी हो जीवा छिटककर दूर खड़ा हो गया। भोग करने का जोश हवा हो गया। उसने कपड़े समेटते हुए मुहरें निकालकर वहीं रख दी। जब तक कपड़े पहना वह वेश्या को अपलक देखे जा रहा था। वह मुस्कुराती हुई अपने हाथ सहला रही थी जिसे जीवा ने मरोड़ डाला था पर उसके द्वारा कही बातें जीवा के हाथ, पाँव, आत्मा सभी को उमेठ रही थीं।

जीवा के कराहने की आवाज सुनकर विश्वामित्र के सोचने का सिलसिला टूटा और वे ठिठककर रुक गये। "जीवा, इसको सही कर। बहुत उल्टियाँ कर चुका है।" वैद्य जी के सामने लेटे जीवा को पैनी आँखों से निरीक्षण करते हुए गणनायक वहीं घुटने के बल बैठ गये। "मुझे इतना तो पता है कि रास्ते में इसने एक खास फूल उठाकर सूँघा था, पर तुझे इसका रोग कुछ समझ में आया क्या? रोग भी समझ आ गया और इलाज भी हो जाएगा..." वैद्य जी ने कहा, "ये तो अच्छी बात है, पर मेरी समझ में नहीं आता कि इसे उस फूल को उठाकर सूँघने का विचार कैसे आया? आपने तो बड़े विस्तार से समझाया था कि बिना आदेश के वनस्पति को न हाथ लगाएँ और न ही सेवन करें।"

जीवा ने अपनी आँखें बन्द कर रखी थीं।

"ये तो उसे तब पता चलेगा जब शिविर में पहरेदारी के साथ-साथ बोझ ढोने का काम भी उसे करना होगा।" गणनायक ने कहा, "क्यों जीवा सुन रहे हो न तुम।" "वैसे उस फूल में कुछ खास बात है?" हौले से विश्वामित्र ने वैद्य जी से पूछा।

"यही तो हैरानी है कि यह वह फूल हैं जिसे अलकापुरी वाले मद्यपान के बाद नशे को बनाये रखने के लिए सूँघते हैं और जिसे इसका अभ्यास नहीं उसे सिर चकराने से लेकर मिर्गी तक के दौरे पड़ सकते हैं।"

"अरे सिद्धि कुमार तू तो बड़ा पारखी निकला।"

"गणनायक, मैं थकान दूर करना चाहता था।"

"बहुत खूब। अकेले-अकेले थकान मिटा रहा था। अपने गुरु को बिना बताये..."

"गणनायक।"

"कोई बात नहीं तू अब ठीक हो जा। श्रमिकों को एक-एक कर आराम भी तो देना है।"

"गणनायक कोई और काम दे दो।" अगले दस दिनों का भविष्य राशिफल उसे साफ-साफ दिखाई दे रहा था।

"अब श्रमिकों का समय अच्छा था कि तुझे ये सजा मिल रही है। नियति के काम में बाधा मत डालो।"

"मैं नहीं करूँगा...श्रमिकों के काम..."

"तू सैन्य शिविर में विद्रोह करेगा?"

"विद्रोह नहीं...मैं सत्याग्रह करूँगा।"

"वैद्य इसे वापस वही फूल सुँघा दे...विद्रोह को जड़ से दबा दे...सौ सैनिकों के अनुशासन के लिए मैं एक की जान तो ले ही सकता हूँ।"

"क्या फूल था, है न वैद्यजी!...प्रकृति ने कितने अजूबे पाल रखे हैं।"

अपनी फूलती साँस को रोकता हुआ बोला।

"उससे भी बड़े अजूबे वे हैं जो जानकारी होते हुए भी मूर्खों जैसा बर्ताव करते हैं।"

"वैद्यजी कहीं आपका संकेत मेरी तरफ तो नहीं?"

"संकेत मनुष्यों के लिए होता है पर मुझे कोई आपत्ति नहीं अगर तुम इसे अपने लिए मानते हो। पर भविष्य में किसी कोठे की तरफ रुख किया तो देखना।"

जीवा ने झट उठकर वैद्यजी के पाँव जकड़ लिये और अपना सिर उस पर रगड़ने लगा।

"इसकी कोई आवश्यकता नहीं। बस तू अपना वचन दे दे।"

"वैद्यजी आप भी मुझे पतित समझने लगे हो..."

"और ये भी समझाए देता हूँ कि भविष्य में स्वयं को बहुत कुछ मत समझना। ये एक ऐसी बला है कि जानकारों के हाथ लगे तो फिर भी गनीमत है पर अनजानों के लिए जहर।"

"पर गणनायक की सजा से तो बचा दो..." उठकर जाते वैद्यजी से जीवा ने प्रार्थना की।

"मैं तुम्हारे रोग का इलाज तो कर सकता हूँ पर तुम्हारा इलाज तो...तुम जानते

हो...गणनायक ही कर सकते हैं।" उठकर वापस आते वैद्य को देख जीवा को अक्ल आती दिखी।

"भई, मुझे तो गणनायक का आदेश मानना ही पड़ेगा।"

"अरे मार डाला...। जीवा, आफत मोल ले लिया तुमने...पर मानो तब न...अपने को महाज्ञानी समझते हो...दंड की सम्भावना हो तो गिड़गिड़ाते हो...अरे कोई मापदंड तो बनाओ।"

"गणनायक मैं अपने शब्द वापस लेता हूँ...आप जैसा कहेंगे वैसा ही करूँगा... सातों जनम मैं गधा बनूँ जो फिर ऐसी बात करूँ...मुझे श्रमदान स्वीकार है...गणनायक, वैद्यजी को बताते तो जाओ..."

वैद्यजी ने जीवा के कन्धे पर हाथ डाला, "ठीक है...अब जान मत निकाल अपनी...वैसे भी थोड़ी-सी बची है।"

"अगर तुम सोचते हो कि मरकर कोई अपने अवगुणों से और अन्य अपनी कायरता से मोक्ष पा लेगा तो यह गलत है। क्योंकि मरते वक्त व्यक्ति के पास जो प्रतिभा और ज्ञान की पूँजी होती है आगे की यात्रा में वही काम आता है। शरीर और सम्पत्ति साथ नहीं जाता। इसलिए हिंसा और भ्रष्टाचार से काम बनाने की जिसे लत लगी होती है, बिल्कुल अकेला रह जाता है। आत्माएँ सिर्फ मानसिक शक्तियों से प्रभावित होती हैं। इसलिए मरते वक्त जिसके पास जितनी मानसिक शक्ति होगी आगे की यात्रा में उसे उतना ही आनन्द मिलेगा। जिसे हम मोक्ष कहते हैं, उसका आनन्द हिंसकों और कायरों को प्राप्त ही नहीं। चला-चली की बेला में सभी छूट जाते हैं, सिर्फ पुण्य साथ जाता है। अगर किसी के साथ यह नहीं तो वह अकेला है।

जिस अकेलेपन से घबराकर, वह मृत्यु द्वारा, मोक्ष की कामना कर रहा है; उस अकेलेपन से मुक्ति तो उसे मरने के बाद भी नहीं मिलेगी। अभी भी समय है। बचे जीवन में वह जी-तोड़ अच्छे कर्म करें और ईश्वर साथी है उन्हें अभी से आशा की महान नगरी का वैभव दिखाई देगा, जहाँ निरन्तर विचरते दूत उनकी ओर मित्रता भरी मुस्कुराहट फेंकेंगे। मैं दावे के साथ कहता हूँ कि मित्रता की ऐसी मुस्कुराहट उन्होंने इससे पहले कभी नहीं देखी होगी। एक-दूसरे का गला काटने में लगी इस दुनिया में इतनी पवित्र मुस्कुराहट के दर्शन की कल्पना तक नहीं की होगी।

दधीचि, मेरे दोस्त तुमने कहा था, इन्द्र की विजय से भारत की रक्षा होगी। कहते हैं, प्रयाण के बाद महान आत्मा को कष्ट नहीं देना चाहिए पर यह पाप भी मैं करने जा रहा हूँ। तुम्हारा आह्वान कर रहा हूँ इस रणभूमि के लिए। यह दिखाने के लिए कि हजारों शवों से पटी यह भूमि, भारत का ही हिस्सा है, उसी भारत का

जिसकी रक्षा का भार तुमने इन्द्र को सौंपा था। कटी हुई, बिखरी पड़ी अस्थियाँ भी उन्हीं भारतवासियों की हैं, जिनकी रक्षा सुनिश्चित जान तुमने अपनी अस्थियाँ दान कर दी थीं...''

उन्होंने इन्द्र का मुँह चुप करने को कहा पर आज यह बात सच होती जान पड़ती थी। विश्वामित्र की आँखों के सामने उनकी सेना का एक बड़ा हिस्सा दूसरे छोर की ओर बढ़ा जा रहा था जहाँ इन्द्र की सेना खड़ी थी। तलवारें म्यान में, तीर तरकश में, धनुष हाथ में, पर प्रत्यंचा उतरी हुई। विश्वामित्र की सेना को पीठ दिखाती उस टुकड़ी का नेतृत्व कर रहा था इन्द्र का मुँहलगा,चहेता लौकी। काश उन्हें लूट की पूरी आजादी दी होती तो विश्वामित्र को यह दिन नहीं देखना पड़ता।

सारा शिविर नींद की गोद में जा चुका था। शिविर के बीचों-बीच राष्ट्र-ध्वज का लहराना गहरी शान्ति को तोड़ता था। एक ओर अपनी प्रिय तलवार और दूसरी ओर तीर-कमान रखकर विश्वामित्र अपनी पीठ सीधी कर रहे थे।

'कितने राष्ट्र पैदा हुए और विलीन हो गये। महाकाल की छाती पर विजय-ध्वज गाँठनेवाला और कोई नहीं सिर्फ भारत है। केसरिया रंग में रँगे ध्वज के बीच श्वेत सूर्य-चिह्नवाला राष्ट्र-ध्वज। अटल-ध्वज। अजेय-ध्वज। निडर-ध्वज। मत बन्द कर हवाओं संग खेलना। सन्नाटे को चीरती तेरी ध्वनि शत्रुओं में भय पैदा करती है। पर तेरा लहराना भरता है उमंग सीने में। बनाये रखता है खून में गर्मी।

क्षितिज को सहारा देती, हिमालय से रक्षित, सागर से पूजित यह भारत-भूमि जोतने, बोने और उद्यम करने के लिए बनी है। श्रमयुक्त उद्यम से बाँधी जानेवाली इस उर्वरा को युद्ध में बाँधकर घसीटे जाने का क्या औचित्य था? पर यह सोचने का समय कब का बीत चुका था। शिविर में फैली आशंकाओं का उत्तर देता भी कौन?' ज्योतिषी से पूछकर युद्ध की तिथि तो तय नहीं होती। युद्ध थोपा गया था और उसकी तैयारी पूरी कर ली गयी थी। युद्ध करना हो या युद्ध रोकना, सैन्य-तैयारी तो उतनी ही रखनी होती है। पराजय और जय का प्रश्न तो बस एक प्रश्न ही है। उत्तर तो अभी ढूँढ़ा जाना है।

ठंडी हवा का एक झोंका विश्वामित्र के चेहरे को सहलाता निकल गया। मतवाली ठंडी हवा की हूक, जो प्रिय की बाँहों में सिमट जाने को बाध्य कर देती थी, आज अनहोनी का अनवरत घेरा बना रही थी।

'प्रिया संग एकान्तवास, बच्चों की तुतलाहट, चाकरों की सेवा,पशुओं और फसलों का गदराया रूप किसे अच्छा नहीं लगता। पर आसन्न युद्ध का विकल्प, युद्ध ही तो है। अगर हम उनका भला चाहते हैं तो उनके बारे में सोचना बन्द करें।

युद्ध में पराजय हुई तो उनका भविष्य भी खत्म हो जाएगा। मरने का डर लिये युद्ध में नहीं उतरा जाता। और मरने का क्या? घर बैठे लोग मर जाते हैं। नदी-नाले में डूब जाते हैं, पराया धन, परायी स्त्री के लिए मारे जाते हैं।'

इस तरह सोचते हुए अचानक विश्वामित्र हँस पड़े। सीने में क्षात्रतेज और मस्तिष्क में ब्रह्मतेज सँजोकर भी वे एक आम योद्धा की तरह संशय में घिर रहे थे। आज की रात भय खाने की रात नहीं थी। किसी असमंजस और सन्देह की रात भी नहीं थी। आज की रात थी माँ भारती के श्रृंगार की नवीन योजना करने की। शस्त्र उठाने की और अपने एक-एक योद्धा को दस-दस शत्रुओं पर भारी करने की।

विश्वामित्र उठकर बैठ गये। यज्ञ-वेदी पर नवीन राष्ट्र-शक्ति की कामना करने का वक्त होने को था। चन्द्रमा अस्ताचल से थोड़ी ही दूर पर था। राष्ट्र-ध्वज की छाया लम्बी होकर विश्वामित्र के चेहरे तक आ गयी थी। विश्वामित्र रोमांच से भर उठे।

'अगर युद्ध में मारा गया तो इसी ध्वज में लिपटकर अपनी अन्तिम चिता तक पहुँचूँ। मेरे अन्दर का गर्व मेरे अपनों के सीने में समा जाये। मेरी चिता की राख इस भारत-भूमि में फिर से घुल जाये और मेरे जैसे मर्यन्नों की फसल फिर से तैयार हो, जो ऊँचा रखे राष्ट्र-स्वाभिमान को, इस निडर, अजेय और अटल राष्ट्र-ध्वज को।'

पर यज्ञ वेदी पर बैठे विश्वामित्र से अग्नि का सन्धान नहीं हो रहा था। जितनी तेज अग्नि की ज्वाला उठती विश्वामित्र का क्रोध और भड़कता। हालाँकि कुंड में स्थापित करने से पहले उन्होंने नैर्ऋत्यकोण में 'क्रव्याद' एवं आमाद अग्नि के अंश को बाहर निकाल दिया था। पर उन्हें यही लगता कि कुंड से निकलती अग्नि अभी भी उन दोनों से मुक्त नहीं हुई है।

जीवा के बर्छे में लाल रंग के झालर लगे थे। जब वह घुमा-घुमाकर निशाना लगाता तो सामनेवाले लड़ाके को बर्छे का फाल दिखाई ही नहीं देता था। दीखना बन्द हुआ नहीं कि सामने से आया अचूक वार। लाल झालर वैसे भी खून का भय देता और साथ ही शत्रु के खून को सोख लेता था और डंडा गीला होने से बचता।

जीवा ज्ञानवती माता और चांडाल गुरु पिता का बेटा था। इसलिए बहुत साहसी है। अतिवाद में उसे कोई कर्म अवांछित नहीं लगता। इसलिए 'असम्भव' शब्द उसकी शब्दावली में है ही नहीं। 'मृत्यु' उसे कर्म का एक विस्तार ही लगता है, इसलिए उसकी बहुत पुरानी जिज्ञासा है कि जीवन का आखिरी कर्म, जिसे लोग मृत्यु कहते हैं, उसे खुली आँखों से सम्पन्न करना चाहता है।

ऐसे कई मौके आये जब स्थिति दुष्कर लगी। लोगों के हिम्मत टूट गये। हर

बार वह थोड़ी देर के लिए गायब हो जाता। वापस आता तो उसके मुँह से मदिरा और मांस की बदबू आती पर उसके आते ही दुश्वार स्थितियाँ अनुकूल होने लगतीं। कहाँ जाता था और क्या करता था वह विश्वामित्र के अलावा शायद ही कोई जानता हो।

जीवा के बदन का लचीलापन उसकी सबसे बड़ी ढाल थी। निडरता की एक खुली चुनौती भी थी जो ढालधारियों की ढाल के पीछे छिपे उनके भय का हँसी उड़ाती था। हालाँकि सामनेवाले योद्धा इस लचीलेपन को स्त्रैण बताकर हँसते और अपना डर दूर करते थे लेकिन सच यही था कि चुनौती का सत्य बिल्कुल सामने था। अचानक दोनों योद्धाओं के बर्छे उलझकर दूर जा गिरे। दोनों निहत्थे दोनों अवाक् से खड़े दिखे पर उसमें से एक सिर्फ दिख रहा था वह अवाक् था ही। निहत्थेपन के इस सुकून भरे घड़ी का भरपूर फायदा उठाते हुए जीवा ने हवा में गुलाटी लगायी। इसके पहले कि लोगों को इस नये दृश्य का ओर-छोर समझ में आता हवा में घूमता उसके पाँव का पंजा इन्द्र के श्रेष्ठ योद्धा के जबड़े पर बायें कनपटी की ओर से जा पड़ा। चोट इतनी तेज थी कि उसका शरीर तो बाद में फिंकाया पर गर्दन की हड्डी टूट गयी और सिर, एक खेत में खड़े खड़कौए के गर्दन की तरह घूमकर नीचे लटक गया। दृश्य अद्‌भुत था विश्वामित्र के लिए खुशियों का भरा और इन्द्र के लिए सदमे भरा।

जब जनता आधा पेट खाकर अपना जीवन-दान करती है, राजा को पूर्ण समर्पण देती है तब हर गाँव और शहर की उन्नति होती है। यह काम उतना ही पवित्र है जितना कि ईश्वर की पूजा। पर तुम्हें पूजा की जरूरत नहीं। राजा को समर्पित होकर तुम पुण्य कमा चुके हो। अगर इसमें तुम युद्ध में मर भी गये तो व्रत का पुण्य मिलेगा और संग-संग तुम्हारे पितरों का उद्धार हो जाएगा।

ऐसी उत्साह भरी बातें सुनकर, गड्ढे में धँसी उनकी आँखें चमक उठीं। उन्होंने अपने पितरों को याद किया। उनकी कही-सुनी बातें याद आयीं। अपनी गलतियाँ और उनके डाँट-फटकार याद आये, "कुलनासी हो तुम। पितरों का नाम डुबोओगे।" पर नहीं, अब ऐसा कुछ नहीं होगा। वे अपनी जान देकर भी पितरों का उद्धार करेंगे। उनकी आँखों के इर्द-गिर्द के गड्ढे दृढ़ निश्चय में और भी गहरे हो गये अनायास उनके हाथ तलवार की मूठ पर जाकर जम गये।

खड़ी ढलान होकर भागते लुटे, निष्कवच सैनिक, भारी संख्या में हताहत होते चले गये थे। सँकरी राहों, गड्ढों, कँटीली झाड़ियों में भटक-भटककर घोड़े इतने थके कि बेकार ही हो गये—मरे जानवर और उनमें कोई अन्तर नहीं था।

"घोड़े को सुस्त मत पड़ने दो। डपटो उसे डपटो...और जोर से।" लगभग चीखते हुए विश्वामित्र ने आवाज लगायी।

छद्म आत्मविश्वास से खनकती आवाज थोड़ा असर दिखा रही थी। मनोबल जितना गिरे, आवाज उतनी ऊँची रखो। बड़ी ऊर्जा होती है, रणभूमि में गूँजती ध्वनि में। बचे सेनानियों के बीच दौड़-दौड़कर विश्वामित्र वैसा ही कुछ कर रहे थे जैसे अकेला श्वान, भयभीत गोसमूह को इकट्ठा रखने के लिए करता है।

"लेकिन भगदड़ मची कैसे?" विश्वामित्र ने पूछा।

"जैसा आपको मालूम है कि अपनी सेना का पहचान शब्द था 'भारत-राष्ट्र' अगर कोई 'भारत' बोले तो सामनेवाला 'राष्ट्र' बोले और 'राष्ट्र' बोलने पर सामनेवाला 'भारत' बोले।"

"मैंने यह सबको बताया था और हमने यह भी सुनिश्चित किया था कि यह बात किसी के कान न पड़े।"

"क्या बताएँ कैसे हुआ। पर हुआ यों कि...अचानक आक्रमण की सूचना से इतने घबराये थे कि जब सामने की टुकड़ी 'भारत' चिल्लायी तो इन्होंने भी 'भारत-भारत' चिल्लाना शुरू कर दिया। हमने एक-दूसरे को ही शत्रु समझ लिया। वे हल्ला मचाकर तीर बरसाने लगे। पीछे से असली शत्रुओं का शोर शुरू हो गया। इस हंगामे में हमारी टुकड़ी सरपट भागी। ऐसा भागी कि अभी तक नहीं लौटी है।"

"अधिक दूर तो नहीं गये होंगे।"

अब तक कई सवार गणनायक के तीर का शिकार होकर इहलोक छोड़ चुके थे। एक घुड़सवार तेजी से लपका। वह गणनायक के वारों को अपनी तलवारों से काटता हुआ तूफान की तरह आगे बढ़ा। एक पल की दूरी थी वह गणनायक के ठीक ऊपर होता। उस पल को गँवाने का प्रश्न कहाँ था। गणनायक ने निशाना साधा। सन्न...तीर घोड़े के सीने के पार। घोड़ा जमीन पर और सवार हवा में। उसे जीवित धरती पर आने का सौभाग्य न मिल सका। गणनायक की तलवार हवा में लहरायी और हवा में तैरते बदन को आर-पार कर गयी। गणनायक ने तलवार वापस खींच ली। भद्द की आवाज करता वह धरती पर गिरा और लोथड़े में बदल गया।

जो तीन टुकड़ी-नायक थे वे तेजी से गणनायक तक पहुँचे।

"घना अँधेरा है। शत्रुओं की संख्या का अनुमान दुश्वार हो चला है। सारे सैनिक भाग चुके हैं। हम पाँच से कितने मारे जा सकेंगे?"

गणनायक ने प्रश्नवाचक दृष्टि से उन्हें देखा।

"विनती है कि हम भाग चलें।"

"नहीं हो सकता।"

"हमारा जीवित रहना जरूरी है।" जीवा ने कहा।

"युद्ध में टिके रहना भी उतना ही जरूरी है।" विश्वामित्र ने उत्तर दिया।

"एक रास्ता है। हमारे सैनिक ज्यादा दूर नहीं गये होंगे। तुम जाकर उन्हें बुलाओगे तो आ जाएँगे।" जीवा ने समाधान किया।

"मेरी युद्ध-नीति में जगह छोड़ने का विकल्प ही नहीं है।"

"यहाँ अभी कोई नहीं है। फिर मैं रुकता हूँ। आप एक को लेकर जाओ।"

"लेकिन..."

"आपके अलावा उनका टूटा साहस कोई नहीं जोड़ सकता। समय की माँग समझो जाओ गणनायक, जाओ..." जीवा ने बीच में ही बात काटी और गणनायक के घोड़े को चपत लगाकर चलने का निर्देश दिया। जब घोड़ा चलने लगा तो जाने पीछे रखी क्या वस्तु थी, जिसे धीरे-से जीवा ने खिसकाकर अपने हाथ में ले लिया। रात के अँधेरे में विश्वामित्र ने भी नहीं देखा कि जीवा ने अपने हाथ में जो रखा वह क्या था।

वे सभी यहाँ से वार कर रहे थे जो उसके शरीर को जगह-जगह घावों से भर रहा था। किस घाव से कितना खून निकल रहा था कहना दुश्वार था। बहुत ही डरावना दृश्य था। वे चाहते थे कि जितनी जल्दी वह शान्त हो जाए उतना अच्छा और वह भी जानता था कि उसे शान्त होने में ज्यादा पल नहीं बचे हैं पर शरीर में बचे रक्त के आखिरी बूँद तक वह लड़ना चाहता था। वह वार पर पलटवार कर रहा था। मृत्यु को सामने से देखने की उसकी पुरानी जिद पूरी होने को थी। अपनी मृत्यु के समय वह मृत्यु और मृत्यु के व्यापारियों का घमंड टूटते देखना चाहता था। और हुआ भी ऐसा ही। वार करते आक्रान्ताओं की आँखों में अहसास का भाव भयजन्य कौतूहल में बदल गया था। कितने पलटवार और करेगा यह दुर्दान्त? इतने घाव खाकर भी यह मरता क्यों नहीं? अन्ततः उसके पीछे वे अपनी कटार उसके सीने के आर-पार कर चलते बने।

सिर नीचे और आँखें ऊपर दिये लड़ाके भेड़ों की तरह आगे दौड़ पड़े थे, उन्हें नहीं मालूम था कि सामने भेड़ की खालें चढ़ाए सियारों का झुंड खड़ा था। सामने से आती टक्कर का कोई अता-पता न देख उन्होंने जब सिर उठाया तो सामने कोई नहीं था। कोई होता भी कैसे, वे तो दो हिस्सों में बँटकर पीछे आ गये थे—पीठ पर वार करने। मुड़ने की जगह नहीं थी। सहसा दोतरफे आक्रमण के अंधड़ में वे तिनकों की तरह उड़ चले।

अपने सिर के ऊपर से वही शिरस्त्राण निकालकर बड़े जतन से बाजू में रखा, जो उसने चुपके से विश्वामित्र के पास से खिसकाकर अपने पास रख लिया था, और स्वयं को विश्वामित्र घोषित कर शत्रुओं से अकेला जूझता रहा।

उसने सीने में फँसी कटार खींचकर बाहर निकाली और बायें बाहु में लिटा

दिया। "शत्रु की है पर है तो विजयी। अकड़ इसी में थी...सीने तक तो बहुत पहुँचे पर सीने में उतर जाने की निपुणता औरों में तो नहीं थी।" लहू से भीगते बिंधे कवच को भी खोला और दाहिने बाजू लिटाया। "बहुत साथ दिया सखा...बस आखिरी कुछ पल की बात है। मेरे साथ रहो विश्वा से मिल लूँ, उसे कुछ हौसला दे दूँ...तब तक हम मृत्यु संग बातें करेंगे...ढेर सारी...कोई बन्धन नहीं...।"

"मायावी...मायावी..." तेज फुसफुसाहट शुरू हो गयी। पलक झपकते इन्द्र की सेना पीछे की ओर धँसने लगी और देखते-देखते 'मायावी' शब्द की फुसफुसाहट शोर और अफरातफरी में बदल गयी। जयन्त की सेना पीछे पलटकर यूँ भागी कि उसके सरदार खड़े रहने की कोशिश में रौंदते चले गये।

रात का अन्तिम पहर गुजर चुका था। सैनिक बेहाल। उन्हीं लाशों के पास लेट गये, जिन्हें अभी-अभी गिराया था। कौन पानी के लिए चिल्ला रहा था और कौन अफीम के लिए कहना मुश्किल था। उन्हें यह भी पता नहीं था कि उसके कपड़े जिस खून से गीले हैं वे दुश्मनों के हैं या अपने घावों के।

थोड़ी ही दूर पर, जिस मैदान में कभी रँगी पगड़ी और पहरावे के साथ नाचकर भगवान को खुश करते धूल का गुबार उड़ाते थे, उसी धरती पर, सहमी धरती पर, गट्ठरों की तरह दुबका बैठा था पूरा जन-समूह। तब खुशी से उनकी, आँखें तो बन्द होती थीं और सफेद दाँत चमकते थे। अभी मुँह तो बन्द है, पर खुली आँखों की सफेदी उस नियति को घूर रही है, जिसे बदलने के लिए वे कुछ भी करने को युद्ध में कूद पड़े थे।

पास पड़ी छितरायी लाशों की तरह उनकी आँखें आशा की किरण ढूँढ़ रही थीं। शरीर बची हुई शक्ति समेट रहा था। वे कहीं जा नहीं पाएँगे। सेना लौटकर आएगी। निर्णय सुझाया जाएगा। किसके हिस्से क्या आएगी? केवल मृत्यु या दासत्व। दोनों हाथों से रेत का गुबार उठाये, चिल्लाती आ रही हवा क्या कहना चाह रही थी? हारने और जीतने को कुछ भी बचा नहीं था। जो जीते वे अपनी जीत की घोषणा करने वापस अपनी राजधानियों की ओर दौड़े और जो हारे वे कहाँ जाएँगे? चारों ओर खुले खेत, दसों दिशाएँ एक-दूसरे की ओर देख रहे थे। किधर प्रयाण करेंगे ये हारे हुए सिपाही? जब धुँध थमेगी तो बात साफ होगी...

अब पीड़ा बढ़ती जा रही है। "मृत्यु तू मेरी परीक्षा ले रही है। बहुत अकड़ है तुममें। मैं तुम्हारे सामने झुक भी जाता पर विश्वा से मिले बिना नहीं...क्या करेगी आघात के कुछ और लहर छोड़ेगी...आखिरी साँसें और दूभर करेगी...पर तुमने मुझे शत्रुओं से लड़ते देखा था और बहुत देर तक तुम्हें खड़ा रहना पड़ा है...पर मेरा दोष नहीं। तुम्हें उनके ऊपर इतना भरोसा था कि तुम भागी-भागी चली आयी...। तुम्हारे गुप्तचरों ने गलत सूचना दी थी...मेरे मरने की सम्भावना को तुरन्त घोषित करना

उसकी भूल थी...अवश्य उन्होंने हमारे शत्रुओं से मुहरें लीं होंगी वरना तुम्हें इतनी जल्द क्यों बुलाते वो..."

विश्वामित्र के लौटने तक रणभूमि का दृश्य ही बदल चुका था। दाहिने का खोजी अश्वारोही घोड़े के साथ मृत पड़ा है। बायेंवाला भी घायल। शत्रु की सेना भेद चुकी थी। सैन्य रथ अपने ही सैनिकों और घोड़ों के शवों के बीच में अटका पड़ा था। नगाड़ों और तुरही को बजाते रहने का गणनायक का आदेश गूँज रहा है पर नगाड़ों की आवाज बन्द हो चुकी थी। तीरों की बौछार में से कोई उन्हें भी जा लगी हो, पर कोई भी किसी को देखने की हालत में नहीं।

साथ ही गूँज रहा है नियति का आदेश। सैन्य दलों से रौंदी जा चुकी धरती की उड़ती धूल वापस धरातल पर बैठ रही थी और साथ ही बैठ रही है बचे योद्धाओं के जीवित रहने की उम्मीद। किसका कलेजा बाहर है, और किसकी अंतड़ियाँ; बिखरी लाशों से भरे पटे खेतों में जाकर सुध लेने की सुध किसमें बची है। कमर में म्यान और पीठ पर तरकश अभी भी कसा हुआ था। पर हाथ से छूटे तलवार और धनुष की तरह सिर भी शरीर से छूटकर दूर पड़ा था। शायद उनकी आँखें किसी उम्मीद में अपने ही धड़ की तरफ देख रही थीं। और दूर खाली खेत भी दिखते हैं, जिनमें से होकर जाती टेढ़ी-मेढ़ी पगडंडियाँ दिखती हैं, किसके घर जाती हैं वे? काश ये सर्पिल पगडंडियाँ समेटकर ले जातीं बचे लोगों को? क्यों नहीं छोड़ आती उन्हें अपने घरों तक?

पर ऐसी कोई भी आशा दूर तक जाकर क्षितिज के उस बिन्दु पर विलीन हो रही थीं, जहाँ ये पगडंडियाँ पहुँचकर उनसे मिलती थीं।

जीवा की निश्चल पड़ी आँखों का शून्य विश्वामित्र की आँखों में समा गया। रणभूमि में यहाँ-वहाँ क्षत-विक्षत पड़े योद्धाओं में कौन मृत था कौन जीवित कहना मुश्किल था। उनकी आर्याएँ और छोटी सन्तानें दौड़-दौड़कर घायलों के लिए कुछ जुटा रही थीं। घावों को गिनते भी जाते थे। उससे उन्हें अनुमान लगाना आसान था कि वे बचेंगे अथवा नहीं। यह भी कि जो बच रहे हैं वे कितनी देर के मेहमान हैं। जिन-जिन शरीर के पास सिसकियाँ उठ रही थीं तय था कि उनके प्राण-पखेरू उड़ चुके थे और उनकी सन्तानों की सिसकियों से होकर बहे जाते थे उनके सपने, उनकी सुरक्षा और उनका भविष्य।

इन्द्र के भगोड़े सैनिकों के बहकावे में जो विन्ध्य-सैनिक भागे थे उनकी माँओं ने जब उन्हें ललकारा तो वे वापस भी आये पर तब तक हार के निकट पहुँच चुके युद्ध में वे भी मारे गये।

अभी-अभी जिन वापस आती अपनी सेनाओं को ललकारने के लिए माताओं ने अपनी-अपनी छातियों का वास्ता दिया था वे अभी भी खुली पड़ी थीं—हताशा में

गिरी हुई, लटकी हुई। सन्तानों, प्रियजनों की आहुति भी दी पर विजय नहीं मिली।

"जिस पराक्रम से तुमने मृत्यु का सामना किया, जिस निश्चय से तुम्हारी पलकें नहीं झपकीं, जिस साहस से तुम्हारा धैर्य नहीं छूटा और जिस प्रवीणता से युद्ध-कौशल को निभाया; वह तुम्हें मृत्यु-भय से सदा के लिए मुक्त करता है।"

"संसार में दो ही व्यक्ति एक प्रसिद्ध वैद्य और दूसरों असाध्य रोग से ग्रसित व्यक्ति के लिए मृत्यु भी जीवन से बड़ी हो जाती है जब वह पीड़ा, अपमान और भीरुता से मुक्ति दिला सके। मेरे जैसा रोगी, जिसे मालूम है कि इस असह्य कष्ट का अन्त आसान नहीं, जीवन को तिरस्कृत करता है और मृत्यु को वरण करता है।

देख विश्वा तुम्हीं कहते थे न कि मेरी आँखों में निरन्तर हर्ष देखकर तुमने नया जीवन बेचार होता है। अभी देख मेरी आँखों में।"

"मैं नहीं देख पा रहा हूँ।"

"तू हर्ष देखना चाहता है।"

"किसी भी मूल्य पर।"

"वह तभी आएगा जब मुझे तुम इच्छित मृत्यु वरण करने दो।"

"बस करो, मुझे तुम्हें स्वस्थ करने की कोई युक्ति सोचने दो।"

"युक्ति, अगर मैं हिल भी पाता तो यह कार्य स्वयं कर लेता। विश्वा तुम जानते हो मेरे से बड़ा दुःस्साहसी इस पूरे क्षेत्र में कोई नहीं है। व्यर्थ ही झूठ का सहारा मत लो। बाण चलाओ।"

"लक्ष्य भी तो चूक सकता है।"

"हठी दुष्टों जैसी बात मत करो।"

"यह हठ नहीं है।"

"अगर मैंने निःस्वार्थ जन-सेवा की है तो कोई तुझे धोखा नहीं दे सकता यहाँ तक कि मृत्यु भी नहीं। लक्ष्य करो मेरे ग्रीवा पर और कटने दो ऐसे जैसे बलि दी जाती है।"

"मृत्यु नहीं मुझे तुम्हारे लिए जीवन चाहिए। मुझे कुछ पल दो।"

"नहीं मिल पाएगा। मायावी मृत्यु बिल्कुल निकट है।"

"मैं तुझे अपने साथ अश्व पर ले जाऊँगा।"

"खुद को धोखा! तुम्हारा अश्व घायल है।"

"मैं तुम्हें कन्धे पर ले चलूँगा।"

"तुम्हारे कन्धे पर विजय पताका देखना है समाज को। न कि एक मृत संगी का शव। पूरा समाज तुम पर आँखें टिकाये है।"

"ठहरो मुझे मन्त्र साधने दो।"

दिग्भ्रमित हो गया है। मति भ्रष्ट हो रहा है। नक्षत्रों के इस प्रतिफलन पर

मायावी शक्तियों के विरुद्ध विद्यमान कोई भी मन्त्र प्रभावी नहीं। पराजय उठाएगा उनके हाथों।''

''पराजय तुम्हारी मृत्यु से ज्यादा दुखद तो नहीं।''

''अरे तू समाज की धरोहर है। तुम्हारा अपना दुख अब अर्थ नहीं रखता। अपने सुख-दुख की सोचना पाप है।''

''किसी का वध करना भी पाप है।''

''अगर कोई यह काम अपने स्वार्थ या क्रोधवश करता है। मेरी भलाई के लिए मेरा वध तुझ पर पाप का कारण नहीं बन सकता। देख, देख, तड़पते देखना, असाध्य कष्ट से तड़पता, देख मुझे। यह कौन-सा पुण्य है और कष्ट से मुक्ति देना कौन-सा पाप है? तुम सन्त तो कहला सकते हो लेकिन ब्राह्मण नहीं।''

एक युग बीत गया था विश्वामित्र को रोये हुए अब जब अश्रुधारा बह रही थी तो ऐसा लगा था कि एक और युग तक यह नहीं रुकेगी।

''कैसा गँवारों जैसा व्यवहार कर रहा है और अगर तू इसे पुरुषत्व समझ रहा है तो तू इन्द्र से भी मूर्ख है। पुरुषत्व निर्णय लेने का दूसरा नाम है। तू निर्णय ले। मेरा वध कर और मुझे मुक्त कर। तू मेरे कष्ट से सुख तो नहीं ले रहा? मुझे तड़पता देख तेरे अहं को शान्ति तो नहीं मिल रही? मुझसे तू कोई भूला प्रतिशोध तो नहीं ले रहा?''

''जीवा।''

''ये मस्तक कभी किसी पाप का भागीदार नहीं बना और कभी नहीं झुका उसे धूल में लोटता देख तुम्हें छद्म रसानुभूति तो नहीं हो रही। हाँ! मित्र का असली रूप सामने आया! ऐ मेरे नयन, देख इसे, देख ये तेरा बिलखता रूप देख कितना सन्तुष्ट है... देख विश्वा मेरी साँसें क्षीण हो रही हैं। अधिक तर्क नहीं कर सकता। आखिरी बात अगर तू मुझे एक प्रतिष्ठित मृत्यु नहीं दे सका तो धिक्कार है मेरी मित्रता पर...''

''विश्वा मुझे ऊपर उठा मत...अन्त आ गया है...तू नाराज तो नहीं है। अभी देख मेरी आँखों में कितना सन्तोष और हर्ष है...यही चाहिए था ना...''

''खुशियाँ मनाते हैं देव गण...मनाएँ। हँसते हैं देव की सेनाएँ हँसें। पर सौगन्ध है पृथ्वी तुम्हें, तुम उदास मत होना। सौगन्ध है बादल तुम्हें, तुम नहीं रोना। सौगन्ध है पत्तों को कि उस पर ओस आयें। सौगन्ध है धान की बालियों को कि खेतों में बहता खून पियें जो उनके कोश में दूध आये।''

विश्वामित्र ने अपनी पूरी शक्ति संचित की। गहरी साँस भरी। घुटने के बल होकर जीवा को फिर से पूरी ताकत से तौला। वह उसे अपने कन्धे पर फिर से लादना चाहता था।

"बस, और मत उठा। बस यूँ ही मुझे थामे रख। तेरे स्पर्श से पीड़ा मिटती जा रही है। ये क्या चमत्कार है, विश्वा। जिसके स्पर्श से पीड़ा मिट जाये, ऐसी शक्ति सिर्फ महान आत्माओं में होती है। ये क्या चमत्कार है? विश्वा, तुझमें बदलाव आ रहा है।"

"देख जीवा मुझे किसी से शत्रुता नहीं रही। मैं सबको क्षमा कर दूँगा। इन्द्र को भी। बस तू ठीक हो जा। मुझे सिर्फ जीवा चाहिए। और कुछ नहीं।"

"तू ठिठोली कर रहा है। तू भला क्रोध थूकेगा। हो नहीं सकता...झूठ बोल रहा है।"

"जीवन से बड़ा सच कुछ नहीं है...मुझे जीवन चाहिए। और कुछ नहीं..."

"फिर मुझे देख। मृत्यु-भय को लेकर तुमने कितने भाषण दिये। हर बार मैं तुम्हें नकारता था। पर आज मेरे चेहरे पर कोई मृत्यु-भय नहीं। वो तो बस यूँ ही तुझे छेड़ता रहता था...और अब तो वह पीड़ा भी नहीं रही जो भय का कारण बने..."

"खुशियाँ मनाते हैं देवगण...मनाएँ। हँसते हैं देव की सेनाएँ हँसें। पर सौगन्ध है पृथ्वी तुम्हें, तुम उदास मत होना। सौगन्ध है बादल तुम्हें, तुम रोना नहीं, सौगन्ध है पत्तों को कि उस पर ओस न आये। सौगन्ध है धान की बालियों को खेतों में बहता खून पियें।

"सौगन्ध है उसे जो धर्म की ग्लानि न हरे। सौगन्ध है उसे जो भारत का अभ्युदय न करे। सौगन्ध है उसे जो अवतार न ले..." कहते हुए उसकी आवाज टूटी। विश्वा उसे बाजुओं में उठा रहा था।

"अरे जीवा तुझसे बड़ा अवतार क्या होगा रे। बस तू मुझे अपनी बाजुओं में उठाने दे..."

"क्या कर डाला इन आततायियों ने...जंगली कुत्तों...इस सिंह पुरुष का जो तूने हाल किया है वो तुम पर सात जन्मों तक भारी पड़ेगा..."

सूखे और गीले रक्त संग मिट्टी में सने धरती-पुत्र जीवा को विश्वामित्र ने कन्धे पर उठा लिया और चल पड़ा अन्तहीन क्षितिज की ओर। अहल्या के सम्मान और न्याय की माँग को लेकर लड़ा गया युद्ध अन्यायियों के हिस्से गया था। भारत-भाग्य-विधाता, जन-गण एक बार फिर पराजित हुआ था। क्या सर्वशक्तिमान ने अन्याय का साथ दिया था। इन सभी प्रश्नों पर पूछताछ करने को उद्यत विश्वामित्र अन्तहीन क्षितिज की ओर बढ़ते चले जा रहे थे।

अपने-आपको खो देने का भय, उसे नींद की आगोश में समाने से रोक रहा था हर बार। जो हुआ उसके साथ, या जो किया उसने अपने साथ; बेशक वह कितना ही

बुरा हो पर उसका होना, उसके लिए अपने अस्तित्व के अहसास के होने जैसा था। अपमान, लाँछन, पराजय,पलायन सभी कुछ उसके शरीर का हिस्सा बन चुका था। नींद की दुनिया में जाकर, उसे डर था कि शरीर का अहसास जाता रहेगा। अप्रिय अनुभवों से पलायन औरों को सुख देता होगा पर उसे नहीं। उसे जगे रहना था। उसे, पथरायी आँखें चाहिए थीं। उसे, पलकों का झपकना नहीं चाहिए था।

उसे यह भी पता था कि वह ज्यों ही सोएगा समय का एक बड़ा हिस्सा यूँ ही निकल जाएगा। कई पहर बीत जाएँगे, जिनमें गुँथे हुए अनन्त पलों में से वह किसी को नहीं पकड़ पाएगा। वह पथरायी ही सही, पर खुली आँखों से होकर समय को जाने देना चाहता है, बन्द आँखों से समय को देखने की उसकी इच्छा जैसे उसका साथ छोड़ चुकी थी।

आपदा और असहायता की सीमा पर पहुँचकर मनुष्य और पशु में एक प्रकार की जो समानता बनती है वह यह कि पशुओं की तरह उसे भी नींद से दूर रहने का मन करता है। बल्कि ऐसे क्षण में पशुओं की तरह रह-रहकर पलकें झपकाना भी उसे स्वीकार्य नहीं। बिना नींद के मनुष्य भूत बन जाता है। भूत कौन? बीते समय का प्रतीक? भूतकाल का प्रतीक? यह बीते हुए समय के साथ रुका हुआ था। समय का प्रवाह जारी है पर उसका प्रवाह रुका हुआ था।

तो फिर नींद में पड़े मनुष्य का प्रवाह भी रुका होता है क्या? सम्भवतः नहीं। क्योंकि समय का प्रवाह अन्तर्मुखी जलधारा की तरह स्वप्न से होकर बहता है। जैसे कि दर्पण में एक व्यक्ति की छवि तो दीख रही है पर वह व्यक्ति इस तरह ओट लेकर खड़ा है कि देखनेवाले को वह व्यक्ति नहीं पर उसका प्रतिबिम्ब दीखता है। पर चूँकि वह व्यक्ति है इसलिए प्रतिबिम्ब दीख रहा है। समय उपस्थित है इसलिए स्वप्न में उसका प्रतिबिम्ब दीख रहा है। फिर व्यक्ति तो स्थूल है इसलिए दर्पण में सिर्फ प्रतिबिम्ब ही दीखता है। पर समय तो सूक्ष्म है इसलिए यह कहना भी असंगत नहीं होगा कि स्वप्न में समय का प्रतिबिम्ब ही नहीं बल्कि स्वयं समय की उपस्थित होता है।

विश्वामित्र पथरायी आँखों से पड़े थे। युद्ध का फैसला हो चुका था। विश्वामित्र की संयुक्त सेना मौत के घाट उतारी जा चुकी थी। पर नींद थी कि पलकों पर उतरने का नाम नहीं ले रही थी। ठीक ही चेताया था अगस्त्य ने, कि ये अंदरुनी कलह उन विदेशी आक्रान्ताओं को उत्साहित करेंगे जिनकी लोभी आँखें भारत-भूमि-विजय के स्वप्न देख रही हैं। ऐसे लोग सिन्धु के उस पार से हर पल की सूचनाएँ रख रहे हैं। अब अगर विदेशी आक्रमण हुआ तो क्या भारत-भूमि के योद्धा एक-दूसरे का साथ देंगे। क्या लोग इस मृत्यु-तांडव को भूल पाएँगे।

''क्या पाया तुमने!'' यह आवाज एक कभी न खत्म होनेवाली प्रतिध्वनि बन

चुकी थी। नींद का हर झोंका इस प्रतिध्वनि की तीव्रता से टूट जाता था। जितनी बार विश्वामित्र सोचते हैं कि ये तो भ्रम है, अगली बार प्रतिध्वनि की तीव्रता उतनी ही बढ़ जाती और मस्तिष्क के भीतर ऐसे टकराती जैसे ध्वनि नहीं पत्थर का टुकड़ा हो। हर बार अन्तहीन पीड़ा की चुभन। पीड़ा में चीखने की शक्ति अगर होती है तो यही है।

ऐसे में इन्द्र की अट्टहास करती छवि बारम्बार सामने आकर खड़ी हो रही थी। यद्यपि अट्टहास में कोई ध्वनि नहीं थी पर प्रताड़ना और अपमान प्रदान करनेवाली सारी अभिव्यक्ति में इन्द्र के भावशून्य मुख पर प्रकट हो रही थीं। उसकी भिंची हुई मुट्ठी का अर्थ विश्वामित्र भलीभाँति समझ रहा था।

"इन्द्र तुमने कभी अपना प्रतिबिम्ब देखा है। तुम्हारे सिर के पीछे चमकता ऊर्जा मंडल धूमिल पड़ चुका है। कभी सोचा कि क्यों हुआ ऐसा? क्यों ऊर्जा मंडल की सुनहरी किरणों का स्थान एक मटमैले वृत ने ले लिया है? आभा का क्षीण होना अशुभ लक्षण है तुम्हें मन्त्रणा देनेवालों ने नहीं बताया?

मुट्ठी को तुम भींचकर मुझे आतंकित कर रहे थे। ध्यान करो अपनी मुट्ठी पर। देखो...देखो तो सही...उन उँगलियों के बीच होकर तुम्हारी ऊर्जा हवा में विलीन हो रही है और उसी के साथ विलीन हो रहा है तुम्हारा पुरुषत्व। आभा सूर्य की संगिनी है वह सूर्य, जो जन-जन के लिए जलता है। जब से तुम जन-गण को भूले हो आभा ने तुम्हारे राजमहल की सीढ़ियाँ चढ़नी छोड़ दी हैं। एक लम्बी छाया बढ़ती चली आ रही है। मूर्तिकारों के दलान में पड़ी देव-मूर्तियाँ देखी हैं तुमने? धूल और रेत से भरी उन मूर्तियों की निष्प्राणता देखकर दया आती है। उन मूर्तियों को प्रतीक्षा है किसी संरक्षक की जो उन्हें कहीं प्रतिष्ठित करें। उन्हें प्रतीक्षा है उस ब्राह्मण की जो उनमें प्राण-प्रतिष्ठा कर सके। तुम एक मूर्ति तो हो लेकिन प्राण-प्रतिष्ठा से विसर्जित और एक बार जब मूर्ति से प्राण-प्रतिष्ठा समाप्त हो जाये, दुबारा स्थापित नहीं किया जाता है। ऐसी मूर्तियाँ, इन्द्र, नदी की धारा में विसर्जित कर दी जाती हैं। नदी तो माँ है हर विसंगति को अपने गर्भ में छुपा लेनेवाली। इन्द्र प्रतीक्षा करो उस समय का जब मैं पुनः शक्ति धारण करूँगा, और वह समय बहुत दूर भी नहीं है।"

अचानक इन्द्र की छवि सामने से हट चुकी थी। अचानक ही उत्पन्न हो आये भय की व्यर्थता का आभास होते ही विश्वामित्र ओंकार की ओर उन्मुख हो गये।

“आपकी शरण में जाने से पहले, ध्यान और समाधि में डूब जाने से पहले, शारीरिक व्याधियों की दुरूह यात्रा करने से पहले...मेरे मन में जो प्रश्न उठ रहे हैं, उसे व्यक्त करना है मुझे। यह मत समझना कि मुझे उत्तर चाहिए या कि एक नयी राह पर जानेवाले स्वयं को उलाहना दे रहा हूँ अथवा भ्रम के वृत्त पर गोल-गोल घूम रहा हूँ। शंका, भय और भीरुता के समबाहु त्रिभुज की पकड़ में आ गया हूँ...बस मैं अपनी सोच और शंकाएँ सामने रख रहा हूँ। आप बस सुन भर लेना।

जीवन का सबसे बड़ा सुख क्या है? अकूत सम्पत्ति? शारीरिक भोग और सुविधाएँ? या दायित्व, कर्तव्य और उद्देश्य का निर्वाह। इतिहास साक्षी है कि सुख की ऐन्द्रिक परिभाषा क्षणिक रही है। अकिंचनता, बेशक सुख और मानसिक शान्ति में व्यवधान उत्पन्न करती है, जो आज मुझे भी हो रहा है, किन्तु धन प्राप्ति अपने-आप में कुछ भी नहीं। जीव की रचना धन-संचय के लिए नहीं हुई। जीव की रचना सेवा-भाव के लिए हुई थी। परस्पर सहयोग के लिए हुई थी। विवेकपूर्ण राज्य-संचालन के लिए, न्यायपूर्ण अर्थव्यवस्था के लिए, करुणापूर्ण सम्बन्धों के लिए, समतामूलक समाज, बहुजन हिताय बहुजन सुखाय के लिए हुई थी।

असली उपलब्धि सुख-सुविधाओं को बढ़ाने में ही नहीं है बल्कि एक आन्तरिक सन्तोष में है जो विवेक द्वारा संचालित होता है, इच्छाओं और लोभों द्वारा नहीं। लोभ और मोह का प्रभुत्व, रोग तो बन सकता है ओषधि नहीं। लोभ जनित इच्छाओं को पूरा करना वैसी ही दुगुनी मात्रा में इच्छाओं को जन्म देता है और यह क्रमबद्धता जितनी आगे बढ़ती है, इच्छाएँ तो पूरी हो जाती हैं पर उसमें सुख प्रदान करने की शक्ति उतनी ही कम हो जाती है। वही अन्ततः भय, रोग और अनगिनत दुखों का कारण बन जाती है। ऐसे दुख उन दुखों से भी ज्यादा कष्ट देते हैं जो शरीर के टूटने-कटने पर होते हैं। क्योंकि इसकी चोट आत्मा को लगी होती है। इसलिए हे दयानिधि मुझे मुझमें तुम्हारा दर्शन चाहिए। इसलिए नहीं कि मैं शक्तिवान बनूँ बल्कि इसलिए कि मेरे समस्त मोहों, दुविधाओं, सन्देहों का नाश हो जाये और इस तरह इतना निर्मल हो जाऊँ कि स्वयं को तुम्हारा हिस्सा मानने में मुझे अपराधबोध न हो। कर्मभूमि की आपाधापी में मैंने अपने पापों का लेखा भी नहीं रखा पर तुमसे तो कुछ छुपा नहीं। धोना तो अच्छे से। तनिक भी मैल न बचे मेरी आत्मा पर। एक बार स्वयं को स्वच्छ देख लूँगा तो मुझे विश्वास है, अशुद्धि से दूर रहने की समझ जीवनभर के लिए आ जाएगी। निर्मल तन और जाग्रत मन से जब मैं तुम्हारे दिये आदेशों को जन-गण में फैलाऊँगा तो मुझे अपने होने की सार्थकता समझ में आएगी। समाज-कल्याण और समाज-सेवा ही मानव-जीवन का उद्देश्य है। अगर तुम मुझे मना करोगे तो यह अलख जगाना भी बन्द कर दूँगा। किन्तु तुम और मात्र तुम्हारे आदेश पर। किसी का भय, प्रलोभन या प्रमाद मुझे रोक नहीं सकता। जग आज है

कल नहीं। मैं आज हूँ कल नहीं। यही चिरन्तन सत्य है। फिर किस हेतु तुच्छ बातों से हृदय बहलाऊँ? जो थोड़ा समय है, उसे लोभ और आसक्ति में क्यों बिताऊँ? पशुओं से अलग मैं, मानव, विवेक से आसक्त होकर आत्मा से प्रीति लगाऊँगा।

प्रभो, रात्रि का तीसरा पहर बीत रहा है, मुझे नींद आने से पहले एक नयी शान्ति दे दो जिसमें बहुजन हिताय बहुजन सुखाय के अतिरिक्त कुछ न हो।

पिछली कई रातें या तो दर्द में बीतीं या तुम्हारे अनुराग में। मैंने जानबूझकर राज सुख छोड़ा। अब अगर प्रभु आप भी नहीं मिले तो मैं बहुत एकाकी हो जाऊँगा।...सन्देह के भूत-पिशाचों के बीच...सुनो मेरी प्रार्थना, जो शब्दों से, नहीं आँसुओं से कह रहा हूँ। अगर तुम्हें मेरा जीवन चाहिए तो ले लो। इससे बड़ा सौभाग्य मेरे लिए क्या है। एक पल में इस क्षणभंगुर को नष्ट कर दूँगा। पर अगर मुझे जीवनयुक्त रखते हो, तो दुखमुक्त करो। मुझे आदेश दो कि पुनः ऊर्जा और शक्ति प्राप्त करूँ। पुनः अपने उद्देश्यों के लिए लड़ने को खड़ा हो जाऊँ। पुनः लोगों तक तुम्हारा अलख पहुँचाऊँ। पुनः मुझमें, मैं, तेरे दर्शन पाऊँ।

पुनः लगे कि तुम मेरे अपने हो। कृपानिधान हो, दयानिधि हो।

यही भाव मेरी जीवन पूँजी रही है, मेरा कवच है। आशंकाएँ नुकीले बाणों की बौछार जैसी मुझ तक आती हैं। मुझे अपना कवच पहनने दो। पुनः अश्वारोह होने दो। धनुष धारण करूँगा और करूँगा फिर से मुक्त, सन्देहपाशों में जकड़े निरीह मानवों को। काटूँगा उनके बन्धन। करूँगा मुक्त उन्हें कुव्यवस्था, अन्याय, दुःशासन से।''

मेनका अभी भी प्रतीक्षारत थी। उसे विश्वामित्र की विजय पर स्वयं विश्वामित्र से अधिक विश्वास था। विश्वामित्र के आने को निश्चय मानकर वह उन अन्तरंग पलों के पुनरावलोकन में लगी थी। उसे बीते पल और आनेवाले पल के एकीकृत स्वरूप का विश्वास दिला रहा था।

''आज मेरा मन उन सभी जगहों पर जा रहा है। जहाँ हमने दो पल बिताये। सब कुछ वैसा ही है पर हमारा कोई अस्तित्व नहीं होगा। पर तुम अपनी दृष्टि ऊपर उठाना, जब भी आसमान खुले। मैंने अभी-अभी फिर से भावों की उड़ान भरी है। मुझे विश्वास है, तब तक मैं उस विस्तार तक पहुँच ही जाऊँगी जो तुम्हारे ऊपर खुलता है। पर रुको मैं अपनी साँसें समेट लूँ। पता नहीं कैसे धड़कनें धौंकनी हो चली हैं। थोड़ी देर क्षितिज से चिपककर खड़ी हो लूँ। अनन्त से थोड़ी शक्ति चुरा लूँ तो आगे की उड़ान भरूँ।

कल रात जब बादल छाये थे तो आपकी बाँहों में झूलती, अभिमान से फूलती

रही। वर्षा की फुहारों से भीगती रही। पर नींद खुली तो देखा सूने बिस्तर पर मैं चादर से लिपटी थी। आप नहीं थे और न ही बारिश की बूँदें। तब दो बूँद आँसू टपक आये थे।

लोग कहते हैं कि लोक-लाज के भय से आप तब मेरे घर आते हो जब दुनिया सो चुकी होती है। पर यह क्या, तब तक तो मैं भी सो चुकी होती हूँ?

अब सपने का क्या कहूँ? वहाँ कोई लोक-लाज तो होता नहीं? सीने से सीना भिड़ाकर मिलती हूँ। क्या कुछ नहीं करते हम दोनों। वो भी सबके सामने। पर मेरे जगते ही आप कहाँ चले जाते हो? कम-से-कम जगाकर तो जाया करो। मुई नींद भी न! दुधारी तलवार है। आती है तो सपने लाती है। आती है तो आप भी आते हैं। जाती है तो दोनों को ले जाती है। लोक-लाज को ये निगोड़ी भला क्या समझे? पर आप मेरी व्यथा तो समझते हैं न? जाओ तो जगाकर जाया करो।

पहले जब आप जाते थे तो मेरे कन्धे फूले रहते थे। गले में पड़ा वलय फँसता था। पर अब कन्धे शिथिल हैं। कन्धों का ये हाल देख मेरे वक्ष भी ढीले पड़ गये। ये दोनों आपको प्रिय हैं, हैं न? ये सब पहले भी शिथिल थे। पर आपने उन्हें पुलकित कर दिया। ये वक्ष, ये कन्धे, ये नितम्ब, सभी आपको याद करते हैं। उन आसनों को याद करते हैं जिनमें इन्हें अभ्यस्त कर गये आप। पर मैं तो सिर्फ आपको याद करती हूँ। मुझे न तो वलय चाहिए और न ही आसन। सच। झूठ बोलूँ तो बाँहों की चूड़ियाँ गिर जाएँ। शपथ खाती हूँ मिलोगे तो कोई मान भी नहीं करूँगी, न ही कोई माँग करूँगी।''

नदी के किनारे बहुत समय लगाकर बैठी रही मेनका। आज नदी का पानी स्थिर था। एक शान्ति, एक ठहराव से व्याप्त। जल में मेनका का प्रतिबिम्ब उतना ही स्पष्ट था जितना इन्द्रपुरी के राजमहल के दर्पणों में होता है। कितनी बार दर्पण में अपनी छवि निहारती मेनका को देवराज आकर चौंका देता था। उनकी प्रशंसा सुनकर तब भी उसे रोमांच हो आता था, ''ऐसा क्या है मुझमें कि मुझे देख देवराज अपनी पदवी भूल जाते हैं।'' सोचकर मेनका तब भी सातवें आसमान पर पहुँचती थी। यही वह सत्य था जो मेनका अपने अलावा किसी पर घटित होते नहीं देखना चाहती थी। पर आज सत्य बदला हुआ-सा था। अनुभूति नयी थी। न राजमहल था, न वो दर्पण और न देवराज की प्रशंसा। नदी का जल स्थिर था और मेनका का चित्त शान्त। जल का गहरापन सामने से उतर आया था। चंचल चितवन स्निग्ध जीवन से भरापूरा हो चला था।

लम्बी हैं वो घड़ियाँ जो मिलन के बाद अकेले गुजरती हैं। खुमार देती हैं। अलसाती हैं। अपना प्रतिबिम्ब देख विश्वास बढ़ता है। आँखों से नीचे देखने पर अपना ही चमकता बदन और सुडौल वक्ष अपनी प्रशंसा में कुछ सोचने को बाध्य

करता है।

"न कान में बाली, न गले में हार, न हाथ में कड़े, न बाँहों में बाजूबन्द, न कमर में करधनी और न पाँवों में नुपूर।" रम्भा ने कहा।

"तुम्हें कोई आपत्ति?"

"नहीं, पर मुझे इसके पीछे कुछ और आशंका दीख रही है।"

"आशंका, कैसी आशंका।"

"कहीं तुम्हें विराग तो नहीं हो रहा। भगवान के लिए साध्वी बनने की मत सोच बैठना।"

"साध्वी बन भी जाऊँ तो क्या करूँ इस यौवन का..."

वही दर्पण, जो सुन्दरता के बारे में हजारों बार तुम्हें आश्वस्त करता है, आगे आकर झुर्रियों की खबर देगा। तब तुम उसी दर्पण में ढूँढ़ोगे अपनी गुम हुई जवानी, साथ ही ढूँढ़ोगे पुरानी सखी, एक तसल्ली के लिए। तब बरबस आँसू का एक कतरा टपक पड़ेगा। तुम्हारी आँखों के पारदर्शी आईने से तुम्हारी हथेली के कठोर धरातल पर। छुओगे अपना हाथ दूसरी हथेली और ठंडे होते जाते उम्र का अहसास पाकर चौंक उठोगी।

जब तक जीवन बाकी है, तब तक आशा है, क्योंकि यह मृत्यु से ठीक पहले तक भी साथ नहीं छोड़ती। सगे-सम्बन्धी सभी के छूट जाने तक भी वह तुम्हारे सिराहने बैठी रहेगी। तुम्हें तुम्हारे सत्कर्मों की याद दिलाएगी। तुम्हें निराशा से बचाने के वह हर उपाय करेगी, जो उसे करना चाहिए।

जीने के लिए हमें ऐसे ही जीना है, जैसे कि हम मरनेवाले नहीं।

दोपहर हुई। रम्भा ने फिर से वही प्रसंग छेड़ दिया। "अप्सरा के लिए प्रेम नियन्त्रणहीनता है। बुझी आँखों, मदहोश आँखों, जलती आँखों से प्रेम का स्वप्न दिखाना हमारा धर्म है। प्रेम करना हमारी आत्मा के विरुद्ध है।

"हमारे लिए प्रेम करना एक कला है, ज्ञान है, निपुणता है...भावुकता नहीं। नृत्य, अभिनय,संगीत, काव्य, श्रृंगार की शिक्षा इसलिए है कि हम प्यार की चाह लोगों में जगा सकें। वरना स्वयं प्यार में डूबने के लिए इतनी बातों की आवश्यकता कहाँ। दिल की नैया को छोड़ा नहीं कि प्यार से हिचकोले खाने लगे। प्रेम एक आत्महत्या है। अहल्या की तरह पाषाण होने से तो बेहतर है कि कैसे भी हम जिन्दा हैं। हमारा जिन्दा रहना समाज को चुभता तो रहेगा। हमारा बोलना उसे सुनाई तो देता रहेगा। जड़ता से तो संवाद भला।"

"मैं ब्याह करना चाहती हूँ। बच्चे भी पैदा करूँगी पर अप्सरा और पत्नी धर्म के बीच क्या सन्तुलन रख पाऊँगी? क्या मुझे दो में से एक को ही चुनना होगा? बेड़िया जाति की औरतों की तरह ही दो में से एक चुनना होगा। प्यार के अभिनय

करते-करते, तू कहाँ आ पहुँची मेनका। जिस महासुख की दीवानगी में तुम अभिनय-सुख त्याग रही हो, कहीं वह मृगतृष्णा साबित न हो जाये। प्रश्न करना कितना आसान है पर उत्तर ढूँढ़ने में कितनी थकावट?

मैं अपने देश जाना चाहती हूँ, जो मुझे अभी याद नहीं पर मैं अपनी स्मृति वापस लाऊँगी। भोग भी देख लिया और त्याग भी। अगर मुझे वहाँ का पता बता दे तो मैं पाँव से चलकर नहीं बल्कि लोटकर मिट्टी से बातें करते हुए जाऊँगी। एक दिन समय को मिट्टी में मिलाना है। पर मैं उसकी प्रतीक्षा नहीं करूँगी। इतने कष्ट उठाना चाहती हूँ कि मुझे मिट्टी की गोद का हक मिल जाये और फिर आराम से वहीं अन्तिम नींद सो जाऊँ। अब मुझे मेरी मिट्टी चाहिए। गलने से पहले सारी आयु का ब्यौरा दूँगी अपनी मिट्टी को। एक बेटी को अपनी माँ से कुछ छिपाना नहीं चाहिए।''

आज मेनका चिन्तन और मन्थन में डूबी हुई थी। ऐसे व्यक्ति को, जिसने अपना सब कुछ इस बात के लिए झोंक दिया कि कैसे उसकी दैहिक इच्छा समाप्त हो जाये, उस व्यक्ति को कितने तिकड़मों से दैहिक सुख की अक्षय उड़ान पर ले जाना; क्या सही था? जिसने इन्द्रियों पर नियन्त्रण पा लिया था, उसके नियन्त्रण की चोरी करके क्या गलत काम नहीं किया?

यह प्रश्न तब भी उठा था जब उसने विश्वामित्र को रिझाना शुरू किया था तब यही प्रश्न कौतूहल और आश्चर्य का सुख देता था, पर आज वह ग्लानि और क्षोभ का दुख दे रहा था। कहते हैं ग्लानि का भाव व्यक्ति की उच्च अवस्था का द्योतक है। चिन्तन और मन्थन में डूबी मेनका को इसका आभास नहीं था कि वह सचमुच एक गुणी स्त्री की अवस्था प्राप्त कर रही थी। 'हर अप्सरा हमेशा अप्सरा ही नहीं रहती'।

अपनी प्रतीक्षा में खड़ी रम्भा को वह कुछ भी नहीं दे सकती थी। कुटिया में वापस कदम रखने से पहले मेनका ने बस गहरी आँखों से रम्भा को देखा। मानो कह रही हो, 'तुम भी अपने घर जाओ। कृपा कर अपने घर जाओ।' और रम्भा भी उसकी ओर ऐसे देख रही थी मानो कह रही हो, 'मैं अपनी आशाओं को इसी भूमि पर छोड़कर जा रही हूँ। कुछ ठोकरें खाएगा तो जीवन के सबक सीख जाएगा।'

''न तो दुर्जन के आगे शीश झुकाया और न कभी सज्जन को झुकाने को कहा। कुबेर-पुत्रों के पदाधिकारियों के षड्यन्त्रों का हिस्सा बनने का भी कभी विचार नहीं किया और न ही अपने विरुद्ध किसी षड्यन्त्र को फलीभूत होने दिया। सत्ता की लूट के महायज्ञ से बड़ी-बड़ी दक्षिणा लेने की बजाय एक छोटे-से न्यायसम्मत आन्दोलन

को बेल-पत्र चढ़ाना उचित समझा। जिन राजाओं को, उनकी कुटिल नीतियों के कारण, कभी राजा नहीं समझा, उनके आगे सैन्य मदद के लिए हाथ फैलाऊँ! आत्महन्ता सामन्तों के पास अपना आत्म-सम्मान गिरवी रख दूँ!''

प्रभु मैं बस तुम्हारी शरण में आ रहा हूँ। जो भी सहायता चाहिए अब तुमसे चाहिए। जब तुमने इतनों की सहायता की है तो मेरी भी करोगे।

''जब आप इतने अड़ियल हैं तो हम फिर भी आपसे ओछे ठहरे। स्थूल और सूक्ष्म आपस में अदल-बदल नहीं कर सकते तो ये तो जड़ता हुई। सृष्टि अगर गतिमान है तो इसमें जड़ता कैसी?''

''जीवा को स्थूल से सूक्ष्म होने से मैंने तो नहीं रोका है?''

''पर आपने तो अपने को रोक रखा है। आप अपना रूप बदलने को तैयार नहीं हैं। सूक्ष्म से स्थूल बनना आप अपमान समझते हैं। निराकार से साकार बनने में आपको तकलीफ होती है। ऐसा क्यों?''

ब्रह्मा चुप रहे।

''इसलिए कि जो साकार है वह मिथ्या है। जो स्थूल है वह माया है।''

ब्रह्मा फिर भी चुप ही रहे।

पिछले कई महीनों से यह निर्णय नहीं हो पा रहा था कि भक्त बड़ा है या भगवान। अनगिनत बार ब्रह्मा विश्वामित्र के सम्मुख शास्त्रार्थ को पहुँचे और अनगिनत बार उन्हें वापस लौटना पड़ा। जीवा सशरीर ब्रह्मलोक के द्वार के बाहर खड़ा था। हर आते-आते पुण्यात्माओं के सामने एक बड़ा प्रश्नचिह्न बनकर। ये पुण्यात्मा भी बड़े सरल प्राणी होते हैं। जीवन की सहजता उन्हें बहुत भाती है पर ऐसे में सामने कोई प्रश्नचिह्न आकर खड़ा हो जाये तो उनका सुख-चैन छिन्न-भिन्न हो जाता है। न्याय-युद्ध में वीरगति पानेवाला जीवा एक प्रश्नचिह्न बनकर ही खड़ा था क्योंकि इन्द्र उसे ब्रह्मलोक में आने नहीं दे रहा था और ब्रह्मलोक के गुणी-जन इन्द्र की गलतियों का विरोध नहीं कर पा रहे थे। पर उनमें इतना भी साहस नहीं था कि वे विश्वामित्र के पास आते। इसलिए बेचारे बूढ़े ब्रह्मा को ही आना पड़ा और हर बार की तरह विश्वामित्र ने अपना वक्तव्य दुहरा दिया।

जब रचना भी आप ही, रचयिता भी आप हैं तो एक श्रेष्ठ और दूसरा त्याज्य कैसे? एक उर्ध्वगामी दूसरा अधोगामी कैसे? एक ब्राह्मण एक चांडाल कैसे?

''तुम्हारे प्रश्नों का उत्तर है मेरे पास, पर पहले जीवा को देवलोक-द्वार से वापस बुलाओ।''

''अच्छा! आप स्वयं क्यों नहीं उतार लेते जीवा को?''

''क्योंकि वह तुम्हारे तपोबल से ऊपर गया है।''

''तो ये बल भी तो ब्रह्मा से ही पाया है। आप ही की दी हुई है वापस ले

लो?''

''यह मेरे वश में नहीं।''

''बड़े हँसोड़ हैं आप। कहीं और ये ठिठोली मत कीजिएगा।''

''नहीं। भला मैं ऐसा क्यों करूँगा। पर निश्चय ही ये मेरे वश में नहीं।''

''आपकी दी हुई वस्तु और आप ही...''

''यही तो पते की बात है। तपोबल, वस्तु नहीं कि छीन लो।''

''क्यों वरदान भी तो वापस लेते हैं आप?''

''वापस नहीं ले सकते। सिर्फ निष्क्रिय कर सकते हैं।''

''तो वही कर दो।''

''वो भी तभी, जब सामनेवाले के चित्त में खोट हो।''

''अब यह कोई तर्क तो नहीं।''

''भई तुम्हें तो यह शक्ति मिल गयी है कि सशरीर देवलोक जा सकते हो? जो तप करेगा वही फल भोगेगा।''

''अब रिझानेवाली बात शुरू कर दी आपने। आपको भी बहुरूपिया बनते देर नहीं लगती।''

''अब हँसो मत मेरी बातों पर।''

''आपको अच्छी तरह पता है मैंने तप अपने सुख-प्राप्ति के लिए नहीं किया है।''

''अच्छा, थोड़ा रुको विश्वामित्र मुझे किसी और भक्त का आह्वान मिल रहा है। मुझे जाना होगा।''

''बातचीत बीच में छोड़कर...यह तो कोई बात नहीं हुई।''

''यह गया और वह आया।''

''पर यह भक्त कौन हैं, कहाँ जा रहे हैं, बताते तो जाइए?''

प्रभु तब तक अन्तर्ध्यान हो चुके थे।

''यह दूसरा भक्त कौन है?'' पिछले तमाम प्रश्नों के बीच सबसे महत्त्वपूर्ण हो गया। विश्वामित्र इस नये प्रश्न की पकड़ में आ फँसे।

विश्वामित्र के अभियान को लेकर दशरथ को कभी अविश्वास नहीं रहा, जो सीता-स्वयंवर के सम्पन्न होने तक स्वयंसिद्ध घटना में बदल चुकी है। पहले भी उन्हें सिर्फ किशोरवय राम के ऊपर विश्वामित्र के प्रौढ़ विश्वास को लेकर सन्देह था पर वह भी अब एक भूली-बिसरी कहानी बनकर रह गयी क्योंकि राम महामानव घोषित किये जा चुके थे। पर कैकेयी द्वारा उठाये गये प्रश्नों की प्रासंगिकता फिर से

एक प्रश्नवाचक दायरे में आ खड़ी हुई थी। मर्यादा-भोज की आड़ में वही सारे प्रश्न खड़े किये गये थे जिसके उठाये जाने पर कभी दशरथ, कैकेयी से क्षुब्ध हो गये थे। उस समय हालाँकि उन्हें मालूम था कि कैकेयी मन्थरा के प्रपंच का शिकार बनी थी। पर विडम्बना का हाल ही कहा जाये कि प्रपंच की वही परिपाटी आज भी दुहरायी गयी थी और शिकार बने थे स्वयं विश्वामित्र। विचारों की शृंखला एक छटपटाहट पैदा करने लगी। ऐसे में उन्हें गुरु वशिष्ठ की याद आयी।

पूरी बात की जानकारी होने पर दशरथ को कैकेयी से हुई वे बातें याद आयीं तो तब घटित हुई थीं जब उसने विश्वामित्र द्वारा राम और लक्ष्मण को ले जाने का विरोध किया था।

''शिवपुराण में विश्वामित्र का कथन उद्धृत है। स्वयं उन्होंने माना है कि वे गाधिपुत्र क्षत्रिय हैं और ब्राह्मणों की सुरक्षा का ध्येय लेकर चले हैं।''

''कैसी ब्राह्मण-सुरक्षा? यह तो उसका खून बोल रहा है।''

''हाँ-हाँ क्षत्रिय हैं तो ब्राह्मण-रक्षा के लिए तो वचनबद्ध ही हैं।''

''जी नहीं ऋचीक मुनि का खून बोल रहा है जो ब्राह्मण थे।''

''बहनोई का खून साले में...अब ऐसी ठिठोली का यह समय नहीं है कैकेयी।''

''तो पूछते क्यों नहीं कि ऋचीक के दिये हुए चरु से गाधि पत्नी ने विश्वामित्र को जन्म दिया अथवा नहीं।''

''अनर्थ मत करो रानी। ऐसी बातें करके, जहाँ पहुँचेंगे वहाँ की कल्पना आपने शायद की ही नहीं है। ऋषि का दिया चरु लेने से गर्भ का रक्त नहीं बदलता। प्रिये ऐसी अनहोनी बात सोचकर अपनी उद्विग्नता को और बल देना बन्द करो।''

पुत्रेष्टि यज्ञ में दिये गये चरु को याद कर कैकेयी अचानक चुप हो गयी। दशरथ के कहे का मर्म उसे छू गया। उसने मन्थरा की ओर ऐसे घूरकर देखा जैसे उसे खा ही जाएगी। मन्थरा पीछे खिसकने लगी। दशरथ आगे बढ़ गये। मन्थरा को आँख दिखाने की आवश्यकता नहीं पड़ी। दशरथ की हर युक्ति में षड्यन्त्र। मानव-जाति कभी इनसे मुक्त भी होगी क्या? दशरथ सोचते हुए धीमे कदमों से आगे बढ़े थे। राम और लक्ष्मण के विश्वामित्र संग चले जाने के बाद भी वे गुणीजनों से परोक्षतः विश्वामित्र सम्बन्धी जानकारियाँ भी लेते रहे थे और विश्वामित्र के क्षत्रिय-कुल पर न तो कोई विरोधी टिप्पणी सुनने में आयी और न ही उनके ब्राह्मण-रक्षा अभियान को लेकर कोई शंका ही उठायी गयी। भला यह भी कोई सोचने की बात है। विश्वामित्र भला परशुराम से क्यों हाथ मिलाएँगे। किसी क्षत्रिय-विरोधी चक्रव्यूह की रचना में भला विश्वामित्र क्यों सम्मिलित होंगे? ''क्या मैं विश्वामित्र की आँखों की सच्चाई नहीं परख सकता। हितैषी और घातक के बीच का अन्तर करना क्या

कोई आज सीखा है हमने? राज-काज की कला में, मेरे पूर्वजों ने कभी धोखा नहीं खाया तो विश्वामित्र के अभियान को सच्चा जानकर मैं कोई धोखा खाऊँगा, ऐसा मानने का कोई कारण भी नहीं।''

दशरथ जब वशिष्ठ के पास पहुँचे तो वहाँ शतानन्द पहले से ही बैठे दीख गये। दोनों किसी गहरे विचार-विमर्श में डूबे हुए थे। दशरथ ने व्यवधान के लिए क्षमा माँगी और वशिष्ठ से अलग से समय माँगा। वशिष्ठ अभी भी सोच में डूबे हुए थे।

''मुझे लगता है आपकी उद्विग्नता उसी बात को लेकर है जिस पर हम दोनों विचार कर रहे थे।'' शतानन्द ने दशरथ की चिन्ता पर अपनी सहानुभूति दिखायी और अपना आसन छोड़ उठ खड़े हुए।

''नहीं, ऐसी कोई उद्विग्नता तो नहीं...पर आप जिस विषय पर बातें कर रहे थे वह तो आप ही बता सकते हैं।'' दशरथ ने असमंजस में कहा और खाली आसन की ओर संकेत करते वशिष्ठ को देख, दशरथ वहाँ जाकर बैठ गये। जनकपुरवासियों से ऐसी उम्मीद नहीं थी। दशरथ खिन्न थे कि वे पूर्वानुमान करने में असमर्थ रहे। पर राजा जनक और स्वयं शतानन्दजी को तो यह अनुमान कर लेना चाहिए था। अब तक वशिष्ठ और शतानन्द निर्णय पर पहुँच चुके थे।

निर्णय यही हुआ कि अशिष्टता ही सही, राजा जनक स्वयं जयन्त को जनकपुर छोड़ने का आदेश दें। इसमें कोई भी विलम्ब अनुचित होगा।

''जब आपने पहली बार मेरी ओर दृष्टि डाली तो कैसा लगा था आपको?'' सीता ने पूछा।

''तुम बताओ तुमने मेरे ऊपर कैसी दृष्टि डाली थी?''

''जिस तरह पूजन जाती कुमारी मन्दिर में किसी प्रिय युवक को देख और ईश्वर का आशीर्वाद समझ उसे पाने की इच्छा से दृष्टि भर देखना पाप नहीं समझती उसी तरह मुझे भी आप पर स्नेह भरी दृष्टि रखने में कोई शास्त्रविरुद्ध आचरण नहीं दिखा।''

सीता काफी गम्भीर थी। उसकी गम्भीरता ने राम को सीधी बात कहने को बाध्य कर दिया।

''विचारों के अन्तरिक्ष से बाहर आया, आँखें खोलीं तो सामने तुम थी लेकिन मैं तुम्हें नहीं देख पाया। मेरी आँखों ने तुम्हें एक अवरोध माना और दृष्टि उसी तरह इधर-उधर हो जैसे एक शिला के आ जाने से जलधारा इधर-उधर हो जाती है। तुम्हारी काया के अलावा जो भी रिक्त भाग था उतना ही प्रासंगिक रह गया। विचार,

जो एक क्षण के लिए रुका था पुनः प्रसंगमय हो गया। पुनः एक व्योम की रचना हुई, पुनः एक अन्तरिक्ष बना और अर्थ परस्पर उसी तरह कार्यरत हो गये जैसे सूर्य की किरणें ब्रह्मांड में कार्यरत रहती हैं। तुम वहीं थी लेकिन तुम अभी भी वहाँ नहीं थी।''

''आप पुरुष भी न...एक उलझी पहेली हैं...'' कहकर सीता हँस पड़ी और साथ में राम भी। सीता इसलिए हँसी क्योंकि उन्हें उनकी सहेली का कथन याद आ गया, 'तुम्हारे पतिदेव अकड़ू जान पड़ते हैं।' राम इसलिए हँसे कि सीता की निश्छल हँसी पर वे बिना हँसे नहीं रह सकते थे। पर मर्यादा-भोज के बाद राम के मन में एक आशंका-सी समा गयी थी। वे सीता से न तो खुल पा रहे थे और न ही मन में समायी आशंका का स्वरूप जान पा रहे थे। वैसे तो राम ने सही कहा था कि मन्दिर में स्वयंवर से पूर्व जब अचानक सीता के सम्मुख हुए थे तो उसे सीता एक निराकार रूप में दिखी थी। पर उनकी मर्यादापूरित नयनों ने उस निराकार रूप में सीता के नैसर्गिक सौन्दर्य का पान कर लिया था। पर अभी मन में ऐसी आशंकाएँ उठ रही थीं कि चाहकर भी वे सीता से ऐसा कुछ भी नहीं कह पाये।

मर्यादा-भोज के अप्रिय प्रसंग के बाद राम को नींद नहीं आयी। राम अगर उद्विग्न नहीं हुए तो उसका कारण उनके चारों ओर फैली सिर्फ सीता की स्निग्धता थी। 'ब्याह की रात एक आलोक पर्व है' यह वाक्य हर बार गुरु-आदेश के रूप में एक चमक लिये उठता था और हर बार मर्यादा-भोज का उठा गुबार उसे धुँधलाकर देता था। गुरु विश्वामित्र ने कहा था—

''एक तरफ है सम्भोग और दूसरी ओर है समाधि। इन दोनों के बीच रहती है प्रीति—विवाह से परे भी और विवाह के अन्तर्गत भी। विवाह के बिना प्रीति कई बार उदासी लेकर आती है पर विवाह के संग की गयी प्रीति जीवन को हर रंग में रंग देती है।

राम अब जब तुम गृहस्थ आश्रम में प्रवेश कर रहे हो तो, इसके स्वरूप से अवगत हो जाओ। 'गृहस्थ' का अर्थ 'गृह आसक्त' नहीं है। राग-द्वेष आसक्ति से लबालब इस अथाह सागर में तुम्हें लगातार तैरते जाना है। यहाँ स्नेह को त्याग से, सौन्दर्य को उदात्त से, सम्भोग को कर्तव्य से, आनन्द को धर्म से, सम्पत्ति को सेवा से और सम्बन्धों को मर्यादा से सन्तुलित करते रहना।

दुनिया में तीन तरह के ऋण हैं, जैसा कि तुम्हें मालूम है—मातृ-पितृ-ऋण, गुरु-ऋण और समाज-ऋण। इन्हें चुकाया जा सकता है। पति और पत्नी अपने वैवाहिक जीवन में, एक-दूसरे पर इतने उपकार करते हैं जिसे कभी भी चुकाया नहीं जा सकता। ब्रह्म का सबसे बड़ा काम है सृजन और वैवाहिक सम्बन्ध, इस कार्य को करने का महत्तम और महानतम माध्यम है। इसके माध्यम से हम ब्रह्म-ऋण भी

चुकाते हैं। सम्भोग का आनन्द और सम्बन्धों की साधना इसके दो पहलू हैं। इनमें से किसी एक का अनादर गृहस्थ-धर्म में खोट पैदा करता है।

जब ऐश्वर्य के साथ व्यक्तित्व को, सौन्दर्य के साथ शील को और शरीर के साथ मन को आदर देते हो तो तुम्हें, पत्नी, मित्र और प्रेयसी तीनों का सुख साथ-साथ मिलता है। पत्नी की इस अदभुत संस्था में जो लोग सिर्फ माँ की ममता, बहन का लाड़ या प्रेयसी का सम्मोहन ढूँढ़ते हैं वे न तो इधर के रहते न उधर के। ऐसे असमंजस में पड़े लोग अनुपयोगी साबित होते हैं। यह संसार संकल्प से चलता है, विकल्पों की बहुलता इकट्ठा करनेवाले कहीं किनारे खड़े मूक दर्शक बने रह जाते हैं।

विवाह एक आलोक-महोत्सव है। प्रणय के तूफान के रुकते ही स्निग्ध-प्रेम का आलोक फैल जाता है। उस आलोकमय पल को गँवा देने से प्रेम का सूत्र छूट जाता है और प्रणय मात्र एक पहेली बनकर रह जाता है। राग से अनुराग पर पहुँचना एक कला है जिसमें स्निग्ध प्रेम का फैलता आलोक हर बार तुम्हें राह दिखाएगा। इसी प्रकार तुम्हें पत्नी का नैसर्गिक सौन्दर्य, स्वतन्त्र सम्प्रेषण और पूर्ण समर्पण दिखेगा। विस्मृति का यह अनुपम पल इस आलोक-उत्सव का चरम है जिसे निहारने में चूक नहीं होनी चाहिए। विस्मृति के इसी अद्‌भुत क्षण में एक अंकुरण घटित होता है जो एक तरफ तो तुम्हारे प्रेम का बीज होता है और दूसरी तरफ तुम्हारे वंश का बीज। यह सुख ब्रह्मानुभूति के बराबर होता है क्योंकि सृजनशीलता के इस अनन्य क्षण को स्वयं ब्रह्म का आशीर्वाद मिल रहा होता है। पत्नी का यह समर्पण पति के ऊपर एक आजीवन ऋण होता है। ठीक उसी तरह जैसे भक्त का समर्पण भगवान पर। इस ऋण को कभी भूलना नहीं और मन-ही-मन उस पल का साधुवाद करने से भी नहीं चूकना।'' विचारों के आरोह और अवरोह में रात्रि का अन्तिम प्रहर बीत चुका था।

पर ब्रह्म मुहूर्त के आने के साथ ही राम के मस्तिष्क में ध्वनियों का वृत बनने लगा था। जैसे कोई दूर देश से चलकर आये सन्देशों की टोली। हर अलग देश से अलग ध्वनियाँ, गान्धार, चीन, अर्बावत, मिस्त्र, सुमेर से लेकर जावा, मलय, सुमात्रा, बाली, काम्बोज तक हर दिशाओं से गूँजकर आती ध्वनि। ओंकार के नाद से टकराकर वापस आती हुई। ब्रह्म की अद्वितीय रचना पृथ्वी की प्रकार को समाती हुई। पर राम का हृदय व्यथा में डूब-उतरा रहा था।

राम उस संकेत को समझने में लगे हुए थे जो शतानन्द ने कथा-वाचन के माध्यम से दिये थे। एक हजार श्लोकों द्वारा विश्वामित्र की जो कथा कही गयी वह कोई गल्प-

कथा या महिमा-मंडन नहीं था। "मेरी गुरु-भक्ति में शतानन्दजी को कोई सन्देह होगा मुझे ऐसा सोचने का कोई अधिकार नहीं। इसलिए गुरु की जीवन-कथा कहकर मुझे प्रभावित करना उनका ध्येय रहा होगा ऐसा भी नहीं लगता। लक्ष्मण की बाल-सुलभ चपलता को साधने के लिए उन्होंने यह योजना की होगी ऐसा सोचना तो उनके किसी बड़े उद्देश्य को छोटा करके आँकना होगा। बाकी श्रोतागण तो वही थे जो गुरुवर विश्वामित्र के साथ वर्षों से हैं फिर मेरे अलावा कोई नहीं बचता जो शतानन्दजी के सत्संग का लक्ष्य था।" अब राम के मन का कौतूहल विश्वास में बदल गया था। "पर अगर वह मुझे लक्ष्य कर रहे थे तो मैं यही कहूँगा कि मैं तो एक विनम्र शिष्य भर हूँ इतना बड़ा सत्संग, मेरे लिए? यह तो गुरु के साथ अन्याय है। अन्याय सिर्फ इसलिए नहीं कि एक लघु लक्ष्य को सामने रखकर उन्होंने एक बृहत् प्रयास का कष्ट उठाया वरन इसलिए भी कि इस कथावाचन के क्रम में जितने प्रसंग उठे उसके साथ दर्द, आक्षेप, अपमान की स्मृति-अनुभूतियाँ भी उभरकर सामने आयीं और गुरुवर के लिए, दुबारा, उसे जीना कितना दुसह्य रहा होगा।" सहसा राम की आँखें डबडबा उठीं। राजीव लोचन की आँखें डबडबा उठीं। "अगर कोई त्रुटि हुई तो आदेश दे देते। सत्यापन की आशंका मन में उठाकर स्वयं को एक अयोग्य शिष्य कहलाने का पाप, इस जन्म क्या अगले सभी जन्मों तक मेरी कल्पना से परे है। शतानन्द जी का आदेश भी गुरुवर का ही आशीर्वाद होता।"

"मुझे जो करना था कर दिया।" कहकर विश्वामित्र ने जिस युगान्तकारी घटना की सूचना दी वह शतानन्दजी के युगों दबे दर्द को एक पल में उड़न छू कर गया। पर एक पल में ही विश्वामित्र ने अनुभव कर लिया कि उनका इस तरह से सूचना देने में 'अहं' का स्पर्श था।

निश्चय ही अगर 'अहं' था भी तो वह शतानन्दजी के लिए नहीं था, इसलिए वह उन तक पहुँचा भी नहीं। वह अहं था उन लोगों के लिए जिन्होंने, अहल्या संग हुए अन्याय के विरुद्ध विश्वामित्र की घोषित-अघोषित लड़ाई में न केवल साथ नहीं दिया वरन उसकी सार्थकता, प्रासंगिकता एवं सफलता पर प्रश्नचिह्न खड़े कर अपने सामन्तवादी अहंकार को साधा था। लोहा लोहे को काटता है। इसलिए विश्वामित्र के इस मानवतावादी अहं ने निश्चय ही सामन्तवादी अहंकार को तोड़कर रख दिया था और इस तरह एक न्याय की घोषणा थी।

ताड़का-वध के बाद विश्वामित्र के आश्रम में मुनियों की बैठक हुई थी जिसमें जनक भी अचानक पधारे थे। जब विश्वामित्र जनक से मिले तो जनक ने उलाहना दिया कि उसने राम जैसे योग्य त्रर की चर्चा क्यों नहीं की।

"मैं लड़का वाला हूँ। यह तो लड़की के बाप का काम है कि वह भ्रमण कर योग्य वर ढूँढ़े।" विश्वामित्र को ठिठोली सूझी थी।

"विश्वा तुम्हें पता है कि मुझे भ्रमण में कोई रुचि नहीं। कृषि से जो समय बचता है इसी चिन्तन में बीतता है कि यह भारत-भूमि कब अपने गौरव को प्राप्त करेगी।"

"सीता के लिए योग्य वर का मामला हो या भारत राष्ट्र के लिए योग्य राजा, दोनों के लिए भ्रमण करना था। आप सीता के पिता ही नहीं आज के सबसे बड़े विदेही हैं, गुणी-ज्ञानी व्यक्ति हैं। आपको भारत-भूमि के हर खंड का भ्रमण करना था।"

"विश्वामित्र आप सीता के चाचा हैं। यह काम आपने किया या मैंने, बात तो एक है।"

"मैत्री सम्बन्धों की ढाल आगे कर मुझे परास्त करने की तुम्हारी चाल पुरानी है पर है बड़ी कारगर। लेकिन इसमें एक और बात है कि अगर राम ने मिथिला में रखा धनुष नहीं तोड़ा तो भारत-भूमि को एक योग्य राजा मिलने की घोषणा नहीं हो पाएगी।"

"सत् और असत् की लड़ाई में हम सत् की ओर बढ़ रहे हैं। हिंसा के शासन में जीने के सबसे बड़े असत् से बाहर आकर, हम स्वराज के सत्य की ओर बढ़ रहे हैं। संवैधानिक रूप से हम स्वराज में जी रहे हैं पर स्वराज का जो लक्ष्य स्वयं संविधान ने नियत किया है, उसे अभी पाना है हमें। संवैधानिक बन्धनों में रहकर हम श्रम करेंगे और बन्धनमुक्त समाज के लक्ष्य को प्राप्त करेंगे। संविधान द्वारा घोषित सत्य के प्रकाश को प्राप्त करेंगे।

"नायक या नेता के लिए कोई जाति या व्यवसाय तय नहीं है। सन्त, कवि, पत्रकार, राजा, योद्धा, सेवक, इनमें से जो भी प्रगति की राह दिखाएगा, नायक कहलाएगा।

सिर्फ इसलिए कि वह एक युद्ध हार गया उस पर जातिगत लांछन लगा रहे हो। अनेकों युद्ध हारकर भी जो महासंग्राम जीतते हैं, वही असली नायक हैं। असली नायक वही है जो हममें से हरेक के अन्दर सोये हुए नायक को जगा दे और यह एक लड़ाई के जीतने से नहीं, बल्कि कई संग्राम हारकर भी महासंग्राम जीतने के बाद ही होता है।"

जब तक राम नहीं पहुँचे थे विश्वामित्र एक बार मौन से बाहर आये और स्वतः सम्भाषण के भाव से बोलते चले गये।

"मैं कौन हूँ। मैं दलितों की पुकार, विधवाओं के आँसू, पतितों की प्रार्थना, अछूतों की हाय...मुझे मनु की नीति, इन्द्र का ऐश्वर्य, वरुण की राजनीति या वशिष्ठ का पद नहीं चाहिए। नहीं चाहिए। मैं स्वर्ग का आकांक्षी नहीं, मोक्ष का दाता नहीं। मैं हूँ भारत भाग्य विधाता। मैं एक सामान्य धरती-पुत्र हूँ और इसलिए मैं हूँ भारत राष्ट्र।

जिसे मेरे संग आना है, वह स्वर्ग की आकांक्षा छोड़ दे और नरक जाने को तैयार रहे। अगर किसानों का दुख समझने, स्त्रियों के आँसू पोंछने, दलितों को अंगीकार करने का साहस रखते हों तो स्वागत है मित्र, विश्वामित्र के विश्व में। अगर पीड़ितों की दारुण दशा तुम्हें पिघलाती है और अन्यायियों का दुस्साहस तुम्हारे खून को खौलाता है, तो स्वागत है मित्र, विश्वामित्र के विश्व में। जीवन का दर्द झेले बिना मोक्ष का कोई अर्थ नहीं। अन्धकार से जूझे बिना प्रकाश का कोई अर्थ नहीं। विश्वास की ज्योति जल रही है। सत्य और असत्य के बीच के दर्द को झेल सकते हो तो मित्र, स्वागत है विश्वामित्र के विश्व में।

मृत्यु से उनका मतलब हत्या से था। वे हत्या को पाप समझते थे, मृत्यु को नहीं। अगर वे मृत्यु को पाप समझते तो जब निर्दोष होते हुए भी मृत्युदंड दिया गया तो वे उसका विरोध करते। हालाँकि वह एक हत्या ही थी। किन्तु उन्होंने उसे मृत्यु के रूप में स्वीकार किया ताकि क्षमा और करुणा का ऐसा भाव जगे जिसमें हत्या जैसे पाप के लिए कोई जगह न हो। उन्होंने अपनी मृत्यु को पाप की संज्ञा नहीं दी। ऐसा इसलिए सम्भव हुआ क्योंकि वह उस उच्च अवस्था को पा चुके थे जहाँ मृत्यु-भय रह नहीं जाता है। उन्होंने संसार को यह दिखाया कि दुखों से मुक्ति का उपाय है—मृत्यु-भय से मुक्ति।

यहीं पर मैं शाक्य मुनि का वक्तव्य दुहराना चाहता हूँ क्योंकि यह प्रासंगिक है। उन्होंने कहा यह संसार दुख का केन्द्र है। पर दुख का कारण है इच्छाएँ। अगर इच्छाओं को त्यागना सीख जाएँ तो मानवता युगों से चले आ रहे कष्ट के भँवर से मुक्ति पा सकती है। और निश्चय ही ऐसे में कुछ आत्माएँ पुनर्जन्म के कष्ट से भी मुक्त हो जाएँगी पर अधिकांश लोग अगर पुनर्जन्म से मुक्त न भी हुए तो कम-से-कम न्यूनतम इच्छाओं की बदौलत कम-से-कम पाप करेंगे और इसलिए उनका अच्छा पुनर्जन्म सुनिश्चित होगा।"

'ये किसकी बात कर रहे हैं?' सारी सभा ने पूरे धैर्य से विश्वामित्र की बात सुनी। पूरे समय सन्नाटा छाया रहा पर लोगों के मन में एक ही प्रश्न था कि ये किस आराध्य की बात कर रहे हैं, जिसे हत्या की सजा सुनायी गयी थी। ऐसी ऐतिहासिक घटना किस भू-भाग में घटी? कौन थे वे गिरे हुए लोग, जिन्होंने चुपचाप उस निर्दोष आराध्य को बलि हो जाने दिया।

"आज ऐसा ऋषि चाहिए जो जीवित रहे। ऐसा शासक चाहिए जो ऋषि से ज्ञान ले, उसकी अस्थियाँ नहीं। ऋषियों का नहीं, ऋषि-हन्ताओं का संहार सुनिश्चित करो। अगर राज्य-सत्ता की नवीन योजना कर सकते हो तो मित्र स्वागत है विश्वामित्र के विश्व में।"

उन्होंने फिर से बोलना शुरू किया...

"राष्ट्रभक्ति बुद्धि-विलास नहीं, राष्ट्रभक्ति सिर्फ तत्त्व-चिन्तन नहीं, राष्ट्र-भक्ति सिर्फ तर्क-योजना नहीं, राष्ट्र-भक्ति युद्धोन्माद नहीं। इन सबसे अलग अगर तुम एक मन्त्र, एक गान ऐसा रचो जो जन-गण की आत्मा को छू ले और सुर-बेसुर की परवाह किये बिना, लोग हर गाँव, हर नगर में गाने लगें तो समझो राष्ट्र-भक्ति महायज्ञ की पूर्णाहुति असम्भव है।

दर्शनशास्त्र और विज्ञान दोनों की उत्पत्ति होती है नये प्रश्न पूछने की अदम्य इच्छा और उत्तर पाने के लिए अथक परिश्रम से। जो भी धार्मिक समुदाय प्रश्न करने से लोगों को रोकता है वह उसे न केवल दर्शनशास्त्र से बल्कि ज्ञान-विज्ञान की सभी सीख से दूर रखता है। अगर नया ज्ञान प्राप्त करना है तो नयी-नयी पुस्तकें, नये शिक्षालय, नयी प्रयोगशालाएँ बनानी होंगी। अब विडम्बना तो देखो कुछ लोग नयी प्रयोगशाला में बनी औषधि को झट हथिया लेंगे जब उसके अभाव में रोग या मृत्यु आसन्न दीखता हो लेकिन उस नये ज्ञान के अस्तित्व को, जिससे वह औषधि बनी है, मानने से सिर्फ इसलिए ना कर देंगे क्योंकि वह ज्ञान उनकी आदरणीय धार्मिक पुस्तक में लिखी बातों से मेल नहीं खाती।

राजनीति का काम है, वितरण पर ध्यान देना। उत्पादन में लोग मिल-जुलकर काम करते हैं पर जब उत्पाद के बँटवारे की घड़ी आती है तो एक-एक दाने को लेकर बखेड़ा हो जाता है। एक गणतन्त्र का काम इन्हीं झगड़ों का सुचारु निबटारा है। और ऐसे झगड़े जितने कम किये जा सकें, जनता में ऐसा विश्वास उत्पन्न करने के लिए प्रत्येक गणतन्त्र एक संविधान का निर्माण करता है।

पुराने समय के गाँवों में वितरण-प्रणाली काफी पारदर्शी थी। शोषण भी था। पर शोषक और शोषित दोनों को अपने बारे में पता था पर नगर की संस्कृति में शोषित को पता ही नहीं चलता किसने, कैसे उसे अपना शिकार बना लिया। शिकार के नियम प्रतिदिन बदलते रहते हैं और निर्धन चाहकर भी इस खेल का खिलाड़ी नहीं बना सकता है। स्वतन्त्र समाज का नारा, छल-कपट की दीवार पर चिपका रखा है और उस दीवार को तोड़ना बहुत कठिन हो चला है।"

"ठीक उत्तरी ध्रुव से दक्षिणी ध्रुव तक राज्य-विस्तार कर लो। सात समन्दर जीत

लो। कैलाश मानसरोवर को पार करो। कंचनजंघा पर दुर्ग का निर्माण कर लो। उसके बाद? उसके बाद कहाँ जाओगे। साम्राज्य-विस्तार खत्म, महत्वाकांक्षा का विस्तार खत्म। फिर आओगे धर्म की शरण में।

ईश्वर ने हृदय इसलिए नहीं दिया कि तुम उसमें घृणा और आतंक पालो, दो हाथ इसलिए नहीं दिये कि दूसरे का गला दबाओ, पाँव इसलिए नहीं दिये कि दूसरों को लँगी मारो और गिरा दो। अपितु ये सब इसलिए दिये कि दुखों से भरे जग में, जहाँ हमने अपनी अनन्त यात्रा से पूर्व का पड़ाव डाला है, एक-दूजे की सहायता करें। किसी का अलग पहनावा, अलग बोली, अलग सोच, सामाजिक श्रेणी एक-दूजे की सहायता में बाधक न बने।

हे प्रभो, मैंने अभी तक तुम्हें देखा नहीं। पर मैं यही समझता हूँ कि तुमने मुझ पर दृष्टि अवश्य डाली है और जब से मुझ पर तुम्हारी ऐसी कृपा हुई है तब से, दुष्ट जन अगर मेरी प्रसन्नता देख-देख अचम्भित हैं तो इसमें भला मेरा क्या अपराध है। जिस तरह एक माता के उदर से निकली अनेक सन्तानें अपनी माता का चित्रण भिन्न-भिन्न तरीके से करती हैं। उसी तरह एक ही ब्रह्म से निकली आत्माएँ ब्रह्मस्वरूप का भिन्न-भिन्न वर्णन करती हैं और ब्रह्म को प्रसन्न करने के लिए अपने-अपने उपाय उसी तरह अपनाती हैं जैसे माँ को खुश करने के लिए सन्तानें किया करती हैं। किसी भी प्रकार से सभी सन्तानों को एक जैसा नहीं बना सकते और ऐसी ही भिन्नताएँ आत्माओं में बनी रहती हैं लेकिन जो बात उन सबों में समान है वह है ब्रह्मस्वरूप को खुश देखने की ललक। उसकी कृपादृष्टि अपने ऊपर बनाये रखने की इच्छा। उनका आशीर्वाद पाने की अदम्य इच्छा। जिस तरह शरीरयुक्त आत्मा मातृ-ऋण, समाज-ऋण और सृष्टि-ऋण चुकाने का उद्यम करती रहती है वैसे ही शरीर मुक्त आत्मा, ब्रह्म-ऋण चुकाने को लालायित रहती है।

धर्म ऐसे कर्म को कहते हैं जिसमें श्रम की पूर्ण भागीदारी है। धर्म ऐसा श्रमयुक्त कर्म है जिससे दुख और रोगों का बचाव हो, जीवित रहने और मानव-जाति को बढ़ाने का उपाय हो और मृत्यु के भय से मुक्ति हो। जब ऐसे कर्म और ज्ञान आपस में बाँटते हैं तो समाज का निर्माण होता है। ऐसे सन्तुलित समाज के निर्माण के बाद जो उसे पतनशील होने से बचाता है, उसे राज्य या शासन कहते हैं और जिस तत्त्व से राज्य या शासन को प्राणशक्ति मिलती है उसे न्याय-व्यवस्था कहते हैं। एक ब्रह्मा है और दूसरा विष्णु अत: धर्म और न्याय में अन्तरंग सम्बन्ध है क्योंकि एक धर्म की व्याख्या करता है, दूसरा न्याय-शासन से उसे सन्तुलित करता है।

धर्म एक उद्यम है। जब उद्यम करते हैं तो मस्तिष्क हमेशा सावधान करता है कि क्या अहित है और क्या हित। कुल्हाड़ी से जलावन काटना हित है लेकिन हाथ काट बैठना अहित। औचित्य अथवा उपयोगिता ही उद्यम का आधार है। एक जन

का औचित्य, स्व-धर्म है बहुजन का औचित्य सामाजिक धर्म है और इसलिए यह धर्म का आधार है। एक राज्य अथवा शासन का औचित्य और उपयोगिता है न्याय बाँटने की उसकी क्षमता।

शासन और राज्य एक ऐसा उद्यम है, जो न्याय बाँटता है। न्याय एक ऐसा उद्यम है जो धर्म बाँटता है। धर्म एक ऐसा कर्म है जो दुख, रोग एवं मृत्यु के भय से मुक्ति बाँटता है। सृष्टि की रचना का उद्देश्य इन्हीं तीन कार्यों को करने का है।

दुखहीन जीवन की इच्छा धर्म है। रोगहीन जीवन की इच्छा धर्म है। मृत्यु-भय हीन जीवन की इच्छा धर्म है। पर मृत्युहीन जीवन की इच्छा पाखंड है, पाखंडियों का शस्त्र है, शोषण का माध्यम है। मृत्युहीन जीवन की इच्छा अहंकार है। मृत्युहीन जीवन की इच्छा आडम्बर है। मृत्युहीन जीवन की इच्छा अज्ञान है। 'असतो मा सदगमय' की इच्छा धर्म है 'मृत्योर्माऽमृतगमय' की इच्छा धर्म नहीं एक इच्छा है। अमृतमय होना धर्म है, अमृतगमय होना एक इच्छा है। हर कार्य जो सृष्टि के मौलिक नियमों को झुठलाता है, पाखंड है। अगर ब्रह्मा और विष्णु हैं तो शिव भी हैं। अगर सृजन है तो संहार भी। अगर जन्म है तो मृत्यु भी। यही चिरन्तन है यही सनातन है। इसलिए मृत्युहीन जीवन की इच्छा से अच्छा है मृत्यु-भयहीन जीवन की इच्छा। मृत्यु-भयहीन जीवन की इच्छा एक साहस है। मृत्युहीन जीवन की इच्छा एक कायरता। इस कायरता के पीछे छुपी है भोग की अनन्त इच्छा। यौवन की अभीप्सा। रति की अभिलाषा। साम्राज्य-विस्तार की जुगुप्सा। इस कायरता के पीछे छुपी है अपनी ही सन्तानों पर विश्वास की कमी। उत्तराधिकार सौंपने की आनाकानी। नयी पीढ़ी को नेतृत्व सौंपने का असमंजस। अपने रक्त और मज्जा से बने उत्तराधिकारी पर सन्देह।

इसी कायरता ने दीवार खड़ी कर दी है गार्हस्थ और वानप्रस्थ के बीच। वानप्रस्थ आश्रम वह आश्रम है जहाँ सिर्फ शान्त रस का संचार है—उन्मुक्त एवं भयमुक्त वातावरण है। फिर भी आपत्ति क्यों? मृत्युहीन जीवन की इच्छा रूपी ढाल के पीछे छुपकर बैठने से अच्छा है, भयमुक्त होकर, मृत्यु का वैसे ही स्वागत करना, जैसे एक राजा, दूसरे राजा का स्वागत करता है। बिल्कुल बराबरी पर। आँखों में आँखें, बाँहों में बाँहें और सीने से सीना टकराकर। इसलिए मैं दुहराता हूँ कि मृत्यु-भयहीन जीवन की इच्छा धर्म है पर मृत्युहीन जीवन की इच्छा पाखंड।"

"मेघों को अपना रथ बनाकर समुद्र को अपनी सीमा लाँघने से रोक। मनुष्य फिर महाप्रलय न देखे। जानवर जंगलों में जिएँ। मनुष्य खेतों और घाटियों में बीमार पशुओं की चढ़ायी बलि से फैली महामारी से बचा रहे। पृथ्वी स्थिर रहे। किसी

मद्यप की भाँति न लड़खड़ाये। मरुभूमि में तालाब उगा, पर उपजाऊ को ऊसर न बना। तू अपना मुकुट और सींग अभिमान से ऊँचा रख क्योंकि तुमने सबका भला सोचा है। नदियाँ उलटी बहें। पहाड़ियाँ कूदने लगें। आकाश से मछलियाँ बरसें। यह कैसा चमत्कार है।

मुझे अपनी कृपा का स्वादिष्ट व्यंजन खिला। मेरे सिर पर दया का सुगन्धित तेल लगा। मैं तुम्हारी लीला का अद्‌भुत नृत्य देखूँ। तुम्हारे प्रताप के सामगान सुनूँ।

भाँग पीकर हँसी आती है। मदिरा पीकर उपद्रव, पर तुझे याद कर सहज हो जाता हूँ। तू एक विश्वास है एक अनुशासन है।

लोग लूट पाकर मगन होते हैं मै तेरा नाम पाकर मगन हूँ। झूठ बोलो तो छिली जीभ निकाल लेना। पर हृदय की गहराइयों से निकली पुकार की सुन। तुझसे भागना भी चाहूँ तो नहीं भाग सकता। भोर के लाल रथ पर चढ़कर भी भागूँ तो क्षितिज बनकर फैले तेरे हाथ मुझे रोक लेंगे।

समय बदल चुका है। फिर भी अनजान हैं वे जो प्रयत्न की जगह भाग्य का भरोसा करते हैं। जिस पूँजी से कारोबार शुरू करना चाहिए, ठगों पर लुटा रहे हैं। इस उम्मीद में कि उनके क्रुद्ध ग्रहों को वे ही शान्त करेंगे। विपदाओं को वे ही रोकेंगे। विपदाएँ तो रुक नहीं रहीं हाँ आगे बढ़ने, कुछ करने के छोटे-छोटे अवसर अवश्य रुके पड़े हैं।''

''मानव-जाति के सुचारु लालन-पालन के नियम और प्रयास को धर्म कहते हैं...

जन्म से मृत्यु की उसकी यात्रा सुगम, रोचक और भयमुक्त हो यह सुनिश्चित करना धर्म का काम है।

चूँकि जन्म एक अनवरत प्रक्रिया है, जो लगातार बदलती प्रकृति की गोद में सम्पन्न हो रहा है, इसलिए कोई यह नहीं कह सकता कि एक निश्चित समय में, एक नियत स्थान पर जो धर्म बना वो सर्वव्याप्त, सर्वग्राही और सार्वकालिक है।

चिन्तन की प्रक्रिया तब तक बन्द नहीं होगी जब तक प्रकृति है और जीव हैं। और जब तक नूतन चिन्तन विकसित होते रहेंगे धर्म की नूतन व्याख्या भी अवश्यम्भावी है।

जब विश्वधर्म बनाओगे तो प्रारम्भ में सभी धर्मो को एक परिसंघ के अन्तर्गत स्थापित करना होगा जिसका प्रमुख कारक होगा कि एक ओर तत्त्व और दर्शन के स्तर पर त्रिसूत्री सिद्धान्त—परमात्मा, आत्मा और परमात्मा के भेद और आत्मा के परमात्मा में मिलन द्वारा मुक्ति को सभी मानेंगे, पर लौकिक स्तर पर उन्हें अपने

सामाजिक एवं सामुदायिक या जातिगत व्यवहार की स्वतन्त्रता होगी। अर्थात जन्म, विवाह और मृत्यु से जुड़े नियम एवं परम्परा को सौ वर्षों तक अपनाये रखने की स्वतन्त्रता होगी। उस अन्तराल में शिक्षा और आर्थिक विकास का स्वरूप इस तरह चलाया जाएगा कि समाज के सोचने का तरीका त्रिसूत्री सिद्धान्त की ओर बढ़े और इस प्रक्रिया में लोग ऐसे नियमों और परम्परा को सामूहिक मान्यता देने और उसे सार्वजनिक त्योहार के रूप में अपनाना प्रारम्भ कर दें।

हम तब तक अन्तर्सामुदायिक विवाह को सामाजिक चुनौती न दें। हाँ उसे एक न्यायालय में उसी तरह चुनौती दी जा सकती है, जिस तरह किसी सामान्य विवाह के बाद विवाह-विच्छेद को चुनौती दी जाती है। यानी स्त्री के भविष्य की सुरक्षा इसमें भी प्रमुख मुद्दा होगा। पर यह चुनौती देने का अधिकार सिर्फ माँ को होगा। पिता को नहीं। और न्यायालय में माँ ही तर्क और बचाव कर सकती है। अधिवक्ता नहीं। ब्याह का निर्णय ले चुके युवक और युवती को चुनौती के उत्तर भी देने होंगे और उन्हें अपने बचाव का पूरा अधिकार होगा। यानी विवाह एक विधि-सम्मत प्रक्रिया होगी न कि सामुदायिक मतभेद का कारण।

जो धार्मिक समाज एक हजार साल पूरे कर चुका है उसे हमें आदर देना होगा। उन्हें खत्म करना, बाहर भगाने या अपने में विलीन करने का विचार छोड़ना होगा। ये विचार प्रकृति के नियम के विपरीत हैं।

उनके अन्दर जिन सुधारों की अनिवार्यता है ये उन्हीं के नेताओं पर छोड़ना होगा। पर जहाँ तक मानवाधिकारों की बात है वहाँ पर किसी भी धर्म या जाति को अतिरेक की छूट नहीं है। मानव अधिकार मनुष्यों को उनसे मिले हैं जिस शक्ति ने इस पृथ्वी की रचना की है, जिसने मनुष्य को एक श्रेष्ठ प्राणी के रूप में गढ़ा है। इस अधिकार से वंचित करनेवाली सामाजिक, राजनीतिक या धार्मिक संस्था अपने दायित्वों का हनन कर रही है।

धर्म की आड़ में मानव-अधिकार की अवहेलना पृथ्वी को नरक में बदल देगा। आप गुणी जन जानते हैं हमें पृथ्वी को स्वर्ग बनाने की स्वतन्त्रता तो है, नरक बनाने की छूट बिल्कुल नहीं।

धर्म के अन्दर तीन हिस्से बनेंगे। एक छोटा-सा हिस्सा जिसमें इतिहास से, परम्परा से ली हुई सीख होगी, दूसरा हिस्सा होगा वर्तमान के लिए जिसमें सामने खड़ी समस्याओं का निदान ढूँढ़ेंगे। यहाँ उद्यम महत्त्वपूर्ण है। सीख को कर्म में उतारना एक प्रमुख काम होगा। यह धर्म का वर्तमान सापेक्ष रूप है। तीसरा हिस्सा होगा भविष्य द्रष्टा धर्म का। निरन्तर बदल रहे समय और प्रकृति के साथ चलते हुए धर्म को अनुमान लगाना होगा और उसी के अनुरूप सम्भावित समस्याओं का

समाधान प्रस्तुत करना होगा।"

किसी स्पर्श ने विश्वामित्र को चिन्तन से बाहर ला खड़ा किया। राम उनके चरण पर झुके थे। राम के पीछे सुबह की धूप में नहाया दृश्यमान जगत, और उसके स्पर्श में संचारित होता द्यु-जगत और अन्तरिक्ष।

"गुरुवर आप पूरी रात समाधि में बैठे रहे। अब हम पर कृपा करें..."

पूरी रात समाधि में थे या स्वप्नलोक में या पिछले जीवन में? एक-एक अनुभव सजीव हो उठा थ जैसे अभी-अभी की बात हो...

पर थी वो समाधि ही अन्यथा उनका ईश्वर से साक्षात्कार कैसे हुआ?

"विधाता का ही कोई खेल है। बहुत बड़े खिलाड़ी हो प्रभो तुम। तुमसे जब आज तक कोई नहीं जीत पाया तो मैं क्या हूँ? और जिस माया के विरोध में हम मोर्चा खोले बैठे हैं वह भी तेरा ही प्रकांड है? हमारे जैसे अल्पज्ञानियों को समझ ही लेना चाहिए, कि प्रकृति भी तू, पुरुष भी तू, माया भी तू, मुक्ति भी तू।" सोचते हुए विश्वामित्र ने आँख मूँदकर सिर झुकाया। एक पल बाद आँखें खोलीं।

"लक्ष्मण नहीं दीख रहा है?" विश्वामित्र ने पूछा।

"वह पंडोहे को साक्षी मानकर अनशन पर बैठा हुआ है।" राम ने शिविर की चारदीवारी की ओर संकेत किया जिसके बाहर लक्ष्मण भूख-हड़ताल पर बैठ गये थे।

"यह समय भी घूमकर वापस उसी जगह आ पहुँचता है कोल्हू के बैल की तरह।" विश्वामित्र कहकर हँसे। और इस हँसी का भेद राम से छुपा नहीं था। सचमुच समय एक पूर्णवृत का भ्रमण पूरा कर रहा था क्योंकि फिर से एक उग्र क्षत्रिय अपनी मनोकामना हेतु सत्याग्रह पर आ बैठा था। पर विश्वामित्र की चिरपरिचित सहज हँसी से प्रफुल्लित हो आये राम को फिर से सदमा पहुँचा, जब विश्वामित्र ने अपना पुराना निर्णय दुहरा दिया।

"राम मुझे अनुमति दो, विदा कहने का समय आ पहुँचा है।"

वक्तव्य में विश्वामित्र के शब्दों का बलाघात सुनकर राम को और भी धक्का लगा। अब गुरुश्रेष्ठ अपना निर्णय नहीं बदलेंगे। गुरु के व्यक्तित्व को आत्मसात् करनेवाले प्रिय शिष्य राम का गला भर आया। उसने अन्त:करण से अनुरोध करना चाहा पर शब्द ने साथ नहीं दिया।

"नगर के हर चौराहे पर दिशा-निर्देशक पत्थर लगे होते हैं, जो पथिकों को सही मार्ग दिखाते हैं। कितने पुण्य का काम करते हैं। पर हम उस स्थिति के बारे में

सोचें जब मार्ग ढूँढ़ता कोई श्वान सूँघता हुआ उस पर अपनी जात का प्रदर्शन करके चला जाता है। वह मार्ग ढूँढ़ने ही आता है और उस पत्थर की सहायता भी लेता है पर अपना-अपना संस्कार है, अपना-अपना स्वभाव है। जिसे धन्यवाद-ज्ञापन का नितान्त अनूठा तरीका भी कह सकते हैं।

जीवन का सबसे बड़ा सत्य स्वयं जीवन ही है पर आज जब मैं सोचने बैठा हूँ, उन पुस्तकों को जिन्हें मैंने पढ़ा, उन उपदेशों को जिन्हें मैंने सुना, उन चिन्ताओं को, जिन्हें मैंने अपनों को दिया, मेरे अपनों की उन आशाओं को जिन्हें मैंने तोड़ा, तो ऐसा लगता है जैसे सब कुछ एक ऐसे भविष्य की तैयारी थी, जिससे कभी मेरा मिलन होना ही नहीं था।

जनकपुर में आकर यथार्थ से जो मेरा सामना हुआ तो मुझे लग रहा है कि जो कुछ मैंने अर्जित किया था वह अति यथार्थ था, पर राम मुझे ऐसा क्यों लग रहा है, जैसे मुझसे कुछ छूटा जा रहा है। आज मेरा ज्ञान, मेरी मर्यादा से दूर खड़ा हो गया है। लगता है अब कुछ भी ठीक नहीं है। पर मैंने तो अपना ज्ञान तुम्हें सौंप दिया है। तुम उसे सँभाल लोगे न? तुम्हें तो अपने ऊपर पूर्ण नियन्त्रण है क्या मेरी सीख की देखभाल कर लोगे? किसी असमंजस में आकर उसे छोड़ तो नहीं दोगे?''

राम तुम इतने उदास मत हो। मेरी मनःस्थिति का अनुमान करो। मैं चिल्ला रहा हूँ कि मुझे ऐसी सजा क्यों दी गयी। मैंने तो कोई गलती ही नहीं की। पर महान लोगों के साथ यही कठिनाई है कि उसे अपने किये का मूल्य ही नहीं मालूम होता। मैं ऐसे ही महान लोगों में से एक हूँ।'' कहते हुए विश्वामित्र से छोटी निश्छल हँसी छूटी। अचानक वे अपने पूर्व-स्वभाव जैसे व्यवस्थित दिखे। पर राम की उदासी कम नहीं हुई थी।

अच्छा अब चलो लक्ष्मण से कुछ प्रश्नोत्तर कर आते हैं...''

''इठलाती नदियाँ, फूलों को छेड़ती हवा, मेघ और प्रकाश की आँख मिचौली, चट्टानों को कोमलता का पाठ पढ़ाती नन्हीं जल-धाराएँ, घास की उगती नयी पौध, इन सबका सौन्दर्य छोड़, प्रकृति की इस निश्छल गोद में बैठ तुम क्यों प्रकृति विरोधी चिन्तन में डूबे हुए हो।''

पास पहुँचते ही लक्ष्मण को छेड़ बैठे विश्वामित्र। पहले तो अनशन में व्यवधान के भय से चुप रहे पर अन्ततः लक्ष्मण बोल ही पड़े।

''शाक्य मुनि के शिष्यों ने सही कहा था, 'ईश्वर मर चुका है'।''

''लक्ष्मण, क्रोध को छोड़ो अपनी अन्तरात्मा की ध्वनि सुनो।''

"आप झूठी सान्त्वना देना बन्द करें। मेरी अन्तरात्मा में ऐसी कोई पुकार नहीं उठ रही जैसा आप कह रहे हैं।"

"अरे ऐसा नहीं कहते...ऊपर उठने, हवाओं संग उड़ने, फसलों संग झूमने, नदियों संग बहने...इन सभी चाहतों के पीछे जो रहस्य है—किससे मिलने की आकांक्षा है? अपने अन्दर को बाहर निकालने की उत्कट इच्छा। एक अधूरेपन को पूरा करने का प्रयास। ऐसे में हम जिसे पुकारते हैं, वह कौन है? गरीब के आँसुओं की पुकार, निर्बल पर अत्याचार के विरुद्ध गुहार, प्रकृति के प्रकोप से बचने की पुकार, जिनसे करते हैं, वह कौन है? प्रीति पाने के लिए, स्नेह लुटाने के लिए जिस प्रियतम को याद करते हैं, वह कौन है? आशाओं की किरण हम जिनसे माँगते हैं वह कौन है। उज्ज्वल करो, निर्मल करो, मंगल करो। किसे पुकारते हैं हम? धरती की हरियाली, मेघों की धवलता और तारों की टिमटिमाहट देख जिसे साधुवाद देते हैं, कौन है वह?

वह है, वह नहीं है, इस असमंजस के बीच भी हम जिस पर सोचे चले जाते हैं, कौन है वह? अरे, लक्ष्मण, यह वही है, जो नहीं है, वह वही है।"

"गुरुवर मुझे पता है कि आपको मुझ संग ठिठोली करने में आनन्द आता है पर कल को अगर मेरे या भैया संग ऐसा ही दुर्व्यवहार हुआ तो आप ऐसी ही सान्त्वना दोगे या वैसा सोचोगे जैसा मैं सोच रहा हूँ?"

लक्ष्मण सचमुच एक प्रौढ़ चिन्तक बन चुका था। उसने विश्वामित्र को उन्हीं के बने अस्त्र से मात दी थी। राम या लक्ष्मण के संग ऐसी किसी अप्रिय स्थिति की कल्पना कर विश्वामित्र, अपने-आपको भावुक होने से नहीं रोक सके।

"लक्ष्मण तुम्हें याद है मैंने कभी कहा था कि सबसे पहले मैं, तुम्हें जीना सिखाऊँगा और जब तुम जीना सीख जाओगे तब बताऊँगा कि मरते कैसे हैं। जीना और मरना दोनों एक ही पाठ्यक्रम के हिस्से हैं इसलिए एक-दूसरे के बिना जानकारी अधूरी है। कोई भी पंथ फैलाने के लिए त्याग करना ही पड़ता है। चाहे वह सर्वोच्च त्याग ही क्यों न हो। दुख में डूबकर भी जब तुम मुस्कुराते हो तो देखनेवाले भी दुख भूलना सीख जाते हैं। इस माटी के तन का मोह और क्रोध किसलिए? सेवा से सेवा का विस्तार, समाज और धर्म दोनों के हित में है। पर मेरी सेवा से अगर लोगों में सेवा भाव नहीं जगा तो मेरे उद्यम में अवश्य कोई कमी रह गयी। पर हमें इससे आगे की सोचना है। आगे है उज्ज्वल भविष्य जहाँ तक पहुँचने से पहले संघर्ष करना ही होगा। न कैवल्य, न स्वर्ग न नरक, न देव ना दानव, न ब्राह्मण न क्षत्रिय, न वैश्य न दलित। मानवाधिकार से बड़ा कोई धर्म नहीं। जो इसे मानता है वही सच्चा धर्म है बाकी सभी धर्मों को सुधार कर सन्मार्ग पर लाना होगा।

सन्मार्ग का संघर्ष अपरिहार्य है। अवश्यम्भावी है। भारत में उपस्थित असंख्य शक्तियाँ जब पुंज का आकार लेंगी तो शक्तिशाली भारत का उदय होगा। ज्ञान और अध्यात्म से संचालित भारत ही विश्व को उस मार्ग पर लाएगा जहाँ मानवाधिकार सभी धर्मों की धुरी बनेगी। जब मानवाधिकार के लिए लड़ोगे तो विरोधी तुम्हें जीते-जी मारने का प्रयास करेंगे अपमानों, लांछनाओं के घोर प्रपंच और दुष्प्रचार से। पर न्याय के लिए जीते-जी मारे जाने की यह विधा, उसी पाठ्यक्रम का हिस्सा है, जिसमें हम जीना सीखते हैं। जीवन दे देना मरना नहीं है। जीते-जी मरकर लड़ना ही, मरने की असली कला है और जीवित रहना भी इसी को कहते हैं।

हम नश्वर जीवन को जीते हुए अनश्वर कार्यों को फलीभूत करते हैं जिसमें हम एक सामान्य जीवन बिताते हुए चलते रहते हैं। हम बड़े होते जाते हैं, बूढ़े होने के लिए। आयु एक मार्ग की तरह है जो ऐसे गन्तव्य पर समाप्त होता है जिसका नाम है मृत्यु। हम वर्तमान से भविष्य की ओर बढ़ते हैं। यही भविष्य एक सीमा के बाद भूतकाल में बदल जाता है। पर ऐसा भी जगत है जहाँ भूत, वर्तमान और भविष्य एक साथ रहते हैं। न कोई किसी के बाद आता है और न कोई किसी से पहले। जहाँ वय का प्रत्येक मार्ग मृत्यु पर खत्म नहीं होता। वरन् अनवरत जलती लौ, अनन्त रूप से बहती वायु जैसा स्थायी है। हमारा अनश्वर कार्य ही वह जगत है जहाँ वह सब कुछ घटित होता है। हम अपने सत्कर्मों से ऐसी अमरता पाते हैं।

अपनी वंशावली तो तुम जानते ही हो। पर इन सब में तुम्हारे पिता का कोई सानी नहीं। नीति और युद्ध दोनों में समान अधिकार रखनेवाले पहले सूर्यवंशी राजा। प्रतापी इतने कि इन्द्र को अपनी रक्षा हेतु अगर पहली बार सूर्यवंश की शरण में आना पड़ा तो वह था तुम्हारे पिता दशरथ की शरण। उस देवासुर संग्राम में विजयी होकर दशरथ ने क्षत्रिय धर्म का वह अद्वितीय उदाहरण प्रस्तुत किया, जो आनेवाले युगों में बार-बार स्मरण किया जाता रहेगा लेकिन वह एक स्थानीय युद्ध था। पूरे भारतवर्ष पर उसका प्रभाव नहीं पड़ा। पूरे भारत में भिन्न क्षेत्रों में कई तरह के युद्ध लड़े जा रहे हैं, जिन्हें लड़कर तुम दोनों अमरता की नगरी में पहुँचोगे।''

थोड़ी देर रुककर, विश्वामित्र ने फिर से बोलना शुरू किया, ''योग साधना एक अनुशासन के लक्ष्य के रूप में शुरू करते हैं लेकिन शीघ्र ही यह स्वयं में एक लक्ष्य का रूप ले लेता है। शीघ्र ही तुम समाज को नये ढंग से पहचानने लगते हो। तुम्हारा सामाजिक व्यवहार नूतन हो जाता है और उससे जुड़े सम्बन्ध भी नये हो जाते हैं। 'वसुधैव कुटुम्बकम्' की एक नूतन आकांक्षा तुम्हारे व्यक्तित्व की नयी परिभाषा बन जाती है। किन्तु यही परिभाषा निरंकुश राजा और उसके स्वार्थी सभासदों के गले नहीं उतरती। ऐसे में तुम्हीं एक संदिग्ध व्यक्ति बन जाते हो जो

ऐसे स्वार्थी तत्त्वों के स्वप्न में बार-बार आने लगते हो। अब वह अपने रोगों, व्याधियों का एकमात्र कारण तुम्हें समझने लगता है। तुम्हारा नूतन व्यवहार किसी की नवीनतम चिन्ता बन जाती है और ऐसे लोग तुम्हारे सत्कर्मों के विरुद्ध षड्यन्त्रों का ताना-बाना बुनने लगते हैं। षड्यन्त्रों से सावधान रहना राम। यह सुशासन की एक अनिवार्य शर्त है।

मेरी समझ में तो इतनी-सी बात समायी है कि देव विरुद्ध मानव, स्वर्ग विरुद्ध पृथ्वी और राजा विरुद्ध प्रजा जैसे सभी विवादों का एक ही तोड़ है—विकसित राष्ट्र का सपना। देवता तभी तक प्रासंगिक हैं जब तक वे राष्ट्र-हित में हैं। देवता जब आक्रान्ता की सभा में बैठक लगाने लगे तो समय की माँग है कि हम नयी व्यवस्था करें। राष्ट्र-हित से गिरा हुआ देव तो इतिहास के लिए है। अगर देव को चुनना है तो हम वर्तमान के लिए चुनें। वर्तमान का देवता विलासी नहीं उद्यमी हो। हमें देवता का प्रतीक भी नहीं चाहिए। हमें चाहिए भरा-पूरा देव जो हमारे सुख-दुख का सहभागी बने।

जो अपने स्वार्थ को भूल दूसरे का भला करे वह सन्त है, जो अपने स्वार्थ के साथ-साथ दूसरों का भला करे वो नागरिक है, दूसरों का बुरा करना ही जिसका स्वार्थ है, वह अपराधी है और जो बिना किसी भी कारण के दूसरों का बुरा करे फिर उसकी परिभाषा क्या करें।

हर युग में वही सबसे बड़ा ब्राह्मण माना जाएगा जो दम्भ और कलह में टूटते जा रहे समाज को एक बार फिर से नवीन राष्ट्र का रूप दे और ऐसा राष्ट्र ही वसुधैव कुटुम्बकम् का प्रगतिशील मन्त्र पूरी दुनिया के कानों में फूके। इसलिए लक्ष्मण आगे भी राष्ट्र में आनेवाली व्याधियों को दूर करने महापुरुष और महात्मा जन्म लेते रहें। भारतीय संस्कृति ने अगर अवतार की परम्परा की खोज की है तो वह एक शाश्वत खोज है। जब तक देह है, वह भी है। इसलिए अवतारों का अवतरण भी होगा और परिनिर्वाण भी। पर इन्हीं के बीच होगा विश्व को प्रगति और शान्तिपथ पर लाने का प्रयास। अवनति और प्रगति के युगों से चले आ रहे द्वन्द्व युद्ध के बीच, प्रत्येक अवतार प्रगति के साथ खड़ा मिलेगा और सुनिश्चित करेगा कि प्रगति की विजय हो। सुशासन की विजय हो, शान्ति की विजय हो।

जब तुम प्रगति-विरोधी शक्तियों को परास्त कर विकसित भारत-राष्ट्र की नींव रखोगे, इन्द्र अपनी समस्त विनम्रता के साथ तुम्हारी शरण आएगा। जो व्यक्ति हृदय से कुटिल और चरित्र से क्षीण होता है वह विजयी व्यक्ति के चरण को छूनेवाला सबसे पहला व्यक्ति होता है। उसे उतना ही प्रश्रय देना जो उसकी लघु-योग्यता के अनुरूप है। उसे देवराज का पद देने की आवश्यकता नहीं। तुम्हारे बाद

भारत राष्ट्र को देवराज नहीं चाहिए। स्वतन्त्रता और जन–गण अधियक का भाग्यविधाता वह स्वयं होगा और उसकी आत्मा का प्रकाश तुम होगे। इससे बढ़कर किसी के आधिपत्य की न तो कोई आवश्यकता है और न ही कोई सम्भावना।

आदिम समाज में न तो मिथक होते थे और न ही मन्त्र। सभ्यता का उदय, जिन जटिलताओं को साथ लेकर आता है उनमें से एक है स्वयं सत्य का जटिल स्वरूप। मिथकीय साहित्य ऐसा ही एक जटिल सत्य है। मिथकीय सत्य और भी गूढ़ रूप में मन्त्रों का रूप ले लेता है। मन्त्र से आगे है अनहद नाद और परम सत्य है शून्य।

पृथ्वी का सबसे बड़ा सत्य है जीवन। पर परम सत्य है, शून्य का वह बोध जो जीवन की जटिलताओं से जूझते हुए मिलता है।''

''क्यों न हम आदिम समाज की ओर लौट चलें? सरल, सहज और निश्छल जीवन में?'' लक्ष्मण ने उत्सुकता दिखायी।

''इतिहास को वापस नहीं मोड़ा जा सकता है, अगर ऐसा करोगे तो वह या तो झूठ पैदा करेगा या दुख।''

''पर जटिलताओं को कम तो किया जा सकेगा।''

''हर युग की जटिलताओं का हल भावी में छुपा है, भूत सिर्फ सहायक है। लेकिन यह भी निश्चित है कि हर युग को अपना मिथकीय सत्य स्वयं बनाना है। कुछ मन्त्र भी बनाने हैं और अनहद नाद और शून्य की अनुभूति का भी वर्णन करना है। पूरा सौरमंडल आकाशगंगा के उस क्षेत्र की ओर बढ़ रहा है, जहाँ पृथ्वी को कुछ नये उल्कापिंडों से जूझना पड़े, कुछ नयी समस्याओं से निबटना पड़े। लगातार बदलते और जटिल होते समय से पृथ्वी सहित पूरे सौरमंडल को जूझना ही पड़ेगा। इसलिए माँ होकर भी अगर पृथ्वी में इतना साहस है कि वह लगातार आगे बढ़ रही है तो उसकी सन्तान को पीछे लौटने का कोई अधिकार नहीं। लौटना तो असम्भव है, सोचना भी अप्रासंगिक है।''

''पर राम तुम हो जन गण मन अधिकनायक। तुम आज अवतार हो। कल प्रतीक बन जाओगे। मर्यादा पुरुषोत्तम राम। मर्यादा के प्रतीक। आदर्श परिवार के प्रतीक। पारिवारिक सम्बन्धों की मर्यादा का जीता–जागता रूप। आदर्श नेता का स्वरूप। पर इन सबसे ऊपर तुम होगे एक साफ–सुथरे प्रशासन के अनन्य उदाहरण। सुशासन के प्रतीक बनोगे तुम। हर बार जब जनता सुशासन की खोज में निकलेगी तुम प्रकाश स्तम्भ बनकर उन्हें मार्ग दिखाओगे। और ऐसी खोज पर निकले जनसमूह में हर बार मैं भी दिखूँगा। उनकी आकांक्षा, उत्कंठा, और प्रयास में भागीदारी करता हुआ, उनके स्वर में स्वर मिलाता हुआ। इसलिए तुम्हें जो ध्वनियाँ

सुनाई दे रही हैं वे प्रतीक स्वरूप राम के लिए हैं। विश्व के हर उस भाग में जहाँ-जहाँ दलित, अल्पसंख्यक और निःशक्त जनता किसी अत्याचार की चक्की में पिसती हुई चीत्कार करेगी, तुम वहाँ-वहाँ आशा, विश्वास और शक्ति के संचार का उद्यम करोगे। तब तुम स्वयं नहीं होगे। पर तुम्हारा नाम ही पर्याप्त होगा। तुम अंग, बंग, ओड़िया, आन्ध्र, विन्ध्य, गोमान्तक होते हुए तमिल क्षेत्र और समस्त भारतवर्ष के लिए तो बने ही हो पर तुम्हारा नाम सिर्फ भारत भाग्य विधाता के लिए नहीं है, तुम हो विश्व विधाता के आराध्य। उनकी आशा और उनका विश्वास। तुम हो विश्वात्मा, विश्वधर्मा और विश्वामित्र।''

जैसी घोषणा की थी, अन्ततः, जनकपुर छोड़कर विश्वामित्र उस यात्रा पर निकल पड़े, जिसके बारे में वे स्वयं नहीं जानते थे। सभी ने अनुरोध किया वे सिर्फ रात भर के लिए रुक जाएँ। वे नहीं माने। लोग उन्हें छोड़ने आगे तक आना चाहते थे पर वे नहीं माने। राम और लक्ष्मण उनके साथ चुपचाप चलते रहे क्योंकि महातेजस्वी विश्वामित्र विचारमग्न चल रहे थे। शिविरों के लाव-लश्कर उठ चुके थे पर गर्द-गुबार अभी भी जमा था। उन सबको पीछे छोड़ वे तीनों जनकपुर की सीमा के पास पहुँचनेवाले थे...।

जनकपुर कमल से भरे जलाशयों और नैसर्गिक सौन्दर्य की नगरी थी। सिर्फ जनकपुर ही नहीं, सम्पूर्ण मिथिलांचल में जल संचय और उसके विविध उपयोग का यह लघु प्रयोग, जल-संसाधन के प्रयोग की सर्वाधिक प्रासंगिक विधि थी। मछली-पालन से लेकर मखाना, सिंघाड़ा और कमल गट्टे का उत्पादन न केवल आर्थिक सम्पन्नता में सहायक था वरन् सूखे की स्थिति से पूरी तरह निपटने में सक्षम भी। सम्पूर्ण भारतवर्ष की भौगोलिक विविधता की विडम्बना यही है कि वर्षा की प्रचुरता का कोई सम्यक् संकलन और वितरण नहीं हो पा रहा। राज्य सत्ताएँ आती हैं और जाती हैं, पर नदियों के जोड़े जाने का कोई गम्भीर प्रयास नहीं करतीं। पूर्वोत्तर बाढ़ के पानी को पश्चिमी मरुभूमि या दक्षिणी पठार तक ले जाने की योजना धरी-की-धरी रह जाती है। वे कहते हैं ऐसा करने से पर्यावरण का संकट हो जाएगा। पर सच तो यह है कि संकट पर्यावरण का नहीं बल्कि राजनीतिक इच्छा-शक्ति का है। क्षुद्र-स्वार्थों की तलवारबाजी से फुर्सत मिले तो कोई बड़ा काम हो। राजनीति को अगर विकास नीति से नहीं जोड़ पाये तो गणतन्त्र को भीड़तन्त्र बनने में ज्यादा समय नहीं लगता। हर महान काम, कठिनाइयों और संशय के दौर से गुजरता अवय है, पर इतिहास गवाह है कि उन कठिनाइयों पर जीत हासिल करने से मानवता महान बनी,

न कि जातिगत स्वार्थों और क्षेत्रीय आग्रहों के आगे घुटने टेकने से। छोटे-छोटे काम करने में विश्व के कई राष्ट्र निपुण हैं पर भारत की महानता उसके सपूतों द्वारा सम्पन्न महान कार्यों के कारण स्थापित हुई, चाहे वह सपूत कोई राजा था, ऋषि था, सन्त था, अथवा गणितज्ञ एवं वैज्ञानिक। लघु-उत्पादन के प्रति मैथिलों के लगाव से उनका घर आँगन चमकता था। उनका सुख एवं सन्तोष मिथिला-चित्रकला की उन्नत परम्परा के रूप में घर की दीवारों, मन्दिरों, सभागारों में अंकित थी। वेद और उपनिषद के गूढ़ विषय हों या लोक-परम्परा के तत्त्व, सब ऐसे चित्रित थे जैसे इनमें कोई अन्तर्विरोध ही न हो, जैसा कि एक सुखद सपना होता है—समन्वय एवं सामासिक संस्कृति का सुखद सपना।

यह मात्र संयोग नहीं था कि मिथिलांचल युगों से सन्तों, अवतारों की जन्मभूमि, ज्ञानभूमि ओर निर्वाणभूमि रही थी। आमों के बाग, लीची के बगीचे, केले के खेत, हवा में झूम-झूमकर इसका साक्ष्य दे रहे थे। सौन्दर्य के इस झूमते व्योम से बाहर आकर वे राम और लक्ष्मण के सम्मुख हुए। पास की शिलाओं की ओर संकेत करते हुए विश्वामित्र ने कहा, "वत्स अब विदा कहने का समय हो रहा है। साँझ भी घिर आयी है और जनकपुर की सीमा भी खत्म हो रही है..."

"हम तीनों दो पल के लिए बैठेंगे और ओम् का ध्यान करने से पहले राम तुम अपना आखिरी प्रश्न कर सकते हो।" राम का हृदय भर आया क्योंकि राम के हृदय को पढ़ लेनेवाला, गुरु विश्वामित्र से बड़ा कोई महापुरुष नहीं हुआ।

"गुरुवर, प्रजा की माँग पर अगर प्रियतम को छोड़ने का धर्मसंकट आये तो क्या करना चाहिए?"

'मर्यादा भोज की घटना के बाद राम में परिवर्तन आ चुका है', राम का प्रश्न सुनकर यह बात विश्वामित्र के मस्तिष्क में कौंध गयी। पर इसी पल की प्रतीक्षा थी उन्हें। राम अब युवराज बनने की स्थिति में आ चुके थे। वे अब कठोर निर्णय लेने की स्थिति में आ चुके हैं।

"किसी कुपात्र की माँग पर प्रिय वस्तु या विचार को त्यागना कायरता है और ऐसी माँग का विरोध करना और सफल होना विजय है। पर उससे भी बड़ा सत्य यह है कि जब राष्ट्र का भौतिक और वैचारिक विकास ठहर जाता है तो प्रजा में भ्रम फैल जाता है और वह अपनी माँग इस तरह बढ़ाने लगती है कि उसमें क्या उचित है और क्या अनुचित, इसकी सुधि खो जाती है। इसलिए पहला प्रयास यह रहे कि विकास की प्रक्रिया कभी धीगी न गड़े। इसके बाद भी, अगर ऐसी स्थिति आ ही जाये तो राज्य अपने योग्य उत्तराधिकारी को सौंप दो और निकल पड़ो काँटों भरी पगडंडियों पर, लोगों का भ्रम मिटाने और फिर से नया अलख जगाने।"

इतना कहकर विश्वामित्र चुप हो गये। उन्होंने उत्तर में अपने विचार तो रख दिये थे पर राम द्वारा उठाये गये प्रश्नों की गम्भीरता, विश्वामित्र के भाल पर बनी लकीरों के रूप में अभी भी खिंची पड़ी थी।

राम अपने आखिरी प्रश्न में सीता के संग छोड़ आये उलझे सम्भाषण की गुत्थी अवश्य सुलझा रहे थे पर यह सिर्फ महामाया सीता का पति राम और भावी विश्वनेता एवं सुशासक राम के बीच का द्वन्द्व नहीं था, बल्कि यह एक ऐसा सत्य था जो वह गुरु विश्वामित्र की विदाई बेला की पृष्ठभूमि में अनुभूत कर रहे थे। सत्य का अनुसन्धान सबसे ऊपर रहा है, यही तो कहा था महातेजा विश्वामित्र ने।

राम को विचार मग्न देख विश्वामित्र ने लक्ष्मण की ओर देखा। हमेशा की तरह, लक्ष्मण टकटकी लगाये राम की ओर देखे जा रहे थे।

"राम तुम्हें वे सूक्त याद हैं, जिन्हें तुमने अपनी कविता में लिखा था।" विश्वामित्र ने राम को सम्बोधित किया।

"गुरुवर...मुझे भी अपनी कविता का अंश सुनाने दें।" लक्ष्मण ने कहा।

"पहले राम को सुनाने दे..."

"सूनृतावन्तः सुभगा इरावन्तो हसामुदाः।
अक्षुध्या अतृष्यासो गृहा मास्मद् त्रिभीतन॥
येषामध्येति प्रवसन् येषु सौमन सो बहुः।
गृहानुपह्वयाम यान् तो नो जानन्त्वायतः॥"

मन्त्र समाप्त कर राम गुरु के अगले संकेत की प्रतीक्षा करने लगे। विश्वामित्र आँखें मूँदे बैठे थे। आँखें खोली तो लक्ष्मण का उतरा चेहरा दिखा।

"राम, मुझे तुमसे बड़ी ईर्ष्या होती है।"

"आपको भी ईर्ष्या होती है?" लक्ष्मण छूटते ही बोल पड़े। लक्ष्मण की सतर्कता देख राम मुस्कुरा पड़े।

"हाँ लक्ष्मण, कोमल भावों की पकड़ जैसी राम की है मैं कभी नहीं कर सका।"

"ये सच नहीं है गुरुदेव।" राम ने असहमति जतायी पर विश्वामित्र अभी भी कुछ सोच रहे थे, लक्ष्मण की ओर मुड़े।

"लक्ष्मण इसके भाव बताओ। तुम्हारे विचारों में इसे सुनना चाहता हूँ।"

लक्ष्मण जैसे प्रतीक्षा में थे, झट बोल पड़े, "वे घर भयमुक्त हैं जिसके सदस्य परस्पर शिष्ट सम्भाषण करते हैं। हँसी-खुशी के संग सौभाग्य से भरा-पूरा ऐसा घर जहाँ न कोई भूखा है, न प्यासा। अप्रवास में रहते हुए जिस घर की याद आती है, वो प्रेम-भाव की निधि है और आज हम प्रार्थना करते हैं कि जब हम वापस घर पहुँचे

तो वह घर हमसे उसी प्रेम-सौहार्द से मिले।''

''आपकी आज्ञा हो तो उस मन्त्र का पाठ भी कर दूँ जो कहते हैं आपने बनाये पर आपने हमें बताया नहीं।'' लक्ष्मण की बात खत्म होते ही राम ने कहा और जिज्ञासा से विश्वामित्र की ओर देखने लगे।

''हाँ राम आज मन्त्रों में डूबने का मन हो रहा है।''

अनुव्रतः पितुः पुत्रो मात्रा भवतु संमनाः।
जाया पत्ये मधुमतीं वाचं वदतु शन्तिवाम्॥
मा भ्राता भातरं द्विक्षन्मा स्वसारमुत स्वसा।
सम्यञ्चः सव्रता भूत्वा वाचं वदत भद्रया॥

राम के मुँह से उच्चरित मन्त्र सुनकर चौंके विश्वामित्र।

''यह मन्त्र कहाँ से सीखा।'' विश्वामित्र ने राम से पूछा।

''कहते हैं यह मन्त्र आपके ही हैं।'' राम ने विनयपूर्वक कहा।

''मैंने ऋषि अथर्वा से सीखा था। पर इन्द्र ने इस पर भी आपत्ति की थी। कहता था साम्राज्य की समृद्धि में पारिवारिक प्रेम सबसे बड़ा अड़ंगा है।''

''बड़ी अटपटी बात है।'' राम ने कहा।

''कहता है युद्ध परिवार के भरोसे नहीं जीते जाते...''

''पर मुझे अब इन्द्र की आपत्ति भूतकाल की बातें लगती हैं।'' लक्ष्मण ने कहा।

''वह कैसे?''

''क्योंकि वर्तमान और भविष्य हमारा है।'' सुनकर विश्वामित्र थोड़ी देर के लिए खो गये। फिर लक्ष्मण को सम्बोधित करते हुए बोल पड़े।

''लक्ष्मण।''

''जी।''

''दूसरे श्लोक का अर्थ बताओ।''

''पुत्र माँ की आज्ञा और पिता की प्रतिज्ञा का पालन करे। पति और पत्नी के बीच मीठे सम्भाषण हों। भाई भाई संग मिलकर रहें। एक समान मृदु वाणी में समान व्रत को धारण करें।''

लक्ष्मण ने दूसरे श्लोक का अर्थ किया। कुछ पलों की निःशब्दता फिर से छा गयी। विश्वामित्र को फिर से ठिठोली सूझी।

''पर तुम कोई प्रश्न नहीं कर रहे लक्ष्मण?''

''मैं तो कोई प्रश्न नहीं पूछूँगा पर इतना बता देता हूँ कि ईश्वर के अस्तित्व को लेकर मेरे और आपके बीच का विवाद समाप्त भी नहीं हुआ है। और जब भी मेरे

मन में प्रश्न उठेगा आपको आना पड़ेगा उसका उत्तर देने...'' राम ने अपने आँसू रोक रखे थे। पर लक्ष्मण के प्रति उठता स्नेह विश्वामित्र की आँखों में उमड़ आया। उन्होंने अपनी आँखें आकाश की ओर कर लीं। आकाश में एक-एक कर तारे अपना-अपना स्थान ले रहे थे। 'कितनी शाश्वत है इनकी गति' विश्वामित्र का हृदय भर आया और आँखें छलकते-छलकते रुक गयीं।

''जब भी ऐसी स्थिति आये...लक्ष्मण, तुम अपना सिर ऊपर उठाना...इन तारों भरे आकाश की ओर...तुम्हारी हर जिज्ञासा का उत्तर मिलेगा। और इन्हीं तारों में से एक तारा, जो तुम्हारी ओर अपलक देख रहा होगा वही मैं होऊँगा। क्योंकि तब तुम सत्य का अनुसन्धान कर रहे होगे और मैं उस सत्य के नये स्वरूप को निरखता हुआ आनन्दमग्न हो रहा होऊँगा ओंकार के अनहद नाद में।''

●●●

णाणं पयासयं

वीर नि.सं. 2470

ई.सन् 1944

भारतीय ज्ञानपीठ